《棣花记忆》编委会

主 编
贾栽凹

副主编
郭世斌 雷卫东 刘建国

顾 问
贾平凹 孙见喜 韩鲁华 穆 涛 李育善

编 委
刘朝宏 贺 立 张书成 秦建荣 李百善
贾建霞 叶永华 刘占朝 刘春荣 王晓红
周丹丰 许振超 孙丹平 陈仓本 贾书章
雷建军 周亚娟 许振兴 贾树盈

贾栽凹 主编
商洛棣花古镇
乡土文化研究院 编著

棣花记忆

陕西师范大学出版总社　西安

图书代号　WX25N0083

图书在版编目（CIP）数据

棣花记忆 / 贾栽凹主编. -- 西安 : 陕西师范大学出版总社有限公司, 2025. 2. -- ISBN 978-7-5695-5245-4

Ⅰ. I267

中国国家版本馆CIP数据核字第2025JH3757号

棣花记忆
DIHUA JIYI

贾栽凹　主编

出版统筹	刘东风
责任编辑	舒　敏
责任校对	王淑燕
封面设计	张潇伊
出版发行	陕西师范大学出版总社
	（西安市长安南路199号　邮编 710062）
网　　址	http://www.snupg.com
印　　刷	西安市建明工贸有限责任公司
开　　本	720 mm×1020 mm　1/16
印　　张	18.25
插　　页	2
字　　数	310千
版　　次	2025年2月第1版
印　　次	2025年2月第1次印刷
书　　号	ISBN 978-7-5695-5245-4
定　　价	88.00元

读者购书、书店添货或发现印装质量问题，请与本公司营销部联系、调换。

电话：（029）85307864　85303629　传真：（029）85303879

序

王 良

甲辰龙年初夏，商山天蓝水沛植被茂、棣花樱桃鲜红月季旺。商洛棣花古镇乡土文化研究院院长贾栽凹主编的《棣花记忆》一书即将付梓，数次邀我作序，令我诚惶诚恐。窃以为，本人才疏学浅，无资格为平凹先生等文学大咖和棣花文学人为主体作者的《棣花记忆》作序，贾院长不容置辩地说："你对棣花古镇乡土文化研究关爱有加！商洛棣花古镇乡土文化研究院是你任商洛市文联主席时极力倡导与我联手于2018年8月成立，《棣花记忆》也是我们共同提议要编撰的，你又是中国作协会员，你没资格谁有资格？"再三推辞不脱，我只有红着脸应诺。

众所周知，棣花古镇是耸立在集商贸之道、政治之道、军事之道、诗歌文化之道于一体，有着近三千年悠久历史、全长约六百里，西达丝绸之路起点古长安、东抵南阳淅於镇、北接秦晋、南连吴楚的商於古道上最著名最重要的古驿站之一；又是当代商洛文化绿洲、22℃中国康养之都的核心区之一，已成为众人向往的国家4A级特色文化旅游景区和重要的文学打卡地；还是第七届茅盾文学奖得主、第九届中国作家协会副主席、著名作家贾平凹先生的故乡。棣花古镇是一个历史与文化、山水与生态、民风与民俗、秦风与楚韵相映生辉的陕南风情古镇。

棣花古镇因盛产棣棠花而得名，以棣花古驿站而闻名。复修后的棣花驿大门上的巨幅对联为："如诗如画六百里古道横天下，美轮美奂三千年华驿贡商於"。

从一个侧面点明了棣花驿的悠久历史和重要地位。笔者曾多次到访参观过棣花驿，导游和当地老者介绍说：棣花驿亦名棣华驿，它的得名源于《诗经》中的一首诗，诗的原文为"何彼襛矣，唐棣之华。曷不肃雝，王姬之车。何彼襛矣，华如桃李。平王之孙，齐侯之子"。这是一首迎亲的乐歌，描述了东周早期王姬下嫁齐国的故事。有学者考证认为，春秋时期商於古道已名显于世，彼时王姬出嫁，从宗周（古都长安）去成周（古都雒阳）路过棣花驿站时歇脚夜宿都是很有可能的，所以说棣花驿应有近三千年历史。这段历史值得再次研究考证。

历史上流传的棣花故事和资料很多，有一些，如二郎庙院内的"宋金边城"仍有人质疑。那么小的地方怎能称之为城呢？二郎庙之间的"宋金分界石"更是附会，那块所谓的分界桩应是某个庙中的香炉底柱，高一米左右，轻轻一拔即可移走，显然担当不起国界碑的功用。但二郎庙的确是个金代建筑，而且已列为省级文物保护单位，如何看待人们对二郎庙建筑的置喙？带着这个问题，我请教过多位地方文史大家，有位老者告诉我：二郎庙这地方称宋金边城不合适，可以改称"宋金榷场"。南宋绍兴十二年（1142年）秦桧以土地换和平，毒杀主战将领岳飞，把山阳鹘岭以北划归金国，双方代表或在棣花驿进行和议。后人遂在棣花修建二郎庙，以记当时在棣花设置榷场进行茶马互市的历史，这段历史也值得深入研究考证。

棣花古镇历史悠久、文化底蕴深厚多元，许多历史文化需要发掘研究，很多当代文化也需要加强研究，如贾平凹文学现象、棣花文化现象、商洛作家群现象、文化遗产的深度挖掘保护和利用以及助推文化旅游的持续发展繁荣等等。这都提醒我们，棣花古镇乡土文化研究工作不仅十分重要，而且任务也非常艰巨。

值得欣慰的是，棣花古镇乡土文化研究院自成立以来，已经做了大量工作，取得了显著成绩。他们没有正式编制，没有固定经费，也没有舒适的办公场所，硬是根据当地实际，组织一大批有情怀有担当、炽爱乡土文化的热心人，挤出业余时间，广泛开展系列文化工作和活动。几年来，他们在省、市、县、镇相关单位和领导的大力支持下，巩固完善棣花作家村，接待全国各地文学组织，配合作家艺术家采风访谈，赠送当地文学文化产品，广泛开展文学文化交流活动，组织文学艺术工作者、爱好者进行专题业务培训，深度开展系列采风创作活动，召开作品品评会、研讨会、座谈会，加大扶持可持续文学创作，鼓励精品力作登大报、上大刊，生产了大量接地气、原生态、高质量的精品力作。贾平凹文学现象、棣花乡土文化现象备受社会各界的关注和肯定。《棣花记忆》的编辑出版，既是商洛棣花古镇乡土文化研究院取得的又一重要成果，也为地域文学艺术事业的持续繁荣发展增光添彩，可喜可贺！

概览《棣花记忆》，我以为有三大特点：一是立足棣花，主题突出。本书在篇章结构布局上是用了心、下了功夫的。全书共分六个部分，有近百篇文章，突出体现了书写棣花人和棣花事、弘扬地域传统文化、彰显棣花当代人文、歌颂真善美、传播正能量、助推新时代精神文明建设、激励建设家乡精气神的主题。二是内容丰富，佳作纷呈。从本书的作者来看，既有贾平凹、孙见喜、韩鲁华、穆涛、李育善、张文诺等域内外文学名家，更有贾栽凹、张书成、贾建霞、郭世斌、叶永华、刘建斌等本土作家和文学爱好者。其中大多数作品是棣花人写棣花人、棣花事，是他们最自然的真情流露。这充分彰显了棣花古镇乡土文化研究院以老带新、广纳贤达、努力挖掘研究和弘扬棣花古镇乡土文化的初衷。书中收录的文章，既有描述革命先辈、文化名人的，又有罗列棣花名胜、风土人情、典故传说的；既有对棣花名人名作的探讨研究、解读评析，又有记录棣花的历史变迁、社会发展的。有些篇章娓娓道来，如棣花山泉清流令人如痴如醉，有的情节跌宕起伏，似秦岭峻山横空雷霆让人惊心动魄，平凹先生作词的《秦岭里最美的地方是商洛》正是以其家乡棣花古镇为创作源头的杰出作品。三是意义重大，作用明显。一个秦岭山区基层乡镇，能编辑出版这部乡土文学书籍难能可贵，是一次十分有益的尝试，对当地具有重大的现实意义和深远的历史意义。

读完《棣花记忆》，会让人宛若身临棣花之境，领略商於古道、商鞅封地、始皇东巡、四皓隐居、刘邦西征、闯王练兵和红色记忆等诸多历史，了解张仪欺楚、秦楚古道、楚汉相争、宋金边城、二郎庙、魁星楼、清风街等相关历史，赏析白居易等数十位古代诗人留下的数百首关于棣花及其周边的经典诗篇，如"遥闻旅宿梦兄弟，应为邮亭名棣华""我有商山君未见，清泉白石在胸中""远别秦城万里游，乱山高下出商州""商山名利路，夜亦有人行"等，品味平凹文学艺术展示区、商於古道博物馆、棣花作家村、清风街民俗文化体验区、古道文化演绎区、核桃樱桃农业观光区、万湾美丽乡村农家乐瓜果生态区，体验"棣花古镇·印象陕南"特色文化风情旅游区、《秦腔》原型实景地和当地淳朴的乡土文化、风土民情与平凹文学馆、平凹老宅，知晓千亩荷塘、游船码头、二龙桥、风雨桥、宋金桥、古戏楼、西部花都、笔架神山及丹江等等，这对人们深入认识棣花，从而热爱棣花、宣传棣花，进而助推当地经济，特别是促进文化与旅游事业的深度融合和繁荣发展，都是十分有益的。

　　读完书稿，感慨良多，信笔写了以上文字。至于是不是序，我不敢说，亲爱的读者们说它是什么就是什么吧！

（作者系中国作协会员、商洛市文联原主席）

目 录 CONTENTS

风光篇

棣花	贾平凹 / 002
棣花镇之谜	白阿莹 / 006
丹江边上的棣花	李育善 / 010
棣花老街	巩文超 / 019
春光灿烂棣花街	李育善 / 021
古镇棣花	舒　敏 / 023
老街	贾建霞 / 025
老家万湾	张建民 / 030
棣花的埝渠	贾书章 / 033
你好！棣花	孙丹平 / 035
醉美棣花	雷卫东 / 038
漫步棣花街	陈　斌 / 040
棣花的传说	郭世斌 / 042
棣花之行	丁先波 / 045
棣花的荷花	王晓红 / 047

01

我眼中的棣花	孟海朝	/ 049
古道音尘	雷建军	/ 054
棣花，遗落古道的一帘幽梦	周亚娟	/ 057
秦岭脚下的丹江河	周丹丰	/ 060
棣花有座丹江便民桥	郭世斌	/ 063

人物篇

贾平凹的写作间	穆　涛	/ 068
我眼中的贾平凹先生	程　华	/ 070
一个云层之上的愚者	孙见喜	/ 073
记贾平凹给学生的一次上课	韩鲁华	/ 076
我跟哥哥去砍柴	贾栽四	/ 081
商洛山中走出的杰出演员	张书成	/ 083
一张珍贵的合影	张小丹	/ 085
我的同学贾平凹	周书贤	/ 087
出没在南联盟战火中的陕西青年张存良	刘占朝	/ 089
棣花走出来的科学家	陈安民	/ 097
圪崂名家许一寿	张书成	/ 101
贾平凹带我们游棣花	陈　斌	/ 103
贾平凹尽孝	郭世斌	/ 106
棣花老周	许振超	/ 108
文友郭世斌	李百善	/ 110

叙事篇

《秦腔》后记	贾平凹 / 114
读《古炉》有感	张文诺 / 121
棣花影事	董发亮 / 125
我看书法	陈俊哲 / 128
棣花卖仙桃	王家民 / 131
平凹南山栽树	李百善 / 134
给丹凤书画家张佩英女士的贺信	贾栽凹 / 137
许家沟情事	张忑侠 / 138
南沟粉条	许振兴 / 140
棣花意趣	贾建霞 / 142
去棣花赶集	冯元兴 / 145
家乡的柿子	金佰安 / 148
清风街	王晓红 / 151
棣花莲菜	刘春荣 / 153
牛头岭	李生民 / 155
商洛棣花古镇乡土文化研究院诞生记	郭世斌 / 157
初恋	姜君山 / 160

亲情篇

祭父	贾平凹 / 164
写给母亲	贾平凹 / 172
想起了奶奶	李育善 / 174
记忆中的爷爷	刘建国 / 177

母亲的记忆	陈玉柱	/ 181
怀念老村医	巩鸿文	/ 184
我的姑母	郭世斌	/ 186
父亲与秦腔	贾建霞	/ 190
父亲盖房记	刘朝宏	/ 193
怀念我的外婆	冀　萍	/ 196
我的爸爸	彭　波	/ 198
我的父亲"烂汽车"	刘春荣	/ 201
两张老照片里的故事	雷卫东	/ 204
我最敬重的父母亲	郭宏斌	/ 206
怀念祖母	许振超	/ 209
奶奶的捶布石	雷卫东	/ 211
爱鸟的母亲	张玉逢	/ 213
擦擦石边上的陈家人	陈仓本	/ 215

记忆篇

陕南游击队领袖巩德芳		郭世斌 / 218
我的父亲蔡兴运		蔡兰英 / 221
横刀立马陈效真		陈元生 / 223
棣花名流巩宗姬	叶永华	郭世斌 / 225
民主人士韩述绩		叶永华 / 231
"泥腿子"村支书刘长记	郭世斌	叶永华 / 235
平民村干部贾振兴		刘春荣 / 242
我的老师		朱仓民 / 245
红色摇篮两岭小学		刘春荣 / 248

贾克成下河南请戏班	郭世斌	/ 251
记忆中的乡村生活	周中新	/ 254
西三塬的记忆	秦建荣	/ 257
棣花水电站	叶永华	/ 263
巩家大碾盘	巩生啟	/ 265
远去的棣花武术	陈安民	/ 267
问花"昙花寺"	郭世斌	/ 270

创业篇

不忘回报家乡父老——齐丹勋	/ 274
以信立企，以质取胜——赵世民	/ 275
只要敢干，就有出路——贾发田	/ 276
梅花香自苦寒来，立志创业富一方——刘宏伟	/ 277
干一项工程，树立一次信誉——贾飞	/ 278

后记：记载棣花的史册	贾栽凹	/ 279

风光篇

棣　花

贾平凹

　　无论如何，我是该写写棣花这个地方了。商州的人，不论是常出门的，还是一辈子没有走出过门的，棣花都是知道的。棣花之所以出名，有各种各样的说法。文化界的，都知道那里出过商州唯一的举人韩玄子。韩玄子当年文才如何，现无据可查。但举人的第八代子孙仍健在，民国初年就以画虎闻名全州，至今各县一些老户人家，中堂之上都挂有他的作品。民间传说他当年画虎时，铺好宣纸，蘸好笔墨，便蒙头大睡，一觉醒来，将笔在口中抹着，突然脸色大变，凶恶异常，猛扑上去，刷刷刷几笔，眨眼间纸上便跳出一只兽中王来。拳脚行的，也都知道那里出过一个厉害角色，身高不满四尺，头小，手小，脚小，却应了"小五全"之相术，自幼习得少林武功。他的徒弟各县都有，到处传播他的逸闻，说是他从不关门，也从不被贼偷，冬夏以坐为睡。有一年，两个人不服他，趁他在河边沙地上午休，一齐扑上，一人压头，一人以手扣住肛门，想扼翻在地。他醒来只一弓，跳了起来，将一人撞出一丈多远，当场折了一根肋骨；将另一人的手夹在肛门，弯腰在沙地上走了一圈，猛一放松，那人后退三步跌倒，中指已夹得没了皮肉！所以，懂得这行的人，不管走多么远，若和人斗打，只要说声："我怕了你小子？老子是棣花出来的！"对方就再也不敢动弹了。一个大画笔，一个硬拳脚，为世人皆知。但那些小商小贩，知道棣花的，倒是棣花的集市了。棣花的集市与别处不同，每七天一次，早晨七点钟人便涌集，一直到晚上十点人群不散。中午达到高潮，人多得如要把棣花街挤破一般。西至商县的孝义、夜村、白杨店、沙河子，北上许家庄、油坊沟、苗沟，南到两岔河、谢沟、巫山眉，东到茶坊、两岭、双堡子，百十里方圆，人物，货物，都集中到这里买卖交易，所以棣花的好多人家都开有饭店、旅馆，也有的三家、四家合作，在棣花街前的河面上架起木桥，过桥者一次二分，一天可收入上百元哩。

其实，棣花并不是个县城，也不是个区镇，仅仅是有十六个小队的大队而已。它装在一个山的盆子里，盆一半是河，一半是塬，村庄分散，却极规律，组成三二三队形。河边的一片呈带状，东是东街村，西是西街村，中是正街。一条街道又向两边延伸，西可通雷家坡，东可通石板沟，出现一个弓形，而长坪公路就从塬上通过，正好是弓上弦。面对西街村的河对面山上，有一奇景，人称"松中藏月"。那月并不是月，是山峰，两边高，中间低，宛若一轮下弦月，而月内长满青松，一搂粗细，棵棵并排，距离相等，可以从树缝看出山峰低洼线和山那边的云天。而东街村前，却是一个大场，北是两座大庙，南是戏楼，青条石砌起，雕木翘檐，戏台高二丈，场面不大，音响效果极好。就在东西二街靠近正街的交界处，各从塬根流出一泉，称为"二龙戏珠"，其水冬不枯，夏不溢，甘甜清冽，供全棣花人吃、喝、洗、涮。泉水流下，注入正街后上百亩的池塘之中，这就是有名的荷花塘了。

这地方自出了韩举人、李拳脚之后，便普遍重文崇武。男人都长得白白净净，武而不粗，文而不酸；女人皆有水色，要么雍容丰满，要么素净苗条，绝无粗短黑红和枯瘦干瘪之相。直至今日，这里在外工作的人很多，号称"干部归了窝儿"的地方。这些人脚走天南海北，眼观四面八方，但年年春节回家，相互谈起来，口气是一致的：还是咱棣花这地方好！

因为地方太好了，人就格外得意，春节里他们利用一年一度的休假日，尽情寻着快活，举办着各类娱乐活动，或锣鼓不停，或鞭炮不绝，或酒席不散。

腊月二十三日是小年，晚上戏楼上便开戏了。看戏的涌满了场子，孩子们都爬到大场四周的杨树上或庙宇的屋脊上。戏是老戏，演员却是本地人。每一个角色出来，下边就纷纷议论：这是谁家的儿子，一表人才；这是谁家的媳妇，扮啥像啥；这是谁家的公公，儿子孙子都一大堆了，还抬脚动手地在台上蹦跶。最有名的是正街后巷的冬生，他已经四十，每每却扮着二八女郎，那扮相、身段、唱腔都极妙。每年冬天，戏班子就是他组织的。可惜他没有中指，演到怒指奴才的时候，只是用二拇指来指，下边就说："瞧那指头，像个锥子！""知道吗？他老婆说他男不男、女不女的，不让他演，打起来，让老婆咬的。"还有一个三十岁演小丑的，在台下说话结结巴巴，可一上台，口齿却十分流利，这免不了叫台下人惊奇。但是最使人看不上的，是他兼报节目时，总要学着普通话，因为说得十分生硬，人称"醋熘普通话"。虽然就是这样一些演员，但戏演得确实不错，戏本都是常年演的，台上一唱，台下就有人跟着哼。台上常忘了词儿，或走了调儿，台下就呜呜地叫。有时演到热闹处，台下就都往前挤，你挤我，我挤你。这样，就出了一个叫关印的人，他脑子迟钝，却一身力气，最爱热闹，戏班就专让他维持秩序。他受到重用，十分卖力，就手持谷秆，哪儿人挤，哪儿抽打，哪儿就安静下来。这戏从二十三一直演到正月十六，关印就一直执勤二十三天。

到了正月初一，早晨起来吃了肉水饺，各小队就忙着收拾扮社火了。十六个小队，每队扮二至三台，谁也不能重复谁，一切都在悄悄进行，严加保密。只是锣鼓家伙声一村敲起，村村应合，鼓是牛皮古鼓，大如蒲篮；铜锣如筛，重十八斤老秤，需两人抬着来敲。出奇的是那社火号杆，长三尺，不好吹响，一村最多仅一两人能吹。中午十二点一过，大塬上的钟楼上五十吨的铁铸大钟，被三个人用榔头撞响，十六个小队就抬出社火在正街集中，然后由西到东，在大场上绕转三匝，然后再由东到西，上塬，到雷家塬，再到石板沟，后返回正街。那社火被人山人海拥着，排在一起，各显出千秋。别处的社火一般都是平台，在一张桌上布了单子，围了花树，三四个小孩扮成历史人物站在上边，桌子四边绑了长椽，八人抬着过市，而单子里边，桌子之下，往往要吊半个磨扇，以防桌子翻倒。而棣花的社火则从不系吊磨扇，也从看不上平台，都以铁打了芯子，做出玄而又玄的造型。当然，十六个队年年出众的是西街村，而号角吹得最响最长的是贾塬村。东街村年年比不过西街村，这年腊月就重新打芯子，合计新花样，做出了一台"哪吒出世"，下边是三张偌大的荷叶，一枝莲茎，一指粗细，直愣愣、颤巍巍，上是一朵白中泛红的盛开荷花，花中坐一小孩，做哪吒模样。一抬出，人人喝彩，大叫："今年要夺魁了！"抬到正街，西街的就迎面过来，一看人家，又逊眼了。过来的是"孙悟空三打白骨精"，那大圣高出桌面一丈，一脚凌空前翘，一脚后蹬，作腾云驾雾状。那金箍棒握在手中，棒头以尼龙绳空悬白骨精，那妖怪竟是不满一岁的婴儿所扮。抬起一走动，那婴儿就摇晃不已，人们全涌过去狂喊："盖帽了！"东街的便又抬出第二台，是"游龟山"，一条彩船，首座田玉川，尾站胡凤莲，船不断打转，如在水中起伏。西街的也涌出第二台，则是"李清照荡秋千"，一架秋千，一女孩在上不断蹬荡。自然西街的又取胜了。东街的就小声叫骂:"西街今年是什么人出的主意?""还是韩家第八!""这老不死!来贵呢?"叫来贵的知道是什么意思,忙回去化妆小丑,在一条做好的木橡大龙头上坐了,怀抱一个喷雾器,被四五人抬着,哪儿人多,哪儿去耍。龙头猛地向东一抛,猛地向西一抛,来贵就将怀中喷雾器中的水喷出来,惹得一片笑声。接着雷家坡的屋檐高的高跷队,后塬的狮子队,正街的竹马队,浩浩荡荡,来回闹着跑。每一次经过正街,沿街的单位就鞭炮齐鸣。若在某一家门前热闹,这叫"轰庄子",最为吉庆,主人就少不了拿出一条好烟,再将一节三尺长的红绸子布缠在狮子头上,龙首上,或社火的孩子身上。耍闹人就斜叼着纸烟,热闹得更起劲了。

大凡这个时候,最活跃的是青年男女,这几天女儿们如何疯张,大人们一般不管。他们就三三两两地一边看社火,一边直瞅着人窝中的中意的人。有暗中察访的,有叫同伴偷偷相看的,也常有的干脆就跑到河边树林子里去了。

棣花就是这样的地方,山美,水美,人美。所以棣花的姑娘从不愿嫁到外地;外地的姑娘却千方百计要嫁到棣花。农民辛辛苦苦地劳动,年复一年,但辛苦得乐哉,寿命便长,十六个小队里,队队都有百岁老人。

棣花镇之谜

白阿莹

我发现平凹兄的家乡丹凤棣花镇，居然是一处神妙的地方。

那天我们去棣花镇考察，走进一处正在恢复的宋金古街，有二三百米长，两边的门面房相对而立，错落有致地向里延伸，街面尚未油漆，泛着原木的色泽，露着粗茬和年轮，显然修缮工程正在收尾，街道随处可见零零散散的建筑垃圾和房屋构件，杂乱地东一簇西一堆。但是在主人绘声绘色的言辞里，我们眼中自然浮现出街道开张以后，铺面林立张灯结彩的繁华来。

我好像突然有了疑问，这条古街为何称为"宋金街"呢？

棣花人的回答让我颇感惊讶，这条街竟始建于近千年前，绍兴十二年时，在这个名叫棣花的地方，宋金对抗，僵持数月，宋廷见久战不胜，便由秦桧出面，与金兀术进行议和谈判，从此以棣花旁边的陈家沟河为界，西北归金，东南属宋，也就是说大宋王朝把古商洛一半土地割让给了金人。可是，边界两边的百姓并不理会那些条条框框的限制，提篮小卖天天发生，越界易货随处可见，连那金朝的母鸡也会跑到宋朝抱窝下蛋，宋朝的山羊也会溜到金国寻伴吃草，任谁见了都会感叹无奈。后来商家们看这个地方是管控的模糊地带，又平安无事有钱可赚，便依势搭起了茅屋商棚，宋人在宋界搭，金人在金界搭，从此便形成了一个固定的边境集贸市场，熙熙攘攘，山货云集。似乎商贩们总喜欢朝着对面吆喝，赶集人也总爱去瞅对面的山货，从此这里就日复一日年复一年地热闹起来，神妙也就此开始酝酿了。在国内的文化遗产里，大概仅此一例吧。

如此妙哉，宋金街可谓天下第一街了。

我于是打问有关这条街的其他遗存，应者摇头。再问古镇可有寺庙护佑，便有人手指宋金街的尽头,隐隐若若有金光闪耀。我顿时来了兴趣,紧走几步来到一座古庙前,只见庙门很小,与乡间大户人家的院门差不多,门楣上有平凹书写的一块小匾"二郎庙",且漆皮斑驳多有褪色。而庙里正在大兴土木,方的扁的圆的木料和凌乱的沙石,把个小小院落堆得满满当当,几个工匠正手操推刨木锯忙碌着手中的活计,却是不见蓝衣灰衫的出家人。但我忽然感觉这个小庙有点特别的,平常进到佛寺里,迎面会是一个大殿,绕过去又是一个大殿,会呈"一"字形向纵深摊开,感觉愈深愈庄严。但这个小小古庙,迎面竟是两个并列对称的大殿,其实称其为"大殿",实在是庙里只有这两个并列的殿,竟然都立于台阶之上,都是砖木结构,都是三间庙堂,廊柱门框规制相似,站在殿外可见里边供奉的彩塑神像,一边眼光犀利,一边慈眉善目。

再上下细细打量,这两个大殿的颜色居然有鲜明差异,东边的殿顶是黄色琉璃瓦,正脊雕有二龙戏珠,一头略高一尾略低,斗拱则呈马蹄形,雍容地相踏而来。西边的殿顶则是绿色琉璃瓦,五脊四坡围成歇山转角,飞檐斗拱齐伸矛头,也是一副贵胄的模式。两座大殿竟然这般装束,似与周边的青山绿荫相互衬映,又格外地显出差别来。我想这极可能是宋金街延伸过来的遗迹,那时两边百姓本是一朝人,生生地割裂为两国,但民众的信仰却是一致的。于是当地乡绅在宋金街繁华以后,便修建了这个土地庙,以镇妖辟邪护佑苍生。

果然棣花人告诉我,当时这里只建了黄殿,供奉的是秦朝治水成神的李冰次子"李二郎",祈盼能镇住汉江水患。明代以后,棣花人似乎依旧对金人的统治耿耿于怀,便改为供奉杨家将杨二郎了。后来到了清代,棣花人又突发奇想,紧邻黄殿修建了一个供奉三国关羽的绿殿,似乎期盼那关公的神威能镇住盗匪贼寇,给地方一个长久的安宁。

天哪,在黄绿两殿中间,居然还有一方石碑,四四方方,素面朝天,无饰无纹,简朴自然,正面竟镌刻着"清嘉庆二十年吉日"八个大字。棣花人告诉我,这是一条界碑,昭示着历史曾经在此分而治之,也承载了一段复杂的记忆。我细细琢磨,觉得此碑可谓用心巧妙,用字不多不少,既回避了一段难堪的历史,又有为宋金街立传的意蕴,看来这棣花镇真是陕西一宝呢。我于是大呼小叫起来,这方石碑是古迹还是今人的臆造?棣花人回答,风雨冲刷的痕迹清晰可见,当然是有年头了,我们已准备用玻璃把碑罩起来了。

我想,这棣花古街是一定热闹过的,那时两边的百姓共进一街,你呼我唤,背米而来，携菜而归；又共进一庙，烧香磕头，求神显灵，祈祷丰登。走在街上大家还知晓这边的杂铺属金国，那边的粮店归宋朝，而进到庙里人们便聚合起来，忘我地拜倒在二郎神的膝下，又是烧香又是磕头，想说的话在肚里翻腾了一遍遍，然后才返身回乡，又是放腔山歌，又是扬声花鼓，直震得山溪也哗啦啦地应和起来。

好个其情也融，其景也美矣。

后来宋金合一了，棣花镇的作用就日渐式微了，逐渐演变成商洛山里一个普通的古镇了，曾经的繁华边城也就成了久远的记忆了。但这个记忆在棣花镇顽强地存留下来，一有机会便要表现一番，以至到了清代，人们渴望"复古"的想法已难以抑制，又建新殿，又竖石碑，算是把棣花古镇的故事演绎到家了。但是，人们这个善良的愿望并没能应验，岁月的恩泽并没有眷顾这里，棣花镇还是在一天天萎缩，几乎萎缩成商洛山坳里毫无特色的一个村落了。

终于到了 21 世纪，发展的热潮一浪高过一浪，这里又出了个作家蜚声文坛，人们开始重新审视这个小镇，开始谋划宋金边城的复兴。人们深入搜寻后，竟发现这个棣花镇古老得一塌糊涂，春秋时就是秦楚交往的必经之路，《诗经·小雅·常棣》里就有歌颂："常棣之华，鄂不铧铧。凡今之人，莫如兄弟。"至今读起那拗口的诗句，依旧让人感觉到温馨无比，从此那"棠棣之花"还成了兄弟情谊的别称了。汉唐时这棣花依旧是官家进京歇脚的驿站，那位把皇家爱情演绎得淋漓尽致的白居易，居然在这儿做过一帘幽梦，禁不住提笔浅唱应和："往恨今愁应不殊，题诗梁下又踟蹰。羡君犹梦见兄弟，我到天明睡亦无。"短短四行绝句算把友情渲染到绝地了。后来唐末兵荒马乱，古道无车无人，驿站自然就在人们眼前消失了。至于后来宋金街的繁荣应是那个时代的偶然，唯可惜那个短暂的繁荣随着宋金对峙的结束，也已消弭得只剩蛛丝马迹了。

终于在甲午马年的春季，这里的百姓因循旧迹又把宋金街修葺一新，渴望浓重展示八百年前的模样，还营造出一个三千亩的棣花园和典雅的书院，正是：繁花戏拥古木，新瓦笑抚老屋，欢声摇塌旧桥，历史拥抱新生。在那新古镇开张当天，那叫一个人山人海，棣花人准备了一季的鸡蛋、挂面都被吃光了，人潮退去，光清理的垃圾就运了十几卡车呢。

今天的棣花人是幸福的，他们有繁华的记忆，必然会有如梦的未来。这棣花镇这般神妙，完全可以凭此做篇大文章的。我卖弄地把想法告诉商洛的朋友，他们竟然早已动了脑筋，要以此为中心来打造一个商於古道景区，吸引人们到这里来探寻棣花镇的古韵新风，也探寻平凹成长为作家的秘密。

丹江边上的棣花

李育善

这儿——是贾平凹作品《秦腔》中"清风街"的原型。

这儿——是商於古道上的一个闻名遐迩的古镇。

我是苗沟村瓦房人,这里距棣花街道十五里,这里的人也叫北山里人。棣花街人给牛割草,就要跑到瓦房前后山上,砍柴却得跑到我们上面的闰沟,或是许庄。冬里天不亮,就能听到河边走路声、说话声,还有咳嗽声。到了后半晌太阳已经落到半山腰了,这些人才背着高高一背篓梢子柴,缓缓朝回走。他们中间也少不了有贾平凹,头大,个子低的。

棣花街逢古历的三、六、九是集,那可是我小时候最大的盼望。偶尔缠着母亲带我去赶集,一个来回走得我只想打瞌睡。母亲一个人去时,背着萝卜、洋芋,哄着说回来给买水果糖,买烧饼,天黑前,我们就早早在涧塄边等着。后来不知啥时候,上面定的在擩擩石上边修水库,村里人也去修了,赶集到那一块路就不好走了。

这儿是我们苗沟大队第一小队,有十几户人家,都姓陈,和沟口陈家沟是一个陈,都算是本家。修水库时棣花、茶房的民工不是住在这些人家里,就是在山腰沟畔,搭起油毛毡棚住。从修坝的那儿朝东,翻过山就是韩河,我外爷外婆就在韩河石洼里住。上小学那会儿,每到麦子泛黄,就操心着外婆门前那几树杏,一到周六放学,就快快跑着去。一次,咋突然发现好多人挖山上的土,抬大石头,一下子吓得我不敢跑了,乖乖地等着姐姐和弟弟。后来才知道要在这里修水库,再后来到外婆家翻的那座山山腰,修了弯弯曲曲的架子车路,架子车从东南的土地岭上拉土垫坝，空中还有高线运输，一箱一箱土，在呼呼声中从山顶沿钢绳滑到坝上。那时的我也就七八岁的样子。

贾平凹参加修苗沟水库是我认识他以后听他说的，也听村里人说来，更准确地说，是从他写的那本《我是农民》中知道的。

1970年，贾平凹暗恋的女子上了苗沟水库工地，他却因父亲的问题，没当成民兵，自然也就修不成水库了。那时的他，多么渴望去修水库，多么渴望天天见到那个她呀。他的堂弟从工地上回来取粮，给他讲了工地上是咋样的热闹，工地上人手不够，特别需要写字写文章的宣传员。他一听，越发坐不住了，就自己装了一口袋包谷糁，撵着去了。到苗沟水库工地上，见了负责人，先吃了三碗糊汤面，再去掮了一下午石头，三方任务，只扛了不到三分之一。他堂弟给指挥部人说了，先把他留下。他就住在四十多人的工棚里。晚上工棚里可热闹了，有拉二胡像杀公鸡一样的，有叽叽喳喳说话的，还有打扑克的，反正是干啥的都有。让他惊奇的是，在一个工友枕头边看到了书，没封面，没底子，后来才知道是孙犁的《白洋淀纪事》。让他害怕的是，他竟然在被窝里发现了一条蛇。指挥部领导为了考他，给了一小桶红油漆，还用绳子把他吊在半崖上，让他写大大的标语。像"农业学大寨""水利是农业的命脉"等。他的大字写得很有劲，领导也赏识，就留下他。后来还让他办起了《工地战报》，用十六开双道林纸，手刻蜡板，两面油印。他既是主编、撰稿人、排版人、刻印工、发行员，还是高音喇叭上的广播员。在水库工地上，他还写了不少诗，投给《陕西日报》，可惜全都如同泥牛入海。

战报办得很好，他这个"东街贾家的娃"在民工连也出了名。到年底，全县三个大的水库工地评比，苗沟水库的战报受到了表扬。在河滩召开现场会时，县革委会主任专门点名要认识他。也正是这位主任改变了他的命运，推荐他到西北大学中文系念书的。在工地上，他后来还兼任伙食管理员，买菜、做饭、打饭。这些事，他在书里写得让人读了想笑，笑时心里泛起的却是淡淡的酸楚。

在水库工地，基本一个月才能回一趟家，回去就要背一背篓柴火。当时民工灶上烧柴，都是每天轮流到我们村上面的山上去砍。一人背一百三四十斤。到我村上了，先卸一半，放到熟人院子，等给灶上交了那一半，天黑了再把另一半背回家。平凹是把柴放在指挥部的后檐下，每个月回去时捎带上。

十八九岁的小伙子，除了暗恋，除了办战报，除了管伙食，闲时一定也跑遍

011

了水库工地周边的沟沟岔岔，在苗沟河边也不知流连忘返了多少次。那时他放飞的青春梦想，也许不一定是当作家，成名人。仅仅只想着招工，只想着进城，只想着天天能吃上白馍。

贾平凹现在成了大名人，苗沟水库也跟着他沾光了。苗沟人见人也会自豪地说上两句硬气话："咱这水库老贾还来修过哩。""平凹可是从咱苗沟水库上去的大学。"

有一次中央电视台到苗沟水库拍他的片子，贾平凹很有兴致地介绍，这儿是他们当年的工棚处，那儿是女工的工棚处。他跑过不少次见那暗恋的人，也畅快地说她怎样叫他日思夜想，夜不能寐。

最近听老家堂弟说，县里要把苗沟水库作为棣花古镇的一个点开发来旅游，也是冲着贾平凹的。看来他还真是跟苗沟有缘了。

棣花是贾平凹先生的故乡，也是他文学创作的根据地。毫不夸张地说，棣花的旮旮旯旯都被他写尽了。他说他是商洛的一根草一块红薯，真是这样的。无论是他写农村的长篇小说，还是散文，里面都能找到棣花的人、事和物的影子。现在的宋金街、清风街都是依照小说打造的人文景点，每到周末有上万人在这里徜徉，来人大多是因读了贾平凹的作品，想看那个丑石，想见见《秦腔》里的白雪，还有他的老宅子。

我写丹江，棣花也是个绕不过去的重要节点。我曾和平凹先生开玩笑说："今后再不准你写棣花了，留点小缝缝，让我们这些蹩脚的小文学爱好者也能扑腾两下子。"他只是笑笑，说："棣花咋样也写不完，看你咋看哩么。"

丹江流出商州，在棣花街西的雷家坡红石崖嘴向西南一拐，沿南岭脚下奔腾。这一拐就拐出来棣花街前面那一湾稻地。这上千亩地可是棣花的白菜心，也是棣花人给外人排阔天天吃大米的本钱。我只有从稻田的淤泥里捞出一星半点棣花故事，算是给平凹文学画蛇添个足，让世人贻笑好了。

2017年闰六月十四中午，我们从两岔口的青岗坪下来，到棣花街道。天热得狗卧在街边树下吐着长舌头。我和栽娃兄约好，叫他约上几个年长的，晚上七点半左右在他家院子坐，谝一谝棣花街前坪里稻地的事情。栽娃是平凹的弟弟，周末了从县城回来开门让游客到家里参观，顺便也把他哥——平凹老师签名的书卖一点。他在支铁办工作，也退休了，又被返聘回去。老喻和小贾嚷嚷着要到我老家看看。我们就从312国道边铁路下边进陈家沟，到爷庙橄树下就是朝南流的苗沟河，我给他们介绍骆驼项、摞摞石、三道河、千尺幢、天潭。好多原生态的好看地方，都被苗沟水库淹没了，就像三峡大坝里的一些故事一样。在水库管理处驻地下面有一处分洪小拦坝，东西干渠的水从这儿分流，东干渠浇原茶房乡几个村的地，西干渠浇棣花几个村的地。那时渠里水满满的，清清的，还有鱼哩。我还给他们指了平凹先生修水库时住过的地方，现在只是个土台台子了。老喻说："找找看先生在这儿还遗有啥灵感来没有，先生一定也是吃了苗沟水才得了灵性的吧。"

到村小学下面转弯处的叫花崖下，本家的几个堂兄、堂弟在修堤练，装载机在河里捞石头、清淤泥。我给大伙一一发了纸烟。老喻又在河里发现一块好石头，很有品位，我叮嘱堂弟放工时叫装载机给弄到家门口。

他们看到我的老房子，也同意我的想法，收拾收拾，原样子不能动，这老房子还是个念想么。我们又去看了堂兄盖的节能现代式的小洋楼，是英国专家设计的。县上领导也来看过，准备在这里搞原生态民居。堂兄也让我把老房子推倒重建，我一直没同意。

晚上七点四十分，我们赶到栽娃兄的院子，他早早准备了几个凉菜，叫来了李百善等几个老年人。我们就在院子靠西厦房门口那棵梨树下石桌子边坐下，喝酒吃菜说话。这时游客还很多，有的还围上来听我们说笑。栽娃兄敬了一杯酒后，说："我原先在村里待来，还当过五队的队长。前河里陈家沟、许家沟、西山塬都有地哩，是按出劳力多少占股来分的。修练时，出多少劳，分多少地么。解放后生产大队有十六个生产小队。街道里人多出劳力多，地就多么。"

说到棣花的千亩稻地，百善很激动。他就是平凹先生小说《秦腔》里百善的生活原型，是棣花社区贾塬五组人。他说，2003年，这一湾地全部起旱了，种包谷出力小。现在出去打工的人多了，种地划不来了。挖稻地，那狗日的怕怕呀，疙瘩干了打不开，然然了成一摊摊子了。他1964年就是五队里的会计，后来当了村支书、大队会计。百善自己端起一杯酒喝了，又抄了一口黄瓜，笑着说："从雷家坡到贾塬，分队以后，靠现在污水站那里，是我跟丁子修的地（丁子也是棣花的能人）。群众自发修，弄成股股子。比方，你没钱，劳力可美，把地方一划，还是记工的办法。四十八人四十八股，分四块子，一二三四块，五百多亩。合作社时组织修过一道。'文革'结束后又修了一道子，就成一千多亩了。"

人多地少，矛盾大，吃饭都成问题。百善说的四十八股，是20世纪40年代，棣花、贾塬、许家沟、陈家沟以家族和居住地人为单位，在自愿基础上组成的四十八股，按股出劳修地。当时，平凹的爷爷也是承头人之一，召集各村入股代表商量，拿出分地计划。

百善抽了一口烟，喝了一杯酒，说："早先人老实，后来变能了，划工分哩，有把十分的划成十六分的。平凹《古炉》书中就写着哩。"栽娃笑着说："那就是我一伙弄的。那时向河滩要地，叫河道让路，挖坟修地，修河堤么，大石头要叫你抬着上练哩么，上练要劳力大哩，知道这几个娃日鬼哩么。"百善说："一帮子年轻人偷工减料哩么，抬不动，把石头可朝开打么。当时十六抬、四十八抬的都有。"栽娃说："那抬不动么，有缝缝子了，就想打开抬。"百善咂了一口烟，说："从南沟、苗沟都是人朝回抬哩么，没车拉。我当支书修下湾地时，苗沟水库上的拖拉机给拉来。"栽娃说："都是人抬哩，小的人捎哩，沙拿担子担哩么。"百善说："拉到二郎庙前场子上，又得靠人抬么。"

那天晚上是阴历十四，月亮圆又亮。村上的卫东来了，让喝酒，说不敢喝，百善说："叔给我娃端一杯，别给叔伤脸噢。"卫东接住，喝了。

说到修河堤，百善更来劲了。修地关键是河堤，不然，一场洪水冲得啥都没有了。百善说："修地就要打木桩修石鳖子，组织一帮子八到十个人用石锤打，有的跟夯一样拉着打，能快些。用石锤打，一口气顶多能打二十下。石锤五十多斤重哩。"栽娃说："打木头要用石锤，铁锤打把木头就打裂了。"百善说："丈二长的椽，把细头削尖尖的，用铁箍子一套才打哩。这样椽就炸不了。椽不打到底，沙一拉就翻坝了。椽最好要用柏木。"卫东说："我在商镇见丹江河里用的是杨木。"百善说："那不行，得用柏木松木，再泡都不瓤。"栽娃说："就是的，泡一百年都不瓤。只有出水面的那些肯瓤。"百善说："过去老人也很能哩，修这鳖子，洪水来了就被顶到河对面去了，对面人也得再斜个角度修一个，才能挡住水的。"

修堤时，先要挑地基，把水要改到边上，把大石头砌在基里。为减轻河堤防洪的压力，河堤靠水面处，每隔六七十米就得修个石摆子。石摆子因外形像河里的鳖，棣花人才叫石鳖子，还叫石牛。修鳖子时，在河堤边先挑出二十多平米的大坑，在大坑临河道的半圆边打半圈木桩，木桩在水面只露出一米左右，形成半圆的木栅栏，将石头填进去。打木桩选的都是精壮劳力。打的时候，大石锤在木桩上的声音很大，加上人抡锤的吼叫声，真是声震天了。在河堤边，隔上六七十米就是一伙光身子的小伙抡锤打桩，那场面很热闹。

修石鳖子的石头有二人抬、四人抬、八人抬，十六人抬，二十四人抬、三十二人抬、四十八人抬，最多的有六十四人抬。

后来，我们在二郎庙西边又见到百善，他看见我们，撇下卖食品饮料的摊子也不管了。他给我们在烟盒上画了抬石头的架子，又在地上用树棍画，还边画边讲，我们这才弄清咋样绑哩，哪儿是大梁，哪儿是牛子。

抬石头用的主杠像檩像担子，也叫龙杠，分杠子也有老碗粗，分到每一组两个人抬的杠子也有胳膊粗。抬大石头时，有专人承头，负责分工，杠子支好，绑牛子。一切都好了，听承头的指挥，一步一步移动，把大石头抬着放到迎水面。石头一般三四百斤，最大的有四五千斤重。最大的石头也是石鳖子的镇水石。修成这样的鳖子，再大的水冲来，都会安安稳稳的。

垫地除了人从外面担土，多是等涨水时，把洪水改进去，靠涌哩。卫东抄了一口菜，边吃边说："上学时到河滩拾那饼饼子馍，就是洪水涌过，结的泥片片子，跟饼子一样，拾的往地里撂。"栽娃说："下一场雨，涨一次水，都要涌半拃哩。远处涌得少，到冬季里了，把厚处的朝薄处担哩。"

说到修地的艰难，棣花有一句顺口溜："棣花人吃大米，把锣敲烂。"每次修河堤开工，承头的提着铜锣，从村东敲到村西，召集大伙出工，倒不是人不愿意去，是实在累得不行，睡在炕上不想起来。锣一响，醒了，锣一停，又睡着了。百善说："那是把人都累日塌了么。"

从1954年以后，棣花、贾塬、西街、雷家坡四个村先后用了六七年时间，从雷家坡涧下的丹江河北岸向东一直到贾塬，修了十几里长的河堤，这才有了上千亩的稻地。

有了稻地，按说是高兴的事儿，插秧争水却成了问题。棣花人为抢水，几十年间打打闹闹没断过。西街在丹江渠首，贾塬在渠尾，两个村大大小小发生过多少次打架斗殴，也说不清了，每回双方都有人头破血流。栽娃说："像这有几天不下雨，丹江河里人就挽蛋子哩，练子上到处都捅得窟窿眼睛的，你前脚水刚搬到地里，才去看水呀，后脚有人就偷地搬走了。"百善说："你稍稍把水憋住，扭过身就有人把水拔跑了。"雷家坡的雷勋宽为浇地跟人打起来，两个人都是不怕死的，打得不可开交，要不是有人挡架，早都出人命了。

刘高兴说，他有五六分稻地，自己好爱跟人谝闲传。一次，他在浇地，把水放到地里，就跟村里一个娃谝去了。没想到，这娃他大趁机把水放到他地里去了。第二天，一看他地还是干干，被老婆狠狠骂了一顿。没办法了，就自己打了一口井，抽水浇地。从20世纪60年代到80年代，棣花十六个生产队都有引水员，配合大队引水员引水，保证了棣花一湾稻地的用水。

百善那时是小伙子，担任贾塬村支书，打桩、抬石头、担土，啥活他都抢在前面。地修了，他靠自己挣的工分，分到一亩多地。夏季又跑到南沟割草，用草沤肥上地。一年光稻子就打二百多斤。一斤稻子能碾七两米。一斤米那时卖四五毛钱。

棣花大米多，让其他地方人都眼馋。可这里小麦、包谷缺少。棣花人又把大米拿到集上粜了，再去买小麦、包谷。有的干脆背上大米到南北二山去换。百善说："拿米换包谷洋芋，南边最远跑到山阳的火神庙，北边到苗沟、条子沟、留仙坪。一斤米换五斤洋芋。"栽娃说："没其他啥，给娃喝米汤，娃都不想喝了么。1972年么还是七几年来，我拿了十几斤米，到甘河沟换了五十斤洋芋，来回走了几十里山路。总算给娃换了别样吃的。把人累得几天腿疼得都挪不动。"栽娃又敬了大家一杯酒，说："现在没地了，千亩荷花池，游的人多得太太么。"

提到棣花街用电的事儿，百善略带自豪地说："西街头水发电是六几年来，那电不要钱，是王启民给弄的。一直用到西北电管站的电来，到1976年前后。"栽娃说："全县用电最早的要数我们棣花了。"

为了解棣花用电的细节，后来，在夏日雨后天晴的一个上午，我和小贾拜见了八十二岁的王启民老人。老人精神矍铄，笑容可掬。老人是蓝田葛牌人，西安电力学校毕业分配到地区水电局。1961年下派到棣花驻村，看到家家户户还在点煤油灯，加工粮食还用石磨子，便给局领导建议用丹江水建一座水电站。领导同意了，让他负责技术问题。他学的是电力，没学过水电，局里派他到上海水电设计院学习了半年。回来后他亲自踏勘选址，自己设计。他首先解决水源问题，发动农民义务投工修引水渠，地址选在西街涧底下。那时钢筋少，他选了两名手艺好的木匠，用铁桨木做水轮螺旋桨。他设计的是四米水头，三十千瓦发电能力，用水轮机齿轮带动发电。老人喝了一口水，笑着说，棣花能人多，木匠技艺高，木制螺旋桨做得精细。他们用了三年时间，在西街临河道拐弯处建起了水电站。有了电，家家晚上屋里都亮堂堂的。晚上十点以后，启用动力电给群众加工稻子、小麦、包谷等粮食。他还幽默地说，修电站还给他修来了媳妇，他老伴就是街里人。棣花人用上电灯了，吸引周边十里八乡的人来看稀奇。

那晚百善还说："那时给娃说媳妇都要看家里有电哩没有。磨粮食也方便，也便宜，一百斤粮食才收一块钱加工费。"贾卫东说，这电用到1976年国家火电送到了，才停了。贾崇涛说，棣花人用上电后，不但人开了眼，生活也变了，到现在都忘不了。

夜已经很深了，月亮在头顶上亮着，游客还有，我们继续在栽娃院子梨树下喝酒说话，笑声很响。这梨树是栽娃母亲栽的，也有四五十年了，树身老碗粗，树皮黝黑皲裂，梨却香甜爽脆，我吃过好几次。

棣花因贾平凹出了名，棣花也是过去商於古道上的一个驿站，县里在这里打造了商於古道上一条亮丽的风景线。千亩稻田成了千亩荷塘，荷叶田田，荷花片片，还有村姑在湖上荡着小船，唱着山歌，有"小江南"的气息。平凹的老屋改造后，也成了一个旅游点，二郎庙、魁星楼、宋金街、清风街、法性寺等，都有厚重的人文历史气息和现代气息，游人看得都不愿离开。

对旅游，百善还有他的看法，他说："没弄好么，《秦腔》中的生活原型恁多，只弄了个刘高兴，太单薄了么。应以文化为底子，以平凹为主线，他走到哪搭旅游就跟到哪搭，这才像回事儿哩么，像苗沟水库就没开发么。"栽娃说："还有棣花的社火，那可是在全县出了名的，像外地一样一天在固定时间给游人表演一次，这是多好的事儿呀。"卫东也说："百善叔现在开的石磨坊，磨的麦面都成牌子了，省城里的人都争着来买哩。百善叔也是《秦腔》书里的原型，也能搞个旅游点的。"崇涛说："你没看高兴那狗日的最沾光了，平凹叔写他时，还在西安拉煤拾破烂哩，谁能想到，他现在靠卖书、卖字、卖文化，大把大把收钱哩么。"

我说几年前谢有顺先生来，只看了平凹先生的老院子，一看楼门正对着南沟后面的笔架山，就笑着说："文曲星就在这里了，几百年只能出这一个了。"

刘高兴跟我也很熟，瘦高个，嘴能说，他是平凹先生的同学，平凹先生的好多故事都是从他那儿听来的，他也正是平凹先生长篇小说《高兴》中的刘高兴的生活原型，原名刘书征，因《高兴》书和电影，他也出了名，曾被贵州电视台用飞机接去谈农民工话题。棣花搞旅游，他回来把院子一收拾，把他和平凹先生小时候的事儿写了一本书——《我和平凹》，还让我给校对过。他还能写毛笔字，自己定制了一个大案子，铺上毛毡，就摆在东厦房里。平凹先生写的"哥俩好"放大贴在墙上，还有不少名家和他的合影也在墙上贴着。院子里葫芦架上的葫芦长得很旺，一树木梨也结满了果子，房檐下挂着一串串深紫色的莲蓬。他坐在案子后面，游客来了，就挥笔龙飞凤舞起来，不是"高兴人生"，就是"人生高兴"或是"健康高兴""高兴健康"。他还在门口加盖了一层楼，可以住宿，还有餐厅，真成了全方位的吃住一条龙服务。

棣花后塬去西山塬路口有个钟楼亭子，我小时候跟母亲赶集，总想去看看，母亲说那是庙里的神物，不让随便看，记得钟有大环锅那么大，里面待几个人都行。听说修苗沟水库时，撞钟叫人上工，十几里外人都能听见。那钟原来在法性寺，是唐代铸造的。后来亭子倒了，县文物部门把钟拉走了。现在保存在县上。

贾塬后面的山叫牛头岭，样子像牛头，山上多是坟墓，一些坡地原来种红薯，很好吃，现在退耕后栽满了核桃。铁路就从山半腰穿过。翻过小垭垭是土塬子，专家多次来看过地形，想在这里建飞机场哩。现在也全是核桃树，有几千亩，都已经挂果了。

每遇丹江发洪水，也是棣花街人捞柴火的好时机。文友朝宏的父亲刘老伯，八十六岁了，在商洛棣花古镇乡土文化研究院公众号上发表了《丹江河里捞大柴》，说是五几年的夏天，贾塬他姨父来给他家帮忙干农活，他在家刮洋芋皮，有人喊："河里发大水了，捞柴走——"，他就跑到门前涧底下河边石板头上，等冲来的柴火，他姨父也拿着捞斗子来了。一眼没看，他姨父掉到水里了，他就扑过去拉，两人一块被水冲走了。好在他会凫水，可他一个小娃拉不动大人，被冲出两三丈，下面捞柴的伸捞斗子过来让他们抓住了，那人把他俩拉出一截，差点被带到水里，那人就放手了，他们也快到河练跟前，就游出来了。还有一次，在秋里，他在院子破柴火，听有人喊救命，他甩下斧头，跑出去，从三四丈高的涧塄上扑下去，连衣裳都没脱，下到洪水里救了母女二人。过后，那人拿了七尺白洋布来谢恩。像这样捞柴被冲走的事儿，过去年年都有，现在洪水少了，人们做饭多用煤和天然气，也再没有捞柴一说了。

棣花老街

巩文超

那是一条现在看起来不怎么起眼的老街，中间以稻田、荷塘间隔，极自然地分成东街、中街、西街三个自然村。我的同乡、著名作家贾平凹是1972年从东街走出棣花老街步入文坛的。

记忆中的棣花老街颇有名气，明清特色的古建筑古朴典雅，青砖柱、土墙、青灰色瓦屋顶、翘檐屋脊，飞龙舞凤，煞是好看。东西山墙两侧留有吉字形透风窗，冬暖夏凉，临街是一色灰青的木质铺板门，方格窗户，雅致而整齐。斑驳不一的青石街面，高低不平，无言地传递着古老的文明。门前高大的柳树，一字似的排开；大致呈均匀分布的水井，散落在老街两侧。一望无际的稻田、碧波荡漾的荷塘、顺丹江河堤一字排开的芦苇荡，展示着一幅北国江南水乡的美丽画面。遇到阴历三、六、九逢集的日子，方圆几十里的人都来这里买卖货物，家家户户临街的房子都成了店铺，后房当作仓库，门前屋后摆满了各色货物，一时间你来我往，人挤人、肩挨肩，插葱一般地拥挤，正集时分是很难从东街走到西街口的。

棣花老街历史悠久，唐代设棣花驿，陇海铁路没通之前，南方的丝绸、大米、瓷器等货物经长江、汉江、丹江由船舶水运至水旱码头龙驹寨，再由骡、马经商镇、棣花驿站运至商州、西安以及山西、河北、北京等地，这里古称商於古道，是当时南北运送货物的重要通道，著名的商贾之路、诗歌之路。唐朝著名诗人白居易曾留有咏棣花驿诗数篇。

棣花老街古迹众多，街东建有金代二郎庙，距今八百余年历史，为金汉建筑工艺之合璧，庙内供奉英勇神武的杨二郎杨戬，为陕西省重点文物保护单位，被载入国家名胜辞典。庙东侧有清代修建的关帝庙一座，两庙远望宛如一对孪生姐妹，并排玉立。二郎庙旧时曾有牌楼、乐楼，两侧建有菩萨庙及魁星楼，为老街群众祭祀聚会演戏之场所。老街北塬为唐代建的法性寺，规模宏大，香火曾旺盛一时。街对面南山坡顶建有昙花寺，古塔参天，昙花盛开，古有昙花胜地之称，因年久失修，早已塔倒庙毁，仅存遗迹。丹江南岸悬崖现存许多排列不一的悬空崖洞，经考古学家研究，疑为先人居住石屋或古崖葬群，为棣花增添了不少古老而神秘的色彩。

棣花老街是个出人才的地方，历来尚武崇文，街西以二郎庙为界，明末李自成曾驻扎在棣花老街屯兵养马，招募义军，并一举攻入北京，当地人跟着义军学了不少拳脚功夫，所以后来就留下了好拳师打不出棣花街的佳话。棣花街正南面是笔架山，街北面有龙泉吐瑞，是块风水宝地。县里的第一个省级教育强镇被棣花夺走。县里、市里乃至省里成了名的人，一打听，总有棣花人在里面，这使得做一个棣花人心里总有几分自豪。

曾几何时，老街南面的丹江河因为修路建房取沙，河道破坏，地下水位大幅度下降，昔日令人羡慕的江南水乡也严重缺水了，原来用桶能直接打起水的老井也干枯了，往下打好几丈深才能见到水，稻田、荷塘因为缺水而相继起旱。旱涝保收的老安地也成了靠天吃饭的漏斗田，加之交通不便、发展空间太小等原因，棣花老街的人们陆续把新房子盖到312国道旁边去了，集贸市场也移到距离国道很近的新街，老街仿佛一夜之间衰落了。只剩下一些新房盖得早、图着种田方便的老户以及留恋老庄子的一些老年人，街面房子铺板老化，墙皮脱落，柳树枯死，多数房子由铁将军把门，个别年久失修、长期不住人的房子因没有烟火护救而陆续倒塌，昔日繁花的景象不见了，这还是棣花人心中的老街吗？

新农村建设的号角和沪陕高速公路的开通为棣花老街带来了新的机遇，民居改造使老街面貌焕然一新，通村水泥路四通八达，大棚蔬菜逐步推开，节水莲菜种植试点成功，全棣花范围内的人饮工程因苗沟水库的除险加固将加快实施，以二郎庙、平凹故居、明清古街、法性寺、千亩荷塘为重点的棣花十观被列入县镇生态文化旅游项目的整体开发规划，棣花老街将乘着时代的东风扬帆起航，铸造新的辉煌。

春光灿烂棣花街

李育善

周末，灿烂的阳光惹得女儿的心荡漾起来，缠着我要下河抓小蝌蚪，可走了几处地方，连蝌蚪的影子也没见，这才想起还没到蝌蚪戏水的时节。我便邀上高峰，乘车去棣花街看平凹先生的老家和小说《秦腔》里描写的清风街的原型。

车子在暖洋洋的春风里奔驰着，柔柔的风扑在脸上，不一会儿便到了棣花街。我们绕平凹的老房转了几匝，始终没有看出这个宅子的好风水在哪里。从贾塬小学旁的小巷南行，到老官路往西走，跨过已经没有水的苗沟河，我们来到二郎庙，庙门紧锁着，从外面看，春日里的二郎庙，飞檐翘角，琉璃瓦熠熠生辉。问过路的一位少妇，她甜甜一笑，绵绵地说："人到地里锄麦去了。"说着，一阵春风般从我们面前飘过，仿佛一泓春水荡起阵阵涟漪。于是又返身来到麦田里的一条水渠旁，水是从我老家流下来的，清凌凌，凉丝丝，掬一捧水，仿佛触到了故乡的神经，我心为之一动，为女儿装了满满一瓶苗沟的水，也算给女儿收住故乡的魂灵。

从二郎庙前的老官路西行，就是棣花老街了。街不宽，一辆小车过去，迎面再来车，就错不过身了。两边是装有门面板的街房，入身都不大，可临街的墙几乎全成了门，黑黝黝的，想来多是当时街市繁华时，人们经常早上卸下来，晚上安上去，人手上的垢痂染积而成的。现在的街房，大多已倒塌，门板大都腐烂，有钱的人家已把房盖到国道边上了。街面上满是荒草，这儿一个土堆，那儿一个粪堆，老鼠大胆地在街上摆浪子，人走到跟前一点没有害怕的意思，反倒把人给吓一跳。一棵一搂粗的柳树，一人高以下，全是黑乎乎明油油的，可见街市曾经是多么的繁华！

从塌了一角的墙头冒出粉嘟嘟的桃花,活脱脱似一位少女的脸,我疑心那间房子是否醉卧过漂泊的李白,莫非那桃花就是他留下的一段诗的残梦;那被火烧掉屋檐,于残垣断壁下的一树梨花开成了一堆雪,保不准就是韩愈遭贬后,留下的"雪拥蓝关马不前"诗句里的雪花;那土堆上的一株黄灿灿的油菜花,也许是王维夜宿时逸出的一行诗意。来到街西头,当年的铁匠炉子早已不在了,唯余炉台默默守望,那铁匠炉子也许给李自成的部队淬过刀和枪呢。平凹先生《浮躁》中提到的小水外爷的铁炉子就是这里昔日红红火火打铁的写照。

迎面看到一两户人家,屋顶上炊烟袅袅,走到门前,一位七十多岁的老人,端着比头大得多的老碗,正挑起一筷子长面条,只见他很有劲地闪了两下,便塞进嘴里扑扑喽喽吃起来。问老人老街的情景,他雪白的眉毛往上一扬,满是皱褶的脸上绽出自豪,乐呵呵地说:"想当年,这街上南来的北往的,经商的算卦的,担柴的卖草的,挑猪的骟牛的,拭枪的弄棒的,那才叫个热闹!人挤人,物拥人,就跟地里外麦叫风吹一样。"说着,又狠狠地吸了一口面,叹息道:"哎,现如今人都撵新官路去了,街也不街了,只剩我这死老头子还舍不得离开。"

北面街房后,原来是水田,生长着大片大片的芦苇和莲藕,莲菜以香脆多孔受人青睐,远近闻名,人常说棣花人实在莲菜却多心眼,说的就是这个。每到盛夏,美妙的景色,使人不禁想起朱自清的《荷塘月色》。现如今小小的荷塘,只有几个残枝败叶了。

街南面大片大片的稻田因丹江河床下切也起成旱地了。靠西南建起的几十个塑料大棚里,农民正在忙碌着。大棚中间有一条路可以去丹江,这里的河水清澈见底,在地畔上采了几枝野桃花,让女儿激动不已。

从棣花回来,又读了平凹先生的《〈秦腔〉后记》,我突发奇想,若抓住《秦腔》出版这一契机,把往日繁荣的棣花老街恢复起来,按照老人们的记忆和书中的描述,建起一条新的老街——清风街,也许会成为一个很有前景的旅游景点呢!

古镇棣花

舒 敏

棣花古镇上曾是有着棣花古街的，现在却没有了，代之而来的，是一条名曰清风的街。一位作家，一部《秦腔》，消失了棣花古街，新兴了清风街，也许，这是文化的魅力。

清风街一街两旁整齐地放着不少粗瓷老瓮，瓮面有绿油油的叶片密密麻麻地朝天伸着脑袋，弄不清是水葫芦还是睡莲。

街面中央，一只四五个月大的小狗安逸地半躺在路中间，显然不谙世事。蹲下问它何以要躺在路中间，它不说话，只用圆圆的眼睛很无辜地看着你，眼角粘着眼屎，却浑然不觉。

清风街头有棣花驿站，白居易先生曾两次在此下榻，有诗为证"遥闻旅宿梦兄弟，应为邮亭名棣华"。棣花驿站历史悠久，据说建于春秋年间。

千亩荷塘的荷不经意间就走完了它人生的黄金时代，虽然大多还绿着，还不能算是完全的残枝败叶，但毕竟，绿得不够娇艳妖娆，不够激情蓬勃。高而松垮地站着，像一些不修边幅的哺乳期妇女。

棣花东街上有个二郎庙，曾是宋金分界线。宋金街上有个袖珍月牙泉，月牙泉边也曾演绎过动人的爱情故事。

去古镇多半是奔着平凹老宅的，当然还有他的发小刘高兴。高兴大概有了钱，正在大兴土木搞家园重建。不知他是刘高兴，上去就问，去贾平凹家咋走？高兴就有些不高兴，说，你在我高兴家，咋只想着贾平凹？

高兴墙上不少字，贾平凹的有两幅，一是"高兴生活，健康人生"，一是"哥俩好"，指着那幅"哥俩好"，我问："贾平凹给你写这幅字，收没收钱？"高兴回答得很艺术："如果收钱，还能算是'哥俩好'吗？"

贾平凹故居门前，是那块有名的丑石。丑石对面和旁边的两个院落里，有对贾平凹人、文学以及书法的各色详细介绍。

古镇上小吃不少。风雨桥不远处正在施工，耳畔叮叮咚咚，满眼皆是裸露的黄土，闹且不美。

巷子里散步的狗儿不少，个头不大、品相普通。跟城里女人手里牵的贵妃犬可是没法比。不但狗没法比，棣花古镇的景色，跟城市公园的好多地方也没法比。依我看，眼下的棣花算不得美，但我知道，对好多人来说，棣花这个地方非去不可。因为这里有城里没有的山，城里没有的人和城里没有的故事。

从高兴家去平凹老宅途中，碰到一位脚步匆匆的村民，知道我们正在寻找平凹故居，一面给我们指路一面笑着小声嘟囔说："你们这些城里人真怪，贾平凹家倒是有啥好看的？！"的确，好多时候，人真的是一种不可捉摸不可理喻的奇怪动物。

还在建设中的棣花并不很美，但棣花这个地方，怎能不去呢？尤其对一个容易被文字打动的人来说。

其实，棣花有什么呢？似乎也没什么。也许，将朗月青山与金戈铁马，出彩人物与凡夫俗子、历史传说与人间烟火一起杂糅，也就是棣花了吧。

老　街

贾建霞

一条东起石板沟，西至西街村，途经贾塬、棣花二村的五里长街，即如今的贾塬、棣花、西街三个村，合称为棣花街。这条长街虽是乡村土路，但宽阔直缓，被当地人雅称"官路"。我说的老街，就是棣花老街道。因为棣花有"昙花胜地"等许多古老的传说，一代一代生活在其中的人们演绎了不少动人的故事；也因为这个美丽的地方，成长了当代享誉中外的文坛巨星——贾平凹，还是茅盾文学奖作品《秦腔》的原型地。因而，也就有了很多神奇和迷人之处。我就生长在这个有着许多故事的地方。

这些年，为了求学和谋生，我虽远走他乡，但不论走在何方，我都能听见从棣花发出的声音，这声音，经岁月的抹布揩拭，愈发清晰。

老街宽阔平坦，约二里长五米宽，街两边是高大的柳树，青灰色整齐划一的南北两排门面房就掩映在绿荫中。听说原来设在老街的棣花集商贸繁荣，店铺林立，可惜自我记事起集市已迁移，这里也就成为名副其实的老街。大人不经意间的念叨，给幼小的我平添了许多美好的想象。

父亲十六岁时拜师学艺，他的师傅家就在棣花老街，房屋居中，有南北相对两座房。我管父亲的师傅叫刘爷爷，刘爷爷有两个儿子，大儿子顺民叔一家五口住在南面的三间屋里，有一个大后院；小儿子是哑巴，没成家，我称他二叔，刘爷爷和二叔就住在北面的两间房里。

我的童年就留在老街。20世纪70年代的困难年月，孩子们最高兴的事就是走亲戚、赶热闹。隔三岔五，我们就要去刘爷爷家。刘爷爷家人多，又好客，我们自然喜欢去。在那里，我们和他的孙儿们无忧无虑地尽情玩，也不用干活儿。我家住在贾塬村，虽然沿"官路"而居，但还是比不上老街，老街不论是古朴的风格，整齐的布局，还是曾经的繁华，现今的安谧，都令我们十分神往。那条令人羡慕的老街，既是我们玩耍的宝地，也让我在那里结识了许多伙伴。老街上孩子多，又集中，可贵的童心很容易使我们走近，我们在捉迷藏、踢毽子这些永不厌倦的游戏中，成了要好的朋友。在刘爷爷家做客，既能玩得开心痛快，又能吃到梦寐以求的"大餐"。虽然刘爷爷家并不宽裕，但他每次都盛情款待我们。刘爷爷话不多，却很细心，每次去他家，他总是用那双粗大的手在我们头上轻轻地抚摸，一边不紧不慢地叮咛我们要好好学习，要帮大人干活，一边回转身，从里屋取出自己舍不得吃而刻意留给我们的食物，这样的惊喜时常会有。每次吃他留给我们的美食，我都很慢很仔细，怕那来之不易的好东西会很快消失在肚子里。每次在细细品味美味的同时，我都会用心体味刘爷爷的良苦用心。那是他老人家对我们的爱与恩泽啊！逢年过节，父亲必请刘爷爷到我家来团聚；收种季节，即使再忙，刘爷爷也会派二叔过来帮我们。那种热闹、和睦的氛围和朴素的往来，不仅将我童年的岁月渲染得温馨、愉快，而且使我真真切切地享受到了至真至纯的亲情，这也成为我童年最温暖最美好的记忆。

刘爷爷是地道的老泥瓦匠，能雕会画，手艺高超，从事着上一代建筑——土（砖）木结构房子的整体修建，雕屋脊，封山墙，画门楼。那年月，前来投师的人络绎不绝，刘爷爷性格倔强，都不肯接收。因他与我祖父是至交，才破例收了我父亲这个徒弟。几十年来，他们师徒和睦相处，配合默契，做遍了方圆几十里的乡活，参与了丹凤粮库、丹凤中学、丹凤剧院等大型建筑的修建。父亲踏实好学，师傅教给的手艺样样精通，人又忠厚善良，知恩图报。后来，老人因年迈而门庭冷落，父亲承揽的活路却多得忙不过来。父亲不离不弃，一直不遗余力地照顾着老人，直至刘爷爷倒在他人的屋脊上不省人事。悲咽的父亲掩埋了师傅后，就很少再去老街了，从此，老街就被尘封在我的记忆中。而那段情如至亲的师徒情，则成了我今生都无法忘却的精美片段。

老街中段有一口井，几尺长的竹竿钩住桶就能汲上水来，街东头和中间的几十户人家都吃这口井水。水质甘甜、清洌。井口小，是用打琢规整的青色石镶成。因取水的人多，井边常湿漉漉的。我们贾塬村水源不足，用水一直不大方便，我从小就幻想着门前要是有条小河或打一口井该多好呀！因而对水有一种特别的情愫。因此，老街的井不仅是我们玩耍的好去处，而且也承载了我幼时的梦想。我们常在那里溅水花，打水仗，渴了饱饮一口，透心甜。伙伴们曾天真地言传，只要在井里许个心愿，都会实现。尽管我似信非信，还是将那个美好的"愿望井"一声不响地收藏在心间，直至刘爷爷去世。

一个落寞的午后，我偷偷地从不远处的学校跑到安静的井边，俯下身子，爬到井口，看见井中晃动的影子，不胜欣喜，激动地大声呼喊："刘爷爷，你过来吧，我拉你上来！"我不知道梦中的刘爷爷能否感知，但我相信，他不会离去，永远不会！

后来，那口井几近干枯，我那慈眉善目的刘爷爷也已离世多年。他就像那口井，滋养了一代又一代人。是他传授的技术让父亲有了谋生的本领，从而养育和成就了我们的今天；是他的厚道与挚爱，在我幼小的心田植下了友爱的种子；是他的敬业与坚守，让我懂得了追求的意义；是他和父亲深厚、绵长的情谊，让我感到了来自艰难岁月的温暖和感动。

我七岁开始上小学，当时的棣花小学坐落在老街的东北部，是供棣花、贾塬、西街三个村学生读书的一所八年制学校，相当于现在的小学、初中。

学校房屋破旧，院落又不规整。校园南面是稻田，北邻几十米高的土塄，东边有一条通往土塄的斜坡路，东西长，南北窄，有两排相对着的教室，校园就围在中间。办公区和灶房在西边；一、二年级的教室在土塄上，离办公区较远；三、四、五年级的教室在院子东边，虽与办公区有距离，但都在一个水平面；西边紧邻办公区的是六、七、八年级教室。这些办公用房与南北两排相对整齐的教室呈"丁"字形。在我最初的印象中，校园就像一个八卦阵。刚入学时，由于环境陌生，心里也胆怯，想上厕所找不到又不肯言传，只好一直憋着，难受了两节课后，才迫不及待地随着一位熟悉环境的同学第一次走进了那掩藏在"丁"字拐角的厕所。受此之苦，以后每有熟识的新生入学，我都第一个告诉她厕所的方位。学校有东西两个门，贾塬村位于学校东边，学生自然走东门，出了东门南下几十米有一泉；棣花和西街两村的学生走西门，西门口又是一泉。两泉是古棣花十观之"甘泉自美"，又是另一景"二龙拱一桥"之二龙水源。我一直以为，我生长的地方是旱塬，就相信命里缺水，而我的学校被两个水汪汪的醴泉相拥，我想一定有它奇异的地方。后来才知道，古老的法性寺就在我往来了五年的校园里，可谓"不识庐山真面目，只缘身在此山中"。多么神奇的地方，多么美好的景象，当年却熟视无睹。

课桌是一长溜土坯搭成的台子，上覆一层薄水泥。那时缺吃少穿，衣服本来就换不过来，而土台子却使衣服烂得更快，即便再小心，也不经磨。

学唱的第一首歌是《我的祖国》。我们这一代人大概是人口最多的年龄群。音乐课两个班合在一个教室，学生奇多，每个座位两人，还有一部分同学要站在走道里。音乐老师神气地昂着头，得意地拉着破旧的二胡，陶醉在悠扬的旋律中。而我们，起哄一般地聚在一起，根本没把唱歌当回事儿。因而，在当时的印象中，这首歌特难学，以至几节课都没有完全学会。后来在大雁塔广场的音乐喷泉中，才真正领略了这首经典歌曲的恢宏气势。每当优美的旋律响起的时候，一种幽深的记忆从云烟深处透迤而来，我都不由会万分感慨。

我的学习成绩一直不是很好。记得学习画角时，我明明用量角器量准的，可下午临放学时，交上去的作业本却经常被怒气冲冲的学习干事撕得粉碎，我不得要领，只得眼巴巴地看着学习好的同学优雅地离去，而自己——这个愚笨的人，只能和教室里剩下的几位同学一样，苦恼地重做那些令人头疼的作业。在计算周长、面积、体积时，我咋样都搞不清、理不顺，一次哥哥的有意点拨，让我恍然大悟、茅塞顿开。从此，我的数学学得轻轻快快，成绩也一路遥遥领先，成为我学业上的得意之科。后来我常想，如果没有学习干事尽职尽责的检查，没有哥哥的耐心指点，我还不知道会是啥样儿！这样想着的时候，内心便升腾起对同学们的无限感激和对亲人的思念之情。

艰难的岁月是一抔肥沃的厚土，培育了人间至深的情意。我的那些老师们，没有不尽职尽责，也没有不爱学生的。尽管他们的家庭并不宽裕，但他们还是会时常周济困难学生，还会将阅过的试卷拿来让我们做草稿用；只要学生有疑问，老师宁可不吃饭，也要苦口婆心地讲解，直至学生弄懂弄通。我的老师们待学生如亲生，绝不容许学生不学习，他们不放弃任何一名学生，也不包庇任何一处错误。后来才知道，那些恪尽职守、令人崇敬的恩师们都是民办教师，这使我对老师们的感恩之情更浓、更重。好在后来他们都转正了，我的内心才稍稍安慰。今生今世，不论我飞得多高，走得多远，我那手有残疾的巩老师，拿教鞭敲学生头的张老师，声如洪钟的雷老师以及那些来了又去了的家在异乡的各位老师，他们是我心灵的使者，是我生命的导师，我会永远铭记，终生感念。

艰难的岁月也是一抔优良的净土，栽植了纯洁的友谊。那时的学生单纯、朴素，不讲究吃穿，没有功利心，在一起只谈学习，互相诚心帮助。我的一位同学，家里姊妹多，父亲长年有病，母亲又突然离去。他的情况被同学们知道后，有从家里带包谷来的，有从兜里掏出红薯片的，有将心爱的笔送给他的……同学们朴素的真情感染了他，从此他安下心认真学习，期末考试取得了前三名的成绩。在班主任老师的争取下，他享受到了减免学费的待遇。至今回想起来，那些真挚的友情依然令人感动。一次自习课，我想赶时间做完作业回家帮大人干活，而从哥哥那儿"退休"下来的笔不争气地使小性子，我急得满头大汗，真是越急躁越事与愿违。我的同桌是一位腼腆而成绩优秀的男生。看到我狼狈的样子，毫不犹豫地将他自己正在用着的笔递给我，然后，开始修理我的笔。他先挤净墨水，然后用尽全力卸笔尖，聪明的他将笔尖夹在扣环上用力地拧来拧去，直至将他雪白的衬衣弄得满是污渍，仍未成功。放学后，他爽快地把自己唯一的那支笔送给了我。在困难年月，一支笔足以见证一段不可多得的友情。他还经常在学习上帮助我，在思想上启发我。在他的鼓励和带动下，我学习的积极性很高，也明白了不少事理。

在我写这些文字的时候，我的学校已变了模样，原来的棣花小学已分为棣花、贾塬两所小学和棣花中学，也都已迁至新街。我们的教室已成了民房，东西两泉近乎枯竭，老师们已退休在家。而我多年不曾谋面的同学们，偶尔见面闲聊，真诚和那个年代孕育的火热情怀依然鲜活如初。我想，不管时光如何改变，有些东西是永远也改变不了的。

老家万湾

张建民

万湾是一个乡村社区的名字，近五百户人家中竟没有一户姓万的，我常常猜度万湾这个名字的来历。它过去应该是一个大村庄，居住着一万户人家，应该叫万家湾。也许真的曾经有过姓万的人家，在沧桑变迁中流逝了。

万湾地处丹凤县城以西二十多里处，现隶属棣花镇，20世纪以前归茶房乡行政管辖。所以在我的脑海里，还总是把万湾和茶房联系得更紧密一些。虽然我没在老家万湾出生，但八岁至十三四岁的少年生活在这里度过，这里的一草一木、沟沟岭岭都深深地印在我的记忆中，无论走到哪里，万湾都让我魂牵梦萦。

横贯中国南北的秦岭，到了商洛东南方向，已渐渐走了下坡路，一条条余脉从秦岭主脊上顺势南北延伸，长则数百里，短则几十里，山脉与山脉之间，就自然形成了川道、盆地、沟壑。万湾幸运地被天地造化成川道边上的半个盆地。它背靠虎山，面对丹江，东有马鞍岭台阶状伸出，西有棣花南岭天然屏障，正好弯出一个占地两千多亩的大弯，像一把展开的扇面，像一弯弓，又像一个盆底的一半。三山环抱，一水绕前，一个"湾"字，恰切形象地概括了这里的地理特点。也许得益于山水的点化，在我的记忆当中，万湾总是云雾缭绕，临丹江那几百亩沙地，早晚都有纱一样的薄雾袅袅升腾、升腾，而背后虎山的半山腰上，也总有一片一片白云从绿油油的山坡款款落下、落下，当雾和云在半空相遇融合纠缠不清的时候，天空就下起了细蒙蒙的雨，村里的老者就说，梅雨来了。梅雨来了，桃李花开，万木争荣。尤其是一种叫梅子的花，更是开得满山遍野、无遮无拦。白生生的梅子花，一团团、一簇簇、一片片，开在平地开在山岭，把万湾开成了花的海洋。在一片白的世界里，站在远处瞭望，你很难分辨清楚什么是花，什么是雾了，它们氤氲着，含混着，浸淫着。这样的季节气候是温润甜蜜的，就连空气也是黏黏的香。这种独特的气候，独特的沙土地，孕育出了喜欢湿润的梅子树。万湾盛产梅子，每到七月月半以后，慕名而来的远近客商，有外省的，也有本省的，开着汽车，坐镇收购，整筐整笼的梅子，酸甜酸甜的梅子，黑红黄亮的梅子，被一车一车地拉走。梅子是老家万湾留给我的最深刻的印象，老家万湾在我心里就是一颗鲜亮甘甜汁液饱满的梅子。

梅子是万湾的名声，也是万湾人的骄傲。据说二十世纪四五十年代，商洛剧团有一位名角是万湾人，老者们提起他，咕噜噜抽着铜壶水烟兴奋得不得了。他们像说故经一样亲切地叫他梅子红，铜烟嘴在石头上叩得当当响："好娃哩，咱湾里梅子红唱戏唱得好了得哩。"那种得意之情，就爬上了他们飞扬的白眉毛，说到兴头上，还会张着少了牙齿的嘴，哼唱一句半句的。但若问好在哪里，他们却说不出个所以然，只是说那梅子红是个唱花旦的，唱腔圆润，字正腔圆。能被人们记住的人和事，肯定有被记住的理由，能被冠以梅子红，更有其红的依据。和梅子红一样常常被老人们津津乐道的还有一个人，那就是我的张冷爷了。张冷爷是我本家长辈的长辈，他是一个拳师，传说打一手好拳，为人豪爽，重义轻利，拳快如风，力大无比。若见乡里有被欺之人事，好以拳相助。其他传说我半信半疑，但关于他的拳功我是绝对相信的。因为我祖父亲口对我讲过："你张冷爷一拳能把一尺多厚的山墙打倒，还说用尻子能把一个卧着的大碌碡拱起来，晒干的包谷、绿豆、麦，他两个指头一捏就捏成了面面。"还说过："一次赶集，两个富家子弟欺负一个卖绿豆的老汉，硬说老汉的绿豆不干，用嘴一咬两半、一咬两半。你张冷爷过去当着那两个人的面，一连捏碎十颗绿豆，说，绿豆都干成面面了，怎么还说不干？硬是逼着两个富家子弟公平买了老汉的绿豆。"过去练功的人，多半有真功夫，想起那些功夫，常常让人心生敬畏。万湾还有一个人值得记忆，他是我们东塬组的，学名张京治。20世纪60年代，他考上了哈尔滨工业大学，是村里当年唯一考上大学的人，毕业后转到部队。村里人教育孩子时常以他为榜样，说："要向你京治叔学习，将来上大学报效祖国。"遗憾的是此人命运多舛，传说他在部队时被林彪相中作备选女婿，林彪事件后，他女婿没做成，从此不再提及婚事。年近知天命之时，离开部队到商洛师专任教，后在老家茶房乡创办了一所民办大学，是全国最早创办的民办大学之一。前几年因车祸不幸去世。地以人传，一个地方总会有几个人物，就像一个地方总会生长几棵大树，并成为那个地方最耀眼的风景。

　　对于老家，每个人都会怀有一份特殊的感情，都会有其牵挂怀念的根据。万湾于我而言，是祖先的栖居地，也是我生命的发源地。水有源，树有根，人有血缘。记得小时候在祖先的坟园里打鸟，苍翠茂密的坟园，释放着神秘的气息。那些郁郁苍苍的柏树，仿佛是逝者的化身，而在树枝上跳来荡去的鸟，又像是祖先放养的精灵。我们一群懵懂无知的孩子，怎么也打不着那些精灵，惹得风在树叶背后呼呼地笑。往往，我们追逐一整天，从村前追到村后，从早晨追到夜幕降临，只能打下来几片羽毛，夜晚的梦就做得很深，一直到现在知天命之年，偶尔还会有一只鸟飞进梦中，飞在祖先的坟园里。一晃离开老家快四十年了，四十年间，每次乘车经过，看着万湾坡根那一片片黑乎乎的柏树林，就觉得那是先人聚在一起以树的形象在观望着我们，就会虔诚地双手合十，并在心中默诵夙愿，祝愿老家人民幸福，并祈求祖先保佑我，健康幸运，灵感常青。

　　沧海桑田，世事巨变。如今的万湾，已经变成了"中国最美乡村"，闻名商洛，环村大道覆盖了泥泞小路，夜间路灯灿如珍珠。村民的小楼鳞次栉比，白壁红檐，杨柳依依，绿树掩映，路迎鲜花。万湾农家乐游客如织，果园梅红梨白，香飘四溢。丹江大桥飞架，交通不分南北。万湾，几十年时间，变化如此之大，令四邻村镇羡慕。这些巨大的变化既得益于乡村振兴政策，也有天时地利人和的因素。如此，老家万湾有福了，游子也不必再频频双手合十了。

棣花的埝渠

贾书章

在棣花,曾经有条埝渠从丹江引流,经雷家坡、西街、棣花村,紧挨着清风街南侧往东,穿过二郎庙,流到我们贾塬村。埝渠长两千六百多米,宽一点二米,深两米,平时水深一米左右。这条埝渠就像一条脐带,成了棣花人的生命线。有了这一条埝渠,棣花的百亩荷塘和千亩水田才有了生机。

每年春季,气温渐暖,百花盛开,到了育秧苗的时节,父亲和叔父带领村里的后生们扛着铁锨,拿着镢头,沿着埝渠一路而上,到埝渠进水口去引水。从埝渠进水口向西,在紧贴丹江北岸的沙滩挑开一条引水渠,丹江里的水就像一条水龙汹涌而进,一路浩浩荡荡奔流而下,滋润着农田,也滋润着棣花人干渴了一冬的心事。

埝渠里有水了,大妈大婶们的脸上绽开了笑容,她们提着一笼衣物,到埝渠边淘菜、洗衣服,她们一边洗一边说笑,水花飞溅,笑语欢声。那些穿红着绿的村姑们,也三三两两相约,在埝渠边洗衣,形成一幅恬静婉约的乡村风景画。春天的日头暖意洋洋,春风也显得格外缠绵多情,逗引得姑娘们一个个将裤腿挽起来,露出一截截白藕一般的小腿,脚丫子伸到埝渠里,俏皮地打着溅水。姑娘们的欢笑声、打闹声和捣衣声回荡在荷塘及稻田间,逗引得插秧的小伙子们不时回头偷看几眼。

埝渠到了棣花荷塘一带,地势平缓,渠里的水流也缓慢了许多,这为鱼虾栖息创造了很好的条件。每年七八月里,埝渠里的金花板鱼、大头绵鱼、螃蟹、河蚌和小虾很多,随手就能抓住。我们一群小孩子奔出家门,到埝渠里捉鱼摸虾、捞河蚌。那时候,村里人家几乎没有食用油,仅有的一瓶蓖麻油也舍不得用。我们抓住了鱼也不带回家,找一些干柴棍棍点着了,将鱼烤熟,就成了孩子们最喜欢的美味。那些被我们捞回家的虾米，只需用开水一烫，落水虾米着红袍，撒一些盐巴，既好看又好吃，而且百分百环保。

小姑家在棣花老街东头，门口一棵柳树下拴着一头牛，一头小牛围着它妈妈转来转去，小牛看人的大眼睛清亮温顺，毫无敌意。我和表哥就慢慢试探着解了牛妈妈的绳子，把牛拉到埝渠边去喝水，牛妈妈喝水，小牛也跟着妈妈喝水，小牛还吃着埝渠边的青草，一条埝渠，人离不开，牛也离不开。

让我们最高兴的还是在埝渠里玩水。我跟着表哥们偷偷学会了游泳，扎猛子，立凫水，仰凫水，都不成问题。有一天，父亲从稻田拔草回来，把我叫到他跟前，什么也不说，用他那被旱烟熏得黄黄的指甲在我腿上一划，腿上立马被划出一道白印，父亲见了非常恼火，就恨恨地拧了两下我的耳朵，骂道："再到埝渠里打江水，叫水把你娃冲到老河口去，看还有你娃的碎命哩！"因为玩水，我们一群小孩没人没挨过打，但我们一到埝渠水边就把挨打骂的事忘得一干二净，依旧玩得不亦乐乎。只是后来出了一件事，邻村的一个小孩到埝渠里玩水时，遇到州河里涨水，埝渠水满了，水流很大，就将小孩冲到丹江里，家里人从棣花沿河一路寻到月日滩里才找见。我们从那个孩子家门口经过，溺水孩子妈妈悲痛欲绝的哭声吓得我们魂都快没了，大家伙儿谁也不敢再提到埝渠里玩水了。每次路过埝渠边，一想到那个失事的孩子，就吓得心里惶惶的，再也没有到埝渠里玩水的念头了。

而今，沧海桑田，世事更替。棣花的埝渠大多数已被人为挤占，埝渠业已废弃，埝渠里再也引不到州河里的水了。棣花的千亩水田变成了旱地，昔日稻花飘香、蛙声一片的鱼米之乡的景色一去不复返了，那带着泥土芳香让棣花南北二山人羡慕的棣花大米也没有了。丹江因过度采砂导致河床下降十几米，昔日宽阔平坦的丹江不见了，河道里只有少得可怜的一点水。取而代之的是几里路一个沙场，采砂车过处，机器轰鸣，尘土飞扬……这还是昔日的丹江吗？

随着故乡棣花的旅游开发，昔日千亩稻田变成了千亩荷塘，平凹先生的老家建起了文学馆，宋金街演绎宋金鏖战，省内外游人来此探寻文化根脉……这让我更加怀念儿时的埝渠，怀念那条棣花人的生命之渠。因为，正是这条埝渠，给了棣花以生机和灵性啊。

你好！棣花

孙丹平

当新年的第一声钟磬敲响，当冬虫蛰伏悄无声息，当竹林萧萧白雪铺地，请让我在这静寂安闲的古镇问候故乡一声："你好！棣花！"

宋金街鳞次栉比的建筑高高低低，黄墙灰瓦诉说着当年的生动故事。泱泱丹水旁，沙场征战地，旌旗猎猎、刀光剑影、杀声震天、昏天黑地。疲惫的士卒，横尸的战马，熄灭的烽烟，议和的桌案，都从历史的烟雾中依稀清晰起来。高大的议和厅古色古香，碧瓦飞檐，彰显着"以和为贵"的可贵认知。宋金街上的店铺、酒幌、戏楼、石鼓，还有脚下这泾渭分明的铺地青砖，逐渐从史册中缓缓走进现实。二郎庙的庙脊上龙凤呈祥，黄色的琉璃瓦在阳光下熠熠生辉，俯视着关帝庙里这无比忠诚的袅袅香烛，俯视着逢年过节来此膜拜的棣花人，俯视着他们在竹影婆娑中稽首。千百年来，风云激荡、沧海桑田，好拳师你方出场我方歇，北少林、南武当、鹰爪功、铁砂掌，无论谁在这个地盘暂时做主，无论谁在这个地盘暂时呼风唤雨，无人不敬畏二郎神，无人不敬畏关二爷，无人不敬畏罢战息斗的最初动议者，兄弟阋于墙而外御其侮，战则乱、斗则伤；和则赢、牵则利。多少年的历史沉淀，唤醒了今天山墙上这个大大的"吉"字，塞外秋风烈马绝尘而去，江南春雨一年又一年滋润着这满山遍岭的棠棣之花。

州河像母亲的臂膊从棣花缓缓绕过，江畔何人初见月，棣花何时南山开？尧舜夏商？周秦汉唐？魁星楼下的二龙桥见证了多少文人墨客的凄风苦雨，那一袭单衫骑马慢行者是孤寂的温庭筠吧，"晨起动征铎，客行悲故乡。鸡声茅店月，人迹板桥霜。槲叶落山路，枳花明驿墙。因思杜陵梦，凫雁满回塘"。初春的商山寒冷凄清，但更凄清的是浪迹天涯的游子心头这浓浓的思乡之情，失意和无奈像山一样压在诗人的心头，不知道他从棣花经过的那刻，洒下过多少滴清泪？伤感了多少只早醒的蛰虫？使多少只北归啄泥的春燕触目伤怀？

　　清风街的大理石牌楼高大巍峨，两旁的院落一座连着一座，黑瓦白墙、木门参差、青石铺地，街边有渠，潺潺流水的尽头就是唐代著名的棣花驿站，青色的院落四向闭合，重重楼阁巍然矗立，经风历雨、倏忽千年。公元820年的那个晚上，月明星稀，辗转反侧的白居易轻轻下床，踽踽独行。小院里月色朦胧，积水空明，从长安东行的他略作沉思，随手就在驿站的东墙上题写下著名的《棣花驿见杨八题梦兄弟诗》："遥闻旅宿梦兄弟，应为邮亭名棣华。名作棣华来早晚，自题诗后属杨家。"《诗经·小雅》的那篇《常（棠）棣》，那是周公欢宴兄弟、敦睦有爱的乐歌，饱读诗书的白居易肯定会熟记于心。物以类聚，人以群分，他今夜所思，也曾是杨八所想，顾念兄弟手足，仰慕贤德者，思念同道之人，应该是每个时代的知识分子共有的情怀吧！

　　这条街上的各色人物，在千年的历史云烟中沉浮跌宕，花开花落多少季，经冬历春又一年。《秦腔》的横空出世，令四方游客慕名而来，这部"反史诗的乡土史诗"，以凝重的笔触，讲述了农民与土地的密切关系以及新时期农民的生存状态，是贾平凹先生给将要成为绝唱的农村生活作的"挽歌"，他说："如果你慢慢去读，能理解我的迷茫和辛酸。"这个孕育了作家，催生了茅盾文学奖的清风街，挽留不住大多数行色匆匆的游客。他们更沉醉于清风街外的千亩荷塘，特别是夏秋时节，这一汪碧水中有绿翠红粉，芙蓉摇曳；有渔歌阵阵，清风送香。正如街口贾平凹的那副自撰联所写："清风徐来，尤见商於汉唐柳；秦腔乍起，且醉棠棣宋金人。"

　　自西向东过了二龙桥再向北折，宋金街的中段往西，高台之上的一座院落，就是贾平凹文学馆和贾家老宅。前来膜拜的文学信徒，大多数都对贾平凹的作品耳熟能详，甚至能说出他获奖的一些情况。院门外的丑石横卧在园圃里，像一头安详的牛。《丑石》一文被选入中学教材，表现了一种朴素的美学，丑到极点，便是美到了极致，这也是写作的辩证法。技巧总是臣服于人情练达，那些星斗一样的高手往往都是无招的。文学馆里陈列着作家贾平凹童年和青少年时期的一些用品，书包、文具、穿过的草鞋、割草的镰刀、用过的笔记本等等。很多成就卓著的人，都是从艰难困苦中开始跋涉的，这是普遍存在的现象。没有持续的勤奋，一个人是不可能成为誉满全球、著作等身的大作家的。成功的花,人们惊艳它的姹紫嫣红,却往往忽视了它挣扎的嫩芽,曾经的风雨。虽然闻道有先后,术业有专攻,但贾平凹这个棣花的名片带给所有人的启示,就是不管从事何种职业,都要坚持不懈、勇往直前!

  从棣花街道上到北塬,是连片的农业生态观光产业园,有青衣舍的核桃园,陈家沟的葡萄园,巩家河的樱桃园,再南望是美丽乡村万湾的李梅园。每年阳春三月,放眼南望笔架山,绿意盈盈;到了麦黄时节,颗颗樱桃娇艳欲滴,色香诱人;秋天收获的日子,累累核桃和玛瑙似的葡萄上下炫耀,争相邀宠,人们当然是喜不自胜,笑逐颜开;在这收获季节之前的整个夏天,千亩荷塘里风雨变幻、烟波朦胧、绿意满眼、鱼跃蛙鼓、荷叶田田、暗香阵阵,每个白天都游人如织,每个夜晚都让人心神荡漾,这就是我可爱的故乡棣花古镇,这颗商於古道上的璀璨明珠,在新时代的发展道路上高唱着《秦岭最美是商洛》的欢快歌曲,一年又一年,一年更上一台阶。

醉美棣花

雷卫东

棣花是秦岭腹地的一个村子，丹江边上的一个小盆地，是一块风水宝地。老人说棣花东到骆驼项，西至水来挡，北过擩擩石，南看大石幢。棣花，群山环绕，风光旖旎，秦楚文化交融，更因文学大师贾平凹而名扬天下。

丹江自商州奔涌而下，进入丹凤转了个弯就有了棣花。一年四季蓝天白云，丹江清澈见底，水声滔滔，鱼儿成群。丹江两岸绿树成荫。棣花以前是远近闻名的"白米窝"，每逢夏天，金色的稻田散发着淡淡的清香。伙伴们在丹江里玩耍、游泳、摸鱼、捉螃蟹……累了就躺在岸边沙滩上享受日光浴，还有小伙伴坐在河堤上寻找岩娃娃。周末我们会来河边偷偷野炊，炒豆子、炖芋头，吃完便在河边玩耍。

清风街上青砖、蓝瓦、白墙、吉字窗、铺板门，古色古香。当年白居易留下的诗句"遥闻旅宿梦兄弟，应为邮亭名棣华"流传至今。棣花驿见证了商於古道辉煌的历史。清风街南边的溪流，一年四季静静流淌。

棣花周围群山环绕，连绵起伏的山峦都不太高。山上长满松树和小乔木，一年四季葱葱绿绿。丹江边的山崖上有许多大小不一排列整齐的山洞，当地人称"跑匪洞"，其实是古代崖墓。崖墓西边山顶有一个形似月亮的东西，叫作月亮垭。月亮垭就是棣花八景之一的"松云藏月"。还有一个"勺子把"，是我们这里的天气预报，大人只要一看就知道第二天是否有雨，还十分准确。

南山最有名的山要数笔架山了。笔架山因形如笔架而得名，位于棣花村的正南面。大自然鬼斧神工，笔架山钟灵毓秀，所以家家户户不论建房还是修门楼甚至建坟都要对着它。小时候，我和父亲去南沟砍柴，父亲会给我介绍七沟八岔的名字，也会给我讲些故事。我力气小，去的时候高高兴兴，回来时腿都拉不动。初中毕业后在家没事就和伙伴一起进南沟砍柴，那时候山上树少，每次回来能背几十斤柴。

我上笔架山不知有多少次了，但每次都有不一样的收获。有时会被灌木丛中冲出的野兔吓一跳，有时会有山鸡从身边飞过，有时会在树叶堆里发现小刺猬……每次爬山累了，我就在山上休息一会儿，呼吸纯净清新的空气，聆听大自然的声音。登上山顶后，可以俯瞰整个棣花，也可以放声大喊，放松一下心情。

棣花有丹江，丹江是棣花人的母亲河，也是南水北调的重要水源地。这里的水，源源不断地被送往北京和天津，为确保"一江清水供京津"，棣花人也是做了贡献的。

棣花共有九眼泉水，其中最著名的就是寺泉和庵泉了。庵泉和寺泉分别在法性寺的东西两边涧下，这两股泉水在二龙桥汇合，注入千亩荷塘。从"莲叶何田田"，到"接天莲叶无穷碧，映日荷花别样红"，棣花的荷是那样柔美。荷花有白色和粉色两种，从莲叶露出水面开始到枯萎，都是那样美。棣花荷塘里生长的莲菜很独特，是九眼，不知是不是因为棣花塬有九眼泉水滋养。莲菜颜色白，吃起来脆。

棣花的荷塘如镶嵌在棣花的一块宝玉。墨绿的荷叶，淡淡的清香，各式各样的荷花，吸引着远方的游客。泛舟荷塘，穿梭于荷叶之间，近距离亲近荷花，荷花如少女一般，有绽开的，有半开的，还有的是花骨朵，美不胜收。站在风雨桥上，美景尽收眼底，让人流连忘返。二龙桥漫步，荷叶挨挨挤挤，一阵清风吹过，淡淡清香沁人心脾。

棣花人喜爱荷"出淤泥而不染，濯清涟而不妖"的品质。著名作家贾平凹先生说刘高兴是"泥塘里长出的一枝莲，在肮脏的地方干净地活着"。棣花人不仅爱荷，骨子里也有着荷一样的品质。

棣花是个好地方，山美水美人更美。《棣花之恋》优美的旋律，会把你带入秀水明山的棣花。"梦里回到宋金边城，漫步在清风老街，这里笔架山灵秀，棠棣花儿烂漫……"

漫步棣花街

陈　斌

受厄尔尼诺暖流的影响,今年又是一个暖冬。无雪的冬日总感觉缺少了点什么,心里空落落的。周末,单位里的几个文友就想到外面去浪一回。我说最近文思枯竭,脑子好像有些发霉,不如到贾平凹故居游走一下,寻找点灵感,孙见喜、陈长吟、孔明等著名作家都不止一次去那里采风、取经呢!"行,就去哪儿!"

八点半在商州城里吃了早餐,在312国道乘商丹专线,半个小时的路程,看到"棣花"标牌下车向右走就是棣花街道。由于《秦腔》的故事取材这里,有人又把它称作清风街。这天正好逢集,从冬月开始每集都是洪集。才九点多,街道上已经人头攒动,背背篓卖红辣子的、提挎篮卖鸡蛋的、支个门板卖锅碗瓢盆的,早早地就吆喝开了。有个店主还端着洋瓷碗喝包谷糊汤,就有买主上门问秦字牌四十瓦灯泡多少钱一个。街沿上的剃头匠,已经扎着马步,神情自若、一丝不苟"呲、呲"地给一位老者刮头。老者面泛红光,微微笑着。旁边的两个老汉坐在小方凳上叼着长长的旱烟管有滋有味地吧嗒着,火忽明忽暗,青烟飘过去把孙子、孙女呛得直打喷嚏。阿州连忙取出数码相机咔咔照了几张。走到街中心,不知平凹故居的具体方位,见三个小孩正在玩跳绳,我就过去问:"你们知道贾平凹吗?"一个女孩摇摇头说:"不知道,是不是这个娃?"说着指了指身边一个憨头憨脑的小男孩。我们几个不禁哈哈大笑,大一点的女孩连忙说:"在前头贾塬村。"据说以前也曾经有作家来这里问村民知不知道贾平凹,一位妇女回答说在省城里当记者,一位反问说是不是新来的乡长。在对妇孺皆知产生疑问的同时,我觉得此行我们又创造了一个逸闻趣事。

街道尽头就是贾塬村,进一条甬道,沿狭窄的巷子进去向左拐就到了贾平凹家门前。院门坐西北、朝东南,门上挂着一把中号"三环"锁,门扇上有小孩用粉笔写的"语文、数学"几个字。没有对联、没有门神,也没有贾平凹的任何字迹,平平常常。我们心中有些失落,进不了屋我们就轮流站在门外合影。照完相,阿州有些不甘心,攀上院墙外的柿子树,我连忙掀他的臀,他上了树杈,把院子里拍了一番:三间平房,门是旧的,东边两个窗子一新一旧,旧的是木头做的,雕刻比较精致,新的是普通玻璃,窗子有些变形。房檐下放着一个瓮,一摞码得整整齐齐的片子柴。院子地面抹了一层水泥,干干净净。一棵老梨树,黑干。西院墙下有一株碧绿的李梅树很旺势。听见我们说话,邻居老太婆出来说,平凹在西安,他妈这几天到他妹子家去了,不在家。从平凹老屋向西下到塬底有二郎庙文管所,所内花草繁盛、竹叶青青。二郎庙、关公庙并肩而立。据史料记载:南宋末年金兵进犯中原,秦桧残害忠良力主割地求和,1211年金建二郎庙以志疆界。东侧紧邻清代人修建的关帝庙,两庙中间立有三尺高的石桩,亦即界桩。两庙像一对孪生姐妹,飞檐斗拱见证着历史的变迁。南宋著名词人姜夔在《扬州慢》中写道:"自胡马窥江去后,废池乔木,犹厌言兵。渐黄昏,清角吹寒,都在空城。……二十四桥仍在,波心荡,冷月无声。"文坛并称"姜张"的宋末陕西凤翔词人张炎论姜夔的词"骚雅"。两人生逢乱世,都如飘萍般居无定所,流寓他乡。

  守庙的李嫂告诉我们,棣花还有一奇泉,平凹每次回来都要喝几口泉水,这股筷子粗的泉水从平凹房后流出,无论旱涝终年流淌,很是神奇。来到泉下,燕子飞快地跑过去接了一捧连说好喝,我们都接着去喝,泉水晶莹剔透、清洌爽口。棣花街还有一座建于唐代的"法性寺",这也是平凹上小学的地方。李嫂在寺内给我们逐个看了手相,有一种吉卜赛人的诡秘。告别李嫂走在已经衰落的老街上,到处是游狗,难怪平凹《浮躁》《天狗》等小说里写了很多狗,《五魁》中的狗还通了人性和少奶奶睡觉呢。

  回到新街,赶集的人已经爆满,秦腔吼叫得震天响,激荡着忙了一年的山里人。在小吃摊子上吃了可口的炒油粉、炒面皮后,我们打道回府。在车上我和小雨交流感受,我说平凹也许常常和宋朝的文人相比,所以才那么感恩、那么勤奋吧。

棣花的传说

郭世斌

棣花古镇历史悠久，据文字可考已近千年。它是丹江沿岸商州川道五大盆地之一，一年四季绿树环抱，风景宜人，有"秦头楚尾第一福地"之称。

古时，棣花有水旱双码头、双烽火台、棣花古驿站、风雨桥、清风街、东昶石窟等风景名胜。其中大诗人李白、杜甫下榻的棣花驿，更是留有不少名诗。诗人白居易曾经三次路过棣花，留有"遥闻旅宿梦兄弟，应为邮亭名棣华"的名句，让棣花远近闻名。

现在312国道、西合高速横穿棣花腰腹而过。这里商贸发达、店铺林立，棣花园区被评为国家4A级景区，一些游客更是称其为"西安后花园"。这里钟灵毓秀、人杰地灵，文化底蕴深厚，孕育了著名作家贾平凹。棣花景区，已经成为商洛旅游的一颗璀璨明珠。

说起棣花名字的来历，有好多美丽的传说。

相传远古时，古镇曾叫昙花村，古称梨花街，位于丹江南岸的南坡脚下，西南坡根建有金碧辉煌的寺院，也是梨花街最大的寺院，昙花寺院中建有十三层古塔。

从棣花现存的古遗址——法性寺中的大佛殿（系唐朝建筑）、老爷庙（宋代建筑），二郎庙（系金大安年间修建）、钟楼（系成化元年即1465年铸造）等建筑物来看，棣花建街的历史，应在唐代以前就有了雏形。

棣花西街菩萨庙内，有两块石碑记载着这样一个传说：秦朝末年，秦二世荒淫无度，残暴统治，劳动人民过着暗无天日的生活。陈胜、吴广揭竿起义，从此农民起义的烽火燃烧各地。为了推翻秦王朝的黑暗统治，陈胜曾率领农民起义军入武关，路过古镇时，但见这里荒无人烟，满山遍野上却长满了棠梨子树，正逢春天，到处白花花一片，芳香四溢。陈胜当时看到这些后，触景生情，将古镇命名为"梨花街"。

民间还有传说，是说公元前225年，秦始皇灭六国时，首先选准楚国作为突破口。于是过棣花出武关突破关卡，直捣楚国襄阳，但当时楚国襄阳守将屈源（屈原之弟）武艺高强，勇猛善战，秦国一时难以取胜。秦王便派快马张仪去咸阳请三夫人苏娘娘破襄阳。苏娘娘武艺超群，有破城奇谋，是破关斩将的神仙。三娘娘坐上车带领大军翻越秦岭，沿商於驿路浩浩荡荡而来。走到梨花街口时，突然刮起一股大风将轿子窗帘卷起，苏娘娘向外望去，见这里荷花盛开，稻香扑鼻，一派江南景象。于是心有所思，下轿过桥，步履缓缓。妙目微转间，但见四周环山，中间低凹，此塬像只雄蝎躺在丹江岸边吸水，身上长满棠梨花。向西瞅去，来时的路边像卧了一个醉仙，在月亮垭旁，赏月消醉。南山风景更加优美，有嫦娥奔月、昙花胜地、古塔钻天、东旸石窟、盘蝎洞、罗汉洞，向东是乐器山，山的最高峰上有笔架山，号称文峰拱秀，再向东，虎山与商山相望，马鞍岭与四方岭封底，真乃风水宝地。

苏娘娘一时惊呆了，想不到穷乡僻壤之处，竟有如此绝佳风景！就顺手折了一朵棠棣花，久久地吮吸着香气，不忍心放下。后因随从催促，苏娘娘临行前，将花寄存在一个奴隶家中，说等破了襄阳再来细细观赏。后人便将梨花街改成棣花街，"寄"花以此。

相对于前两个传说，下面这个传说流传更为广泛一些：周朝末年，有位武艺高强的苏妃，领兵平叛乱军，路过梨花街村，见此地山水迷人，庙宇众多，就有了进庙烧香的念头。为表虔诚，就拔下头上的金簪子插在旁边的香炉之中，并许愿道："若此番能顺利平叛蛮夷，定当为佛像塑金身，归隐此地。"她率领大军走后，遗留的金簪子上有"棠棣花"字样，因此后人将此地改名为"棣花"。

这个故事，大概更能表达人们当时渴望和平的愿望吧。

北宋初年，曾任商州团练的诗人王禹偁，路过棣花古镇，触景生情，赋诗一首："马穿山径菊初黄，信马悠悠野兴长。万壑有声含晚籁，数峰无语立斜阳。棠梨叶落胭脂色，荞麦花开白雪香。何事吟余忽惆怅，村桥原树似吾乡。"这首诗里那些美好的景物，随着岁月的侵蚀已不复存在，人们只能留下一声长叹。

清咸丰七年（1857年）五月二十六日，丹江咆哮，发起大水，将古梨花街冲毁。丹江从此改道，从棣花盆地中间向南，靠着南山根向东流去，古梨花街从此不复存在。丹江涨水落下之后，人们重新在丹江北岸建老街，成为商於古道的一段，至今人们称之为官路。

经常有人把棣花误读为"梨花"，其实是有原因的。棠梨，蔷薇科，落叶亚乔木；棣棠，蔷薇科，落叶灌木。古诗《小雅·常棣》曰："常棣之华，鄂不铧铧。凡今之人，莫如兄弟。"岑参诗又"一枝谁不折，棣萼独相辉"。可见，棠梨和棣棠之花在古代有兄弟的意思。这样一想，把梨花街改名为棣花街，也就不难理解了。

棣花之行

丁先波

国庆长假，想出去看看。去哪儿呢？颇费思量。

挨到国庆第三天，我在书房看贾平凹先生的书，脑中忽然灵感一闪：何不去平凹先生故乡棣花看看？我对平凹先生敬仰已久，家中有他的著作专柜。从他小说所讲述的故事、描绘的人物以及他的散文和书画中，我似乎能感知先生的生活和心灵。探访棣花，能让我对先生有一个全新又立体的认识。于是，快马加鞭，奔向那梦中开满棣花的地方。

棣花在丹凤县西北部，沪陕高速穿过全镇。镇子北靠西三塬，一塬作椅背，两塬作扶手，安若泰山。镇南地低，一马平川。平川之南是葱茏的笔架山，山下丹江水，缓缓东流，真风水宝地也！既是风水宝地，就必出人物。你看，三塬高厚而平缓，人物聪慧而温婉，笔架青青江水平，钟灵毓秀坐帝京。若是镇子周围山石狰狞险峻，所出人物就有"英杀"之气。

镇上游人如织。清风街上流连忘返，荷花池里扬波荡舟，二郎庙中寻古探幽……我只在"平凹老宅"徘徊转悠。

老宅虽已翻修，也不过是青砖灰瓦，脊兽望天。与周围民居并无异处。就是这样平凡的处所，却走出了一位名扬海外的文学大家。这老宅于我就显得特别亲切而有神秘之气了。

夜幕降临，游人散尽，天上无月，周围静寂，偶尔从巷子深处传来踢踏踢踏的脚步声。我坐在平凹老宅门前那块"丑石"上，烟头在黑暗中明灭，想平凹先生走过的路。想这个山里娃，缘何能够逆袭成功？邻居说是他抓住了机遇，在苗沟修水库，干得好，被推荐上了西北大学。可上大学的人海了去了，能如平凹先生者，寥寥无几。有人说是占了地气。镇子周围，群山环绕，抱元守一，镇前笔架山就是文曲星放笔的地方。若非天上神来之笔，谁能把笔放到山上？然，棣花镇后生层出不穷，却偏偏独钟平凹成了龙？也许是地上这块陨石从天而降，正中点化……我弄不清。

老宅大门"吱扭"一声开启，一妇人见石头上有团黑影，惊问是谁。我连忙应腔说是南阳来的。她招呼我进屋。屋里灯光暖暖，柜子和桌上都是书。接待我的是平凹先生之弟贾栽凹老师。他身材高大，体态匀称，面相谦和。随后，敬烟递茶，对坐畅聊。

方知，世有非常之人，能吃非常之苦，能受非常之累，才能成非常之功。平凹先生当年，光退稿就有几麻袋，草稿更是不计其数。也曾多次动摇、灰心丧气，甚至哭天抢地，怀疑自己根本就不是那块料，要把自己的稿子统统烧掉！可写作冲动犹如长鞭一样，不停地抽打他；渴望成功的愿望不时地激励他，让他继续攀登……终于，他在荆棘中摸索到一条道路。就这样，商洛地区村村寨寨的文化渊源、历史掌故、奇闻轶事、家族恩怨，都被他记录在案。这些都是他攻城略地的军粮啊！

我虽不能拜见平凹先生，可我早就在心里仰望过他。我所以对平凹先生的家乡感到亲切，是先生老宅的安详，是先生之弟的质朴，更是因为我在先生的作品中来过多次了。

我来时带着朝圣的心，走时取到了真经。

棣花的荷花

王晓红

棣花是荷花的天堂。荷花在这片水域蔓延着，不断地扩充着地盘。当六月快要尽的时候，它开了。整个小镇，就有了无限的绿意和沁鼻的清香。

我是喜欢荷花的。我觉得它是凌波仙子。

选择一个晴朗的天，我去棣花看荷。并且，和那荷花有了亲密的接触。但见一个大池塘里，百万千万的荷叶拥挤着、亲吻着，挨得很近，一层压着一层。不到一步远，就有一朵花举起头来。这儿一朵，那儿一朵，粉色的，嫣红的，很是好看。我不知道它为何有这样那样的色彩，但是我相信荷花也和人一样，是愿意把自己最美的地方展示出来的。

望着荷花亭亭玉立的样子，我记起了她。去年的这个时节，我和她曾在这里相聚畅谈。她甜美的歌声，唤醒了我的记忆，也点燃了我对未来的憧憬。最后，她匆匆离开了这里，只留下了痴痴的我。

虽然，已经过了相思的年龄。我们平静的生活里再也没有了激情澎湃。但是，不知道为什么，我还是一次次地想起她。想起她的微笑，想起她孱弱的身体如何支撑自己的家庭，想起她灵魂里的高傲和不屈。是的，我是把池塘里的荷花当成了千万个她了。

荷花是高洁傲岸的，是不带一丝尘世的喧嚣和污染的。它是在淤泥里，芬芳着自己。在微风里，演绎着自己创编的舞蹈。又是在那一声声低语里，扬起自己的高傲。

在静寂的地方，我独自行走着。寂寞如雪，覆盖了我的田野。

在漆黑的路上，她甚至不知道我追随的脚步。我们有各自的轨道和远方。但是在此时，我却是和她一样相聚，诉说衷肠。我抚摸着一片荷叶的脉络，接受它翠绿色的颤抖和渴望。这一刻，我的心欢快开来。

也许，棣花不是一个人的醉意，只是我梦想起航的地方。

我眼中的棣花

孟海朝

一个人的名字——贾平凹，让家乡风生水起，熠熠生辉。

棣花，我想是因花而得名，生在农村长在山里的我，也认识不少山花野草，对棣花却是陌生的。网上百度，出现最多的还是陕西商洛著名作家贾平凹的故乡——棣花镇。

去棣花之前，想象中这里应该是隐藏在秦岭深处的一个山区集镇：蜿蜒崎岖的山路，古镇上那斑驳脱落的土墙，历经沧桑和烟熏火燎的低矮木板屋，长满青苔的瓦舍，既窄又长、坑洼不平的砂石土路小街，理发店、压面坊、铁匠铺、修车的、补鞋的、裁衣店，卖凉粉、水煎包的小吃摊等。集镇上塞满了各种传统的农副产品，冷清落后的自然条件使其发展滞后……真的到了棣花，超乎想象，让人意外，它完全就是美丽乡村的范儿。

小镇不大，依山傍水，青砖灰瓦，仿唐时期的复古建筑，错落有致的布局，一派典型的陕南秦岭山区民居特色，小镇守望者笔架山的雍容不迫，让人有种"小憩乡村为避尘，笔尖闲致写天真"的意境。走进这个充满诗意的棣花镇，眼前的景色，无从表达是一种怎样的极致，但感受最深的还是处处弥漫着浓浓的乡土文化，虽然离县城约十五公里，但因贾平凹的影响，成了历史和文化旅游的名胜景区，游人如织。

来棣花，我是冲着贾平凹的《秦腔》去的，厌烦了城市的雾霾、喧嚣、噪声以及拥挤生活，在体验一下乡村游的同时，也想看看《秦腔》里那些人的真实生活环境。20世纪80年代初，由于家贫，初中成了我求学的终点，那时除了吃饱饭就是渴望有书读。一次偶然读到贾平凹的《鸡窝洼的人家》，书中的故事深深地吸引了我，那些故事中的主人公仿佛就在我身边，后来得知作者贾平凹是商洛市丹凤县棣花镇人。那时候交通不便，我的老家所在的官坡镇和作家贾平凹所在的棣花镇虽然不在同一省份，实际仅一岭之隔，并且丹凤县周边乡镇的老陕们常翻山越岭到官坡镇上赶集购物，小时候还经常学老陕的方言。老家有很多人和老陕结亲，有人给孩子认"老陕干爹"，有人则认"老陕干儿"，也有结儿女亲家的，前屋小嫂和南地小婶的娘家就是丹凤县的桃坪乡和峡河乡人。我中学毕业走入社会，第一步就是到岭那边的丹凤县峦庄、武关、铁峪铺、竹林关等乡镇，或走乡串户收药材以及香菇、木耳等土特产，或从陕西批发一些卷烟，带回当地赚个差价，但唯独没去过棣花，看了贾平凹的《秦腔》《怀念狼》等作品后，总感觉贾平凹家离我老家不远。

我去过不少有山有水有历史的好地方，如装满历史的山西平遥古城，宏伟壮观的北京故宫以及别具风味的江南小镇。自从捧读了贾平凹的一些文章，可能是其笔下故事发源地触动的缘故，就一心憧憬着棣花。2019年端午节，我终于如愿以偿，来到棣花。

早上，女儿开着车，由连霍高速一路向西，导航显示三门峡距棣花古镇二百九十八公里，过潼关走秦岭，中午十二点四十分从棣花镇下高速，出口几百米就是目的地。因之前刚落了一场小雨，棣花古镇掩映在墨绿翠色之间，老街上的青砖黛瓦格外清亮，树木挺拔，枝叶新吐，街面整洁素雅，纤尘不起，有种世外桃源的感觉。下车的第一反应，是大口大口地呼吸新鲜空气。

在镇上的"棠棣宾馆"住下后，我首先选择去看平凹老宅。这是一个经过翻修坐北向南的四合院，院子的主体是青砖灰瓦的三排建筑，木门木窗。北边是主房也就是堂屋，略高于两边的偏房，西边的偏房是厨房，东边是书房和客厅，书房放着贾平凹写的许多书，几乎涵盖了贾平凹的所有作品。凡来的游客，大都要挑选几本贾平凹的书。据说，这里并不是贾平凹"原生态"的住处，但这里的老房子还是留下了旧时光的痕迹。贾平凹长居西安，他的弟弟贾栽凹守着老宅，向游客介绍贾平凹的新书，忙得不亦乐乎。虽然人们在网上购书还能便宜些，但这里的书因为有贾平凹的签名和印章，加上是在贾平凹老家买的，意义就不同了。贾栽凹得知我是第一次来棣花，话也投缘，繁忙中为我沏茶、让烟、聊天。之后，他专门让商洛棣花古镇乡土文化研究院的郭世斌老师陪我转。平凹老宅的院门外横卧着一块石头，上面刻着"丑石"二字，这就是贾平凹那篇散文《丑石》的原型。一块极为普通没有棱角的丑石，经过贾平凹的妙笔提炼，从"丑到极处"潇洒到"美到极处"，直至名扬天下，丑中透出的美感，不禁让人浮想联翩。接着来到贾平凹文学艺术馆，一座灰砖瓦砌成的门楼，呈南北走向的院落，分布着贾平凹书画馆、文学馆、影音馆等，这里有许多盛满旧时光的老照片，端详贾平凹小时候的照片，额头宽阔高凸，用陕西话说：这娃从小有福相，福相里装满了人们看不见的大智慧。

走出艺术馆，下个坡就是闻名的宋金街，这里曾经是烽烟四起、刀光剑影的古战场，到后来经过宋金议和，划线为界，东边是宋国，西边为金国，从想象中可以猜到，生活在这里的百姓吃饭串门都有"跨国"的便利，所以这里有"天下第一街""一步跨两国"之称。复古后的宋金街，店铺、酒幌、戏楼、石鼓等一应俱全，各类农家乐生意红火，让人流连忘返。

沿着宋金街前行，是个广场和戏台，陕西省著名作家孙见喜带领的一帮艺术家下乡义演以及景区大型宣传剧《棣花往事》的实景演出，把端午节的棣花古镇烘托得热闹非凡。广场对面有一座不大的庙宇，叫二郎庙，匾额是贾平凹题写的。庙院与一个普通的农家小院差不多，迎面是两个并列对称的大殿，其中东边的殿顶是黄色的琉璃瓦，西边的殿顶是绿色的琉璃瓦。从郭世斌老师的介绍中得知，当年这里最先只建了黄殿，供奉着秦朝治水成神的李冰次子李二郎，寓意是能镇住汉江水患，使其风调雨顺。后来，棣花人似乎对金人曾经的统治耿耿于怀，又改为供奉杨家将的杨二郎。

看罢朴实无华的平凹老宅、跨越千年时空的宋金街和装满故事的二郎庙，漫步到千亩荷塘，站在池塘的拱桥上。夕阳下，放眼望去，在这古色古香的深山小镇标配着千亩荷塘，这哪里是深山小镇，分明是北方的江南水乡，闻荷叶飘香，看荷花吐芳，小船悠悠，别有一番意境。

穿过荷塘，就是有名的棣花老街。在这里，有种步入千年故事中的感觉。这里也是贾平凹小说《秦腔》中以棣花街为原型塑造的清风街，在创作中，他把这里的风土人情和山水景色都写进了书里，由此棣花街改名为清风街。吸引游客纷纷而来。走在清风街上，仿佛走进了贾平凹的故事里。复活的棣花古街商铺林立，青砖柱、土墙、青灰色瓦屋顶、翘檐屋脊，灰青的木质店铺板门和方格窗棂，青石铺就的街面，无不透出浓浓的历史感和文化墨香，村民们纷纷在街上开店铺、建旅馆、办农家乐、卖小吃、售特产。走着走着，有浓浓的酒香扑鼻而来,"周家酒坊"映入眼帘。走进酒坊,见店里挂着的贾平凹题写的"老包谷酒"四个字格外醒目,品酒、买酒、预定酒的一个接一个,酒坊周老板得知我是和郭世斌老师一块来的,专门带我走进他的地下作坊和酒库。从他自信的言语和笑容里,我推测,这款通过乡土文化打造的老包谷酒,每年都会给他带来不菲的经济收入。

沿着清风街往前走,就是新建的棣花驿作家村,也是当地政府以"人文棣花,院藏秦岭"为主题,精心打造的样板"书香古镇"。这里书香四溢的古建筑、砖雕墙、石廊木檐、青石地板所营造出的恢宏气势,大气中蕴藏着清净和雅致,凸显了"一杯清茶、一抹阳光、一屋书香"的历史与文化、生态与自然、民风与民俗以及相映生辉的古镇风情。文人墨客来到棣花,尤其喜欢这里。

棣花地方不大,但亮点不少,且各具特色,尤其是景区不收门票,给人一种大气和亲近感。第二天,准备打道回府时,忽然想起一件大事,虽然此行没见到贾平凹,但他的发小,因贾平凹《高兴》而出名的原型刘高兴是一定要见的。来到刘高兴家,他正在摆满字画的案前看书,得知我从河南三门峡来,饶有兴趣地说,五年前他还在三门峡打工做装修。聊天中得知,他曾经当过兵,在西安收过破烂、送过煤球,只因贾平凹把他在西安的生活创作成小说《高兴》,拍成电影后,成了名人,各大媒体纷纷采访报道。如今在他的院廊里,两边墙上到处都贴着各媒体采访和报道的有关文章和照片,身后挂着贾平凹专门为他写的"哥俩好"。出名后的刘高兴写了《我和平凹》一书,从西安回到棣花,在家里除了坐堂签名售书,还拿出多年练就的书法本领,挥毫泼墨,卖字为业。我在时,仅半个小时,就有十多人买书要字,我也不想错过,就让高兴为我写了一幅拿手的"高兴就嫽",算是留念。还暗暗粗略地算了一下,刘高兴靠签名售书和卖字,一年少说也有几十万的收入,要顶他在西安打工十年的总和还多。

秦岭无言,丹水有声。如果说秦岭是中华民族的龙脉,丹水就是流淌在龙脉里的血液,棣花分明就是一颗璀璨发光的明珠。离开棣花,车行驶在绿色的秦岭中,我才有所感悟:历史、文化、美景、一个值得骄傲的文学大家,秦岭把最美的经典留给商洛,而棣花大概就是这段最美的精髓所在。这里不仅有好山好水,有近千年的宋金街遗迹,还是一部浑然天成的美丽乡村的示范教材。当地政府在落实国家扶贫政策中,挖掘历史,发挥名人的文化元素,找准路子,做了个扶贫典范,给这个远离尘嚣、山清水秀的小镇以及淳朴的乡民装上了满满的幸福，让他们在这里扬眉吐气、安居乐业。

棣花，成为绽放在秦岭里的一株永不凋谢的鲜花，乘着新时代乡村振兴、脱贫致富的东风，在中华大地上永放光芒。

古道音尘

雷建军

商洛,因境内有商山洛水而得名。在商洛的土地上,有改革家商鞅的封邑,有纵横家张仪的传奇,有四皓隐居的岩穴,有闯王屯兵的九里十三寨,还有文人骚客的一路咏怀……历史的烟云已经成为过去,但是留下的印记永远不会磨灭。

商於古道,开辟于商末周初,又称"武关道""商山道"。它西起商洛蓝桥(今属西安蓝田),东至河南省内乡县柒於镇,全长约六百里,由旱路和丹江水路组成,穿越古时十七个城池驿站,与过境的312国道基本一致,是商周以来历代王朝经略南国的战略通道,是秦驰道的主干道之一。

"山势划开秦楚界,水声流尽汉唐人。"

商末周初,楚国的先祖因辅助周朝灭商有功,受封于楚,建都丹阳,他们"筚路蓝缕""跋涉山林",古道始开。而楚国最早的都城丹阳到底在哪里,一直没有定论。20世纪80年代初,我国著名荆楚历史地理学者石泉先生在实地考察的基础上,提出楚国先祖"所居丹阳城当在丹江河谷"(今商州区附近)的新观点。建都在此,一是拱卫京师,二是"以供王事",为周王室提供"桃弧棘矢"和滤酒的"苞茅",而这些材料正是商洛一带的特产。当然这个观点尚缺文化遗存铁证。

后来由于周王室及其他诸侯国的挤压,国都不断南迁,最后定都在郢。

春秋时期,秦楚为了争夺这块地盘,展开了长期的拉锯战。因为秦楚是两个大国,周边一些小诸侯国为了自保,随着秦楚力量对比的变化,时而投靠秦,时而投靠楚,这就有了"朝秦暮楚"一词。

战国时期,这里被秦国占领,成为秦国统一天下的战略支点。因为商鞅变法有功，并率军打败了魏国，收复河西失地，秦孝公将商於十五邑封赏给他。

秦统一六国后，修筑以咸阳为中心、通往全国各地的规模宏大的驰道，商於古道就是九条著名驰道的其中之一。驰道的修建，对于陆路交通的发达，促进经济文化的交流，具有重大的意义。

"武关一掌闭秦中，襄郧江淮路不通。"

商於古道是一条军事要道。位于丹凤县城东四十公里的武关，是进入关中的东南门户。它与东边的函谷关、西边的大散关、北边的萧关并称"关中四塞"。所谓关中，就是因为在这四关之中。武关北依少习山之岩险，东、南、西三面临武关河谷之绝涧，山环水绕，险阻天成，为"秦楚咽喉""三秦锁钥"，历来是兵家必争之地。

秦朝末年，刘邦避开强敌，攻取武关，先于项羽打进关中，灭了秦朝。

汉景帝时期，大将周亚夫率军南出武关，平定"七国之乱"。

明末李自成农民起义军在商洛养精蓄锐，八进八出，最终摧毁了风雨飘摇中的大明王朝。

"江边舴艋来还去，峪里轮蹄去又来。"

商於古道是一条十分重要的商贸之道。尤其是丹江航道，是京城长安非常重要的物资补给线。位于丹凤县城的龙驹寨，是水陆换载的著名码头。当时水陆运输的繁忙状况可谓是：百艇连樯，千蹄接踵。龙驹寨通衢数里，巨屋千家，午夜有可求之市，鸡鸣有未寝之人，商贸活动盛极一时。清道光年间，龙驹寨厘金局年税银收入达十六万两，居全省之冠。

清嘉庆年间，由五百多名船员从船上每件运货中抽取三枚铜钱，日积月累，于1815年建成一座供船员食宿、聚会、娱乐的宏大建筑——船帮会馆。由于其设计建筑华丽精巧，鬼斧神工，艺术成就天下少有，被称为"花庙"，或"花戏楼"。全国最有名的花庙有两座，一是曹操老家的，叫"南花庙"；一是这儿，叫"北花庙"。

"来往悲欢万里心，多从此路计浮沉。"

商於古道是一条重要的文化传播交流之道，被称为"商於诗路"，历史上，被贬流放或者奉召还京的官员、进京赶考或者落第归乡的举子在此往来奔波。这种人生的起起落落、悲欢离合成了诗文创作的情绪燃点。据不完全统计，有唐一代，穿行于商於古道的迁客骚人就有二百多。白居易"七年三往复"，元稹

"七度武关"，张九龄"四过商州"，李白在此盘桓过七八个月。他们一路感物咏怀，踏歌而行，留下了近千首脍炙人口的诗文作品，从而沿商於古道形成了一条闻名于世的诗歌之路、文化之路。其中，韩愈的"云横秦岭家何在，雪拥蓝关马不前"；温庭筠的"鸡声茅店月，人迹板桥霜"；孟郊的"商山风雪壮，游子衣裳单"等，成了千年传唱的不朽词句。

几千年来，文人墨客精品佳作的传播和熏陶，深厚历史文化的积淀和酝酿，促进了文学艺术在这块土地上的萌发和繁荣。贾平凹、陈彦、京夫、孙见喜等成为最具代表性和区域特征的文学大家。

他们对家乡怀有深厚的感情和美好的憧憬，以质朴而富有灵性的笔触，生动地向世人展示了商洛的山容水貌、风土人情和社会变迁，使商山丹水、清泉白石、荷香月暖不单是商洛的私产，也成了民族和世界的特殊文化符号，使很多人走进商洛，认识商洛，感知商洛。

棣花，遗落古道的一帘幽梦

周亚娟

  二三十年前，在丹凤腹地商镇，有这样一种说法：有女不嫁上乡。这里的上乡，主要是指商镇西边的棣花镇。不嫁上乡的原因大致有两点：一是上乡人皮薄，行人情搭份子吝啬，礼轻；二是上乡人陈规陋习多，亲戚之间爱拉扯，事多。那时候，我们村里（商镇商山村）女孩大多以嫁给下乡（商镇以东靠近县城）为荣，我也暗暗发誓，此生绝不嫁到婚丧嫁娶待客时席地而坐，以门板、蒲篮、簸箕当桌，黑色泥钵为碗的棣花。巧的是，到了谈婚论嫁年纪，偏有亲戚上门介绍棣花小伙子。父亲在两次接触过那个棣花小伙子后，向我竖起大拇指："小伙子人真诚、实在，跟着他一辈子不受气。棣花村在公路边，交通方便，而且自古以来种稻栽荷，也算旱涝保收的鱼米之乡。至于说亲戚之间爱拉扯，也反映出棣花民风淳朴，人们重亲情、重乡情。"

  父亲的话没错，父亲的眼光也没错。他不但给我选择了一个正直敦厚的夫君，一户勤劳善良的好人家，而且棣花也确是一块古迹遍布、荷叶田田的风水宝地。可是在我婚后不久，随着村里楼房雨后春笋般崛起，村前大片的稻田和荷塘因河道淘沙，水资源困乏而起旱。那个出产大米、莲藕，逢年过节时社火芯子扎得又巧又险，耍遍全县，秦腔吼出十里八乡的棣花村，慢慢失去了它的田园秀美、地域特色……

  2005年春，作家贾平凹为故乡棣花树碑立传的长篇小说《秦腔》出版问世，之后又荣获第七届茅盾文学奖。这部有着浓郁地域特色，散发着泥土气息的伟大作品，惊醒了世人，惊醒了文学界。一时间，四面八方的文人骚客、文化名流，形形色色的"凹迷""粉丝"们，沿着《秦腔》的足迹，探寻棣花的风土人情，拜访棣花的山水景色。他们急于想知道，究竟是怎样一个钟灵毓秀之地，才能孕育出当今文坛奇才贾平凹。曾是"北通秦晋，南连吴楚"的商於古道上重要驿站的棣花，因此被人们关注、唤醒。

2014年9月，商於古道棣花文化旅游景区（棣花之都）建成开园。2015年元月，该景区被正式批准为国家3A级旅游景区。至此，位于丹凤县城西十五公里的棣花，早年因盛产棠棣花而得名的棣花，唐代诗人白居易曾三次路过并留有"遥闻旅宿梦兄弟，应为邮亭名棣华"的棣花，通过对原有景点的保护修缮、恢复重建，对新景点的开发打造，向人们揭开她古老而美丽的面纱。

不知佳人何处住，沪陕高速棣花镇。乘车下沪陕高速棣花收费站，向西五十米，就是商於古道棣花文化旅游景区。进入景区，首先映入眼帘的是宋金边城。漫步宋金桥、宋金议和厅、宋金边贸繁华街，那泛黄的泥墙，青砖蓝瓦的客栈、酒肆、茶馆，琳琅满目的手工艺品，精致绝美的古玩、字画，令人垂涎欲滴的特色小吃、民间美食，让你仿佛穿越时空，回到那金戈铁马、兵戎相争的历史时代，感受到大宋文化的含蓄内敛，塞外金人的粗犷豪迈。

"清风徐来，犹见商於汉唐柳；秦腔乍起，且醉棠棣宋金人。"从清风街的牌楼下进入《秦腔》原型清风街，穿街而过的一汪小溪潺潺不绝，让游人在无比清爽惬意之中，观赏木铎楼、魁星楼、法性寺、二郎庙等名寺古刹的精妙绝伦。聆听棣花古驿浑厚的钟声，见识古代驿站高效运转的邮传秩序，吟诵李白、白居易等文豪留下的不朽诗篇。你还可以拜访《高兴》中的人物原型刘高兴，与他拉家常、话桑麻，听他讲述与发小贾平凹一起成长的故事。信步老街，没有现代音响的嘈杂，也没有店家的叫卖喧嚣，你可以在东家屋檐下久久驻足，品味那厚重的老街建筑，也可以在西家作坊久久停留，探究那古老的农家传奇……

千亩荷塘，是整个景区最灵动的点睛之笔。它如梦一样，晃晃悠悠地环绕着安详、宁静、沧桑的清风街。清风即廉（莲），碧叶连天、花香四溢的荷塘，到了夏秋之季，吸引着千千万万的游人。那粉红的、洁白的花朵，娇艳欲滴；那碧绿的、光滑的叶子，亭亭而立。人们在这里荡舟采藕，拍照留影，膜拜荷的圣洁、美好。无论烟雨迷蒙，还是晴空万里，都能收获不同美景。倚靠风雨桥，桨声水影里，一曲《棣花之恋》悠扬、婉转，给这荷的舞蹈美的盛宴更添几分浪漫，怎不令人迷恋、沉醉，喟叹今夕何夕，天上人间。

在棣花古镇，吸引人们的还有平凹故居、平凹文学馆，集合了各类名贵花木的棣花之都，沪陕高速之南的万亩花海等景观。庆幸的是身为棣花媳妇的我，在走出家门走出几十米深的巷子，走下十几个石阶后，就走进了荷花塘，走进了清风街，走进我从小到大思恋的"杏花烟雨的江南，春风墨绿的水乡"。

哦，棣花，我的一帘幽梦，古道上的一帘幽梦，现代人的一帘幽梦。如果你累了、倦了，请来棣花歇息、散心。如果你想寻梦、做梦，请来棣花徜徉、陶醉……说不定，你还能遇到一位面如桃花，扎着一对大辫子，长着一双水汪汪丹凤眼的导游姑娘呢。

秦岭脚下的丹江河

周丹丰

自古以来，我们两岭村就坐落在秦岭深处的商山脚下，村南边有一条河流环绕着小村庄。这条河我们当地人叫它"州河"，也叫它"丹江"。据说，远古时期尧的长子丹朱死后葬于此地，从而得名"丹江"。《煎茶记》称丹江为"天下名水"。小时候，听我爷讲，丹江上一直都有通航的历史，过去交通不便时，它是一条重要的水陆交通枢纽。《禹贡》记载丹江航运始于春秋战国之前。《唐书》载丹江为大唐"贡道"，其时丹江航运已达鼎盛时期。明徐霞客到丹江漂流时在其著作《徐霞客游记》中写道："时浮云已尽，丽日乘空，山岚重叠竞秀。怒流送舟，两岸浓桃艳李，泛光欲舞，出坐船头，不觉欲仙也。"如今，丹江漂流已经号称"西北第一漂"呢。

我们两岭村地处秦岭脚下的丹江北岸，与巩家湾村遥遥相望。小时候，两个村的碎娃在各自小头领的率领下在丹江两岸隔河相望，还爆发过激烈战斗呢。记得我们在河面上玩飘片片石的游戏，河对岸巩家湾村的一群学生娃以为我们是用石头砸他们，大家便摆开阵势，刚开始只是口水战，用言语挑衅，隔河大骂对方是胆小鬼、孬种，到后来发展为大家都不甘示弱，彼此向对方扔石头。由于隔着丹江，石头扔得再远，也不可能伤着人，而且双方也都互不认识，等到骂累了，浑身的劲儿也释放了，结束战斗，各自趁着晚霞悻悻而归。现在两岭村和巩家湾村已经合并为一个村，归并于棣花镇。想想过去的趣事，真是好笑。

记得小时候，秦岭脚下的丹江河的水特别大，一下大雨，经常从上游漂下猪、牛、羊等牲畜，还有盖房用的木料等，下游有很多人会冒险去打捞。每逢夏天，流到村里小水渠的水量充沛，到了秋冬季，河水就会变小一些，村里就会指派村民到上游去挖拦河渠，拦截一部分水，流到我们村的小支流，以保证我们村那一河湾的庄稼用水。放暑假了，丹江就成为孩子们的乐园啦。那时候，我们把游泳叫"打江水"，到了河堤石鳖上，我们就迫不及待地脱光衣服，扑通扑通下到水里，比赛看谁憋气憋得久，谁逮鱼逮得多，逮的鱼大。有次，我和弟弟妹妹拿着铁丝鱼条下河打鱼，玩得忘记吃饭，回家后被父亲绑住下跪回话。当时，姨婆和婆在一旁直给父亲求情，过后我们还是不长记性，继续下河玩耍。

在过去很长一段时间，我们村里盛产水稻。夏夜，你能听到下湾稻田里的蛙鸣声此起彼伏。村南边是一条用长石垒砌起来的宽约三米的河堤路，河堤上的防浪石，我们当地人形象地叫它"石鳖"，大约每隔五百米就会有一个石鳖。石鳖能起到加固河堤的作用，也是我们全村男女老少下河游泳的好去处。河堤包围着的土地都是水田，夏季绿汪汪长满了一湾水稻与莲藕，冬季长满了绿油油的小麦，那是我们两岭村的聚宝盆呀。在缺吃少穿的年代，远近南北二山的女人很多都是因为我们村这片稻田才肯嫁过来的呢。

河堤是过去村民们就地取材靠着肩扛背驮一块一块垒砌而成的。望着那又高又结实的河堤，我对老一辈村民充满了敬佩。石鳖根儿的水都很深，能淹没一个成人。这里也是大鱼藏身的地方。倘若赶上有人在丹江的石鳖下放炮炸鱼，只听一声炸响，河水被溅起十来米的水柱，不大工夫，大鱼小鱼便昏迷不醒漂浮在水面上，一大片一大片满是的，其中就有胳膊般粗细的鱼呢。这时候，只见炸鱼的小伙子们光着屁股赤条条地钻进水里去捞鱼了。他们一人提一个小竹笼，里面白生生的鱼肚子惹人眼馋得很呢。这石鳖还有一个用处，就是方便人们洗澡。男人们洗澡是比较随意的，白天晚上都有的是地儿，可是，女人们就不一样了。大家约定俗成，其中的一个石鳖，是专门供村里的女人们晚上洗澡的，这个石鳖男人们晚上是不得靠近的。

秦岭脚下的丹江河里还盛产一种鱼，叫"丹鱼"。北魏郦道元《水经注·丹水》说："水出丹鱼，先夏至十日，夜伺之，鱼浮水侧，赤光上照如火。网而取之，割其血以涂足，可以步行水上，长居渊中。"传说，它的身上有五色花瓣，因此，"丹鱼"也叫"花瓣鱼""五色瓣"。花瓣鱼很有灵性，天生惹人喜爱，不像有些鱼长得极其难看，令人生厌。丹江还有一种鱼是我喜爱的，那就是白条鱼。白条鱼虽然没有花瓣鱼的五色吸引人，但是它清新靓丽的外表，也让人得之爱不释手呢。另外，丹江还有鲫鱼、鲤鱼、草鱼、鲶鱼、麦穗子、黄拐子、黄鳝、泥鳅等，真是数不胜数。夏日里的稻田边，我们常常会把水聚起来，光脚丫子在水里来回走动，把水搅浑了，拿着竹笼在里面捞鱼，哎呀，一捞一个准，肯定会满载而归。当然，也有一些囧事，有次我摸到一条鱼，用力一抓，手立刻被划出了一个血口子。原来，这是一条黄拐子，它的头两边有两个尖刺，稍不注意就会被刺伤呢。

  小时候，秦岭脚下的丹江河的水很清，似乎没有污染。沙滩、河堤、绿草地，光脚踩在细细的沙粒上，软软地并不硌脚，要是大中午太阳暴晒以后，踩在上面，脚底下烙得直喊爹娘呢。我们村子的丹江北岸，有一片密密匝匝的杨树林，夏天郁郁葱葱，鸟鸣其中，保护着那片肥沃的稻田不被大水冲掉。我们经常会遇到外地人拿着钢叉在河里寻找鱼鳖呢。丹江的石头也是形态各异，有青有白，造型独特，纹路不一。丹江两岸还栖息了很多鸟类，如白鹭、黑雁、苍鹰、鸳鸯、翠鸟等。白鹭有一双大长腿，立在水中，不时就会逮到小鱼；盘旋在河面上空的苍鹰，一会儿飞到水面上，一会儿又飞到高空，最后落在了河对面虎山的山巅之上，令人对它充满想象，又深感敬畏。我曾很多次幻想着自己就是那只苍鹰，翱翔于天际，俯视人间，多么潇洒自在啊。当傍晚的余晖洒在江面上，波光粼粼，沙滩上人影浮动，那样的画面已经永远刻在了我的脑海里，常常会出现在我的梦境中呢。

  进入21世纪以来，商洛人积极响应国家"南水北调"的号召，切断秦岭脚下沿河企业排放不达标的源头，保护我们的母亲河——丹江，唱响"秦岭最美是商洛"的旅游品牌战略，努力践行落实习近平总书记"绿水青山就是金山银山"的讲话精神，确保"一江清水供京津"。

  秦岭脚下的丹江河，您日复一日、年复一年默无声息地流淌着，您用甘甜的江水孕育了沿河两岸的万物生灵，您以博大的胸怀滋养了沿河而居的祖祖辈辈的人们啊！

棣花有座丹江便民桥

郭世斌

棣花有座横跨丹江的便民桥,它由八个直径三米、高十二米的单腿水泥柱子支撑,长一百五十米,包括两边栏杆宽四点六米,两侧栏杆上蹲着五十八个形态各异、威武雄健的石狮。它既是方便行人、车辆通行的实用桥,又是造型美观、风格独特的景观桥。

棣花人兴高采烈地来往桥上,或者与人说起这座便民桥,无不称赞为修建这座便民桥尽心尽力的华通公司总经理朱三民同志。

丹江是棣花人民的母亲河,浇灌滋润着两岸肥沃的土地,千百年来养育了古镇的儿女。但每年一到冬天,天寒地冻,丹江河水冰冷刺骨,两岸百姓年年秋末就商量筹集木料铁丝等物,出劳出力费时费工在丹江上搭起一座由两根木椽捆起、仅容一人走过的独木桥。胆小的人,一看那木桥就吓得胆战心惊,不敢过往;有的人过桥走着走着一看河里流水就头昏眼花,往往掉进河水里,人被捞出来了,可冷风一吹衣裤全结了冰,冻伤了身子骨,落下一辈子的病。有时两岸过桥人多,等候过桥的人因为焦躁,往往会发生争吵,少不了红脖子涨脸,甚至大打出手,闹得头破血流,遍体鳞伤。更不幸的是,有时候这里天气晴朗,阳光灿烂,上游却暴雨如注,洪水滔天,让那些蹚丹江河水去砍柴、种地、赶集的没有提防或不会水的人被咆哮的洪水吞噬,有的家人跑到月日滩、老河口连尸首都找不到,只能悲惨地留下一座衣冠冢。棣花人经了几辈子,都盼望着能够修建一座结实耐用的水泥丹江桥,可地方政府缺乏资金,村里经济不宽裕,群众手头更紧,修棣花丹江桥便成了当地人的一块心头病。

2005年春天，丹江两岸梨花如雪、桃花泛红。这时传来了一个振奋人心的好消息：西合高速公路将从棣花村南丹江河滩通过。修建西合高速公路期间，为了感谢商洛老区人民的大力支持，西河高速公路建设办公室和丹凤县政府决定，在丹凤县境内丹江上修建五座大桥，配套西合高速公路连通南北，促进交流，加快地方经济发展，促进群众脱贫致富。对五座大桥的修建，做出具体规定，大桥主体工程由西合高速指挥部负责，桥头引线由地方政府筹集资金承建。到2007年，全县四座大桥相继竣工，而棣花南沟口规划的这座丹江大桥，因种种原因仍然不见动静。群众看在眼里，急在心里，但是不知道症结在哪里。

承建大桥的华通公司总经理朱三民与西合高速公路建设拆迁办负责人贾栽凹经过协商，一道来棣花调研。当地干部群众一听说是了解给丹江修大桥哩，纷纷赶来，你一言我一语，都盼望着早日把桥修起！棣花村主任雷生彦听说修桥的事，高兴地拍着腔子说了六个字："村上全力支持！"朱三民给他说："你负责协调解决好修桥引线用地就行。其他的事，我们与镇政府及有关方面沟通，争取在三个月内完成大桥修建工程。"

初冬季节，北风呼呼，丹江河道变成了过风道，寒风缠身，吹得人浑身发抖，手脚发麻。朱三民带领技术人员，顶风冒寒，在丹江现场实地勘察，确定大桥位置，初步确定桩点，绘制水文曲线图，下河丈量河床宽度，规划设计主桥和引线长度，画出大桥建设草图，制定了大桥修建实施方案。

一切资料准备齐全后，朱三民又与贾栽凹相约，一同去棣花镇政府商谈修大桥之事。他们兴冲冲地来到棣花镇政府，找了一圈，没有找到镇上主要领导，两人只好无功而返。

再次去棣花镇政府协商时，没想到碰了一个软钉子。领导们说，修桥是好事，该修。但一说具体实施方案，个个都不言传。说来说去老半天，说到底，就是说棣花镇政府穷，村上拿不出修建大桥引线的资金！事情虽然没有解决，但是镇长最后留下一句话，这是一件大事，等书记回来了我们给书记汇报，让领导敲定吧！朱三民他们只好带着几分无奈返回。

第三次，他们踏进棣花镇政府大门，刚好把书记、镇长都堵在政府大院里。一见面，他们就开门见山地说，我们为修建这座大桥三次来棣花镇，领导们该商量好了吧，该定下来修桥的事了吧？这回一定得给我们个答复！

棣花镇书记一听他们的话，直截了当地说："这大桥我们修不起，不修！"朱三民一听，平时不急不动怒的人，一下子来了气，一脸严肃地高声说："你们不配合修大桥，那行。你们写上不修大桥的理由和原因，签名盖章，我回去给县政府汇报。"

镇上领导一听此话马上说："行，我们马上写，你拿上去汇报吧！"并气呼呼地安排文书去写材料。双方都带上了情绪，话也不好说了，事态陷入僵局。

朱三民一看来硬的不行，他又把话题一转，说："为官一任，就要造福一方。这么好的事情，你们为什么不支持？如果今天你写上不修建大桥的理由，盖上公章，我立即复印几十张贴在棣花大街小巷，这个黑锅你背得起，你让棣花老百姓的大桥梦破灭了，群众的手指头会把你的脊梁骨戳断的，到时候看你吃饭睡觉还香吗？"

书记听了这些话，半天没吭气，可他的头低了下来。刚好，镇政府办文书拿来写好的材料让书记审核，他一把夺过写好的材料，三下两下撕得粉碎。

三民、贾栽凹一看，赶紧说："看来书记是想通了，修大桥的事咱们好好商量，有难处咱们共同想办法！"书记现场表态："棣花丹江大桥立即修建，引线工程资金我来负责协调，镇上落实。"

朱三民、贾栽凹与书记三双手紧紧地握在了一起，都会心地笑了。

朱三民协调路桥公司多方配合，密切协作，紧锣密鼓地进行大桥施工。三个月后，一座横跨丹江的棣花大桥竣工了。不仅解决了棣花群众生产、生活难题，而且打通了两岸百姓通行，成了棣花景区一道充满魅力的风景桥，来往车辆络绎不绝。

游客站在桥上，望着清澈河水里游来游去的鱼儿，岸边五颜六色的林带，常流连忘返。每天晨练的人们迎着曙光，三五成群穿过便民桥，去南山石窟、大石撞、笔架山等景点观赏锻炼。每当华灯初上，波光灯影交相辉映，让人如梦如幻，疑似人间天上。每逢此时，人们便不由得想起当年修建大桥的朱三民同志。

人物篇

贾平凹的写作间

穆 涛

商洛在西安老城东南一百三十八公里之外,二百二十六万亩可耕地周围,世代生息着十五个坚韧倔强的民族,此外,就是连绵一点八万平方公里的山谷、丘陵、森林和河流了。这是贾平凹写作的主要背景,或称为写作背景的重要部分,在作品中,他将之统称为"商州"。贾平凹出生在商洛行署所在地商县(今商州市)以东四十公里的丹凤县棣花镇。十九岁那年,他在那里长到一米六二,就坐汽车向北翻过秦岭进了西安,开始了直至今日的学习和写作生涯。近三十年时光从指缝间一寸一寸漏掉了,他的身高依旧,他的心灵也依旧在那片天空盘桓。

中国现当代作家中,有许多人建立了自己心灵的根据地:沈从文和他的湘西,老舍和他的老北京城,孙犁和他的白洋淀,刘绍棠和他的大运河。商州是贾平凹生命河流的发源地和上游,同时更是他心灵的灿烂花园。在他已问世的数百万字作品中,绝大部分是写商州的,那片美丽但落后的土地经由他的心灵创造,通过他的笔赢得了世人的尊敬。秦岭是一道屏幕,横挂在西安和商州之间,同时也分野了中国的南方和北方,雨水降落在秦岭南麓,就经由丹江、汉水流入长江;雨水散落在北麓,就汇聚着由泾水、渭水注入黄河。这种天然特色,一直影响并伴随着贾平凹的文风——既是生动而斑杂的,又是厚实而浑然的。

贾平凹的写作间在西安历史最悠久的一所大学——西北大学的校园内。十九岁那年,他第一次走进校门时,是一名不显眼的学生,现在,他成了这所大学的客座教授。他的写作间在一座住宅楼的四层,是一套两室一厅的单元房,大厅的四个角落堆满了形形色色的石头:安徽的灵璧石,广东的黄蜡石,河南的菊花石,内蒙古的风砺石和葡萄玛瑙,新疆的硅化木,广西的红河石,兰州的黄河石,福建的寿山石，以及千般造化的水晶石，才思漫卷的云纹石，神鬼兼容的钟乳石。与这些石头比较，更令人心仪的是各种动物化石、鱼化石、虫化石、马头化石、象骨化石、鹿骨化石、鸠头贝化石、恐龙蛋化石，一尊木佛高坐其间，贾平凹手书命名：动物吉祥。

与这些石头为伍的是斑驳杂色的罐子，罐子是汉代的，是土罐。它们单一着看，简陋、拙笨、周身土气，百余个聚在一起却很生动，有点像战争年代的平原游击队，每个人看上去都是普普通通的农民，整支队伍行动起来却撼人心灵。最大的罐子有半人高，是罐子中的极品，贾平凹说是大观天下的汉武帝；最小的如婴儿握拳，他说是被摔过的阿斗，刘备用来收买人心的小儿。贾平凹用毛笔给每个罐子起了名字：腰胖的是吕后，身长的是赵飞燕，精细的叫吕布，憨粗的叫项羽，班固饱满，蔡文姬飞扬，司马迁壮阔中有缺损，张仲景仪态万方却纹路不整，刘备是一个汉代的粮仓，三足鼎立着，表层釉彩细致，但内壁粗糙不堪。人有了姓便有了出处，物有了名就有了精神。名字虽是符号，有时也是归宿，一个人在家乡做农民时叫二狗，后来参军成了将军就叫了刘威龙什么的。

贾平凹的书房在最里间，一张硬木写字台占去了一半空间，写字台上有一个小水桶般大的汉代土制香炉，这是他的烟灰缸。桌子上没有书，总摆放着一种散文杂志——《美文》，这是他主编的。在散文写作中，他倡导大散文，他认为"散文是大可随便的，天有大美，地有大美，人间有大美，万物有大美，我们的前人，自有了这样大目光的感慨与率性，遂就有了大散文的意气，于是，万事万物皆进入文法，穷极物理，妙想迁得。或抒情或言志或赋物或达理，大至安邦定国，小至细物感怀，皆是散文的大境界"。

书房最醒目的两个书架，横竖挤满了他的百余种著作——国内版，海外华文版和译文版，每种仅存两本或三本，再多的就是盗印版。盗版最多的书是《废都》，有四十几种，他去国内各地闲走，乐此不疲的事情除了搜集石头，就是搜集盗版书。有人带着书登门拜访，或人在外地把书邮寄来请他签名，发现是盗版，他就留下，再选一本正版送与来人。如果是相同的盗印本，签过名后，他再郑重地在扉页上注明：此为盗版，出于某某地。有的盗版粗制滥造，有的却比正版还精致，令人感叹高科技在各行各业都显示着力量。

书房的正面墙上有一巨幅合影，贾平凹老母亲慈善的眼睛和他本人朴拙的微笑在墙上扎了根，并且笼罩着整个房间。这幅照片的下方贴墙随意放着一个大画框，贾平凹在略略发皱的宣纸上手书两个大字——商州。

我眼中的贾平凹先生

程　华

每逢清明节，贾平凹先生都要回家祭祖，这已经成为他几十年来雷打不动的习惯。

前几天，经李育善老师联系，有幸去拜访先生。先生一下车，没来得及回家，即去祭祖。期间，在路边等待的十多人都是先生的亲族，包括他的弟妹以及侄孙。先生很和善，并未因我们这些外人擅入他们的家族活动而黑脸，反倒摆手叮咛我不要着急过马路，以防对面车流。这车流就像他写的，是另一条"河流"，他曾在《从棣花到西安》中书写他家的祖坟在公路边上，母亲说会不会太吵，阴阳先生说："坟前讲究有水，公路就是另一条大河。"这条"河流"劈开了牛头岭。牛头岭是一座形状如牛头的山梁，不高，但住的是棣花人家世代的先祖，他曾在《〈秦腔〉后记》的视频中指认过棣花周围的山形地理，我看时就疑惑过牛头岭的位置，今日总算明白。如果说，棣花如一个盆盆一样坐在四面环山的川道里，牛头岭就是这个"盆"的北沿边，312国道从此开过，也算这个盆的一个出口，恰处在交通要道上。

商洛把祭祖也称祭坟，当地人很重视祭坟仪式，清明节前一周或当天，会买挂纸和冥币在祖坟前向祖先致敬或追思，这个节日也是家族团聚的日子，家中大小亲族，即使离乡很远，也会在这一天回家团聚。

先生在作品里曾写道，要寻根就要寻到民族文化的根本和精髓上，他不只在作品里寻文化之根，其实，日常行为中也能看出他对传统的重视。他家的中堂上，挂着他父母的遗像，中间书写四个大字"挈行修善"，两边书写"光前裕后赖孝子贤孙，尊亲守本乃至德要道"。"挈行修善"是《史记》中的原话，是指要以清白品行行事为人,"挈行修善"的后面是"以忠得进,以信守位",以信和忠规范品行是传统儒家思想的要义。钱穆也曾解释家族的传承不仅是子孙繁衍、财富传承,更重要的是德行的传承。先生很注重传统的节日礼俗,祭坟归来,先去看望他的本家堂嫂,他的侄子翻开手机指着照片说:"我大大每年回来都会来看我妈,每次回来都有合影。"随后,先生看了由堂侄修订的贾氏族谱,看得很认真。李老师说,每年除夕和清明,先生再忙也要回来,祭祖团聚,年年不落。他是家族里的长辈,下面还有弟妹子侄,他们一大家和睦友好,就像书里说的,"一等人忠臣孝子,两件事耕读传家",现在社会大环境变了,耕者已不多见,但大家都兢业工作,恪守信用和秩序。

商洛的祭坟仪式是先挂纸,再祭拜,后祭酒和响炮,祭拜中尤见人的虔诚,礼俗中也能见人的道德和情感。以前总是在文字中感知先生的思想,写过《贾平凹对传统儒释道思想的接受》,主要通过他的文字来追索他对传统的态度。其实,儒家的思想更多表现在他的日常行为上,在"挈行修善"上,是无意识的流露,而这恰恰也是传统文人日常行为中非常重视的一部分。他喜欢的三苏——苏洵、苏轼和苏辙,他们个性独特,作诗浪漫洒脱,但注重日常品行的修炼,他们的文章风格在老庄,但思想的根基却在儒。贾平凹先生也是这样的,以儒为根基,用老庄的作文之法,两者协调,有文化的底座,也写出了华彩篇章。

饭桌上,先生拿了一个锅盔,给弟弟掰了一块,等到吃酸菜面时,是弟弟先站起来,给哥哥舀了一碗面,又忙着给哥哥张罗换个大碗,眼前不禁浮现出兄弟俩小时候拾柴时的情景。中午等候先生回来时,和贾栽凹老师谈起他们小时候的生活,谈起贾家老一辈的兄弟有十个,侄子辈的已经有三十多个,我还误把贾栽凹老师的堂侄当成了他的儿子,他们贾氏族人,站在一起很是相像。

先生本人谦逊低调,自中午十二点回来,到下午三点钟,中间没有停歇,路边碰到游客,还有亲戚们的问候,他是有问必答,还有签书和合影。记得第一次和先生合影时,是在几年前的晚间,后来常和学生、朋友谈起合影的感受,感觉站在旁边的是一个需要保护的人。那时,读过一点《道德经》,是说个人的品性修炼到一定程度会如婴儿般,对旁边的人皆用极柔软和温柔的态度视之。后来读到汪曾祺老先生对贾平凹的评价,说他是一个平易淡泊的人,稠人广众中总把自己缩到最小限度,这说的也是日常行为的修炼所达到的境界。李老师和先生交往多年,他说,任何一个人和先生交流说话都是自然亲切的,不会有盛压和胁迫的感觉。

  和先生一块回来的夏雨说，先生不像有些作家，写起来很痛苦，他在进入状态后写得很快，写作对他来说是愉悦的，这是因为他是一个感觉很灵敏的作家，也源于他能融会贯通，是一个包容性很强的人。找先生指导，主要是为手头的《贾平凹文学纪传》的写作体例，因涉及先生本人的创作过程，先生看得很认真，听得也仔细，说的多是七八十年代的事，恍惚间已经过去这么多年了。先生在文学创作的道路上耕耘了五十年，仍然神清气爽、精神饱满，文学一定意义上是可以从内到外涵养人的精气神的。

一个云层之上的愚者

孙见喜

这是一个商州农民的儿子,他的精神遗传是他从创作之初,就表现出对中国农耕文化在骨骼的透视和底层人生存状况的理解。他不是被某种风暴打到乡下去的"落难公子",也不是从都城下到乡村的插入者,他从生命之初就在这一锅苦汤里煮,所以他的创作思想及实践表现了彻底的人民性。这种人民性不是那种不幸跌入人间,尔后启蒙才建立起来的平民意识,而是在社会底层百姓的万千呐喊中,他本身就是一个发声体。他无意做谁的代言人,也无意去同情谁,他本来就是这一层中的一员。如果仅止于此,贾平凹也只能是个一般意义上的作家,他的可贵处是致力于展示民族活力的同时,又用挖地三尺的功夫对民族根性作文化批判。

贾平凹之所以在新时期文学中长盛不衰,之所以迫使理论家换了一套又一套的思想武器,原因盖出于他对自己不断深化的思想和实践的切割和迁移。往昔的文坛上,某位作家一时走红,就有舆论给他导向要他就沿着这条路走下去,走下去的结果是葬送了这个作家。贾平凹不同于此类的原因在于他有非凡的自持力和拽断绳的拗劲儿。他不浸淫某种守成的受活,而静虚于舆论的颂扬,他只顾做他的动作。理论家只听他在东边放枪,赶前去,他却在西边露营;理论家刚观赏到他在这条河里耍水,理论的飞毯刚投过去,他又在海边钓鱼。所以,近二十年来,理论家赶他赶得筋疲力尽,就在不少理论家因此而放弃追踪的时候,他又吸引来更多的追踪者。

其实,不少理论家已经明白,贾平凹的动力来源除自身的热核裂变外,很重要的外来能源就是对理论家的敲骨吸髓。他不用打家劫舍,更无须拦道抢劫,他的秘密在于从理论家遗落的脚印中嗅悟某种气息。贾平凹的嗅觉神经异常灵敏。他不看手相不看面相却能准确预卜，原因盖出于此。

所以，汪曾祺言其为鬼才作家。贾平凹在人们不觉不知中完成的思维转换正是某些作家终生所求而不能的。现在我尚不便公布我这方面的研究成果，现当代作家在世者及理论家中许多人心理承受能力很差。我一直把某些舆论鼓呼的中国当代缺乏大作品大作家这种说法轻视为浅薄的起哄。或许，不识庐山真面目，只缘身在此山中，曹雪芹当年因著红楼而举家食粥，当时的翰林大学士们哪个会料到一个落魄文人的"痴梦"制作会是中华文学史上的一座高峰？当代人评说当代人常常会受到五色六味的干扰，但历史的严酷筛眼却在无言中给每一位风云之士定了秤。

贾平凹创作的阶段性使他从人的社会性入手，到文化寻根、文化批判再到对人自然属性的探寻、对探寻者自身的探寻，他涌浪般的创作实践使他成为当代文坛仅有的几位精神领袖之一。他的魅力不仅辐射下一代作家，对上一代甚至上上一代作家也有不小的感染。有的人心里不服也没有办法，他实在是一池舀不干的水。

贾平凹以六百多种版本著作的不凡业绩为他的不惑之年奠了基。他是承上启下的一个关节，年龄阅历上的优势及思维上的发散性使他正处于某种自由境地。尽管世人都言他勤奋，但在我看来他有不少生命尚处于浪费中，又不忍过紧地勒他的缰绳，所以当信自由之。所好在贾平凹身上"担水砍柴都是道"，强大的艺术吸收力和灵敏的触悟神经一直不露痕迹地工作着。

贾平凹文化视角的确立使他洞察人间时比上代作家更为精微，且他接纳古人的时候不拒绝全球意识，对域外文化的冷静选择和吸吮使他没有在摩天大楼面前迷失自我。人化不了他，而是他要化人。贾平凹"食谱"的宽广也是他维持创造活力的能源之一。

他在《四十岁说》中，自言追求云层之上的光明，从而超越激愤，达到人类相通的东西。这境界永恒而博大。欲达此境，法门万千。贾平凹入走的这座法门是达观，心理基础是一个"忍"，动力加速的反冲形式是"不服"。所以，目前对该生命个体的最后评估怎么猜想都是不方便的。

《浮躁》之后是《废都》，贾平凹的能力在于举重若轻，更在于他可以果决地将心血之作一把捏碎再重来一个。他自我破坏的神态若小儿玩泥。设想一下，倘在一般作家，那还了得？别人挑剔尚不可容，言其自我否定那他不跟你玩儿命？历史上，郭沫若曾经过，但那是一种无奈，且有假大之嫌。

当代文学二十年，贾平凹身上较为完备地携带了"史"的若干信息。卢新华《伤痕》一时，但他的《晚唱》却使论家惊诧不已，甚至《文学报》陆行良发表此文时也受了不少为难；人们在"意识流"中匆忙时，他早在《阿娇出浴》中流意识并很快化异为我；在文化寻根者一呼百应的热闹中，他早几年就有了《卧虎说》的宣言；在作家评论家苦苦寻找现实主义的新出路时，他的《浮躁》却从现实主义内部破坏了现实主义；这两年新写实一时成风，我估计《废都》又会有大成之嫌……

不知是风赶贾平凹还是贾平凹赶风，个中的现象是实在的。这茬作家群中，遒劲之士甚多，不少人是当年的下乡学生，如梁晓声、张承志、张炜、邓刚、柯云路、王安忆、张抗抗等等，这里头埋藏着不少中国未来文学真正的栋梁之材。

又有不少论家直言呼号，要给贾平凹散文以"大家"地位，但贾平凹对散文的重视尚在小说之次。贾平凹还要干什么？他还将往哪里去？问他，他答："最好不要说。"

记贾平凹给学生的一次上课

韩鲁华

现在聘请名人到大学里做教授，或者担当院长，甚至校长，已经成为一种时尚。我想：第一，大学聘请著名人士做教授，自然有一个扩大影响的目的，但仅此而已吗？第二，著名作家当教授，也仅仅是为了某种心理安慰或者其他什么吗？如果连课都不去上，这还叫教授吗？问题不在于是否上课，而在于上课中间，这些作家所融会的人文精神内涵，对于一所大学文化精神和大学精神建构所具有的意义，那是远远超出了事情本身的。我请平凹上课，自然有这样的想法，但还有一个原因，那就是想通过他的讲课，对学生产生一种影响力，让学生在更为广阔的视野上去思考问题，熔铸自己的文化人格。

可真正让平凹为学生上课，那比要他的字还难。我敢说，如果让平凹在写一幅字和为学生上一次课之间做选择，那他可能选择前者，并不是他不想为学生上课，实在是他的确不善于在公众场合讲话，更不善于为学生讲几个小时的课，因为讲课和研讨会上发言毕竟是两回事。讲课要求内容的系统性，课程前后之间的逻辑性。记得西北大学的赵俊贤老师给我说过，我国已故老作家，《保卫延安》的作者杜鹏程先生就问过大学的教师：你们一学期讲几十节课是怎么讲的，我们讲几节课，做个报告还可以，多了就不行了。杜老是我非常敬重的一位作家，他不论是为人还是为文都非常坦诚。的确如此。不要小看这三尺讲台，一学期要讲几十上百节的课，没有点基本功，是难以应付下来的。所以，许多人不怕作报告，怕讲课。

但平凹的确于 2004 年 12 月 13 日上午，为汉语言文学专业的本科生讲了课，这就是他与我共同开的专业方向课《文学创作与实践》，而且讲得出乎意料地好，如若不信，第一，有全程的录像为证；第二，有2003级中文专业的学生为证；第三，有人文学院的赵安启教授和中文系主任祁嘉华教授为证，还有2004年12月29日的《西安建大报》第4版的配照消息为证。据说，校电视台也播放了新闻。

不过为了给学生讲课，我与平凹的确是费了一番脑子。《文学创作与实践》是列入教学计划的课程，在制定教学计划、确定这门课程时就考虑到了平凹。在前一学期，我先写了个讲授大纲让他过目，本想他说个同意就得了，谁知他倒一本正经地一个字一个字地看了起来。我喝了两杯茶，抽了他三根烟，他才看完，说："行么，不过我讲啥？"我建议他讲散文，因为我见过他多年前，为某师大准备讲散文创作写的讲义，非常好，后来因故未去，讲义的一二部分虽收入《静虚村散叶》，但不讲给学生总觉得有些可惜。可他却说对此已没有了兴趣。又说，还是讲文学语言吧。他是名人，又是我的院长，也就只能按他说的办。我说语言就语言。因为我看过他写的有关文学语言的文章，的确是有独到的感悟，并且充满了诗情画意。

最难确定的是时间。这之间我们联系了多少次，我已经记不得了，反正我是光电话就打了不下二三十个。他的确是事情太多，常常是上午还在西安，下午就不知跑到哪里去了。就是在西安，不是这活动那活动，就是感冒头疼的。除了这些，就是写作。那天讲课，他还患着重感冒，喉咙疼，鼻子不透气。但讲课时却硬忍住未打一个喷嚏，揩一把鼻涕。也的确难为平凹了。过后我说不行你就停一下也不要紧，这又不是什么思想原则问题。他却一本正经地说："讲课就给人家认真讲课，还要注意形象哩，咱瞎好还是个院长哩么，为自己的学生上课，不能马虎，要对得起咱的学生。"我注意到，平凹特别在"自己"二字上加重了语音，还颇有一点得意的神态——给自己的学生上课，好像他的人生又多了一种归宿似的。

时间确定了，剩下的就是平凹如何讲、讲什么了，不过这是他的事，我想，只要他不怕丢人，他就胡讲去。平凹不怕丢人，但平凹怕对不起学生。为这几节课，平凹写了十几页讲义。直至前一天晚上，他还在抄改讲义，忙到深夜两三点钟。这是在重感冒中完成的，其间他是何等难受，我未见到，不得而知，想来大概不会有多么舒服吧。讲义写在稿纸的背面，这是他的习惯。课备得非常认真，是他的贾字体，字非常小，看起来费眼睛，但清新秀美，笔画流畅，整体上浑然一体。最后日期已经落款，又加了一段，可见他是写完后又认真看了一遍，大概觉得意犹未尽，便再添了几笔。

我是八点到平凹住处的，他已准备好。不知是他特别重视，还是我的心理作用，平凹那天看起来好像与平时没有什么两样，但衣服非常整洁，头发也很光亮，虽然就那么几根。平凹给人的印象是不注重衣着，比较随便。其实不然，他往往是于并不引起人们注意之处，有着自己的着意。这就像他的创作一样，平时他并不咋咋呼呼，可你不注意，他就整出个几十万字的长篇来。他面带倦容，眼睛红红的。

课是九点准时上的，教室由原来的大楼315教室改在主楼二层人文学院的多媒体教室。为留些资料，我提前与校宣传部王继武联系，希望到时能拍些镜头，继武大力支持，那天来了三个人，扛着两台摄像机，还拿了一个照相机。为此，还和平凹交涉了一番，他不同意，怕影响上课，说其他老师上课是不是都录像，课堂是严肃的，咋能有人走来走去的，影响学生听课，多不好。说实在的，我跟平凹的交往，多限于他创作方面，其他事还真没有打过多少交道。名人都有名人病，但在这个问题上，我是的确敬佩平凹的。从开始联系上课，到现在，他的确很认真，而且多从学生角度考虑问题，这不是装出来的，是发自内心的。不过，最后他还是同意了。表面看平凹很随和，其实他骨子里比牛还犟。我说了许多他可能都没有听，但有一句话他确实听了。我说："你不可能经常讲课，教室能容的学生又有限，录了像，可以让更多的学生受益。"他这才说："那好吧，不过不能影响讲课，尤其是不能影响学生听课。"我心想你大概是怕讲不好留下丑态吧。

我的担心不是没有道理。在我的印象中，每次活动，他讲话都事先写好稿子，上去念一番了事。直到今年，这一方面他进步也不大，人文学院两次新生开学典礼大会上，他都是念讲话稿，你听他讲话，实在是没有读他的文章酣畅。他这几十年，念稿子念得最好的，在我看来就是浅浅婚礼上的那次了。与其说他的抑扬顿挫、音质韵律好，倒不如说是他的情感真挚深切打动了人。所以，我最不放心的还是他的讲课，如果一堂课他半堂时间将讲义念完了咋办？其实，那天我已做好了救场的准备。比如让学生提问题，或者我根据他讲的补充几句。

但那天的讲课，对于平凹来说，的确是个神来之笔。写文章，平凹处处都能给你整一些神来之笔，你怎么也想不来他的脑子是咋长的，就给你写出了那么好的文字来。他走上讲台时还说让我看着时间，可一讲开了，他就像换了个人。

一会板书，一会比比划划的，条清理顺，而且越讲越来劲，就像小孩子似的。虽不能用神采奕奕、眉飞色舞来比喻，但的确是讲得淋漓酣畅，声情并茂。那天平凹讲课板书了四大黑板，特别是讲到兴致处，将美国一部作品的一大段话写在黑板上，一句一句地比较分析，可谓鞭辟入里，深入浅出，真是天地作美。

关于文学语言，平凹完全摒弃了教科书上的那一套，按照自己对语言的感受和理解去讲，给听惯了如我似的刻板教法的学生耳目一新的感觉。坦率地讲，不要说学生，就是我听了也十分欣慰。平凹对文学语言的感悟，简直就像是对自己生命情感的品味一样。特别是，他的教学完全没有了框框，天马行空，但又紧扣话题，句句都是语言问题，这不仅开拓了学生们的思路，使他们知道原来文学语言是如此的平常，又是如此的神奇，更是如此地令人亲近。我总以为，大学教育，重要的不是知识的传授，而是思维方式的开启。因此，我对中文系的老师提出的要求是：一不准照本宣科，二要将知识融会贯通，三要有自己的观点。这可能与工科不一样，如果照本宣科，那就不需要老师了，学生自己看书就行了。之所以还需要老师，那是因为学生需要了解课本之外的东西，更需要开启思维。平凹把语言讲活了，而且把握住了汉语的本质特征，比如汉字的象形问题，语言的准确性、形象性、音乐性等问题。认为"能准确表达出人与物的情绪的就是好的文学语言"。这实际涉及一个非常重要的语言学问题。语言要有质感，要有味道，要有张力，等等。最为富有个性的是，他认为语言与身体有关，与人的生命有关。文学创作要善于运用闲话，要学会还原成语，即还原语言。这实际上已涉及语言哲学、现象学等方面的问题。问题讲了七八个，个个新颖而蕴厚，更是感悟的精华。如果没有对语言的深入思考和深切的体悟，没有创作实践的支撑，那是绝对讲不出这些道道来的。难怪不知不觉中，两个小时过去了，听者一点也不感觉累，倒好像是在看趣味十足的话剧，凝固了时间。

其实这次平凹讲课，其意义远远超出了语言的视阈，有许多人文思想与精神融会在里面，体现的是一种大文化的思维。我们长江大学的人文精神教育，不是一句空话，也不是几个干条条，而是一种文化精神的熔铸，教师通过自己的课堂教学，把人类的文化精神潜移默化地传授给学生，让学生在听课的享受中得到心智的启迪。

另外，平凹这次讲课，也得到了一次自我的确认。最少，他向人们证明：我老贾是能够把课讲得和文学创作一样出色的。贾平凹是自信的，但有时候他确实是非常不自信的。在讲课上他就不是很自信。课间休息，他还问我讲得咋样，我说非常好，好得简直出人意料，他还是有点不放心，总怕误了自己的学生。直到讲完课，学生们热烈的掌声，才让他长长地松了一口气。平凹这次讲课，似乎意犹未尽，可惜时间已到，学生们还要去吃饭，也就只好就此作罢。我也借此说：下学期继续讲，他满口答应。在写这篇文章中间，我还与他通了次电话，商讨上课的事情，他说等他从上海回来安排。

据我所知，给本科生正儿八经地讲课，平凹这还是第一次。

我跟哥哥去砍柴

贾栽凹

20世纪70年代初，我的家乡棣花一带，家家户户煮饭炒菜都是烧柴火，一到做饭的时候，村里到处都是"炊烟袅袅"，成了一幅美丽的乡村图画。但烧的柴火来得很艰难，要到二十多里外的笔架山去砍。然后背着八九十斤重的柴背篓，翻山蹚河地走回来，常常是早上天不亮就起身，回来已是日落山，累得气喘吁吁。

笔架山是棣花古镇南面逶迤起伏的群山中最高的一座山，打从我记事起，它就叫这个名字。山很高大，形似旧时文人墨客案几上摆放的笔架子，端庄秀丽地摆放在棣花古镇的正南面。

那时候，棣花古镇一带物质匮乏，家家户户没钱花，缺粮少油无柴草，人都是面黄肌瘦皮包骨。为了把生食做成熟饭，人们涉丹江，爬南山，不怕山高路远，尽管这笔架山树木稀疏荒草少，但它依然成了人们砍拾柴火的首选地。

"穷人的孩子早当家。"当时，我的哥哥贾平凹才十七八岁，我也才十四五岁，都是读书上学的年纪。但由于父亲在邻县一个乡村中学教学，家里做饭烧的柴火，就只能靠哥哥和我利用星期天上山去砍了背回来。因为年龄小，远的山路跑不了，他就带我到这又高又陡的笔架山去砍柴。

砍柴的时候，渴了，就用树叶或双手掬起山沟里冰凉冰凉的溪水喝，还能尝到一点甘甜的味道，每次因水寒冷渗得牙疼，我不想喝时，哥哥就哄着我说："栽，你别看这水冰冷冰冷的，数九寒天里的水，一滴水生一滴血，养人哩。"饿了，就吃自带的干粮——冷红薯、米粥。有一次，我们把母亲为我们带的干粮放在山顶草丛中，不料被乌鸦发现给叼走了，我和哥哥只能饿着肚子回家。后来我们吸取教训，把干粮包在报纸里，塞进石坎下，乌鸦干着急没办法。

　　让我印象最深的一次，是哥哥领着我来到了一处柴火多的地方，他看着那一堆堆干树枝，二话不说，连忙挥动镰刀兴奋地砍了起来。不知不觉间柴火砍得多了，扔了可惜，也舍不得，就硬着头皮，全部捆绑到背篓里朝回背。由于他人矮个头小，身体瘦弱，沉重的柴背篓压在他身上，从老远看去，只能看到柴背篓在移动，看不到他人影。山道弯弯，坡陡路滑，在一个转弯处，他脚下打了个趔趄，跌倒了，一下子连人带背篓滚了好远，身上多处挂彩，把他痛得蛮喊叫，半天都缓不过气来，起来歇了会，他苦笑着对我说："我今天咋背多了，不小心，摔了一跤，你回去不要给妈说，要不她又心疼，难受。"我点点头，轻轻地用手抚摸着他红肿了的手臂，难受得想掉眼泪。

　　除过砍柴去过笔架山之外，有时候哥哥还带着我，从这山里抄近路，爬山翻岭，蹚河过沟，穿越树林草丛，去父亲任教的山阳中学去看他。回来的时候，我俩还要从山上捡拾一捆梢子柴，掮上走回家，因为家乡的人都说"进山不空回"，我们也不能空着手回家。

　　那段砍柴的经历，在我的心中留下了永远难以磨灭的记忆。

商洛山中走出的杰出演员

张书成

在莽莽苍苍的商洛山中，有一位全国闻名的电影演员，他就是丹凤县棣花镇竹园村的李长华。

李长华，男，生于1925年9月19日，1938年11月加入中国共产党，同年入伍，1939年7月调延安八路军留守兵团烽火剧社，1942年结业于延安八路军艺术学校，先后任烽火剧社演员，陕甘宁晋绥联防军宣传队分队长，第四野战军文工团演员队队长，原广州军区战士话剧团副团长、团长，原广州军区文化部副部长；是中国戏剧家学会、电影学会、中国电影艺术学会名誉理事；曾演过电影《人民的战士》《狼牙山五壮士》《碧海丹心》《战上海》，话剧《万水千山》《保卫和平》《带兵的人》等，主演的《人民的战士》获得捷克卡罗维代利第七届国际电影节"自由斗争奖"，1957年获国家三级自由斗争勋章，1988年获中央军委颁发的独立功勋章，1992年起享受国务院特殊津贴。

李长华有许多感人的故事。在延安烽火剧社时，被毛主席、朱总司令、周副主席称为"红小鬼"。一次演戏时，需要一个玻璃杯子，当时的延安很少见到这种稀罕物，有人说毛主席那里有两个玻璃杯，社长高波就让李长华到毛主席那里去借。毛主席很喜欢李长华，欣然应允，但演出结束时保管杯子的同志不小心摔了一跤，把杯底碰掉了。那同志很懊丧，就从医院寻了些胶布把杯底粘上了，但毕竟是坏了，别人都不愿去还，因为是李长华借的，他只好无奈去还。向毛主席说明了情况后，毛主席不仅没要坏了的那只，还把自己窑洞里的那只也给了李长华，说："让它继续为人民服务吧！"高兴地李长华连招呼也没打，拿起杯子就跑，毛主席在后边连连喊："不要跑，小心摔了杯子！"

竹园村的人都记得：1963年12月21日，由李长华主演班长马宝玉的电影《狼牙山五壮士》在村里的大场上演出，演到五壮士英勇跳崖一幕时，突然场子前面传出凄厉悲惨的哭声："我的儿啊！我的儿啊……"跟前的人忙劝道："那是演电影，长华并没有死……"但李长华的母亲仍惊魂未定地喊："怎么高的山，能不死吗？"以至电影完了，到家还哭泣不止……后来，李长华的母亲得了病，几十天卧床不起。忽然有一天，李长华骑马回来了，听到这消息，李长华的母亲一下子来了精神，翻身从炕上爬起来，颤颤巍巍地到村口去接儿子，病竟轻了许多。村里人都说"人逢喜事精神爽，见了儿子病症轻"，可见，精神力量是神奇的。

李长华是一位杰出演员，更是家乡的名人。在故乡棣花，流传着他的许多故事。他每次回故乡，家里都像过事似的，热闹非凡。

一张珍贵的合影

张小丹

我与平凹是乡党，我也喜好写写画画，算是与平凹有相同趣好。我常折服于平凹的多才多思，素有见面拜访求教之念，可惜却一直无缘相见。

随着平凹名气渐大，与他相见似乎更难，但我一直在关注着他，常拜读他的作品，品味他的书画，闲谈他的趣事，不仅因他是商洛乃至陕西文学的一面大旗，更因我对文学和艺术的执着追求。

我的朋友张宝才在县文化馆工作。他身形瘦小，长着一脸浓密的络腮胡，他与平凹相交甚厚，与我既是知心好友，又是酒友。我曾在他的办公室见过平凹赠予他的条幅，上书"人瘦非鬼"四个大字，从中可以看出平凹平易近人、诙谐幽默的一面，这与我为人处世风格相仿，又勾起我拜访平凹的念头。

2015年8月8日，我在省干部学院学习，从朋友那知道平凹要出席商洛籍作家陈仓作品研讨会的消息后，就请了假，急忙赶往西安华商报社办公楼二层会议室。与会者多是来自上海等地的媒体代表和文学大家，我只是一个唐突的闯入者和平凹的崇拜者。门口的工作人员没有阻拦，我进到会场，坐在西侧和陈仓一排。看看四周，与商洛名家巩文超、南书堂、董发亮、芦芙红、田冲等一帮常见的熟人互相点头示意。我左前不远处就是平凹，他的形象已深印入我的脑海，不用分辨就能认出。平凹左边是方英文、沈庆云，右边是周怀忠、孙见喜，他们不时侧身倾向平凹，低声耳语交流，我坐在一旁，正好可看清平凹：头发稀疏，脑门宽阔晶亮，戴着一副老花镜，眼光深邃灵光，肩阔厚实，很显富态。那天平凹穿着一件黑色汗衫，外形平凡内敛，精气神却饱含不凡。有时神情开朗，有时微笑倾听，有时应答赞许……神采飞扬，闲散自然，气场强大，他几乎成了会场的焦点。轮到他上台讲话，他慢条斯理，用浓浓的丹凤乡音发言，专心读着讲话稿，不时放下，引入话题，论证观点，不失幽默和机智，把他的贾氏识见发挥得淋漓尽致。评述乡党作品深入细致，让人频频点头、拍手。对陈仓这位家乡文学的后起之秀提出的改进提高建议，眼光独到，不愧为文学大家，他还祝愿陈仓多出优秀作品，为商洛、陕西作家增光添彩。我那天听得格外认真，深切感到，看想百千，不如一见！

　　难忘的聚会自然值得留念，这次恰好又带着相机，会后众多平凹粉丝都与他合影，或让他签名，平凹也都满足大家心愿，我也抓住机会，让丹凤乡党发亮给我与平凹留了张合影。他热情地握着我的手，拉着紧靠在他右侧，还用丹凤乡音闲聊了几句，好似多年的老朋友，这是我直到今天最满意的一张合影照，一是不经意间，顺其自然完成，神态恰到好处；二是因为合影者是我多年来心驰神往的对象。

　　这张留影至今一直悬挂在我的画室中，每日品茶作画时，看一眼，好似它能伴我作画，给我创作灵感。朋友来访，这张合影则会成为闲聊平凹的话题。虽说仅是一张照片，却记录着我拜访名家、追求艺术的心灵轨迹，也是激励我不断提高的不竭动力。

我的同学贾平凹

周书贤

我和贾平凹是中学时代的同窗。1964年9月我上初中了，当时班上共有五十多名同学，主要来自两个学校：一是商镇中心小学，一是棣花中心小学。年龄最小的三个同学都是1952年出生的，贾平凹就是来自棣花中心小学的其中之一。因为他个子最矮，当时在我眼中，他就是一个小菜籽、小不点。

贾平凹母亲用剃刀把他脑袋周围的头发剃得精光，只留下头顶靠前的一块头发。头发不是短茬茬的茶壶盖形式，而是很长很长。飘逸在前额的这撮头发很奇特，因此，男同学给他起了个"一撮毛"的绰号。时间长了，大家直呼他"撮毛"。

中学时代已过去了半个世纪，但我对同学贾平凹最初的一举一动、一笑一颦以及他每次匆匆忙忙从室外跑向教室上课时的瞬间滑稽动作仍记忆犹新。

贾平凹的座位在教室最前排，我的座位在第二排。我是女同学，平时不太搭理他。每到冬天上课时，贾平凹总爱流鼻涕。我耳朵里老是传来他不停歇地吸鼻涕的声音，感觉很不舒服。

贾平凹上中学时毛笔字写得颇好。他写的大字很有功力，因此大家都把大字本拿去让他写本子的封皮。我也曾经让他写过本子皮。大字本的"大"字最后一笔是一捺，但他习惯写成一大点，我当时对此很不认同。不过，别看贾平凹只是个小不点，学习却很优秀。我发现他上课时总是格外专心。

贾平凹个子矮，他小而滑稽的形态老是驻留在我的脑海里。看他年龄小，男同学们习惯在他的头上摸来摸去。虽然他学习很好，却从来没当过班干部。这主要是因为比他年纪大的同学多的是。他太小，震慑不了别人。

20 世纪 80 年代初，有一次我去商州，在棣花等车，偶然遇见他。他主动跟我打招呼，他比中学时代个高了，思想也完全成熟了，但在我眼中，他仍是当年的那个小不点、小菜籽。

2012 年，我们全班同学在母校商镇中学聚会，贾平凹在百忙之中也亲临同学聚会现场。与众多同学一一握手，并且为母校栽了一棵树。跟其他同学相比，他是最年轻的一个，这就是我眼中的贾平凹同学。

出没在南联盟战火中的陕西青年张存良

刘占朝

陕西省丹凤县棣花镇贾塬村，是片神奇伟大的土地。这里在20世纪70年代走出了一位让世人瞩目的著名作家贾平凹，90年代，又走出了一位让国人尊敬的外交官张存良。

在贾塬村东街贾平凹的庄子前，有座绿树掩映的小院落，这里就是张存良的家。院子东临小河，西挨学堂，存良在这庄子里生活了十八年。父母的和善和勤劳忠厚，在他幼小的心灵里烙下深印，慢慢也养成了他刚毅、内向的性格。

从小，张存良就有着远大的理想和追求。少年时，他最爱看打仗的电影。一上映《上甘岭》，他便早早坐在放映机前聚精会神地看，小脑袋还在不停琢磨。看到鬼子黑压压一片围上来，他神情紧张，心怦怦地跳，攥着小拳头直喊打。他时常和几个小伙伴一起用包谷秆做成的机枪演戏，他当解放军，不当鬼子。

贾平凹出名了，平凹叔酷爱读书的故事也成了存良最爱听的"故经"，每逢大人讲起，他总是盘根问底，也学着平凹的样子，上了读书瘾。

一天，大人忙地里的活，让他在场里看管席上晒的麦子，没想到他被书勾了魂，一屁股蹲在树下啥都忘了，天阴沉下来他都不知道。一声闷雷惊动了他，抬头时豆大的雨点已向下砸落。他扯起腿先将邻居贾诗爷的几席麦子遮掩起来，等收拾自家席时，麦子已淋得精湿。

1982年8月，存良以优异的成绩被县重点中学录取。高中三年，他就要在丹凤中学度过了。

丹凤中学是座美丽的校园，高大的楼房、宽敞明亮的教室令人神往。学校师资力量雄厚，教学风气良好，培养了无数学子，存良对这所学校无限向往。

九月的校园，黄菊绕篱，存良上的第一节课是入学教育。当听到老校友相继考入北京大学、清华大学等重点院校并成为国家栋梁时，存良对未来充满了期望，暗暗下定决心，一定要努力学习，奋发向上。

高二要分科了，存良各科成绩均衡，学业优异。一些老师要他留在理科学习，说有培养前途，他决意选择了文科。文理一分，他第一个跑进有四十个学生的文科班。

存良总忘不掉在母校丹凤中学读书的那段日子，他已经参加工作了，还对老同学说："没有贺老师，就没有我的今天。"

存良是丹凤中学高八五级学生，班主任是带地理课的贺永刚老师。

贺老师在班里摸底，分析每个学生的个性特征和学习状况，分类排队，因人施教，进行有针对性的指导。

一度，存良的外语学习成绩有所下滑，贺老师非常着急，找他单独谈话，寻找原因，又找到代课老师分析成绩下滑因素，寻找解决办法，还找来班里英语成绩冒尖的学生，帮助存良完成阶段计划和学习目标，并特意去存良家进行家访。总之一句话，存良的学习成绩只能进步不能后退，班里四十个学生的学习都要搞上去。

存良在丹凤中学念书时住在父亲单位，父亲张巴曹是电力局的司机，经常出差在外。父亲不在家，存良总是快快地做顿玉米糊汤，边烧饭边看书。他觉得自己的学习环境比其他同学优越，应利用一切时间刻苦学习。那时，弟弟也在丹凤中学读书，存良啥时睡、啥时起，弟弟都不知道，老是觉得自己一个人睡在床上。学文科，要记的东西多，不论严寒酷暑，虫叮蚊咬，电力局院内的路灯，总伴存良熬过一个个深夜。

刻苦学习，换来了"考不倒"的好成绩，对一些与他争第一的同学，他也很坦然，总是跟他们分享自己学习中的好方法。

有一次，班里一个很贪玩的小个子同学因抄袭作业惹恼了存良，存良不理他。这个一贯在大个子面前"逞凶"的小个子，看见存良一脸不高兴，内心恐慌，便当着众多同学面给存良道歉，用农村最和善、最宽容、最乐于助人的"二嫂子"的形象比喻存良，逗乐了存良也逗乐了大家。从此，"二嫂子"成了存良的代名词，大家叫他"二嫂子"，心里都很佩服他。

1985年，存良以外语类全县第一名的优异成绩被北京第二外国语学院录取。

拿到通知书的那一刻存良高兴得不能自已，专程骑车三十多里路到县城去给老师报喜。

"存良成绩第一名，考上北二外了！"这消息不胫而走。"咱村里几十年还没有进北京上学的！"村里大伯、大婶议论开了；"咱班里'考不倒'就是考得好！"同学们议论开了；"存良将来肯定有出息！"老师们议论开了……

1989年，张存良从北京第二外国语学院学成归来，被分配在陕西省外事办工作。要走上工作岗位了，怎样对待工作，怎么把自己所学充分运用到工作中去，存良早就想好了。四年寒窗，练就了他一口流利的英语会话水平和较高的翻译能力，仅靠这些，能适应日益发展的外事工作需要吗？他编织起了自己的梦。

起初，他先下宝鸡锻炼。领导安排他锻炼半年时间，结果只待了两个月就被叫回单位搞接待外宾和其他外事工作。不久，他又随团到西欧七国出访。接待外宾和出访等外事活动，使他对外事工作有了较为深刻的体验，之后他要求出国学习，以提高自己搞外事工作的技能和水平。

1994年，省外事办派他到美国夏威夷学习、工作。他十分珍惜这个机会，刻苦攻读，努力工作，使自己的外事工作能力提高到了一个新水平。

一年过去了，存良回到了他朝思暮想的祖国，回到了他的亲人和战友身边，之后他多次跟随各级领导出国，还陪同外宾到西藏考察，受到了领导和外宾的好评。

张存良出色的工作能力，得到了省外事办和外交部领导的充分肯定。1997年5月，存良被外交部选调到我国驻南联盟大使馆负责对外联络和侨务工作。一到任，他就全身心投入到工作中，使处在异国他乡的华侨，感受到了祖国的温暖。

1999年3月24日中午，以美国为首的北约对南联盟进行空中打击，贝尔格莱德市上空响起了罪恶的爆炸声，五六千名华侨神情紧张，张存良深入侨民中间稳定人心："别怕，有我在，你们别慌乱。"随后他投入到紧张的撤离华侨工作中。

贝尔格莱德时间5月7日深夜，我驻南使馆突然遭受五枚导弹袭击。当巨大的爆炸声响起，我使馆处在天摇地动之中，坚若磐石的建筑被毁坏，人们难以预料的事发生了。爆炸声刚响过，潘占林大使大声呼喊："同志们不要乱，赶快抢救伤员、抢救资料、抢救国家财产！"存良迅速扑出门,在各个房间寻找自己的战友。

张存良的办公室在三楼,已经断电了,房内漆黑,但不远处的火光将楼道照得通亮。他推开一个房门,发现有两名战友倒在血泊中。"楼道出不去怎么办？"他灵机一动,迅即找来几条床单卷成条,又找来一卷电视天线,将床单连成长绳绑在战友身上,将他们一个一个送下去。

他又来到资料室抢救资料。当抱着重要资料最后一个从绳索滑到楼下时,人们才发现他的胳膊早已受伤,满是鲜血。存良稍稍包扎了伤口,又立即到集中点看望侨民。当看到侨民的安全没有受到太大威胁,便挥着手,指挥侨民疏散。

从贝尔格莱德市炮声响起,大使馆就开始撤侨,至此还有一百多名华侨在贝尔格莱德。按驻南期限,到5月份张存良就应回国了,但当几枚炸弹爆响后,他看着惨不忍睹的战友的遗体,看着十几位朝夕相处的好同志成了重伤员,望着我美丽的大使馆一下变得千疮百孔……他的眼睛一下被泪水淹没了,泣不成声。他凝望着使馆那还没有被炸倒的旗杆,那飘扬着的五星红旗,神情呆滞,心中有种不可言状的滋味。他多么想回到祖国,回到家里看看久别了的父母、妻儿、兄嫂弟妹……但此刻,贝尔格莱德市上空的炸弹还在响啊！上百侨民还不停地在手机里跟他通话啊！在这非常时期,他怎么舍得丢下那些侨民和更需要他做的工作呢？！他没法离开大使馆一步,他向组织请求："我对侨民熟悉,有我在,他们就有了主心骨,让我留下！"他坚决地留了下来。

在大使馆七位留守人员中,张存良是最年轻的一个。他深知这里时刻有硝烟、有炮火、有献身的可能,但他觉得这里需要他。他曾用电话托别人转告妻子："不管我出了什么事,你都要保持镇定。万一……请你一定照顾好四位老人,带好我们五岁的儿子。"

多日里,存良在使馆内外穿梭不停,常常工作到深夜,嗓子都喊哑了,但丝毫没有叫苦叫累,一直和同志们勇敢战斗！

张存良亲爱的妻子赵少雪,是位非常重感情的贤惠妻子,对存良、对公婆、对妯娌,她都有着一种做妻子、做儿女、做嫂嫂的责任和坦荡胸怀。

少雪出生在西北大学一个知识分子家庭,因父母工作忙,上小学时就来到商州杨峪河上赵塬村疼爱她的叔父家,在这里读书读到高中毕业,才回到父母身边。商洛大山的哺育和丹江河水的滋润,使这对年轻人有着大山一样纯朴的心,共同的理想和追求使他们走到一起，结为伉俪，婚后生下了可爱的儿子。存良要出国了，少雪随同丈夫来到大使馆工作，把三岁的儿子张咏轩托付给婆婆、公公看管。

两年里，她无时无刻不思念着远隔重洋的亲人。没事的时候，她就给西安的爸爸妈妈打电话，给丹凤的公公婆婆打电话，每隔一个月都要给家里写信，说她和存良在国外很好，儿子在家肯定很淘气，给二老添了不少麻烦，望保重好身体；并给兄嫂弟妹交代，说他们不在家，家里的事要替他们多担待。

她也把对儿子、对家人的思念转化成对工作的热情和对丈夫存良的爱。她在大使馆礼宾室里悉心做好每一项工作，还利用业余时间学会了电脑，经常帮助丈夫打字、处理文档，成了丈夫的得力助手。

每逢休息日，少雪都要给丈夫做顿丰盛的中国餐，或是包一顿存良最爱吃的家乡饺子。吃罢饭，她常常和丈夫一同去博物馆中国展厅看看，或是来到美丽的多瑙河畔。他们依偎在草地上看碧波荡漾的河水，仿佛两人就在故乡的小河畔，在西安市的公园里……

3月24日上午，贝尔格莱德市的气氛异常紧张，今天北约就要在这里轰炸了，消息传来，大使馆安排撤离部分工作人员，撤离名单上就有赵少雪的名字。

少雪得知自己要撤离回国，心里十分吃惊。她真不愿离开大使馆，更不愿离开即将面对炮火的丈夫。虽然她没有经历过战争，但她看过打仗的电影，看过有关战火的书籍。她从电视新闻上看过和听说过"海湾战争"和"沙漠之狐"的残酷，所以她知道，战争就意味着有流血和牺牲。然而，在战争即将来临的时候，她却要离开存良回国了，她经受不起这种分离的刻骨铭心的相互牵挂，她多么想和丈夫一起同生死、共患难！但这是组织的安排，她得服从。

撤离的时间在逼近，离出发只有半小时。少雪只用了几分钟时间就收拾好行李，然后给丈夫做了顿简单的家乡饭，但丈夫还是没有回来。时针指向十二点二十五分，少雪再也等不及了，抖着手给存良打了电话，她低着声喃喃地说："饭在桌子上，还热着呢。我就要走了，你能不能送送我？"

存良冷静地说："我没有时间，我正在撤侨。你走吧，什么都不用担心！"电话咔嗒一下挂了，少雪的眼泪唰地流下来。

赵少雪默默地提起小箱子下了楼，她走得很慢，浑身如同散了架般没一点力气。在即将上车的一瞬间，她转过身去仰头看了看张存良办公室的窗户，又倏地流下泪来。丈夫正站在窗前默默而深情地注视着她。"存良，我在祖国等着你！"赵少雪在心里说着，上了汽车。

他们一行回国要取道罗马尼亚。汽车刚驶入罗马尼亚境内，就从广播里听到北约开始轰炸贝尔格莱德了。赵少雪闭上眼睛，双手并合，默默为身处贝尔格莱德的丈夫祈祷。她又将头探出窗外，向美丽的南联盟投去深情的目光。

贝尔格莱德的炮火响了，远隔重洋的张存良的家人的心都揪在半空里。

张存良的家中除父母外，还有兄嫂、弟妹、侄儿等十多人。父亲张巴曹，是位退休不久的电力职工，凭着他对儿子的直觉，总是给大家宽心，说住在大使馆是最安全的。母亲姜花芳，是位在农村生活了大半辈子的贤惠善良的妇女，她在新闻上一看见打仗，就问儿女们中国大使馆在哪里，良儿和大使馆的亲人离炮火是近还是远？她天天守着电视，天天让儿女们给她读报纸，有时实在感到心慌了，就站在高处，遥看西边的天际，她多么希望良儿和少雪能一下子都站到她面前啊。

存良的儿子张咏轩，是个聪明漂亮的小子，他很想念他的爸爸妈妈。平日里，他没事就爱画画，画个爸爸妈妈问奶奶像不像；画幅国旗、画幅鸽子贴在墙上，说让爸妈回来看他进步有多大。春天来了，商洛山里山花烂漫，咏轩就拉着爷爷奶奶的手到屋后的山坡上采花，说要等去北京迎接爸妈时，把鲜花献给他们。

存良的岳父岳母赵俊贤夫妇十分想念女婿女儿。一别两年了，他们一直没见过存良少雪，虽然他们都很理解娃们，但也难以抑制思念之情。北约对南联盟宣战后，老人更是挂念不已，天天读国际时事，分析战事，期盼女婿女儿早日归来。

一天，儿媳妇赵少雪回家看望二老了。婆婆一见少雪，激动得眼眶一下就湿了，嘴里还不停地念叨："咋就你一个呢，良儿没有回国？"五岁的咏轩见到妈妈，先是生怯，依偎在奶奶的怀里，瞪着圆溜溜的大眼睛，半天不说一句话。少雪湿润着眼睛，掏出玩具枪、糖果逗着儿子，好大一会儿，咏轩才拉着妈妈的手蹦跳起来。面对老人和儿子的追问，少雪强压心头的忧伤，总是回答："存良住在大使馆，很安全，甭操心！"除此，她还能说些什么呢？

少雪在家里总是不肯出门，只要电话作响，她总是第一个跨进房间拿起话筒，但多少次，都不是丈夫存良打来的。好些天了，她和丈夫怎么也联系不上，又是思念，又是着急，就把房门掩上，自己悄悄给北京、贝尔格莱德的同事打电话。有时，她独自坐在房内发呆，心想："存良，我们还能一起去多瑙河畔吗？"婆婆见少雪闷闷不乐待在房里，就推门去问，看与良儿联系上没有，近来情况怎样？面对婆婆的百般照顾，少雪也从内心感受到婆婆对存良的挂念，对她的关心，就又笑着给婆婆说："我是给我的同事打电话聊聊，我给你说过存良是住在大使馆，没事的，难道你还不相信你的儿子、儿媳妇吗？"少雪拉着婆婆从房里走出来，其实婆婆也看出了窍，知道儿媳在安慰她，婆媳俩的心情，相互都清楚。

5月8日午，电视上突然爆出一条新闻：我驻南使馆被导弹袭击了。全家人听到消息后一下子惊呆了，半天都说不出一句话来，接着就是哭泣，家里一下子乱了套。赵少雪把自己关在房里，守着电话，浑身发软，嘴里不停地说："我不该回来，我不该回来。"父亲只是抽着烟，一语不发，不是在床边坐，就是在屋子里转。母亲为照顾儿媳，不敢放声哭，就独自躲在灶房里以泪洗面。兄嫂弟妹都赶到家里来，安慰少雪，安慰父母。

几天里，全家人守着电视看新闻，天天晚上到零点。婆媳俩抹着眼泪盯着荧屏，声声呼唤存良你在哪里？爱蹦爱跳的咏轩也少了往日的活泼，依偎在妈妈身旁追问："爸爸啥时回来，是不是住在那烂房子里？"少雪越是思念，越是着急，就越不安，她拿起话筒给贝尔格莱德打电话，打不通就拨同事、拨外交部的电话。电视上播放的新闻节目，全家人一次都不放过。一次，还是咏轩从电视上看见了存良，搂着奶奶的脖子喊："那是爸爸！"

的确，他们都看见了，两天里看到过三次。先是看见了存良的背影一闪而过，后是看到存良在大使馆门前拿着个黑包包，再是看到存良提个袋子放在车上。尽管如此，婆媳俩的眼泪还是止不住地往下流，她们看到了大使馆的惨状，看到了三位烈士和伤员，看到了朱颖父亲和如同朱颖父亲一样的众多人的哭泣，看到了被炸毁的众多城市和许多难民……母亲再也忍受不了，发出了愤怒的控诉："以美国为首的北约，中国人民把你咋了？！"

张存良在我国驻南联盟大使馆中不畏艰险、不怕牺牲的崇高精神，很快在故乡、商洛传开了。

贾塬村、棣花镇、丹凤县、全商洛……凡知道、了解张存良或张存良一家的人都说：存良有着咱山里娃吃苦、憨厚、善动脑子、助人为乐的精神，没辜负家人、学校、国家对他的培养；他的同学、老师们则说：从小看大，存良就是有出息的，至今，他还保持着他的理想、情操。的确，这年张存良才三十二岁，青春正在闪闪发光！

张存良的英雄精神也得到了中央首长的充分肯定。时任外交部部长唐家璇委托专人三次给陕西外办打电话，赞扬张存良觉悟高、能力强，关键时候能冲上去……

多日里，陕西省委、省政府和商洛地区、丹凤县以及外交部的领导，先后到丹凤县看望我驻南使馆外交官张存良的父母，夸赞张存良有临危不惧、不怕牺牲、先人后己的高尚品质，是我国外交战线上的英雄，是丹凤、商洛、陕西人的骄傲，张巴曹夫妇及地方党委政府为祖国培养了一个好儿子！

5月23日，陕西省委、省政府发出表彰决定，弘扬张存良的英雄事迹，号召全省人民向张存良学习。

面对各级领导的慰问、探望和关怀，面对一束束簇拥着的鲜花，张存良的父母张巴曹、姜花芳感到十分欣慰。他们对前来的领导说："存良是党和人民培养起来的青年，在祖国最需要的时刻，他应该为国出力。请转告存良，我们全家人都好，儿子咏轩也长得健壮，请他放心。希望他和使馆六位同志一道，保重身体，好好工作，不辜负商洛山的养育之恩。"

少雪也牢记着存良的叮咛。多日里，她奔波于丹凤与西安之间，悉心照料着四位父母，照料着他们五岁的孩子。

存良没有在家，丈夫的责任，她一个人担着。

棣花走出来的科学家

陈安民

陈发虎生于1962年,家住棣花镇陈家沟,那是个以陈姓人居多的行政村,全村沟狭坡陡,人多地少,自然条件极差,填不饱肚子是家常便饭。陈发虎说,他对饥饿的印象最为深刻:"红薯是救命粮,但顿顿吃,天天吃,吃得人胃发酸。"

他是自然地理学博士,中国科学院青藏高原研究所研究员、所长,兰州大学特聘教授,中国科学院院士,发展中国家科学院院士,中国地理学会理事长。

发虎从小爱学习,即使饿得前胸贴后背,也没放松过学习。在棣花镇上初中时,凭着兴趣,自学了高中数理化全部课程,并做完了课后习题。"我是一根筋,越不会做的题,越要想办法拿下。"

初中毕业,陈发虎因获得过全县数理化语文竞赛总成绩第一名,被推荐到丹凤中学重点班就读。但他的父母希望他上中专,学一门职业技能,将来找个好工作,吃上商品粮,早点减轻家庭负担。在他遇到艰难选择的时候,正在杭州无线电学院读书的哥哥,支持他继续读高中,"我哥告诉我,上了大学后能做更多的贡献,做更有意义的事情"。因此,他下定决心冲刺人生的第一个目标:上高中,考大学。1980年高考结束后,他估分成绩超过重点大学录取线,他梦想有朝一日去世界各地转一转,干自己喜欢的事情,于是报考了兰州大学地理系,并如愿以偿,实现了人生第一个目标。

书山有路勤为径。因为英语基础不好,大学期间,他下决心"拿下"英语。每天吃饭时,他几乎都要光顾学校后门口的报刊亭,盯着英文版的《中国日报》,边吃边读,有时报纸读完了,饭也凉透了。在日复一日的坚持下,他的英语水平突飞猛进，本科毕业考研时，英语成绩远远高于当时的录取分数线，成功考上兰州大学研究生。

"我并不聪明，要说有一点成绩，都是靠勤奋换来的。"发虎坦诚地说。读研期间，他发现自己撰写科研文章欠点"火候"，于是跑到中文系"蹭课"，为的就是要把文章写得"既有骨头又有肉"。读博时，他又跑到物理系蹭力学的课，通过跨学科学习，将专业课拓展延伸到更广阔的领域。知识方面，总体上是缺什么就补什么。

靠着坚忍不拔的毅力和勤奋好学的精神，他在兰州大学一口气拿下了学士、硕士和博士学位，1984、1987、1990年分别获得兰州大学自然地理学学士、硕士和博士学位，并于1995—1997年在英国利物浦大学地理系从事博士后研究。1990年博士毕业后，他留在兰州大学地理系任教，1992年任兰州大学地理系副教授，1995年任教授和博士生导师，2001年作为客座教授在英国伦敦大学学院环境变化研究中心工作。1999—2005年任兰州大学资源环境学院院长，2005—2016年任西部环境教育部重点实验室主任，2007—2018年任兰州大学副校长，还曾先后担任兰州大学自然科学学术委员会主任，学术委员会副主任等。他从一名贫寒的农家子弟，成长为中国乃至世界地理学领域科研领军人物。他曾获国家杰出青年科学基金资助、中国青年科技奖、全国先进工作者称号、全国创新争优奖等，负责国家基金委创新群体，任教育部"长江学者"特聘教授。

梅花香自苦寒来。"做有影响的科研工作，为国家社会经济生态发展服务，是科学家应有的责任和担当。"中科院院士、兰州大学资源环境学院教授陈发虎的话，掷地有声。

对陈发虎来说，众多成果的取得并非一蹴而就，背后是常人难以想象的付出和努力。尽管已是院士，但他从不敢对工作有一丝松懈。他的学生、助手、兰大资源环境学院讲师魏海涛说："只要他没有出差开会、不在野外考察，基本上就在办公室里工作。"来得最早、走得最晚，周末、节假日甚至春节都在加班。"我对科研工作有着强烈的好奇心和求知欲，不搞清楚浑身就不自在。"对待科研工作，陈发虎就像"着了魔"一般，一直累并快乐着。

他长期从事第四纪环境变化、现代冰川气候变化、环境考古和文明演化以及人与环境相互作用等方面的研究。在黄土记录、气候变化、环境变化、环境考古与史前文明演化等方面取得了创新性研究成果。系统开展了黄土高原西部地区的黄土地层和气候研究，建立了适用于区域对比的黄土-古土壤序列；较早提出我国末次冰期冬、夏季风均存在快速变化；发现我国季风边缘区全新世气候也存在千百年尺度的气候快速变化，表现为多次重大干旱事件。系统重建了亚洲中部干旱区的湿度（降水）时空变化，发现全新世中期东亚夏季风最强盛，西风核心区则中晚全新世最湿润，提出了全新世气候变化的"西风模态"及其解释机制新观点；发现丹尼索瓦古老型智人（夏河人）早在十六万年前生活在青藏高原东北部甘肃夏河甘加盆地，已经适应高寒缺氧环境；提出农业扩散和发展促进了史前人类在晚全新世才大规模长年定居青藏高原高海拔地区的新观点；发现自然暖期高山湖泊发生富营养化，提出现代人为暖期和自然暖期对高山湖泊生态系统的影响不同。研究成果入选 *Science* 刊物评选的2019年度十大科学突破、*Science News* 评选的十大科学新闻、美国考古杂志评选的十大世界考古发现、中国十大科技进展、中国十大科技新闻，2015、2019年度教育部自然科学十大进展，获省部级科技奖和社会科学奖十二项（含一等奖六项），获国家自然科学二等奖两项。

孜孜不倦勇探索。从学生时代起，陈发虎就关注环境和气候变化对人类文明产生的影响。"历史上为什么会出现朝代更替？除了社会治理因素外，是否有其他诱因，比如气候变化？"这些看似天马行空的想法，在他工作后得到了系统研究。"纵观中国历史，不同时期的农民起义，除了受社会治理影响外，更重要的诱因是极端干旱事件。比如唐宋等朝代末期都有这样的案例。农民为了填饱肚子，就要起义，推翻旧王朝，建立新王朝。"陈发虎分析道。他的这项研究全面揭示了极端干旱事件对人类文明的重要影响，他还将进一步研究不同时间尺度的环境气候变化与人的相互关系的课题。

作为世界上平均海拔最高的高原和世界第三极，青藏高原是人类最难生存的极端环境之一。那么，距今约四千年前，人类为何大规模地迁徙定居到青藏高原？过去国内外学术界普遍认为，温暖适宜的气候条件，是促使史前人类永久定居青藏高原的主要因素，而长期以来的大量研究让陈发虎认定：事实并非如此。

2005年起，陈发虎及其团队对青藏高原东北部二百余处史前遗址进行调查，选择在考古地层保存完整的五十三个新石器——青铜文化遗址开展动物和植物遗存分析工作。研究团队还用炭化植物种子直接测定了六十三个AMS碳-14年龄，并开展了骨骼碳氮同位素的分析工作。

"这些科学证据能够告诉大家，史前人类在什么时间生活在哪里，吃什么东西以及相关的社会经济信息。比如，通过测量遗址中人、狗、猪骨头的碳氮同位素，就能知道当时人们和动物主要吃肉、植物还是水果，是否吃糜子、谷子或是小麦、大麦。"陈发虎说。他和团队发现，史前人类恰恰是在全球气候变冷的背景下才向青藏高原高海拔地区大规模扩张的，而农业技术革新是促成人类大规模永久定居在青藏高原的主要原因。

他们还首次得出结论，史前人类向青藏高原扩散经历了三个阶段：距今五千二百年前，旧石器人群在青藏高原低强度季节性游猎；距今五千二百年前至三千六百年前，粟黍农业人群在青藏高原东北部海拔2500米以下河谷地区大规模永久定居；距今三千六百年以后，农牧混合经济人群向高海拔地区大规模扩张。陈发虎团队的相关研究成果在国际顶尖的 *Science* 等刊物发表后，立即受到国内外的广泛关注。

身体力行育人才。自1995年起，陈发虎累计培养的研究生中有五十余人获得了教授和副教授职称，其中正高职称有二十余名，有很多留在兰州大学等西部地区高校和科研院所任职。"作为一名教师，除了教授知识，关键还要教会学生获取知识的方法和解决问题的能力。"陈发虎说。一有机会，他就将学生"放"到野外，让他们放手去做。等碰到问题了，一对一指导，甚至花时间陪学生再前往野外调研。在他看来，这种培养模式能充分调动学生的积极性，增强独立思考的能力。"花了心思，动了脑子，科研工作才有生命力，才能创造出有利于经济社会发展的成果。'勇攀高峰'，是科研人员的使命。"陈发虎说。不管是硕士还是博士，都不能小看自己的力量，要有家国情怀，要站在国家层面上思考问题。

随着"一带一路"的建设，陈发虎和他的团队人员将目光聚焦到塔吉克斯坦等中亚干旱区的气候变化和环境变化研究上。"中亚为什么能形成这么大的干旱区，这个区域的形成对过去不同的文明载体有何影响？有些文明持续了，有些消亡了，为什么？"陈发虎认为，开展这方面的研究可为丝绸之路经济带上的城市建设提供科学依据，为国家倡议提供"金点子"。

陈发虎，国之栋梁，他是棣花人的骄傲，也是我们每个人学习的好榜样。

圪崂名家许一寿

张书成

圪崂不是名山大川，既无宝塔古寺，又无奇花异兽，它是坐落在棣花山腰中麓一个状如笸篮的山村。村子不大，约二百户人家，但在商州川道和南北二山里却很有名。这里曾出过不少拳师，许一寿，就是其中颇具传奇色彩的一位。

"拳脚行的，也都知道那里出过一个厉害角色，身高不满四尺，头小，手小，脚小，却应了'小五全'之相术，自幼习得少林武功。他的徒弟各县都有，到处传播他的逸闻，说是他从不关门，也从不被贼偷，冬夏以坐为睡。有一年，两个人不服他，趁他在河边沙地上午休，一齐扑上，一人压头，一人以手扣住肛门，想扼翻在地。他醒来只一弓，跳了起来，将一人撞出一丈多远，当场折了一根肋骨；将另一人的手夹在肛门，弯腰在沙地上走了一圈，猛一放松，那人后退三步跌倒，中指已夹得没了皮肉……"这是著名作家贾平凹在《棣花》一文中对当地一位拳师的生动描述，棣花人说，这描述绝不是凭空杜撰，也不是空穴来风，它是来自圪崂村一位外号叫"许一拳"的拳师的真人真事。

经查《许氏家谱》考证，"许一拳"真名为许一寿，生于道光二年五月，卒年不详。其祖上曾于明末李自成在商洛屯兵养马时学过拳脚，后跟随义军攻入北京。许一寿十多岁去河南少林寺学过武功，后父亲早逝，与寡母相依为命，常以打柴打猎为生。但生性豪爽，爱打抱不平。相传许一寿有一日去棣花卖柴，见一卖凉粉的老汉被当地一恶霸踢了凉粉担子，问后得知是恶霸吃了凉粉不给钱，老汉讨要时不仅挨了打，还被踢了摊子。许一寿很气愤，就上前理论，谁知恶霸口出狂言，又吆喝两只恶犬上前扑咬，竟撕破了一寿的裤子，一寿一时性起，大喝一声，朝着两只狂吠的恶犬挥拳打去，只听恶犬一阵号叫，吐出的血水中散落了十几只利牙，夹起尾巴钻出人缝逃之夭夭，恶霸吓得面如土色，乖乖地赔了老汉的损失。

咸丰元年，官府腐败，兵匪为患，弄得民不聊生，苦不堪言。一个月黑风高的秋夜，一群土匪闯入一寿的院门，要绑票索款，此时许一寿正坐在两个碌碡中间的青石上打盹，一睁眼，朦胧中周围尽是拿着刀剑的土匪，两名土匪掏出绳子刚准备绑他，一寿腰一弓一只手抓住一个碌碡的木脐窝，猛地站起身飞起碌碡转了两圈，只听得土匪们一阵鬼哭狼嚎，有六个土匪被飞起的碌碡打得像泥片一样甩到了墙上，其余的连滚带爬，眨眼间消失在茫茫的夜色中……而许一寿又坐到青石上打盹去了。

咸丰七年冬，闽南来了一名胖大和尚，自称武林高手，慕名前来寻一寿比武。那日一寿刚砍柴归来，正坐在院中歇息，和尚说明来意，一寿婉言拒绝，说自己浑身困乏，不想争个输赢。谁知和尚见状，以为一寿怯场，不敢应战，竟出言不逊，面露张狂之色。一寿微微一笑，便道："你既要比，咱俩先不多比，你打我一拳，我打你一拳，倒地者为输，如何？"和尚大喜，点头同意。一寿让和尚先打，那和尚后退几尺，扎好马步，握拳运气，趁一寿不注意猛地就是一拳，哪知这拳如同打在铜墙铁壁上一般，和尚自己被反弹几步，险些跌倒。轮到一寿出拳时，那和尚前弓后箭，摆好架势，只见一寿猛地一拳直击和尚前心，打得和尚踉跄后退，把身后的土院墙撞倒，窝在胡基堆里挣扎，一寿跑过去扶其起来，帮他掸掸衣服上的尘土，和尚羞愧难当，当即长跪不起，要拜一寿为师。此事一经传出，一寿名声大振，附近拜师者络绎不绝。有好事者干脆把许一寿改名为"许一拳"。

贾平凹带我们游棣花

陈　斌

一年里我有十多次要下棣花，我的角色多数是给亲戚朋友们做地陪。2018年8月19日，带着对文学的一腔赤诚，带着拜见著名作家贾平凹的热切，我又一次来到了棣花，这次我没有资格当地陪。时任中国作家协会副主席、陕西作协主席贾平凹先生带我美美实实地游了一回棣花。

贾平凹先生是刚刚参加完贵州全国顶尖作家作品翻译会后，不顾劳累回到家乡棣花参加商洛市棣花古镇乡土文化研究院成立暨揭牌仪式的。记得贾平凹先生说过，家乡的事我是能帮就要帮的。这次是他弟弟栽凹为了挖掘棣花乡土文化，团结带领一大批商洛爱好乡土文化的有志之士成立了一个民间团体，这也算是贾老师自己家里过事情，这个忙他帮得更踏实。虽然立秋了，棣花的天依旧热度不减，贾平凹先生汗流浃背地坐在院子里和大家一样按部就班地参加会议。

轮到他发言了，依旧是贾平凹式的温情开场白：没想到来了这么多人，我穿着T恤衫就来了。见过大世面的贾先生说，在全国景区成立文化研究院，棣花还是屈指可数的，所以他对弟弟，对研究院充满了期待，他叮咛弟弟和研究院的骨干们，不要把牌子一挂起来，就晾一边了，要集中精力研究挖掘棣花的文化基因。

正夯着耳朵还想再听贾平凹的讲话。主持人说，下来请大家和贾平凹先生一起乘车到棣花农业生态园参观。

从棣花驿站出来，大家纷纷上了路边的观光车。贾平凹先生和丹凤县的县委书记坐头车。

沿丹江逆流而上，大约两里，车子开始上北山公园，山路十八弯，电瓶车在山里盘旋。在秦岭山里建公园，就像在鱼缸里逮鱼，要比城里容易得多，只要把路修通，用镐锄随便一划拉，就是一个优质天然的公园，人间氧吧。车子像是拧螺丝，一圈一圈地往前拧，拧得我晕得要吐。幸好，沿路两边种植了大片大片的格桑花，红的、黄的、粉的，一朵朵开得耀眼，消解了我胃里的不适。

以前我一直在棣花景区看来看去，虽然每次都有新感悟，但是上到山上看棣花还是第一次。远望棣花，丹江像是一条绿色的围巾裹着镇子，一座座白墙蓝瓦的小楼，像是一枚枚围棋子摆放在棋盘上，千亩荷塘像是遗落在棣花的一颗绿色翡翠，翠绿了游人的眼睛。

正走着，头车停了下来，贾平凹在众人的簇拥下走进花海丛中，大家连忙下车向贾平凹扑去，在他身边照相。

趁大家上车的空当，我前后一看，呵，五辆绿色的电瓶车停在路边，大家面迎山里的和风，头顶蓝天白云，欢快地畅谈着，长幼咸集，以"60后""70后"为主力，"40后"的孙见喜先生也上来了，和颜悦目。站在花海里，来自铜川的女作家东篱羡慕地说，难怪商洛这地方出作家，你看人家这山，这水，这蓝天白云，多么有灵性，一看就是个出作家的地方，这和瑶池出神仙是一个道理。

我们又跟着贾平凹在"核桃主题公园""樱桃采摘园""葡萄采摘园"里穿梭。在"葡萄采摘园"，车子再次停了下来，县委书记郑晓燕向贾平凹介绍了葡萄园情况。望着一串串黑珍珠一样的葡萄，我们不停地吞咽着口水。

当得知这些纯天然无污染的葡萄是丹凤葡萄酒厂酿酒的原料，能增加农户的收入时，贾平凹赞扬说，政府做得好，农民的钱袋子有保障，脱贫也就有着落了。站在贾平凹的旁边，看着那梯田里一架架，一嘟噜令人垂涎欲滴的黑葡萄，我仿佛看到了村民丰收的喜悦。

目前，商洛、陕西的写作者在全国也许是最幸运的，不仅可以经常近距离接触世界级作家贾平凹，而且像一群孩子在孩子王贾平凹的带领下游山玩水。我时常在心底里说，愿天再借给贾平凹五十年，在他的熏陶下，商洛一定会成为世界作家村。福楼拜带出的作家是世界级的，贾平凹一定也会带出世界级的作家，棣花既是落脚点也是出发点。一千六百多年前，在会稽山阴的兰亭，王羲之他们四十余人曲水流觞是文艺的，今天的我们不也是在贾平凹的带领下寻找着几千年来棣花的文脉,寻找着李白、杜甫、白居易路过棣花时的千年吟唱吗?

文化兴,则国运昌。丹凤县委、县政府是智慧的,他们高度重视文化事业,高看文人一眼。书记、县长亲自参加主题公园采风活动。他们深知,今天四面八方的来宾,大多数都是当地文艺界的翘楚,他们的画笔,他们的美文,能把丹凤的现代农业,把丹凤的新农村建设宣传给外面的世界。

从公园下来,贾平凹又带着我们到万香湾开展书画献艺活动。大家纷纷挥毫泼墨,抒发着心中的快意。一波波文友再一次围拢到贾平凹的身边,请签名的,询问写作技巧的,探讨文学动态的,像是亲密无间的一家人在一起拉家常。

房子里,粉丝们围着贾平凹,似乎在他身边站的时间越长,沾到的仙气就越多;院子外,贾栽凹院长和研究院的工作人员郭世斌、刘朝宏、丹凤晒晒、雷卫东等忙着招呼大家喝茶就座;摄影家彭刚军马不停蹄,跑前跑后给贾迷们留下与贾平凹合影的美好瞬间。丹凤人的热情好客让文友们感受到这里的民风淳朴,感受到这里不仅是古代文官武将歇脚的驿站,更是当代人心目中的文化绿洲。

相聚总是短暂,返回棣花文化园,已是太阳偏西,大家恋恋不舍地目送贾平凹回西安,也发自内心地感激他带我们游了一回棣花。

贾平凹尽孝

郭世斌

辛丑年4月6日,贾平凹回故乡上坟祭祀父母。

父母离世十几年来,每年的腊月三十和清明节,贾平凹都会回家上坟,从未间断过,于是他的铁粉和文学爱好者都提前来拜访,以见到平凹为幸。

父母在世时,贾平凹就是一个孝子,过年过节再忙都要回家看望父母,帮助他们干一些力所能及的农活,然后去李百善、刘高兴、徐生平、韩俊贤等儿时的朋友家去串门、谝闲传,询问当年的收成怎样,新的一年的农活安排,了解他们的疾苦及农村发展现状。走时人们以为他带的是农村特产,其实两个手提包装的全部是在农村的所见所闻。每次走时还都不忘叮嘱他的发小们,只要去西安,一定要去他家里做客。

贾平凹父亲生病后,他亲自接到西安医院去检查治疗,得出结果是脂肪肝,并且病情有进一步恶化迹象,他心急如焚,托人在国外买最好的药治疗。据他的弟弟贾栽凹说,他哥哥常对他说:"只要能治好父亲的病,就是倾家荡产也愿意。"在父亲住院的日子里,除了工作时间以外,贾平凹时刻不离父亲身边,后来接到医院通知让回家治疗,他就把父亲接到工作单位西北大学,并且请特护伺候、打针。他忙前忙后不离父亲身边,接屎接尿,买药问诊,昼夜不离床边,此举感动了许多西大员工,纷纷称赞他是人间孝子。

在父亲下葬的前三天,他像普通老百姓一样穿白戴孝,脚蹬草鞋,三天三夜睡草铺,跪灵前,三天不洗脸。有几次哭得伤心到昏倒。围观的亲朋邻居见了,也禁不住潸然泪下。

父亲走后,贾平凹把母亲接到西安。他说和母亲住在一起,心里踏实,有归属感，有写作动力。每次写作，母亲总是坐在他身边陪伴，还时常提醒他，天底下的文字你能写完吗？直到深夜他停止写作，母亲才肯休息。这次清明节我有幸见到他，问："评论家说你是高产作家，是我国当代文坛屈指可数的文学奇才、鬼才，你是怎样看待这些评价的？"他说："提到这些，自己感到很内疚。写作道路上要说有啥成就感，都归功于母亲在最后一段的陪伴，亲爱的母亲给了我灵感和精神上强大的支撑。"

平凹母亲对家乡去看她的人，不是包饺子，就是炒几个菜做米饭，让对方吃得饱饱的才出门。平凹下班回来更客气，不是给发好烟，就是倒好酒，和这些乡里乡亲一聊就是大半夜。他对农村在改革过程中发生的故事十分感兴趣，总是一遍遍地问。这为他了解特殊年代的乡村生活积累了丰富的素材。

平凹发小李百善、刘高兴等人从西安回来后，说："平对她妈孝顺得很，端吃端喝，洗手洗脚，哪里不舒服就亲自按摩。他母亲生病住院期间，当时住在交大一附属住院部二楼，洗尿布端尿盆从不厌烦，做检查身体，他气喘吁吁地背上背下，母亲几次劝他说不看了，回老家治疗，但他没放弃，始终不离病床。"直到他母亲走完最后一程才送回老家下葬。

父母走后，平凹和弟弟贾栽凹十分友好，至今住在老宅一个院子，同吃同住，不论你我其乐融融。平凹是文化人，他弟也不甘落后。为挖掘近百年来棣花古镇地域文化对当地人和当地地方经济发展的影响，成立了商洛棣花古镇乡土文化研究院，并担任院长。这些都有父母好的教导在里面。

棣花老周

许振超

在六百里商於古道上，有一个号称北通秦晋、南连吴楚的重要节点，这里曾因盛产棠棣花，有"昙花胜地"之称而闻名遐迩，这里还因古今迁客骚人元稹、白居易、郑板桥等留墨、吟诗赋词而留千古美名。这里是现代文学泰斗、著名作家贾平凹故里。地方政府依托当地浓厚历史文化底蕴和久负盛名的文化人脉和优美生态环境，打造出了著名的国家文化旅游特色名镇，拥有宋金街、二郎庙、魁星楼、法性寺、棣花驿及贾平凹《秦腔》笔下原型老街——清风街，现代自然人文景观千亩荷塘，贾平凹文学馆、文学艺术馆、文学书画馆、影音馆及平凹老宅、作家村等诸多景观。在古朴雄浑、令人遐想不已的清风街，街面两边有整齐分列的古老建筑，统一的黛瓦粉墙、木质门窗。其中有一栋坐南朝北临街且有贾平凹题字的门店，店面二间开外，门店两边有豪迈大气、珠润玉圆牌书"荷塘白鹭飞，昙花玉液醉"，屋顶的铭旗上书有"周家酒坊"的旗子随风高高飘扬。这家酒坊主人便是为人豪爽、豁达大度、做事踏实有度的棣花古镇人周群梁，他是非物质文化遗产传统手工艺老包谷酒的唯一传承人。

老周是远近人对他的称呼。进得周家酒坊，酒香在空气中弥漫着，让人若醉翁一般飘飘欲仙。酒坊厅堂中间放置了一张宽大的茶桌，每天招待着天南地北慕名游玩歇脚的过客。正厅中间的墙面悬挂着著名作家贾平凹手书的"老包谷酒"牌匾及两幅国内书法名家咏酒赞酒的条幅。牌匾下方柜子上摆放着周家酒坊酿制的各色美酒，大小坛罐。厅堂一边有周家包谷酒简介及荣誉证书，另一边则是包装成形的各色商品酒，种类繁杂、香气扑鼻，令人垂涎三尺。从布置就能看出主人豪爽大气、诚信为本、广结善缘、好客精到的酒文化品性。不待你欣赏完室内装饰，一声浑厚有力、热情似火的吆喝声传来：欢迎光临，请落座看茶品酒，话音未落只见一个中等个子、敦厚朴实的汉子已精神抖擞、器宇轩昂地站在你的面前。已过知天命之年的老周，国字形脸上一双炯炯有神的眼睛，一对浓浓的剑眉。饱经沧桑的脸上始终挂着微笑，给人以慈善、实在的感觉。若聊得投缘，老周会兴致勃勃地引你参观他屋里满墙面的名人字画，一一指点着这是谁谁谁于某年某月造访酒坊，因言谈投机、斗酒叙诗留下的墨宝，从落款中不难看出这里曾来过不少字画界的"大侠"。有的已蜚声海外，名声远播。有的字画造诣很高，一字难求。有的只闻其名、难见真人。这真应了那句，醉后几行书字小，细写相思具多少。这些大咖高人能造访酒坊并赋诗作画，可见老周的人格魅力和佳酿的非凡作用。老周喜欢结交朋友，亦喜欢慷慨解囊、帮贫济穷、资助乡里、赞助公益，走州过县，电视上留影报纸上留名。墙上悬挂的牌匾和锦旗诠释了他的一言一行和道德品格。有人问他，挣钱不易，你为什么要这样做？他淡然一笑，说："送人玫瑰，手留余香；酿泉为酒，泉香而酒洌。"这或许是周家酒传承创新光大的渊源和精神动力吧！

  周家酒坊已成为棣花清风街景区另一张名片。这里的生态与自然、民风与民俗水乳交融、相映生辉。到棣花古镇旅游，一定要找老周谝谝，体会他的酒文化，喝上几盅包谷酒，吼上几句秦腔，岂不美哉！乐哉！

文友郭世斌

李百善

文友郭世斌是棣花村九组人,比我小十几岁,瘦高个儿,说话口齿伶俐,对人热情和气,办事效率高,是个实干家。他父亲曾和我一起经过商,来往频繁。

小郭曾是棣花小学的高级教师,现已退休,任商洛棣花古镇乡土文化研究院秘书长,商洛文化暨贾平凹研究中心特聘研究员,也是商洛作家协会会员。以前我和他没有打过交道,他从教我务农,不是一行人就缺乏共同语言,但我熟悉他同村的好多人,在景区经常看见他代表棣花乡土文化研究院陪着外面来的翻译家、学者、文化界朋友调研,一边走一边向他们讲解棣花的地域文化和历史名人,曾经陪同贾平凹和友人到我家来过几次。

2019年8月18日下午,我在景区散步,他骑着摩托车经过,看见我后,他把车子在我面前停了下来,转过身来对我说:"明天棣花召开'商洛棣花古镇乡土文化研究院'成立大会,贾平凹要回来剪彩,你能不能来参加会议?"我答应说来参加。他知道我和老贾是发小,所以才特意告诉我的。

第二天上午十点,我独自一人来到棣花景区作家村会场,来自全国各地的文学爱好者和专家坐得满满的,我见了贾平凹,他看见我后亲切地上前握手,刚说到文化研究院成立的必要性时,有人来把他叫走了,说会议马上开始。

我站在会场旁边听贾平凹讲话,观看了隆重的授牌仪式。棣花古镇乡土文化研究院院长贾栽凹宣布了班子人员名单,当听到郭世斌任乡土文化研究院秘书长兼责任编辑时,我才知道他是一个文学爱好者。

这次文化盛会深深地感动了我,使我萌发了学习写作的想法。两年内,我写了一百多首赞美棣花的诗,都是手写稿。我第一次去作家村乡土文化研究院办公室，见郭世斌正独自在电脑前修改一本书稿，叫《棣花记忆》。他抬头看见我，问道："老李你来有啥事？"我说："你不要笑话，我写了一些东西，你给我打印一下。"说着我拿出手稿让他看，他热情地接过手稿，用了一个上午的时间将书稿打印了出来，我心里过意不去，和他一块到清风街吃了一碗浆水面，从此两人的来往接触就频繁了。

2021年底，我又写了十多万关于贾平凹在农村生活成长的小故事，我不会打字，文学功底也不扎实，就找到文化研究院院长贾栽凹，对他说："我写了一些有关平凹的作品，能不能找个懂文学的人帮我打印整理。"栽凹说："目前文化研究院没有闲人，都在职，只有郭世斌是退休教师，有时间，他是研究院微信平台编辑，办事认真，工作踏实，也能吃苦，你和他熟悉吗？只有他能胜任。"我说："前年我去寻他帮我修改打印了一本诗集，我不好意思再开口了，你帮我问一下吧。"

贾栽凹说："你不要管了，我今晚给他打电话，让他抽时间给你帮忙整理，不行再说。"第二天早上，世斌来到我家，很乐意地说："贾院长打电话让我来给你修改一篇文章，你拿出来让我看一下，我抽空给你修改好在院微信平台上发表。"

我取出来几本草稿让他看，他翻了一会儿后说："院长说是一篇文章，你咋拿出一大堆，我咋给你修改呀？！"翻看了几沓手稿后，摇摇头说："这是一本书，不是一篇文章呢。"我说："你不翻了，我把写的内容和想法给你说一下，你心里先有个底，然后看有没有价值，如果有价值你无论如何都得给我修改，如果你认为没有价值就把它放弃了，都是我抽空写的，不值一分钱的小事，权当自己玩耍。"郭世斌说："李叔你先给我取两本让我拿回去详细看一下再说。"我给他取了三沓手写稿，叮嘱道："你看了不要笑话叔，写得乱如麻，没有标点符号，错别字多，句子不通，回去看了给我一句话，看有没有必要整理。"

两天后世斌来到我家，说："你写的小故事把我看热了，都写的是发小贾平凹童年的故事，写得真实有趣，具有乡土文学的味道。这一块是个空白领域，有研究价值。要整理不是一天两天能完成的，这是一项地域文化大工程，看几个月能否完成。"我说："你认为有价值，不说几个月，准备两年把它完成，不要着急，咱们两天完成一个小故事，两个多月草稿就整理出来了，打印好了我再认真修改。"他答应了。

他把修改任务接到手里后就放不下了。每天早晨七点来，一天整理一个小故事，我念，他逐句逐段思索着在键盘上敲打，中途一边修改一边讨论，两人在修改中入了神，好几次从早上开始，下午都忘记了吃饭。他从来没有提过报酬，早上从家里来时，在集市上买的食品蔬菜，当我要给钱时，他说："你是农民，哪里有钱，我每月国家给发退休工资，咱们只要把这项文化工程完成，我花钱付出一切都值得。"

在修改过程中，他从不叫苦叫累，疲倦了站起来喝点水，在院子里转几圈又开始工作。一个月后初稿打印出来了，第二稿进行字、词、句推敲，标点符号修改，以及段落调整。第三稿打印出来后征求李育善等人意见，对文章主题、选材内容、故事情节真实性进行研讨，删除了不少文字，增添了不少平凹在农村的其他故事。两个人在修改过程中配合默契，在遣词造句上共同斟酌完善，有争议时说得红脖子涨脸，但从来不后悔不打退堂鼓。

在帮我修改书稿过程中，郭世斌常常说："李叔你年近八旬，儿女事业有成，还下这么大的苦差著书，你不屈不挠的顽强意志感染了我，我有什么理由不帮你实现梦想？！无论遇到多大困难和阻挡，我都要帮你完成这本书，给后人留下一份丰盛的文化大餐。"

实际上他的精神把我感动了。他不计报酬，不讲任何条件，放下自己家里和个人的事情，全力以赴投入到对我文字的修改之中。他激发了我的写作动力以及对家乡的热爱，激发了我对发小贾平凹更多的美好回忆。

回想我俩在一块完成这部与平凹童年有关的作品的日子，时常感叹有幸遇见了一个有担当、有责任心，有顽强进取精神的实干家，我为有这样的好文友感到自豪和荣幸！他不光为我默默付出，更为乡土文化研究院微信平台许多会员修改过许多文学作品，还为挖掘地域文化做出了不断努力，他在研究院亲手编辑修改《棣花记忆》；为已故会员李明记修改整理了《秦岭腹地上雒古城遗址大揭秘》一书，为夜村镇开发襄王沟景区提供了资料；为研究院会员、农民作家金叔榜修改校对长篇小说《秦麓往事》……他为人低调，乐于公益事业，深受广大文友喜爱。

从他身上，我学到了工作严谨、孜孜不倦埋头苦干的精神，我高兴地对他说："有你这样的人帮助支持我，我有决心和信心，等这本书出版后明年开始创作第二本《棣花轶事》，素材我有的是。"他愉快地答应了我的邀请！正是：人生难觅一知音，相逢时光情最真。你帮我改熬日夜，恰遇文坛领路人。

叙事篇

《秦腔》后记

贾平凹

在陕西东南，沿着丹江往下走，到了丹凤县和商县（现在商洛专区改制为商洛市，商县为商州区）交界的地方有个叫棣花街的村镇，那就是我的故乡。我出生在那里，并一直长到了十九岁。丹江从秦岭发源，在高山峻岭中突围去的汉江，沿途冲积形成了六七个盆地，棣花街属于较小的盆地，却最完备盆地的特点：四山环抱，水田纵横，产五谷杂粮，生长芦苇和莲藕。村镇前是笔架山，村镇中有木板门面老街，高高的台阶，大的场子，分布着塔、寺院、钟楼、魁星阁和戏楼。村镇人一直把街道叫官路，官路曾经是古长安通往东南的唯一要道，走过了多少商贾、军队和文人骚客，现还保留着骡马帮会会馆的遗址，流传着秦王鼓乐和李自成的闯王拳法。如果往江南岸的峭崖上看，能看到当年兵荒匪乱的石窟，据说如今石窟里还有干尸，一近傍晚，成群的蝙蝠飞出来，棣花街就麻碴碴地黑了。让村镇人夸夸其谈的是祖宗们接待过李白、杜甫、王维、韩愈一些人物，他们在街上住宿过，写过许多诗词。我十九岁以前，没有走出过棣花街方圆三十里，穿草鞋，留着个盖盖头，除了上学，时常背了碾成的米去南北二山去多换人家的包谷和土豆，他们问："哪里的？"我说："棣花街的！"他们就不敢在秤上捣鬼。那时候这里的自然风景和人文景观依然在商洛专区著名，常有穿了皮鞋的城里人从312国道上下来，在老街上参观和照相。但老虎不吃人，声名在外，棣花街人多地少，日子是极度的贫困。那个春上，河堤上的柳树和槐树刚一生芽，就全被捋光了，泉池里石头压着的是一筐一筐煮过的树叶，在水里泡着拔涩。我和弟弟帮母亲把炒过的干苕蔓在碾子上砸，罗出面儿了便迫不及待地往口里塞，晚上稀粪就顺了裤腿流。我家隔壁的厦子屋里，住着一个李姓的老头，他一辈子编草鞋，一双草鞋三分钱，临死最大的愿望是能吃上一碗包谷糁糊汤，就是没吃上，队长为他盖棺，说："别变成饿死鬼。"塞在他怀里的，仍是一颗熟红苕。全村镇没有一个胖子，人人脖子细长，一开会，大场子上黑乎乎一片，都是清一色的土皂衣裤。就在这一群人里谁能想到有那么多的能人呢：宽仁善制木。本旺能泥塑。东街李家兄弟精通胡琴，夜夜在门前的榆树下拉奏。中街的冬生爱唱秦腔，吃了上顿没下顿的，老婆都跟人去讨饭了，他仍在屋里唱，唱着旦角。五林叔一下雨就让我们一伙孩子给他剥玉米棒子或推石磨，然后他盘腿搭手坐在那里说《封神演义》，有人对照了书本，竟和书本上一字不差。生平在偷偷地读《易经》，他最后成了阴阳先生。百庆学绘画，拿锅黑当墨，在墙上可以画出二十四孝图。刘新春整理鼓谱。刘高富有土木设计上的本事，率领八个弟子修建了几乎全县所有的重要建筑。西街的韩姓和东街的贾姓是棣花街上的大族，韩述绩和贾毛顺的文墨最深，毛笔字写得宽博温润，包揽了全村镇门楼上的题匾。每年从腊月三十到正月十五，棣花街都是唱大戏和闹社火，演员的补贴是每人每次三斤热红苕，戏和社火去县上会演，总能拿了头名奖牌。以至于外地来镇上工作的干部，来时必有人叮咛：到棣花街了千万不敢随便说文写字。再是我离开了故乡生活在了西安，以写作出了名，故乡人并不以为然，甚至有人在棣花街上说起了我，回应的是：像他那样的，这里能拉一车！

就在这样的故乡，我生活了十九年。我在祠堂改做的教室里认得了字。我一直是病包儿，却从来没进过医院，不是喝姜汤捂汗，就是拔火罐或用磁片割破眉心放血，久久不能治愈的病那都是"撞了鬼"，就请神作法。我学会了各种农活，学会了秦腔和写对联、铭锦。我是个农民，善良本分，又自私好强，能出大力，有了苦不对人说。我感激着故乡的水土，它使我如芦苇丛里的萤火虫，夜里自带了一盏小灯，如满山遍野的棠棣花，鲜艳的颜色是自染的。但是，我又恨故乡，故乡的贫困使我的身体始终没有长开，红苕吃坏了我的胃。我终于在偶尔的机遇中离开了故乡，那曾经在棣花街是一件惊天动地的事情，记得我背着被褥坐在去省城的汽车上，经过秦岭时停车小便，我说："我把农民皮剥了！"可后来，做起城里人了，我才发现，我的本性依旧是农民，如乌鸡一样，那是乌在了骨头里的。

我必须逢年过节就回故乡，去参加老亲世故的寿辰、婚嫁、丧葬，行门户，吃宴席,我一进村镇的街道,村镇人并不看重我是个作家,只是说:贾家老四的儿子回来了!我得赶紧上前递纸烟。我城里小屋在相当长的年月里都是故乡在省城的办事处,我备了一大摞粗瓷海碗,几副钢丝床,小屋里一来人肯定要吃捞面,腥油拌的辣子,大疙瘩蒜,喝酒就划拳,惹得同楼道的人家怒目而视。所以,棣花街上发生了任何事,比如谁得了孙子,是顺生还是横生,谁又死了,埋完人后的饭是上了一道肉还是两道肉,谁家的媳妇不会过日子,谁家兄弟分家为一个笸篮致成了仇人,我全知道。1979年到1989年的十年里,故乡的消息总是让我振奋,土地承包了,风调雨顺了,粮食够吃了,来人总是给我带新碾出的米,各种煮锅的豆子,甚至是半扇子猪肉,他们要评价公园里的花木比他们院子里的花木好看,要进戏园子,要我给他们写中堂对联,我还笑着说:棣花街人到底还高贵!那些年是乡亲们最快活的岁月,他们在重新分来的土地上精心务弄,冬天的月夜下,常常还有人在地里忙活,田堰上放着旱烟匣子和收音机,收音机里声嘶力竭地吼秦腔。我一回去,不是这一家开始盖新房,就是另一家为儿子结婚做家具,或者老年人又在晒他们做好的那些将来要穿的寿衣寿鞋了。农民一生三大事就是给孩子结婚,为老人送终,再造一座房子,这些他们都体体面面地进行着,他们很舒心,都把邓小平的像贴在墙上,给他上香和磕头。我的那些昔日一块套过牛,砍过柴,偷过红苕蔓子和豌豆的伙伴会坐满我家旧院子,我们吃纸烟,喝烧酒,唱秦腔,全晕了头,相互称"哥哥",棣花街人把"哥哥(gē)"发音为"哥哥(guǒ)",热闹得像一窝鸟叫。

对于农村、农民和土地,我们从小接受教育,也从生存体验中,形成了固有的概念,即我们是农业国家,土地供养了我们一切,农民善良和勤劳。但是,长期以来,农村却是最落后的地方,农民是最贫困的人群。当国家实行起改革,社会发生转型,首先从农村开始,它的伟大功绩解决了农民吃饭问题,虽然我们都知道像中国这样的变化没有前史可鉴,一切都充满了生气,一切又都混乱着,人搅着事,事搅着人,只能扑扑腾腾往前拥着走,可农村在解决了农民吃饭问题后,国家的注意力转移到了城市,农村又怎么办呢?农民不仅仅只是吃饱肚子,水里的葫芦压下去了一次就会永远沉在水底吗?就在要进入新的世纪的那一年,我的父亲去世了。父亲的去世使贾氏家族在棣花街的显赫威势开始衰败,而棣花街似乎也度过了它暂短的欣欣向荣岁月。这里没有矿藏,没有工业,有限的土地在极度地发挥了它的潜力后,粮食产量不再提高,而化肥、农药、种子以及各种各样的税费迅速上涨，农村又成了一切社会压力的泄洪池。体制对治理发生了松弛，旧的东西稀里哗啦地没了，像泼去的水，新的东西迟迟没再来，来了也抓不住，四面八方的风方向不定地吹，农民是一群鸡，羽毛翻皱，脚步趔趄，无所适从，他们无法再守住土地，他们一步一步从土地上出走，虽然他们是土命，把树和草拔起来又抖净了根须上的土栽在哪儿都是难活。我仍然是不断地回到我的故乡，但那条国道已经改造了，以更宽的路面横穿了村镇后的塬地，铁路也将修有梯田的牛头岭劈开，听说又开始在河堤内的水田里修高速公路了，盆地就那么小，交通的发达使耕地锐减。而老街人家在这些年里十有八九迁居到国道边，他们当然没再盖那种一明两暗的硬梁房，全是水泥预制板搭就的二层楼，冬冷夏热，水泥地面上满是黄泥片，厅间蛮大，摆设的仍是那一个木板柜和三四只土瓮。巷口的一堆妇女抱着孩子，我都不认识，只能以其相貌推测着叫起我还熟悉的他们父亲的名字，果然全部准确，而他们知道了我是谁时，一哇声地叫我"八爷！"（我在我那一辈里排行老八）。我站在老街上，老街几乎要废弃了，门面板有的还在，有的全然腐烂，从塌了一角的檐头到门框脑上亮亮的挂了蛛网，蜘蛛是长腿花纹的大蜘蛛，形象丑陋，使你立即想到那是魔鬼的变种。街面上生满了草，没有老鼠，黑蚊子一抬脚就轰轰响，那间曾经是商店的门面屋前，石砌的台阶上有蛇蜕一半在石缝里一半吊着。张家的老五，当年的劳模，常年披着袄子当村干部的，现在脑中风了，流着哈喇子走过来，他喜欢地望着我笑，给我说话，但我听不清他说些什么。堂兄在告诉我，许民娃的娘糊涂了，在炕上拉屎又把屎抹在墙上。关印还是贪吃，当了支书的他的侄儿家被人在饭里投了毒，他去吃了三大碗，当时就倒在地上死了。后沟里有人吵架，一个说：你张狂啥呀，你把老子×咬了？！那一个把帽子一卸，竟然扑上去就咬×，把×咬下来了。村镇出外打工的几十人，男的一半在铜川下煤窑，在潼关背金矿，一半在省城里拉煤、捡破烂，女的谁知道在外边干什么，她们从来不说，回来都花枝招展。但打工伤亡的不下十个，都是在白木棺材上缚一只白公鸡送了回来，多的赔偿一万元，少的不过两千，又全是为了这些赔偿，婆媳打闹，纠纷不绝。因抢劫坐牢的三个，因赌博被拘留过十八人，选村干部宗族械斗过一次。抗税惹事公安局来了一车人。村镇里没有了精壮劳力，原本地不够种，地又荒了许多，死了人都熬煎抬不到坟里去。我站在街巷的石碌子碾盘前，想，难道棣花街上我的亲人、熟人就这么很快地要消失吗？这条老街很快就要消失吗？土地也从此要消失吗？真的是在城市化，而农村能真正地消失吗？如果消失不了，那又该怎么办呢？

父亲去世之后，我的长辈们接二连三地都去世，和我同辈的人也都老了，日子艰辛使他们的容貌看上去比我能大十岁，也开始在死去。我把母亲接到了城里跟我过活，棣花街这几年我回去次数减少了。故乡是以父母的存在而存在的，现在的故乡对于我越来越成为一种概念。每当我路过城街的劳务市场，站满了那些粗手粗脚衣衫破烂的年轻农民，总觉得其中许多人面熟，就猜测他们是我故乡死去的父老的托生。我甚至有过这样的念头：如果将来母亲也过世了，我还回故乡吗？或许不再回去，或许回去得更勤吧。故乡呀，我感激着故乡给了我生命，把我送到了城里，每一作想故乡那腐败的老街，那老婆婆在院子里用湿草燃起熏蚊子的火，火不起焰，只冒着酸酸的呛呛的黑烟，我就强烈地冲动着要为故乡写些什么。我以前写过，那都是写整个商州，真正为棣花街写的太零碎太少。我清楚，故乡将出现另一种形状，我将越来越陌生，它以后或许像有了疤的苹果，苹果腐烂，如一泡脓水，或许它会淤地里生出了荷花，愈开愈艳，但那都再不属于我，而目前的态势与我相宜，我有责任和感情写下它。法门寺的塔在倒塌了一半的时候，我用散文记载过一半塔的模样，那是至今世上唯一写一半塔的文字，现在我为故乡写这本书，却是为了忘却的回忆。

我决心以这本书为故乡树起一块碑子。

当我雄心勃勃在2003年的春天动笔之前，我奠祭了棣花街上近十年二十年的亡人，也为棣花街上未亡的人把一杯酒洒在地上，从此我书房当庭摆放的那一个巨大的汉罐里，日日燃香，香烟袅袅，如一根线端端冲上屋顶。我的写作充满了矛盾和痛苦，我不知道该赞歌现实还是诅咒现实，是为棣花街的父老乡亲庆幸还是为他们悲哀。那些亡人，包括我的父亲，当了一辈子村干部的伯父，以及我的三位婶娘，那些未亡人，包括现在又是村干部的堂兄和在乡派出所当警察的族侄，他们总是像抢镜头一样在我眼前涌现，死鬼和活鬼一起向我诉说，诉说时又是那么争争吵吵。我就放下笔盯着汉罐长出来的烟线，烟线在我长长的呼气中突然地散乱，我就感觉到满屋子中幽灵飘浮。

书稿整整写了一年九个月，这期间我基本上没有再干别事，缺席了多少会议被领导批评，拒绝了多少应酬让朋友们恨骂，我只是写我的。每日清晨从住所带了一包擀成的面条或包好的素饺，赶到写作的书房，门窗依然是严闭的，大开着灯光,掐断电话,中午在煤气灶煮了面条和素饺,一直到天黑方出去吃饭喝茶会友。一日一日这么过着,寂寞是难熬的,休息的方法就写毛笔字和画画。我画了唐僧玄奘的像,以他当年在城南大雁塔译经的清苦来激励自己。我画了《悲天悯猫图》,一只狗卧在那里,仰面朝天而悲号,一只猫蹑手蹑脚过来看狗。我画《抚琴人》,题写:"精神寂寞方抚琴"。又写了条幅:"到底毛颖是吞房,沧浪随处可濯缨"。我把这些字画挂在四壁,更有两个大字一直在书桌前:"守侯",让守住灵魂的侯来监视我。古人讲:文章惊恐成,这部书稿真的一直在惊恐中写作,完成了一稿,不满意,再写,还不满意,又写了三稿,仍是不满意,在三稿上又修改了一次。这是我从来都没有过的现象,我不知道是年龄大了,精力不济,还是我江郎才尽,总是结不了稿,连家人都看着我可怜了,说:结束吧,结束吧,再改你就改傻了!我是差不多要傻了,难道人是土变的,身上的泥垢越搓越搓不净,书稿也是越改越这儿不是那儿不够吗?

  写作的整个过程中,有一位朋友一直在关注着,我每写完一稿,他就拿去复印。那个小小的复印店,复印了四稿,每一稿都近八百页,他得到了一笔很好的收入,他就极热情,和我的朋友就都最早读这书稿。他们都来自农村,但都不是文学圈中的人,读得非常兴趣,跑来对我说:"你要树碑子,这是个大碑子啊!"他们的话当然给了我反复修改的信心,但终于放下了最后一稿的笔,坐在烟雾腾腾的书房里,我又一次怀疑我所写出的这些文字了。我的故乡是棣花街,我的故事是清风街,棣花街是月,清风街是水中月,棣花街是花,清风街是镜里花。但水中的月镜里的花依然是那些生老病离死,吃喝拉撒睡,这种密实的流年式的叙写,农村人或在农村生活过的人能进入,城里人能进入吗?陕西人能进入,外省人能进入吗?我不是不懂得也不是没写过戏剧性的情节,也不是陌生和拒绝那一种"有意味的形式",只因我写的是一堆鸡零狗碎的泼烦日子,它只能是这一种写法,这如同马腿的矫健是马为觅食跑出来的,鸟声的悦耳是鸟为求爱唱出来的。我唯一表现我的,是我在哪儿不经意地进入,如何地变换角色和控制节奏。在时尚于理念写作的今天,时尚于家族史诗写作的今天,我把浓茶倒在宜兴瓷碗里会不会被人看作是清水呢?穿一件土布袄去吃宴席会不会被耻笑为贫穷呢?如果慢慢去读,能理解我的迷惘和辛酸,可很多人习惯了翻着读,是否说"没意思"就撂到尘埃里去了呢?更可怕的,是那些先入为主的人,他要是一听说我又写了一本书,还不去读就要骂母猪生不下狮子,狗嘴里吐不出象牙。我早年在棣花街时，就遇着过一个因地畔纠纷与我家置了气的邻居妇女，她看我家什么都不顺眼，骂过我娘，也骂过我，连我家的鸡狗走路她都骂过。我久久地不敢把书稿交付给出版社，还是帮我复印的那个朋友给我鼓劲，他说："真是傻呀你，一袋子粮食摆在街市上，讲究吃海鲜的人不光顾，要减肥的只吃蔬菜水果的人不光顾，总有吃米吃面的主儿吧？！"

  但现在我倒担心起故乡人如何对待这本书了，既然张狂着要树一块碑子，他们肯让我树吗，认可这块碑子吗？清风街里的人人事事，棣花街上都能寻着根根蔓蔓，画鬼容易画人难，我不至于太没本事，要写老虎却写成了狗吧。再是，犯不犯忌讳呢？我是不懂政治的，但我怕政治。十几年前我写《商州初录》，有人就大加讨伐，说"调子灰暗，把农民的垢痂搓下来给农民看，甭说为人民写作，为社会主义写作，连'进步作家'都不如！"雨果说：人有石头，上帝有云。而如今还有没有这样的人呢？我知道，在我的故乡，有许多是做了的不一定说，说了的不一定做，但我是作家，作家是受苦与抨击的先知，作家职业的性质决定了他与现实社会可能要发生摩擦，却绝没企图和罪恶。我听说过甚至还目睹过一个乡级干部对着县级领导，一个县级干部对着省级领导述职的时候，他们要说尽成绩，连虱子都长了双眼皮，当他们申报款项，却恓惶了还再恓惶，人在喝风屙屁，屁都没个屁味。树一块碑子，并不是在修一座祠堂，中国从来没有像今天这样渴望强大，人们从来没有像今天需要活得儒雅，我以清风街的故事为碑了，行将过去的棣花街，故乡啊，从此失去记忆。

  （在写作过程中参考了《当代中国乡村治理与选举观察研究丛书》中的有关材料和数据，特在此说明并致谢。）

读《古炉》有感

张文诺

对于经历过"文化大革命"的中国当代作家来说,"文革"已经成为他们的永恒记忆,为他们的创作提供了叙事资源和想象空间,并且影响到他们的写作姿态与写作方式。新时期文学是以"文革"书写为肇始的,并且创造了80年代文学的黄金十年。伤痕小说、反思小说等书写个体在"文革"中的遭遇,揭露了极左政治给个人、民族、国家带来的巨大灾难,在"文革"结束之后呈现了"文革"镜像,与国家意识形态对"文革"的政治批判达到了同构,在社会上引起了强烈的共鸣。贾平凹把自己对于故乡"文革"的个人记忆写出来,通过古炉这个小山村"文革"的爆发过程揭示了"文革"之火是怎样从中国社会的最底层燃起的。"我的观察,来自我自以为的很深的生活中,构成了我的记忆。"作家一方面在记忆的基础上着力描绘真实的历史场景以表现历史的真实,同时对历史进行自由的想象与诗意的建构,小说《古炉》的"文革"叙述突破了对"文革"单一政治批判的叙述框架,呈现了不同于以往"文革"叙事的历史镜像。

初读《古炉》,感觉非常芜杂、混乱,一开头就是十几个人物蜂拥而至,没有中心人物,也没有中心事件,好像是信笔写来,把一个个生活片段不加选择地完全塞进小说中去。小说中充斥了各种各样的生活细流,我们可以在小说中感觉到古炉村的一丝风、一滴雨、一个声响,可以听到鸡叫、狗咬、蛙鸣、昂嗤鱼的喊声,可以领略古炉村的田间劳作、耕耘收割、邻里纠纷、男女情爱、基层矛盾等。慢慢读下去,却又感到小说的情调不同凡响,感到小说生活的无穷韵味。贾平凹从个体生命出发,用写实的手法写出了自己对农村生活的记忆,按照农村生活节奏、农民的生活方式对农村日常生活琐事进行精细描写,抓住农村生活细节的神韵，把这些细节写得有声有色、饶有趣味，展示出一串串平静、琐碎的生活流，营造出风俗画、风景画的艺术氛围。

贾平凹十分注重对日常生活的精细描写，他不但展示了陕南农村一带的婆媳矛盾、父子冲突、夫妻不和、邻里纷争、农业生产，也展示了他们的饮食穿着、丧葬习俗，而且还刻画了具有神秘色彩的巫术活动。贾平凹描绘了古炉村的文化习俗与文化景观，既表现了文化传统在规范人们行为方面积极的一面，也表现了这种文化传统对人的精神压抑的一面，有时可以化解人们的矛盾，有时又是矛盾的源头，正是因为天布的大不遵从农村盖房子的习俗，双方不得不竞相增加房子的高度，牛铃家嵌镜子来抵挡可能到来的厄运，引起了天布家与牛铃家的矛盾，以至双方两败俱伤。农民都认为自己的房子比别人盖得高，自己家的时运就强过别人，因而拼命地偷偷摸摸地增加自己房子的高度。这是一种典型的损人利己的心理，没有什么科学根据，就是这种毫无根据的习俗导致了两家矛盾的逐步升级。

贾平凹在小说《古炉》中以第三人称全知视角进行叙事，主要通过主人公狗尿苔的活动来叙述古炉村村民的生活。由于狗尿苔是一个长相丑陋的少年，又是四类分子，被别人看不起，可以自由地出入于古炉村"文革"的两派之间；狗尿苔又是一个精灵古怪的侏儒，因为被人看不起，他就向动植物述说自己的情感，他有和动植物对话的特殊本领；通过狗尿苔的视角，叙述者可以自由地出入于人类世界与动植物世界之间、现实世界与童话王国之间，表达了作者对人类与大自然关系的思考。然而，叙述者有时直接叙述狗尿苔不知道的古炉村故事，这时的叙述者是一个具有现代意识的知识分子。叙述视角既不断变化，又相互补充，可以叙述更多的社会事件，可以反映更为广阔的社会画面，可以揭示出更深刻的"文革"内容，同时也反映了叙述主体不同的价值认同和道德判断。

在新时期的"文革"叙事中，叙述主体往往把"文革"的责任指向极左政治及其代表，的确，如果没有他们的推波助澜，"文革"是很难发动的，但是，"文革"又不仅仅是他们的责任，如果仅仅归结为他们的责任，那就把"文革"简单化、模式化了。当一场灾难结束后，总要寻找责任人进行审判，这是必须做的也是最容易做的，但是如果要从根本上避免灾难的再次发生，我们每个现代主体必须进行哲学与历史的反思。

伤痕小说、反思小说等"文革"叙事，在人物设置方面常常表现为一种二元对立的模式，总是把"文革"在基层的执行者设置为有道德缺陷、心理扭曲的恶魔化人物，像长篇小说《芙蓉镇》，作家古华把王秋赦、李国香二人刻画成品质恶劣、灵魂肮脏、好吃懒做的天生的坏人，没有去挖掘这二人变坏的根源。把责任归到坏人头上，可以减轻甚至消解我们内心对于"文革"的愧疚感与罪恶感。这样的人物设置有其合理性与真实性，呼应了新时期之初批判极左思潮的要求，可以取得轰动性的效应。这样的叙事固然酣畅淋漓，但也流露出一种自怜心态，缺乏反省意识。古炉村"文化大革命"的发起者夜霸槽，并不是一个千夫所指的简单的造反派首领。他是古炉村最俊朗的帅哥，高个子，宽肩膀，眼明齿白，他吸引了古炉村漂亮女人半香、戴花等的目光，然而他只钟情于守灯的姐姐及队长满盆的女儿杏开。他有正义感，不欺软怕硬，从不欺凌狗尿苔，没有把狗尿苔看作是低人一等的四类分子。他有文化，是古炉村知识最丰富的人，能把县志上关于古炉村的那段描写一字不漏地背下来。小说《古炉》塑造了非常生活化的人物群像，在生活中，并非所有的人都是那么复杂。既有性格复杂的，也有相对单纯的；有的人天性强悍凶狠，有的人天性善良；有的软弱，有的坚强。这些人物集中在一起，演出了一幕幕的生活悲喜剧。

小说《古炉》中的人物塑造超越了二元对立的格局，写出了生活中人物的复杂性，写出了人物性格中善恶交织的一面，让我们认识到中国农民文化心理的二极结构。"中国农民是平和的，非常强调社会伦理关系的和睦融洽，为人处世以'忍'为上，以'和'为贵，尽可能地避免纷争冲突。然而同是这些农民，在宗族械斗中也会拼命地厮杀，以人命为儿戏。在动乱时期，其破坏性、残忍性能达到极其惊人的地步。"如果他们之间有小仇小恨，那么一旦遇到适当的宣泄时机，他们就会疯狂地报复。每个人在"文革"中既可能是被迫害者，也可能是迫害者，小说《古炉》把我们每个人都置于道德与人性的审判席上进行拷问，指出了我们每个人的历史责任，从而深化了小说的主题。

贾平凹在小说《古炉》中通过一个个细节展示了农村的生活流，在古炉村，保留着传统的文化习俗，一些古老的仪式、巫术、传说、神话依然在支配着农民的心理观念、生活方式、行为方式，农村的生活似乎是简单、原始、非理性、神秘的，在这样一个传统文化权力依然盛行的农村，政治权力似乎应该受到某种程度的消解、分化，然而事实并非如此。自从土地改革以后，中国共产党在农村驱逐了士绅、宗法、巫术等，把他们的权力推倒在地，把农民彻底解放出来，让每个农民都具有了民族国家观念，真正实现了对农村的完全意义上的管理。在这样的时代，政治权力还可能利用传统文化权力使自己的地位更为巩固，狗尿苔见了支书总是称呼他为"支书爷"，"支书"因为"爷"显得亲切更具有合法性，"爷"因为"支书"更具有威慑力，这显然暗示了支书不仅拥有政治权力，而且也是宗法权力的代表，是宗法的制定者与执行者，他对古炉村形成了一种无形的控制。

在农村，政治权力驱逐了诸神之后，一个人完全可以凭借政权的强力支持号召、组织群众迅速掀起一场政治运动。正是这种不平等才导致了霸槽的激烈反抗，守灯对古炉全村人的变态仇恨，古炉村民对"文革"的参与，干部与群众的差序化格局反证了农民加入造反派队伍的必然性与合理性，如果没有内部机制来消除这种权力腐败、干部与群众的差序化格局，那么动乱的基因就不会彻底消失。在《古炉》后记中，贾平凹说："只有物质之丰富，教育之普及，法制之健全，制度之完备，宗教之提升，才是人类自我控制的办法。"诚哉斯言！

棣花影事

董发亮

自幼生长在白居易诗咏"棠棣之华"的棣花人，印象最深的当属那时的露天电影。

那年月，露天电影是棣花人重要的文化生活、不可缺少的精神食粮。记得那时，太阳还没落山，公社的大喇叭就开始吆喝："全体社员们注意啦，今晚操场演电影，希望大家准时观看。"伴着乡野习习山风轻拂宋金边城，和着州河滔滔清浪吟歌清风老街的人间烟火，整个"昙花胜地"的棣花活泛了起来，整个村落坯砌的土房、干垒的石墙、古老的碾盘、古朴的门楣、弥漫着岁月痕迹的青石板路、二郎庙前嫩蕊凝珠的千亩荷塘、农家院落飘来的扑鼻槐香，让一个有电影的夜晚淳朴自然、浪漫清香，在放电影空地上散坐的父老乡亲眼神也来了光。那年头放电影说来也方便，自行车把放映机拉到场子，扯起一块四四方方的银幕，就是一处天幕下的露天电影院。那年头的棣花影事也不需要打广告，大喇叭一响，一传十、十传百，一个棣花放电影，邻里八村的人呼朋结伴，三五成群都赶了过来。许多老人小孩早早到了场，老年人想趁机和亲朋好友见面拉拉家常，娃娃们则跑前跑后，玩起了"老鹰捉小鸡"，小伙姑娘忙着抢占好座位，忙着东瞅西望自己喜欢的意中人。记得当年棣花电影放映队的兰兰就长得特别俊，引得四乡八邻的小伙子四处赶放电影的场子，明为看电影实为看姑娘，电影队放电影的李水平和陈书堂曾告诉我说，棣花邻近的堡子村、水沟河、商镇街和龙驹寨的十多对夫妻都是棣花露天电影为他们搭的鹊桥。我还听平凹的弟弟栽凹给我讲，小时候他兄弟俩看露天电影最积极，几乎场场不落，为了能占上一个好位置，经常等不及晚饭做好，揣上两个窝窝头，包一块咸萝卜疙瘩，就往放映场子跑。那时，挂上了银幕的场子，放映机还没架好，观看电影的好位置就被板凳占上了，即便是一点空儿，也摆上了砖块石头。临近开映，再往四周一瞧，嚯，不光是银幕前，就连矮墙头儿和平房顶上也时不时传来话语声，甚至还有人骑到了场边的柳树杈上，那场景至今想来都令人怀念。待正式放映，随着不远处发电机的嗡嗡声，在人们期盼的目光中，放映员将圆形的胶片盘装上放映机，瞬间传来片盘转动的丝丝声，声音和谐舒缓，富有乐感，接着就有了画面和声音。偌大一个露天放映场顿时鸦雀无声，夜空下只偶尔有几只萤火虫从眼前飞过，梦幻般的光影闪烁，给场地增添了一抹神奇的色彩。遇上有月的晚上，月光静静地洒在地上，宁静、祥和，又弥漫着浪漫气息。半个世纪过去了，那场景、那胶片走动的声音、那光影间感人的故事情节和影片中的动情旁白，仿佛一直响在我的耳畔，还有那父老乡亲们观影时的笑靥、散场时的依依不舍，都成了令我难以忘怀的美好回忆。

在那时的棣花人眼里，放电影的人是天底下最牛最有本事的人，而看电影的人则是最牛最幸福的人。那时棣花除了元宵闹社火，文化生活相对匮乏，看电影不用花一分钱，拿个板凳搬块石头、占个位子就能"过把瘾"。一场电影人们热议半年，为着电影里的人和事、主人公的美与丑、坏人与好人的区分，有时争得脸红脖子粗，末了还要寻个人对号入座。别看那时的农村人文化程度都不高，争议起电影来却有鼻子有眼，显得个个都是文化人。特别是那些四五十年代出生的人，经历和知晓棣花影事的许多故经，有些发生在影事里的故经，若能改编成电视剧，说不定还能精彩又卖座，在现今的网络平台走红呢。那年代，露天电影承载着一方生灵太多的喜悦和向往，影响着一方水土的价值取向，提升着村民们的幸福指数，潜移默化着一代人的文化走向。

有位文友曾说，当今商洛人引以为豪的著名作家贾平凹先生的成功，可能也或多或少沾了点小时候看露天电影的光，这话说得实在，谁让平凹先生是名副其实的丹凤棣花人呢。以他的作品改编拍摄的《野山》《高兴》等电影，接地气有人间烟火，接天象有文化内涵，接时势有传播广度，接文脉有精神高度。如果说，作为全球性艺术形式的电影，能跨越时空广为传播，那棣花影事里的棣花往事也就一定会世代传诵。

岁月留香，往事如昨。那年头欣赏电影，大家的口味也各不相同，有人喜欢那些思想内涵丰富、人物情感细腻的作品，如《林家铺子》《伤逝》《早春二月》

《祝福》等，说这样的电影片子有深度，有嚼头儿，认为只有这样的电影才是有魅力、有震撼力、有冲击力的好电影。我的大姐当年曾是妇联干部，她就特别欣赏突出女青年个性的故事片，像《舞台姐妹》《女篮五号》《青春之歌》《护士日记》，那部名叫《女理发师》的喜剧电影，她反复看了十多场。记得她当年在商镇供销社工作，单位距离棣花最近，拉着我也去看了好几场，把电影里的故事讲了又讲。看来，棣花影事里的故事不单纯都是棣花人，还有四乡八邻的人和事。我至今记着电影《钢铁是怎样炼成的》中保尔·柯察金说的那句话："人活着，不应该追求生命的长度，而应该追求生命的质量。"

当然，看露天电影也有烦恼的事，故事演到节骨眼儿，大家正看得起劲，突然发电机出了故障，全场一片黑，人们只能发出无奈的叹息声，年轻人吹起尖脆的口哨，有人还喝起倒彩，待灯一亮，大家又嗬的一声眉开眼笑看起了电影。棣花人看露天电影时的那淳朴相、那真诚劲，至今依然让人难忘。

而今，棣花的露天电影早已远去，拎着小板凳，担心刮风下雨的镜头已不复存在。电影已从露天到室内，从胶片到数码，从野外游击到现代化影城，有柔软的座椅，舒适的空调，高端的音响，高画质的屏幕，而且片源充足，片种多样，国内外大片一部接一部，但无论看电影的环境有多么好，记忆中的棣花露天电影，依然让人难忘、让人留恋。

这人生啊，总会有一段时光，在记忆深处发亮。

我看书法

陈俊哲

书法之所以称之为书法，是因为书法有法。书法有笔法、字法、章法、墨法、身法之分，有篆法、隶法、楷法、行法、草法之别；有碑学、帖学之分，古法、今法之别；还可以有坐法、站法之分，大字法、小字法之别等等，它是千百年来人们书写经验的总结，是运用毛笔合于规律的便于情感表达的书写技法的总称。

"书法一定要讲法，离开法就不能称之为艺术。古今中外的书法大家都是在严格的法度下进行书法实践的。"写任何字体和书法，都是"戴着镣铐跳舞"，都必须有技法观念，受技法约束。不掌握技法，只能是胡写乱画、"野狐禅"，是糟蹋行道，就没有谈论书法的资格。

如何取得技法是学书者绕不开的问题。关键一条是路子要正，即要解决好目标方向和路径方法问题，要做到"五须"，即须古、须专、须博、须用、须恒。

《黄帝内经》云："阴阳者，天地之道也，万物之纲纪，变化之父母。"阴阳的对立统一是"天地之道"，是世间一切事物发展变化的根本规律，它构成了事物发展的源泉、动力和实质内容。一阴一阳谓之道，书法也不例外。王羲之《记白云先生书诀》云："书之气，必达乎道，同混元之理。"刘熙载《书概》亦云："书要兼备阴阳二气。"

其一，阴阳的对立统一存在于笔墨运动的整个过程。线条的长与短、曲与直、俯与仰，字形的大与小、正与欹、动与静，墨色的浓与淡、枯与润，章法的虚与实、白与黑、有与无等的对立统一构成书作的实质内容。

其二，笔墨运动的整个过程中，多方面的阴阳对立统一交织起来，但各自特点不同。表现在一幅书法创作过程的不同阶段矛盾各不相同。点画内部主要是方与圆、藏与露、尖与钝、粗与细、提与按、快与慢、轻与重、急与涩、中与侧等等的对立统一；字内、字与字、字与字组、组与组乃至行与行之间主要是收与放、开与合、断与连、宽与窄、大与小、正与斜、疏与密等等的对立统一；篇章中主要是虚与实、黑与白、有与无等等矛盾的对立统一。还表现在不同幅书法创作中，矛盾的特点不同。

其三，阴阳双方相互制约、互相联系、互相转化。一画的藏与露、疾与涩、方与圆，规定了一字的收与放、正与侧、大与小；而一字的这些矛盾又规定了一组、一行乃至终篇的虚与实、黑与白、有与无，正所谓："一点成一字之规，一画乃终篇之准。"

笔画线条、结体造型和通篇构成的时空运动中无不体现"天地之道""混元之理"，书法作品的一画一字一篇无不被辩证思想的灵光照耀。书法要有思想，思想决定着作品的艺术水平。"书法是外形与作品思想的结合物，没有思想的作品只能称之为写字，根本谈不上艺术。""一幅佳作的效果，便是哲学道理的艺术阐述。书法大师的地位，一般是由其作品所表现的哲学思想，如对立统一观点的运用来评定的。"不悟天地之道，不谙阴阳两窍，没有思想的灯火照亮，书字便如昼夜独行，全是魔道矣。如此"任笔为体，聚墨成形，心昏拟效之方，手迷挥运之理，求其妍妙，不亦谬哉"！

书法创作的道理思想源泉在于人们的生产和生活。一是古人的生产和生活实践，集中表现在以儒、释、道为核心内容的中国传统文化经典之中；二是今人的生产和生活，包括人民群众的生产生活、自然风光等。我们要多读书，特别是读哲学、美学、文学、中国书法史、历代书论等，还要甘当小学生，到基层去，到群众的生产和生活中去，到大自然中去，虚心向人民群众、向大自然学习。刘熙载《书概》云："与天为徒，与古为徒，皆学书者所有事也。"此言，是有志学书人的宝典。

表情，就是表达情感。任何艺术都是表达人的情感的。杨雄《法言·问神篇》曰"书，心画也"，孙过庭《书谱》言书法是"达其情性，行其哀乐"，刘熙载《书概》云"写字者，写志也"……古先贤们一脉相承，揭示了表达情感是书法有别于其他意识形态，而成为一门艺术的本质特征。

情感作为人类活动的心理动力之一，在书法创作中最重要的作用就是造型作用。书法家将自己的人格、理想、目的、需要等一切心理因素凝聚成一种情感力量,借助笔墨线条这种"外在标志"表现出来,完成"情感造型",造型的结果把情感和形式高度统一为"情感形式"。英国美学家克莱夫·贝尔在他的《艺术》一书中把这种审美的感人形式称为"有意味的形式"。

大凡人们经历了斗转星移、沧海桑田之后,其精神世界深邃的层面遇到某种外在因素的碰撞,便情不自禁,形之于外。情感的力量使书家手中的笔锥像受到某种魔力的裹挟,提按顿挫、轻重快慢,笔力"往往出现时而在笔尖,时而笔肚,时而笔根,或者三者难分难辨的混合运用状况"。"激动高涨的情绪表现为较强的力度和较快的速度,平和悠闲的情绪表现为较弱的力度和较慢的速度。"书法家的心灵的东西就是这样顺着笔毫喷涌而下,妙绪迭出,创造出连书家自己都感到惊讶的佳妙杰作。王羲之《兰亭序》就是在惠风和畅、群贤毕至、曲水流觞之后的激情之作,以致他后来以此为内容再次创作时,总不如意。宋代书家雷简夫的故事颇有说服力。他在嘉陵江边为涛声所动,偶然欲书,他说:"余偶昼卧,闻江涨声,想其波涛翻翻,迅驶掀搕,高下蹙逐,奔去之状,无物可寄其情,遽起作书,则心中之想,尽在笔下矣。"只可惜雷简夫的寄情之作我等无法见到。观中国书法璀璨星空,《兰亭序》《祭侄稿》《自叙帖》《丧乱帖》《寒食帖》等等无一不是有感而发,这些感情充沛、忧思郁愤之作后来都成了书法史上的经典作品。

但是,当今书坛,把汉字写的横平竖直、对称均匀,写得"漂亮"等同于书法艺术;把机械地模仿抄袭某人某家的书法作品,一种匠人的炫技,等同于书法艺术。一些作品看不到情感的表达,甚至存在着虚伪的情感表达,完全背离了书法艺术的本质要求,肆意践踏中国书法艺术的尊严。我们要把艺术之根牢牢扎在传统经典里,不断提高辨别是非美丑的能力,要不断加强自身修养,在火热生活中修炼自己的美好情感,努力使自己的情感更敏锐、更强烈、更博大、更高尚、更真诚,通过提升做人的境界提升作品的境界,这样我们才能创造出无愧于这个伟大时代的书法艺术,否则终日汲汲于名利,戚戚于贵贱,沦为俗人,字也终是俗字,"唯俗不可医也"。

棣花卖仙桃

王家民

商镇桃园的桃有名，显神庙村的桃更带仙气。自懂事起，院子里的一棵桃树就举枝繁密，年年挂果。累累果实比大人的拳头还大，白嫩嫩、圆鼓鼓，头顶一坨胭脂，像过年的白蒸馍点了红，看着就流涎水。吃着香甜爽口，口留余香。听说《西游记》里孙悟空闯天宫偷吃的就是这种蟠桃，所以村人就把这棵树上的果实叫作仙桃。这棵仙桃树成了家里的摇钱树，靠它的果实变现，贴补着一家人的生活。

我十六岁那年，仙桃树挂果很多，不经意间就从茂密的树叶中露出了白嫩嫩、圆鼓鼓的果实。父亲说："龙驹寨的贩子又快来了，那些果蔬贩子给的价钱太低，摘取之时又是放开肚皮吃便宜……"母亲说："明日初九，棣花逢集，摘仙桃去棣花卖了吧，顺带买点儿盐和油回来，清淡少油的饭都没法做了！"

好！去棣花卖桃，我也非常赞成。

本来，父亲赶集卖蔬果，母亲在车路边儿卖凉醪糟，我从不关心。那日之所以热心，不只是因我从没去过棣花，还有个重要原因是，我刚学会骑自行车，想骑着自行车跑远路，练车技，显摆一回。所以，我毫不犹豫地爬树摘桃，摘满一筐了，递给父亲，说："大，明早上我骑自行车，带你去棣花卖桃。"

"你才学骑车子，带得了人？"

"没麻达，你提笼筐，坐货架就行！"

第二天早起，我借了自行车，随父亲出村。到了车路上，父亲抱紧一筐仙桃坐上了货架，我双手紧握车把，挺直臂膀，左脚踩了脚踏板，右脚往后猛蹬几下，趁车轮转得欢实之间，收回右腿往高提起，就势跨过车梁，坐上了尻座子，朝身后喊道："大，坐好！"说着，就双脚用劲儿把脚踏板蹬得飞快，自行车丝丝响动如歌，耳旁风声呼呼相随，犹如腾云驾雾般愉快。远见龙王河桥了，就趁势加速，猛地冲了上去，再顺溜下坡。过了商镇西面的四皓墓，面前的黑沟河尚未建桥。无论是汽车、架子车，还是自行车，至此都得先低头下到沟底，再扬头朝天爬陡坡，一下一上的"凹"字形地势似如天堑。汽车于此哼哼嗡嗡，左摇右晃，慢如龟行。拉货的架子车至此须依赖人畜挂套，方能通过，自行车则需拉紧闸皮慢行。路太陡了，我也就推车与父亲下到深沟再上到堡子村后的平路上，再用自行车带着父亲一路往西，过两岭村，绕四方岭，眼下的慢坡路忽然平坦，我就扶住车把，脚也不蹬，轻快前行，车行到浅溪河边儿，哞的一声，一只牛犊蹿上路面。我猛拉车闸，车头一歪，人便前扑摔地。父亲仰翻的瞬间，双臂抱圆护紧了怀中的竹筐，但仙桃还是散落不少。落地的仙桃咕咕噜噜，四散滚动，惊得一头牛犊拱背扬尾，连声惊叫，引得老母牛突然现身，朝我冲来。

"快跑！"父亲急喊。

我扶起自行车，猛推向前，一步跨了上去，双脚发力，蹬圆脚踏板，朝着棣花的方向急驰。

"放缓，别急！"父亲突然在身后说。

情急之下，我只顾自己，父亲咋上自行车货架的呢？

我啊了一声，正要发问，父亲解释说："是我快跑几步，撵着你跳上了货架子，紧挨着你的后背，你没觉着？"

哦！如此这般，我竟丝毫不知，心中暗暗佩服父亲身手敏捷，脚下麻利，随即说："我大能行，只可惜落在地上的仙桃了。"

"没事，散落几个仙桃喂牛，总比龙驹寨的贩子眼睁睁地占便宜强呀！"

父子二人说说话话就到了棣花东头的贾塬。我跳下车来，看见身边的赶集人涌动如潮。我和父亲匆匆过了二郎庙大场边儿的小路，走上青石桥，一泓碧波荡漾，满塘荷叶如伞。清风拂面，浑身舒坦。

刚过桥，就有人盯着笼筐里的仙桃询价。父亲就把笼筐放在街道的屋檐下，蹲下来接待买主，一会儿就被围得水泄不通。我把自行车往旁边一撑，转身去了荷塘边儿。看着白荷盛开的模样，想：圆圆的荷花瓣儿，也是头顶一坨红洇，怎么与仙桃有点儿像呢？

不一会儿,父亲高声喊我回家,他那一筐仙桃已经售罄。棣花卖桃,卖得顺遂,也练了骑自行车的本事。回到显神庙村,一味荷香,三日未散。原是我摘了一朵荷花,带回了显神庙村呢。

平凹南山栽树

李百善

20世纪60年代，群众没粮吃没柴烧，每个生产队都养了十几头牛。从开春至立秋，群众不停地给牛割草，南山的草和树叶全给牛吃了，十几里的棣花南沟变成了光秃秃的荒坡。

在草和树木眼看要绝种时，村上办起了南沟林场。全大队十六个生产队，每个生产队抽一个人，凭这些人一时也难将南山绿化好。南沟在小石幢下面有个沟叫广沟，是南沟的一个分沟。进沟有三里路，坡高场地大，坡场分了十六块，大队决定给每个生产队一块。我队分在广沟的东坡，大队要求在分的地块上挖上条田和坑田，坑田上种红眼猫；条田上种松子、柏子、桐子、槐子，大队打算用三年时间绿化南山。

我们生产队劳力早上在队里干活，中午和下午在南沟整坡种树。那天早饭后，我和平凹偷偷地跟在大人后面去栽树，两人背着背篓，穿着草鞋，背篓里放着镢头，手里拄着镰刀。

一出门，就朝丹江河畔走去，到河边看见大人已经进了南沟。我俩草鞋一脱，裤腿一挽，手拉着手跳进丹江，向南岸蹚过去，一时脚腿麻木。过了丹江南岸，两人脚腿通红通红，冻得牙花吱吱发响，嘴上说不冷不冷，实际上不停地打冷战，两人赶紧把草鞋一穿，急忙去追赶大人。进了南沟没有去广沟，而进了薛龙洼。这个沟的梁后面就是广沟的东坡，从洼里往上走没有路，净是米粒大小的沙子，脚一踩就往下滑，两个人手里都拄着镰刀，当拐杖用。

最难走的是山坡顶上的路，风在耳边呼呼发响。向坡下一看，万丈悬崖，令人头晕眼花，心神不安。山高坡陡路难走，不说给栽树了，我俩吓得动也不敢动,大人们看见我俩手抓崖石,两腿发抖,腰猫着停在坡上面。队长贾彦生喊:"不要你们来偷偷跑着来了,你看坡这么陡谁能担下你们的心,你们还是回去算了。"我俩不出声,停在那里一动也不敢动,眼看大人离我们越来越远。平凹说:"哥哥咱俩下山回吧,这活咱俩再干不了。"我说:"咱兄弟都来到半坡顶上了,无论如何都要混上一天工分,明天不来就算了。"

那时平凹每天五分工,我每天七分工。我对平凹说:"你把崖石抓住就立在这里,让我看离种树地方还有多远。"我把背篓往平凹身边一放,让他抓住背篓不要连人一块儿被风卷到坡下面去了。我跟在大人后面走了一段路,看大人都在一块儿休息。我上前问贾中盛哥是不是到了给我们分的地片。他说到了,就在这里,我下来给平凹说上去不远了,我俩又背上背篓慢慢上坡,当来到大人挖好的坑窝,我俩战战兢兢不出声,大人们不好意思让我俩去挖树坑。这时大人挖的树坑能站住脚,队长说:"你俩来这里能干啥,你能挖动坑吗?不让你来硬偷着来,既然来了你俩在挖好的条田里下树种。在坑田里种上红眼猫,条田种上槐子、松子、柏子,不要深,顶多两指深,种上后用脚踏实能保墒。"就这样,我俩跟在大人挖好的条田里下树种,胡混了一天。

那时候,种树不光是为了挣工分,更是为了避难。那个年代常抓阶级斗争开批判会,平凹父亲是教师,揪出来说是三青团分队长,为此被打成历史反革命。我因父亲是富农,说我资产阶级思想意识严重,几天前开了一上午批判会。我和平凹都是坏分子之子,不能当红卫兵,不能参加造反派,不能参加游行活动。只有贫下中农能戴上红袖章,打着红旗,锣鼓喧天高呼高喊:"打倒走资派!""打倒地富反坏右!"我和平凹当时都是被改造的对象,在这种情形下,为了避难,只有上坡种树。

来栽树前的一天,我和平凹亲眼见到了开批判大会。会场拉进了五十多名坏分子,头戴高帽子,脖子上挂着门扇板,上面贴着的白纸上写着罪名,五花大绑,前面红卫兵手持枪支,一押进会场,带队的领头高喊,打倒反革命,打倒走资派,群众举着手同时高喊。会场上第一排站的是棣花乡长赵国林,第二排是书记张景文,平凹的父亲也在其中,他们个个低着头,不准交头接耳,我俩看到这场面后,吓得直哆嗦。

我就拉着平凹的手对他说:"你要调整好心态,以后不要再看这样的场面了。"平凹泪流满面,浑身发抖,那时只有看在眼里,气在心里,敢怒不敢言。

我俩离开会场后，悄悄走进二郎庙，向二郎神叩头求告，愿他父亲安然无恙。第二天，我和平凹又进了南沟去栽树，刚上到坡顶上，突然听见二郎庙广场传来了锣鼓声，平凹说："哥哥你听没听见锣鼓声，今天是不是又在开批判大会，我父亲是不是又要挨整了。"我俩坐在山坡上，一眼一眼向二郎庙广场瞅去，平凹泪汪汪地说："咱俩今辈子造了啥孽，啥时候才能和人一样啊！今生咱俩咋这样可怜嘛。"他的泪水不停地流在坡上，我说："眼不见，心不烂，我看光是游行的，不像开批判会的样子。""你眼泪咋那么多，是专门来洗树苗的，不要想得太多了，也不要太难过了，咱俩往山坡上走，去栽树。"平凹呼哧呼哧哭个不停点。我看着平凹，想着自己的处境，也不停呼哧流泪，一上午谁也没再说一句话。

如今南山的"广沟凹"和"薛龙洼"，坡上坡下绿树成荫，满山架岭的松树都一搂子粗了，当年连草也长不起来的荒山野岭，从坡底到坡顶，树木茂盛。

五十多年过去了，看着这些绿油油的树木，我还会回想起我和平凹当年植树的情景。

给丹凤书画家张佩英女士的贺信

贾栽凹

尊敬的张佩英女士：

　　我代表商洛棣花古镇乡土文化研究院全体会员，对你加入中国书法家协会表示热烈祝贺！愿你百尺竿头，更进一步，在新的创作道路上，继续浓墨重彩，书写出更多为人们喜闻乐见的好作品。

　　你是丹凤县杰出的青年书法家，是我的老乡，也是我的侄媳妇，你的作品形式厚重，精彩纷呈。在全国大型书法展览上多次获奖。在艺术追求的道路上，你始终几十年如一日，坚持不懈，勤奋好学，作品深受群众的喜爱和好评，你这次成为中国书法家协会会员，更说明功夫不负有心人，只要付出，就会有回报，你是我们艺术界同志学习的好榜样！

　　棣花古镇钟灵毓秀、人杰地灵，有中国作家协会会员三名，中国书法家协会会员三名，省作协、书协会员十二名。你这次成功加入中国书法家协会，为商洛、丹凤艺术界争了光，你是棣花人民的骄傲，为宣传商洛、丹凤，点亮"秦岭最美是商洛"这张名片作出了巨大贡献。

　　希望你在今后的书法创作道路上，再接再厉，不负韶华，创作出更好更优秀的作品回报社会。

许家沟情事

张忑侠

夜渐渐深了,窗纸上擦过呜呜的风,就像后院刚刚低沉下去的哭声。三巴婆在温热的炕上蜷成一团还是瑟瑟发抖,她无论如何不能安然入睡。

"他俩咋样了?咋听不到哭声了呢?难道……"三巴婆越想越害怕,干脆坐了起来。

"月亮刚到中空,老三肯定还不知道家里发生的事。估计报信的老二他们还得一个时辰才能赶到吧?"

"可是,"三巴婆想,"这一对狗男女也欺人太甚了!"

"把我娃就没当人!"她拳头攥紧,狠狠地说。

"连我也不放在眼里!"怒火往头顶蹿。

"我对她多好啊!啥好吃好喝的都留给她,啥时兴衣服都给她做,就盼她迟早生个一男半女……"三巴婆的眼泪下来了,她想起了自己的酸辛往事。

三十年前的那个新婚之夜,三巴婆和她憨厚老实的新郎送走最后一批客人,刚刚进入洞房,还没来得及关门,咚的一声闯进两个黑衣蒙面人,举着盒子枪对准她和新郎的脑门问:"要命还是要人?"

"要要要要……要……"老实巴交的新郎吓傻了。

"要命!"紧急关头的她赶紧替可怜的新郎决定了生死,从此也决定了他们二人的命运。新郎就那样人财两空地保住了性命,而她从此做了一个戴"盒子枪"的黑衣人的夫人。给他一个接一个地生孩子,连生了五个如花似玉的女儿后,第六个才得了这个儿子,金疙瘩一样疼不够,可三岁了才会叫妈叫大,比同龄孩子反应慢八拍。就这样长到十八岁,给花了两块银圆到南山里买了个花媳妇,指望过上三年两载生个一男半女，三巴婆和三巴爷活人就有心劲了。

可谁知道结婚三年了，儿媳妇孙子没生下半个，却和自己家的长工小五被他二大捉奸捉了双，双双被五花大绑在后院拴马桩上哭爹喊娘，只等他二大去南山里把三巴爷叫回来听候发落。

三巴婆想到这里，又把耳朵贴紧窗户纸细听，除了呼呼的风声，什么动静都没有。月亮已经升得老高了。

"两个畜生该不会冻坏了吧？"三巴婆突然有点担心。

"老三这会儿应该已经知道了吧？"她紧张地想，"知道之后……"她不敢往下想，眼前不由自主地闪现那个无数个夜晚在噩梦中反复出现的镜头：

那年盛夏的一个午后，她正在厨房收拾锅灶，三巴爷下四川带回来的那个"洋女人"疯了般地撞进来，扑进她怀里牙齿咯咯打着战说："姐姐——救——我！"她还没来得及问明来由，三巴爷就凶神恶煞般地闯进来，洋女人浑身打战如筛糠。三巴爷眼露凶光，慢慢掏出盒子枪，三巴婆下意识地一个箭步挤到前面，用身体护住了躲在锅灶角落里的洋女人，急促地说："有事慢慢说，千万别动怒！"

"让开！"三巴爷一声雷吼。

"不然一起打死！"说着已经举起了盒子枪。三巴婆抖动着身子刚一闪开，啪的一声枪响，只见洋女人美丽的大眼睛顿时失去神采，身子往一边歪斜下去，偎爬在锅台上，两条瘆白瘆白的腿直勾勾地蹬着往下溜，两三道鲜血像殷红的蚯蚓迅速地从瘆白的腿上曲曲折折地爬行洇散到脚地，空气中立即蹿出一股浓浓的血腥味。三巴婆歇斯底里地喊叫一声后就失去了知觉……

三巴婆想到这里，浑身又颤抖起来。她不由自主地望向窗外，月亮已经开始西斜了。"他们兄弟俩该不会走在回家路上了吧？如果骑马的话，天亮前就会赶回来的！"一想到会死人，她就浑身发紧。两个狗男女做下的丑事确实可恨，但嫁不了好男人的女人活人也难。她甚至疑心自己的儿子根本就不知道娶媳妇干啥。想到这里，三巴婆三下五除二穿衣下炕，颠着小脚冲了出去……

一年后，三巴婆一大早起来扫院，隐隐约约听见大门口传来婴儿微弱的啼哭声，抱进来一看，是个胖乎乎的男婴，嘴唇已经冻紫了。她愣了一下，瞬间明白过来，又哭又笑地叫喊——换娃子，你有胖儿子啦！快来看，咱家有后了……

南沟粉条

许振兴

虽然几日前的一场寒雪让大家出行很不方便，但这丝毫不会影响人们过年的心情。冷清了一年的长街行人日趋爆满，两行年货摊子一字长蛇阵分列开来，穿戴吃食尽入眼底，又到了给眼睛"过生"的时节了。大人们陆续开始上街办年货，孩子们挤成一堆上街看人、赏景，年前的采购行动才刚刚开始。

买菜是办年货的一项必选题，年年都要去买。菜分为荤菜、素菜和干菜，各有其味。一年到头，为了迎新年，人们多少都要买一点，来犒劳这一年来辛苦的自己。不管穷人或是富人，在年面前，都是那么的虔诚。

在日渐浓厚的年味里，如果能吃上一顿火锅将是多么的吉祥（寓意来年的日子红红火火）。这时，粉条就成了餐桌上必不可少的一道菜。粉条对配菜从不挑剔，且易保存，一说起猪肉炖粉条这道蕴含着浓厚东北风情的菜，不晓得能滋润多少游子归来的心。常见的粉条是由红薯加工而成的，形似面条，甚至它的制作流程都和漏面条如出一辙。粉条那劲道、滑溜的口感让人欲罢不能，我和许多人一样，是它的俘虏和"粉丝"。

秦岭深处山峦起伏，山外是山，山与山之间沟壑交错；沟沟岔岔里小溪涓涓而下，滋养了多少人家，想必也只有当地的人心里才清楚。我的故乡棣花以沟命名的村庄真是多了去了。有一个叫南沟的小村庄，就因为在丹江的南边而名。南沟的山地红薯种得满山遍野，成熟了的红薯又大又甜，淀粉含量远远高出附近山地。冬季，红薯粉条就成了这里的主打商品。

我的舅舅是附近闻名的能人。高中毕业后，先后干过电工，当过大队支书，入驻工作组帮助搞开发，再后来又在信用社当了十几年的村办信贷员，但不论他干什么，都未离开土地半步，对于农活之事，总是亲力亲为，做得有板有眼。舅舅还是个做粉条的高手，十里八村没人不知道。每到年末，他家的粉条还没等其他人开始卖，就会提前被人一抢而空，总是足不出户就完成了交易。

粉条的制作，其实离不开天时、地利、人和。天时——冬季三九天，昼夜温差大最合适，夜晚寒风刺骨、白天艳阳高照，这样的天气是再好不过的了。地利——源于作为原材料的红薯的品种和成色，以淀粉含糖量高为上乘。人和——粉条的生产离不开人的作用，正是人的调和才有了粉条的劲道可口。下面我就来说说粉条的制作过程：

第一步：和面。把做好的红薯粉面倒在相应大小的面盆里，加上一些明矾，将面揉成面团，以待下锅。

第二步：生火。用大锅将水提前烧开。

第三步：架勺漏面。将醒好的面团放入漏勺里，在人的捶打下，面条出现，在热锅沸水里打个转，捞出控干，搭在院子里提前备好的木架上晾凉。

第四步：摆放屋里。将晾好的粉条连杆子收回，摞在一起放在屋里。

第五步：上冻结冰。晚上十二点时分，将白天做好的粉条杆子拿到室外搭在架上，在其身上洒上水，多泼几次，一早起来，粉条一排排硬挺挺地挂在那里，冰封一身。

第六步：解冻消水，晾干入库。翌日，在温水里将整杆冰封的粉条全面解冻后零散地挂在杆上，在空气和阳光的作用下，风干下架。

第七步：划零为整，收拾入库。

这就是粉条制作的大致流程，看似简单，但真要做起来，并不是一件容易的事。像这种手工粉条，县上还有好几处手工作坊，每年都做，但我最喜欢吃的，还是以我舅舅为代表的南沟人做出来的南沟粉条。

棣花意趣

贾建霞

走进棣花古镇,犹如踏进了一个脱俗的世界。沉静的青石板,被脚步踩出了脆响的节律;门扉紧闭的店铺,沉淀着一段幽静时光,将激战的宋金往事唤醒。推开门来,花墙纸伞木摇椅,摇动着静谧的时光,也摇开了一段前尘往事。如今的宋金,已尽释前嫌,蔚然一体,有金人送来的一阕词,也有宋人供上的一桌酒,然后款款落座,呼朋唤友,将满院的时光搅成融融友情,渐次晕染开来,成为载入史册的历史画轴。

远山如黛,山岚缭绕,将棣花组装成一幅美轮美奂的画卷。思绪辽远,叹千古如流,感棣花之妙——这一方天地浑然的布局,让高远的笔架山与近旁的魁星楼相映,与文学大师以美妙对照;更有那别致的娘娘庙与秦腔乍起的古镇戏楼,如孪生姐妹般,在岁月里相依,在风雨中做伴,不孤单,也不寂寞,静静地守候着古镇时光;近旁的二郎庙,是一双神手,召唤着游人探寻,这亲密无间如兄弟般难辨雌雄的神庙,除了顶部的黄绿色琉璃瓦有别外,只有俯身近察,才能从飞檐斗拱中,分辨出它们的别样特征——一边金戈铁马,好战利坚;一边以和为贵,温情动人。圣者的心胸总是宽大,能容人者得天下,大宋王朝,一代又一代,绵延久长,续写了中华史册的辉煌。

漫步石拱桥,身心随悠悠清风荡漾,接天莲叶无穷碧的荷塘一边,是居于塬上富有陕南建筑风格的错落民居,青砖灰瓦泥巴墙,镶"吉"字窗;这民居里,有欢笑,有忧愁,年复一年,上演着酸甜苦辣的人间故事。唯有那掩映在民居中的唐代佛刹法性寺,像一位时光老人,不言不语,谛听着千年万载的人间悲喜,也护佑着这一方百姓绵延不息、安居乐业的美好愿景。荷塘另一边,巨大的摩天轮是一种召唤，游人们意欲前往，路过清风阵阵的风雨桥时，近旁石刻的《棣花之恋》中，"采莲的姑娘追梦少年，风雨桥初见，那丹凤眼"，其动人歌词及美妙旋律，牵动着人们的心弦——棣花是一个浪漫又有趣的地方。随游人漫步在木质长廊上，一边清风荡漾、荷花点点，碧叶如盖的荷塘中，不时有小舟穿梭往来，人们哼着小调，摇着橹桨，给这荷塘更添生动的意趣；一边是欢快诱人的儿童乐园。大人们一步一景，自成风景，孩子们更是乐在其中，流连忘返。

偌大的千亩荷塘，一湾连着一湾，塘相依，水相融，叶相连，荷相映。那亭亭而立的碧绿色荷叶，是一场盛大的表演布景，无数的清一色妆容，列阵在倒映着蓝天白云的明镜似的池塘中，上面点缀着无数如米粒般星星样的浮萍；荷叶碧翠，无一丝纤尘，如丝滑般，有绸缎感，即使水珠掠过，也不留痕迹，不贪丝毫，更无繁世的铅华，所有的浮饰及雕琢于它都是多余。"清水出芙蓉，天然去雕饰。"语言在这里都成了休止符。我们屏声敛气，怕一开口的俗气和聒噪打扰了碧荷的清雅和静美；怕一开口，那沉浸在美中的蜻蜓迅疾飞离；怕一开口，打扰了荷的节奏和气韵。

此时的荷花，高高低低，兀自开放，像是为迎合众人的欣赏，又像是为热烈的夏天而尽情舞蹈；有的咧开嘴，吮吸着荷塘的清气；有的黎明前已作好起舞的准备，正亭亭玉立在荷塘中央，配合着那长长短短的镜头和快门；有的沉静自如，从容地应对着这男男女女老老少少的品评；有的正在赶赴盛夏的心动之约。那搭在池塘中央的褚红色廊桥，是诗人寻梦的悠长廊道，是画家捕捉灵感之幽境，是歌者破解音韵之妙境。艺术需要美，艺术更需要一双发现美、欣赏美的眼睛和心灵。于是所有的人，唱歌的、跳舞的、绘画的、写作的，对美有所追求有所向往者，都云集于此，各怀心事、各有情趣、各有所获。歌声悠扬，舞姿翩跹，游人如织，各色男女穿上应景的汉服、长裙，衣袂飘飘，美丽如画，心里的诗情不由荡漾开来。

那如竹排般，荡在荷塘中央的清风街，更具诗情画意：流水潺潺，花开满院，酒肆飘香，风情无限，茅盾文学奖作品《秦腔》中白雪与夏风成婚而雕刻出的风景，更添了古镇老街的文学意趣。年轻情侣手牵手，一边品咂着秘制的芝麻糖酥，一边观赏着古色古香的老街风景："你站在桥上看风景，看风景的人在楼上看你；明月装饰了你的窗子，你装饰了别人的梦。"美好在此相遇。游人们互为风景，清风街就更有了绵长意味。

夕阳西下，金色的余晖泼洒在绵延的千亩荷塘上，如一抹火烧云，把整个荷塘辉映得似一幅色彩斑斓的水墨画，浓淡相宜，布局诗意，留白和题款相映成趣。这画卷，是任何妙手丹青也难以描摹出的。

不得不告别的时候，心里才把棣花之景盘了个遍，古庙与戏楼，老街与荷塘，山与寺，都不远不近，形神兼备，立体生动，相映成趣，组成了棣花的独特风景；更有那穿越历史云烟的宋金往事，从《秦腔》中飘逸而出的清风街叙事，及"圣庙神修""棠棣由来"等浪漫而传奇的故事，隐约在南山的飞瀑与石撞、俯居于北塬的万亩葡萄园、核桃主题公园，同频共舞，婉约出棣花独有之光华；是天地、人文与时代赋予了棣花这个神奇之地，成为六百里商於古道上的一颗璀璨明珠。

棣花美誉无限、魅力无穷，过去已然、未来依然。随着"一带一路"的持续推进和抖音、短视频等高科技手段的传播，相信，棣花将会为更多的人所神往，将会成为中国葡萄酒历史文化名城，成为康养之都中可圈可点的文化高地！

去棣花赶集

冯元兴

1976年4月的一天，眼看家里盛米和面的小瓦罐底都要朝天了，为了不挨饥受饿，我借口说要买衣服，向生产队长借了十五块钱，向表兄借来一辆自行车，准备去距家十六公里的棣花赶集，去买些粮食度春荒。

由于心中充满着对粮食的渴望，虽然土路坑坑洼洼，一路被颠得肚子都疼，但我浑身充满了力量。三十多里路程，几根烟的工夫就到了。

由于我去得有些早，集市上的人还稀稀落落。粮场旁有位五十多岁的阿姨正在卖绿豆凉粉。看看时间还充足，正好我肚子也饿了，就走过去，一屁股坐在凉粉摊的木凳子上，对摊主说："姨，给我调一碗凉粉，少放些辣子。"卖凉粉的女人爽快地答应道："行，你先坐。"我借空瞅了瞅摊主掌管的一席天地，三个搪瓷盆子，里边装着做好的凉粉摆在地上，一个小木框架上放着一只调盘，里面的几个小碗里分别盛着醋、蒜水、油泼辣子、盐等，摊主右侧的地面上，放着两盆清澈的洗碗水。特别引人注目的是摊主手中举起落下的黄铜刀，它有一尺多长，约二寸宽，薄如铜钱，刀背略弯曲，在太阳光的照射下，格外闪亮耀眼。

"小伙子，你是从县城那边赶来棣花集市买粮食的吧？"摊主一边说着话一边用黄铜刀切下一薄片凉粉放在手掌上，娴熟地用刀打成小长条放入碗里。我说："姨，你咋看出我是县城边来的？"她说："小伙子哩，你自行车后边夹个布袋，穿的裤子虽说有补丁却洗得干干净净，袄领上缝了个白色护领，脸上还擦着雪花膏，一看就不是我当地的年轻娃，我一听你说话的腔调就知道你是县城边来的人。"我一边跟她说着话，一边担心刀会不会划烂她的手指，说话间她将一碗调好的绿豆凉粉递到我手中。之后，她的手没有回到调盘上，而是把流到唇边的清鼻涕用手一捏往身后一摔，又将手往屁股下的椅子腿上一抹，然后用围裙把手擦了擦。我提醒她说："姨，你卖吃得呢，要讲卫生，你把手洗一下。"她说："娃呀！人都是假干净。你甭打岔，先说我刚才说的对不？""姨，你眼睛真毒！看啥咋这么准哩？"我回答说。

"小伙子，你今年有二十岁没？"只听她又问道，我心中顿时有些厌烦，心想这人的话咋这么多呢？吃你个凉粉至于又问这又问那的？但转而又想，人家毕竟是长者，应敬之为先。为了迎合这位阿姨爱说话的心性，想和她开个玩笑，就说："姨，我今年二十一岁了，在县酒厂上班。人都说你棣花的姑娘长得美，个个都水灵灵的，您能给我介绍一个吗？"

正和摊主说着话，一位三十多岁的小嫂子领着一个五岁多的小男孩坐在我旁边的凳子上，说："阿姨，给我和娃一人调一碗凉粉。"摊主说："行，行！这就调。"小孩说："妈妈我还要吃馍！""好，好！叫你婆婆给我娃取一个馍。"我说："姨！我咋没看见你有馍呢？"只见卖凉粉的阿姨从调盘底下的小竹笼里揭开毛巾，取出一个还冒着热气的花卷馍，红红的油辣子，青翠的葱花顺着花卷转了一圈又一圈，看着真香啊！"姨！你有热花卷咋不给我说一声？干脆再给我调一碗凉粉，也来个花卷馍。""好！给这娘们两个调好了，就给你调。""姨！说话不耽误正事，刚才我求您的事您看行吗？"这回她并不急于回答我，先用黄铜刀切了一薄片凉粉放在手掌上，然后才对我说："哎呀！好娃哩，不是姨不答应你，一则不知道你家里的底细，二是县城人过的日子都是水上漂，吃了上顿没下顿，你说谁家大人敢把女子往火坑里推？""姨，我在县酒厂工作，有工资哩！""再甭哄人了，这几年只要屋里有个吃净粮挣工资的，日子就要滋润一些，首先饿不了饭。你既然在县酒厂上班，为啥还要来棣花集上量粮食？总不是你家里姊妹多，粮不够吃？"这，我一时语塞，竟然不知如何回答才好。

卖凉粉的阿姨见我无言以对，接着又对我说："唉！人都说县城好，叫我说还是我棣花好，山清水秀都放到一边，最起码人先不饿肚子，顿顿有吃的。坡坡坎坎的地用手刨一刨，春天撒下一把种子，秋天就有收成。哪像你县城人多地少，打的粮老不够吃。"

此刻，一旁的年轻嫂子也插话道："我表姐就嫁给县城花庙跟前一家人，听我表姐说每年一到春上丹江河岸边的槐树叶、柳树叶、榆树叶都让人争抢着捋光吃了。我表姐年年春天回来从娘家拿粮食，红薯萝卜见啥拿啥。我妗子看见我表姐在婆家饿得吃不上饭，都后悔死了，我表姐还说，县城有好多人家都把女子给嫁到山外去了，就图个能吃饱肚子。""娃子你听听，穷名声出去了，谁还敢把女子往县城周边嫁。"

阿姨和年轻嫂子的话像一把利刃刺痛着一个十八岁青年的自尊心。是啊！几年前，我隔壁白叔叔家的两个女儿大的十六岁，小的十四岁就让关中来的媒婆给领走了。邻居说白叔心真狠，真造孽啊！娃还那么小就舍得叫人引走！白叔含着眼泪说："让人把娃领走了总比在家饿死强。"

县城边的老百娃老是吃不饱肚子，到底是什么原因造成的呢？难道真是卖凉粉的阿姨所说的人多地少吗？我不仅陷入沉思。"好娃哩！等你日子好过了一定来棣花找阿姨，好姑娘多得很，姨给你一定找一个。"这时，只听阿姨又说。

我急忙放下手中再也吃不出味道的半碗凉粉，羞愧地离开了她的摊子，去黑集市买了些玉米，赶天黑回了家。

家乡的柿子

金佰安

深秋,当你走进秦岭山区,就不难发现点缀在山坡上的那一棵棵柿子树。这些零零星星的柿子树上挂着星星点点或者一簇簇的柿子,它们给素颜的山村和原野抹上了一笔笔炫目的油彩。

说起柿子树,不得不说说家乡岩峪沟的柿子树,因为它在秦岭山中还是有代表性的。在岩峪沟的沟沟坎坎随处都可看到柿子树,它们很不规则,各自独立,这里一棵,那里一株,形状各异,大小差别也很大,即使是相近的两棵树,品种也很可能不同。这些柿子树是在软枣树苗上嫁接而成的。在一些极不起眼的沟坎上不经意间就有软枣树苗长了出来,这软枣树有点土就能生长,稍微长大一点就能嫁接成柿子树,嫁接成活后不再要人经管就能自觉生长,其生命力相当旺盛,甚至于能上百年不死,且年年都能开花结果。不同的是长在水土好的地方的柿子树会比较旺盛,结的柿子也多,长在水土差的地方的收获会差一些。

岩峪沟柿树的品种可谓繁多,至少也有十多种,我熟悉的大约有这么几种:最大的一种叫"母四方",这种柿子的形状像四个牛蹄角聚在一起,一个柿子就有五六两重,因为它身上还有四条相对着的深沟,旋柿饼的刀子对它毫无办法,想尽办法也难以将它旋成柿饼。又因为这种柿子的个儿太大,掰成柿角子不好晾晒,若天阴的时间较长或者下点雨还会发霉、坏掉,唯一的办法只能是存放起来供大家吃。好在放过大冬天后,这种柿子不但吃起来很甜,还稀软稀软的,让人吃掉一个饱得已经打嗝了还想再吃。另一种是满山红柿子,它稍小于"母四方",圆乎乎的,非常丰满,像个雍容华贵的"贵夫人"。它是制作柿饼的最好原料。用它做的柿饼形状丰满，油较大，吃起来软绵绵、甜丝丝的，再加上个儿较大，吃上三四个就有了饱胀感，不敢再吃了。用满山红柿子做成的柿饼一般都是存起来过节吃或者用来招待客人的。这种柿子若存放到春天就成了所有柿子中最好吃的，甜叽叽、油汪汪的，全无"面"劲，让我说堪比现如今的冰激凌。

最多的一种是帽盔柿子，这种柿子形状像小馒头，跟满山红柿子相比，它更像个"帅小伙"。大多数人都用它做柿饼，因为它顶上有点尖，加工柿饼时好旋，大小做柿饼也正好合适，容易晾干，也很好储藏。这种柿子快熟透时有点绵软，吃起来干面干面的，有时候竟噎得你咽不下去。还有一种是晶板（又名"板板"）柿子，它的形状酷似满山红，但相较于满山红这个"贵夫人"，它只能算是"小姑娘"了，它几乎只有满山红的一半大小，柿子的正中心凹进去一点儿，这是人最不待见它的地方，旋柿饼时柿饼刀子总难扣住它的中心，往往要多转好几圈才行。用它做出的柿饼看起来很好看，但吃起来略有点发涩，知道内情的人一般是不会吃它的。最特殊的一种是水桦柿子，它是最适合于煮暖柿吃的。当它快成熟时，人们就会摘回一些来放进大锅里，往锅里放少量谷糠和绿豆皮，然后点着小火"温"一个晚上，第二天早上就可以吃了。"温"暖柿可是个技术活，火候要恰到好处。火大了就会将柿子煮死，一早揭开锅盖就会发现锅里的柿子黄一块青一块，像是才让谁用棍子打过一般，十分难看，这样的暖柿大部分倒是还能凑合着吃，但有些地方就只能吐掉了；如果火小了，等到天亮柿子的颜色都没变过来，用嘴一咬涩得嘴都发麻是常有的事。在众多的柿子中不能不提火晶柿子，这种柿子放软就能吃，吃在嘴里甜丝丝的，那种独特的甜味是其他柿子所没有的。火晶柿子放过冬天后虽然容貌有点发黑，但吃起来味道更绝。除此之外还有一些奇奇怪怪的柿子，它们形状各异，有的甚至都叫不上名字。

柿子快成熟前一段时间，有不少柿子会提前发黄甚至掉落在地上，这时候是我和伙伴们最忙碌的时候。我们从地上捡起、从树上摘下（或者夹下）这些变坏的柿子，拿回家捂进小缸里让大人做醋，做出来的醋不但味道极酸，还相当纯正，要是长时间不吃或者不搅动，醋缸中会出现一层厚厚的醋盖，由此就不难想象它的纯度和酸度了。

用成熟的柿子做柿饼是最难的深加工，它的手续是很繁杂的。第一道工序是旋柿饼，首先要将柿子的屁股准确地轧在柿饼车车上，右手握好柿饼刀子，将其放置在柿子的顶部，然后用左手开始摇动柿饼车子的手柄，顺着旋转右手进刀后柿皮子从手指间快速流出。随后将柿皮子挂起来风干，在快干时将它收回捂起来潮霜后即可食用。第二道工序是晾柿饼，旋好的柿饼要放到房檐下用高粱秆做成的笸子上或者在院子里搭起的竹笆上晾干，其间还要经过几次加工：第一次是晾几天之后将柿子捏软，第二次是晾几天后将柿子里面的柿核按倒，第三次是几天后将按倒柿核的柿子从头顶往下捏圆成型。最后一道工序是在适当的时候将其收在透气的筐内用布盖起等待潮霜。

除了旋柿饼之外，已经变软不能制作柿饼的柿子可以摆成柿角子。摆柿角子的要求不高，把变软的柿子掰开分成小块随便找个地方晾起来就成，只要不发霉变坏，等晾得微干时收起来和柿皮子存放在一起捂着潮霜后就可食用。

那时候在岩峪沟，摆柿角子或捏柿饼时都是很热闹的时刻，不管是站在搭往房檐的梯子上，还是站在竹笆旁，不管男的、女的，手中不停地捏着柿饼，嘴却从不会闲着，天南海北，大到世界风云，小到轶闻趣事，到处都是欢声笑语，整个山村仿佛都沉浸在欢快的气氛之中……

离开故乡已经四十多年了，老家岩峪沟发生了天翻地覆的变化，公路通了，高压电通了，电视及通信设备也都与城市几乎没啥两样了。随着国家城镇化政策的落实，岩峪沟里相当一部分人也都搬迁去城镇居住了。只有少部分像大哥、大嫂这样的人还依恋着老家，仍然在沟里坚守着。他们仍然过着远离尘嚣的田园生活，日出而作、日落而息。可喜的是现在的岩峪沟人与过去完全不同，他们手机不离手，电脑、电视伴左右，出门骑摩托，自来水长流。其中最能说明岩峪沟人变化的是我的大哥，他虽然已经七十二岁了，但还经常在微信群里发些自己录制的岩峪沟的视频以及自己创作的图配诗，甚至还在网上发表作品呢。

岩峪沟的柿树依然如故，它们生生不息，还是照样生长、照样结果。这些年来，我每年都能吃到大哥、大嫂做的柿饼。每当吃起这些柿饼，我必然会想起他们为制作这些柿饼所付出的艰辛，也必然会勾起我对老家的回忆。

清风街

王晓红

我又走在了清风街上。

这是一条不太宽的街道，也不长，一块一块的青石板铺着，古朴典雅。一辆小车可以悠然地行走，要是对面再来一辆，就错让不开了。因而，这条街的一头有了挡板，一头有了保安。街面很干净，看不到一页废纸。靠南面的屋子前有清凌凌的河水，缓缓地流向荷塘。

行人东看看、西瞅瞅，指指点点着，说着一些听不懂的话，摇曳着身影。他们慢慢地跨进沿街的店铺，那些令人眼馋的小吃，高低错落的木板门，格子窗户的屋子，总是令他们生出无限的好奇来。在尘土遍布的地方，藏了这样一条街，就像水底的一节莲藕，此时，只露出一寸洁白的藕身来，也够风致无限的了。那些随风飘荡的招牌，杏黄色的，垂下细细的絮子，在眼帘里跳跃着，让人想起唐诗里说的"南朝四百八十寺，多少楼台烟雨中"的情景。

来这里的游客，大抵有两类人，一类是艺术家，需要在这里寻找灵感，释放那些清清浅浅的哀愁。这里是贾平凹先生的故居，既有他当年喝过的泉水，也有少年时游戏的魁星楼。人们总是顺着这条街走到平凹老宅，他走过了怎样的路，留下了怎样的芳华，这是需要有人去考证，去掰扯一番的。另一类人是闲人。这里转转，那里停停。想到哪里，就到哪里。他们往往脑子里刚有了念头，就去走了。看到一朵丢弃在山间的野花，甚至，听到一声婉转的箫音。他们会很自然地走过，不做片刻的停留。

清风街被一片荷花包围，这就有了无限的韵致。

荷花在过去总是被用来形容女子的贞洁，或者美丽。她的叶子以及花朵也被赋予了新的含义。我因此很羡慕女人，上苍为她们创造了那么多美丽的词。摇曳、亭亭玉立之类的话，人们一遍遍说着，直到耳朵生出茧子来。清风街在过去也是有荷塘包围的，不过当时荷塘是集体的产业，只有很小的一块水域。藕出来后，是先要均分，而后担在街道去卖、去换钱的。现在，这些藕只任意地生长，衍衍着绿意，也让人心生凉意。

当我漫步在清风街，看到那些古色古香的秤店、油坊、酒坊，以及辣子面店、杂货店，眼前不时闪现出一两个身着粗布衫的人，听到几句泥土色的方言时，我一直在想，这里曾路过了怎样的一些邮差、举人、拳师，又发生过哪些风月故事呢？平凹在他的书里，展示并且还原了这里的旧时面貌，而我只能感叹一句：清风街是一条有故事的街道。不信，你也来看看。

棣花莲菜

刘春荣

"你这老头子,在家说要买莲菜,可到街上见到莲菜挑来拣去拿到手上看了大半天,却不买,不知你心里咋想哩。""你知道啥,那就不是棣花的莲菜,我不想买。"这是腊月二十二日那天,我在丹凤县城北新街回家的路上,途经一卖莲菜摊点时听到一对年近六旬的夫妇的对话。

棣花莲菜在方圆百十里内都享有盛名。我们商洛山一手牵长江,一手携黄河,物兼南北,棣花又是商洛山中的骄子,加之棣花的莲菜比别的地方的莲菜眼多,所以很多人认为棣花的莲菜比别的地方的莲菜好吃。棣花的莲菜好,好在水质。在棣花法性寺东西各有一泉眼,这两泉之水均出自地层深处,是上天恩赐给棣花人的宝物,一年四季泉眼无声流淌。盛夏泉水清凉甘甜、沁人心脾,凉而不渗,舒坦至极;数九寒天,水雾缭绕,温而不烫。这两泉之水养人,男人喝了风度潇洒,女人喝了漂亮美丽。据当地懂地质的人说,这两眼泉水含有多种对人体有益的微量元素,正是这两泉涓涓细流,长年累月地滋润着这数十亩莲池,莲藕长在这样的水里,好吃是自然而然的了。莲菜生长在淤泥里,不用播种,不用施肥,挖的时候只要稍稍留意,把嫩莲菜锥向稀泥里边留一些就行了。待到来年春天,它们就发芽生根长莲菜。阵雨时节,豆大的雨点打在荷叶上,水珠似一颗颗晶莹的宝石在莲叶上咕噜咕噜滚过来,咕噜咕噜滚过去,好看极了。挖莲菜的时候,先捞些淤泥围一个圈,然后将水用盆或锨撇出去,挑走淤泥,再轻轻地用锨小心翼翼地将硬泥铲掉,顺着露出来的莲菜锥开土直到整个莲菜全部赤裸裸地暴露在面前,然后如抱婴儿一样轻轻地取出来,谁挖的莲菜没有烂伤谁就是高手,集市上保准卖好价。这里的莲菜自古以来就以膘薄眼粗不板秤和白、脆、香备受青睐。就连附近村庄的大人哄孩子时都说"我娃乖乖，一会儿妈妈把你领到你姑家吃凉莲菜"。一位姓巩的大哥告诉我，今年莲菜价钱好，五元钱一斤，前一次集上，他的一个莲菜卖了二十一块五。五分地莲菜今年能卖三千多块钱。

  说起这凉拌莲菜的做法，那可有讲究啦，有的女人手巧，刀工精细，切的莲菜片纸样薄，放到热水锅里一烫，捞出来再放盘里用醋一击，端起来簸一簸，再切上几片红萝卜片和菠菜用开水一过朝里边一放，蒜泥、葱叶一点缀，红白绿相映衬，色香味俱佳的炝莲菜，真的让你口水直流。腊肉炒莲菜也是陕南的美味。腌好的腊肉切成薄片，莲菜一样切成薄片，热锅凉油，先煸炒腊肉至出油，将清水淘洗过的莲菜入锅，一定要倒点醋激一下，莲菜会更脆爽，下红绿辣椒翻炒几下出锅，美美的下饭菜啊！有些女人做茶饭的手艺不地道，一道好端端的凉莲菜片让她做成五麻六道，一看都让人乏味；有的女人刀工太差，切的莲菜片不是斧头刃子，就是太厚，加之火候把握不好，厚的生，薄的成了沫沫。棣花走出去的女人，可以骄傲地说，她们都是做莲菜的行家里手。

  棣花的莲菜栽培究竟起始于哪朝哪代无法考证。据说，很早很早以前，棣花的莲菜种植面积就很大，东起关帝庙，西至菩萨庙，东西蜿蜒数里。一叶扁舟游弋其间，圆盘似的荷叶紧密相拥，绿叶之间点缀着朵朵荷花，映日荷花别样红。20世纪80年代末90年代初，有人倡导稻田起旱，依托丹江水，引进草滩旱莲菜栽种，但因丹江河床下切，河水难以进地，成了昙花一现。唯有被泉水滋润着的这数十亩莲菜池里的莲菜，仍蓬蓬勃勃生机盎然。

牛头岭

李生民

棣花的牛头岭很有名。

若你坐车从东向西去翻过茶坊岭,即可看到横卧于国道之北的牛头岭。若你从西往东来到棣花景区的大门口,向东举目眺望,突兀的大山岭横空迎面而来,它形似卧牛,故棣花人祖祖辈辈称之为牛头岭。两条交汇的小河从牛头鼻下淌过,好像为牛口渴欲饮而天造地设。牛头岭是棣花古镇历史变迁的见证者,同时自身也在历史的延续中不断换装。

它俯瞰着棣花,关注着棣花,世世代代和棣花人密不可分。肥厚的土质盛产红薯、大豆和土豆,遍地的野菜曾帮助棣花人度过了饥荒岁月。

20世纪70年代初,在学大寨的热潮中,棣花人开始为牛头岭换装。经过几冬的奋战,牛头岭彻底变了样。当时它靓丽得让县内外的人都前来参观取经:层层叠叠的条形梯田,顺山势依地形,或直、或弯、或斜地盘绕在牛头岭上,使整个牛头岭成了一枚放大了的上天的指纹。牛头岭也似乎成了棣花的代名词,国道上的过往行人都忍不住扭头欣赏。80年代末期,县上在牛头岭上修了电视差转台,使棣花人早早地欣赏到了多频道的电视节目,这让棣花人从内心感到自豪。

21世纪初期,随着改革开放的不断深入,棣花人的生产经营方式也在改变,又在牛头岭上做起了文章,各自在承包地里栽上了品种优良的核桃树,几年中就使牛头岭又换上了新装。如今,碗口粗的核桃树使牛头岭成了绿色的世界,不光为棣花注入了清新的空气,也为棣花人增加了经济收入,更为棣花古镇增添了一道独特的风景。南来北往到古镇一饱眼福的游客,一抬头首先会感受到古镇青山绿水的魅力,随即产生愉悦感。

　　核桃丰收的季节,牛头岭上飘荡的歌声、有节奏的打核桃声和惊飞的鸟鸣声交织在一起,犹如一曲雄壮的交响乐,令人神往。严冬之际,落了叶的核桃树枝在漫天飞雪中累聚了雪花,在冰冻中银装素裹,别样的景致更引人注目。

　　如今,棣花古镇在旅游开发中日新月异,宋金边城、千亩荷塘、清风老街、棣花驿站、花海之都和《棣花往事》演义城都在牛头岭的眼皮底下。它目睹着每天接踵而来的四方游客,目送着来来往往的旅游车辆,骄傲着自己又给游客带来了快乐。它是棣花景区的点缀者,也是棣花景区的守护者,承载着棣花人丰收的期盼,烙印着棣花古镇的历史脚印。待开发的牛头岭,可建农家乐、窑洞宾馆、游乐园,可做的文章多着呢!棣花人应该热爱它、保护它并为它点赞。

　　牛头岭,也是棣花的标志。

商洛棣花古镇乡土文化研究院诞生记

郭世斌

六年前，棣花还没有开发，走在家乡的小路上，经常有小车停在路边问我："平凹的老宅在哪里？能带我们去看看吗？平凹儿时看戏的二郎庙、魁星楼还在吗？"还有，我去陕西临潼小教中心培训学习，见到的都是全省各地的教育骨干，他们知道我是贾平凹的家乡人，都争着给我打饭打水，条件只有一个：讲平凹儿时的故事，以及他在农村的成长过程。这让我一下子感到身在他乡，知名度提高了不少。

一句话，贾平凹是棣花人引以为傲的文化名片。

2012年，棣花古镇来了一批文化人，凡是遇到哪家办红白喜事，对洗菜做饭、坐席吃饭等场面，他们都非常感兴趣，忙前忙后地取景拍照，后来才知道，他们所拍的场面都是平凹小说中曾描写过的景况，也是几部电影里要用的场景。

2015年，省、市、县领导决定开发商於古道棣花景区，先提出"千年古镇，宋金边城"的宣传主题，但影响不大，后改为"千年古镇，平凹故乡"，一炮打响，来棣花旅游者人山人海。人们从作家贾平凹写的多部作品中，知道了秦岭中还有棣花这样一个神奇而古老的地方。"棣花"地名在全国唯一。秦岭山中为啥会产生世界名人，引起了中外评论家的思考。这里文化底蕴深厚，平凹在《山本》中写道，他的灵魂、细胞属于秦岭，这里是他创作的源泉，秦岭山中蕴藏着写不完的故事。

经过六年的开发运营，每年来棣花旅游的游客成千上万，园区安置就业一千多人，以旅游辐射周边地区，拉动和促进地方经济发展，给地方人民造福。现在景区的饭店、旅社、万香湾农家乐、北山公园，游客天天爆满。贾平凹小说

《高兴》中的主人公刘高兴，就是现实生活中的农民刘书征。他是平凹的发小，地地道道的农民，在西安靠拾垃圾和用平板车送煤球勉强养家糊口。后来回到家乡创办了"刘高兴工作室"，通过著书、写字和给游人讲平凹儿时的故事，给孩子在西安买了房和车。清风街周家酒坊的周群梁，把祖传三代的《昙花玉液》做成了高端酒，天天给游客讲酒文化、酒故事。

棣花古镇是商於古道上的一颗璀璨明珠。人文、自然景观比比皆是，号称"八景十观"，清风街的繁华程度不亚于《清明上河图》。历史上李白、杜甫、白居易都下榻过棣花驿站，留下名诗；李自成在许家源屯兵训马，纵横商洛山；这里也是一片红色热土，徐海东住宿二郎庙，留下"为苏维埃而战"的醒目标语，巩德芳"九进八出"商州，为保卫延安立下汗马功劳。

改革开放以来，丹凤县的文化事业蒸蒸日上，三秦大地文化领军人物贾平凹先生脱颖而出，成为世界名人、棣花名片。他的著作反映了各个时代的变迁，不同时期的人性思考，也是丹凤农村的一个缩影。紧跟这面旗帜的还有李育善、巩文超、贾栽凹、刘建国、朱三民、王中华、刘朝红、郭世斌等文学爱好者。他们共同发起成立商洛棣花古镇乡土文化研究院，以历史的担当扛起这面大旗，使棣花文化事业薪火相传，逐渐呈燎原之势。

贾平凹出生地是棣花、作品写的是棣花，他是土生土长原汁原味的棣花人，挖掘、研究地域文化对名人的影响，整理和传承中华优秀传统文化是后来者的责任和担当。为了更好地打造景区文化内涵，提升景区对外影响，刘建国、刘朝红和郭世斌同贾平凹弟弟贾栽凹多次交流，积极组织材料，研究可行性，为商洛棣花古镇乡土文化研究院的成立做了大量的基础工作。

经过上级部门的考察研究，批复同意成立"商洛棣花古镇乡土文化研究院"，由民间组织来传承弘扬棣花文化，通过人人写家史，讲故事，谈世事，说变化，搜集整理当地的历史、文化、教育、乡土风情，特别是那些为地方做过贡献的人物等，出版《棣花记忆》，使地方乡土文化得到传承。

秦岭最美是商洛，商洛最美数棣花。功夫不负有心人，大家的汗水没有白流，2018年8月19日，这个日子值得铭记——贾平凹先生亲自揭牌并宣布商洛棣花古镇乡土文化研究院成立。

这一天，天空湛蓝，白云飘飘，荷花芬芳，游客如梭，大家都在棣花驿大院耐心等待平凹先生的到来。

九点三十分，贾平凹来到作家村剪彩现场，会场一下子沸腾了，人们蜂拥而至，他说先到研究院办公地点看一下。于是，在几位领导和研究院刘建国同志的陪同下来到作家大院二楼，观看后很满意，接着与郑书记、徐县长、雷生辉、贾栽凹等同志座谈，同时，为研究院题词"文明而刚健"。

在会上，贾平凹做了热情洋溢的讲话。他说："棣花文化底蕴丰厚，棣花古镇景区在建设中就注重文化的融入，现在又在景区建乡土文化研究院，这在全国景区独树一帜。有文化的支撑，景区的发展才能长远持久。希望乡土文化研究院要办出特色，要深度挖掘商於古道上棣花文化的内涵，服务地方经济社会发展，相信棣花的明天将会更加美好。"

当天各大媒体相继报道了这一文化盛事，《商洛论坛》《采风网》《西部法制网》《今日头条》以及商洛电视台、丹凤新闻都进行了报道。到处都在议论贾平凹回家乡了，商洛棣花古镇乡土文化研究院成立了。乡土文化研究院的成立，扎根于商於古道，今后将以开放、包容、海纳百川的胸怀，欢迎各界艺术家来棣花采风、讲课，使棣花乡土文化得到传承、推广，同时也为我市、我县商於古道乡土文化研究贡献自己的力量。

初 恋

姜君山

1977年，我高考落榜，十分沮丧，父亲对我说："我娃没考上也罢，现在重点是订媳妇，如果媳妇订成，以后不考也能行！"又说："你自己看谁行，你自己谈吧！自己谈比别人介绍要好。"

父命难违，我也确实到了该谈婚论嫁的年龄。可当时想，谈也白谈，家里没有一件值钱的东西，又姊妹八个，谁会嫁给我这个穷光蛋呢？

当时社会上流传这样的顺口溜："一工二干三教员，宁死不跟庄稼汉。"又曰："售货员、方向盘、三转一响要占全。"我拿这些条件一衡量，咱一样都没占住啊。

有一天，我的邻居贾淑花来到我家，向我借书，准备复习功课参加第二年高考。我慷慨地将我的复习资料借给她。她还和我商榷了最佳复习方法。从那以后，我对她慢慢有了好印象。

淑花小我两岁，白皙的脸庞上镶嵌着一对小酒窝，眉宇间透出一股秀气，且为人善良厚道，也有理想，就这样，在相互复习交流中，我对她的爱慕之心油然而生，心里想，她就是我订婚的最佳人选。

有一天早上，她来到我家和我商量一道数学题，两人一起研究，不大一会儿就算出了答案。趁她高兴，我勇敢地向她说了句："淑花，我觉得咱俩有共同语言，你愿意和我在一起吗？"听我这样说，她突然怔了一下，说："在一起是啥意思？""就是嫁给我呀。""这……这我还没有想过！"我立即说："你考虑考虑吧！毕竟这是人生的大事。"

自那次谈话后，她却一连几天不到我家来了，我就想，是不是我太莽撞了？

或者是人家压根儿就不愿意。有一天，我在路上遇见她，我说："你怎么这几天不到我家里来了呢？"她说："我父亲病了，没时间来！"于是我邀请她说："你还是来一下吧！我有话要对你说。"

第二天她果真来了，我问她："咱俩的事你是怎么考虑的？"她开朗地说："这事我同意，但要和父母商量！"这使我心里吃了定心丸，便高兴地说："行！那你有机会就给父母说一下吧。"

从那以后，我们交往的次数也比以前更多了，两人在一起无话不谈，感情得到了进一步的升华。青年节那天，我将提前准备好的礼物送给了她。那是一对带有蝴蝶的发卡，一条金丝绒围巾，一双柔而薄的花手套。她接过礼物，嫣然一笑说："真好！谢谢！"我让她把发卡卡上，围巾围上，手套戴上，顿时我的眼前一亮，真是个大美女啊！她也从包里掏出一双鞋垫给我，鞋垫上面绣着"一生平安"四个黄色的字，鞋垫底色是红的，字是黄的，相互衬托，格外鲜亮。我问："还有没有？"她说："没有了！你转过身去。"我转身后，她从背后递给我两样东西，是一本银白色皮子的日记本和一支黑色的金星钢笔。她说："打开看看吧！"我打开日记本，看到扉页上写着"勤奋学习，力争成功"八个字，且字迹工整、刚劲有力，它暗示我"一定要成功"。这日记本和钢笔是对我的鼓励，对我的鞭策。"一生平安"是美好的祝福。这三样礼品意义深远。我高兴地说："你太细心了，谢谢！"这就是我们的定情之物。虽然礼物轻微，却情深义重。

可惜，好景不长。她将我们俩的事告诉了她的父母后，没想到，父母一致反对，原因是嫌我姊妹多，家太穷。

后来，她与我相见，说："这婚事我愿意，但父母反对，我不能因我的婚事伤害父母，且父亲常年有病，所以，我决定明年放弃高考。但你以后不要泄气，一定要勤奋学习，力争成功，以后也不要再找我了，谢谢！"说完，她转过身去，抹了一下眼睛。我知道她落泪了，急忙说："你不要伤心，这不是你的本意，我知道！咱们婚姻不成但还是朋友，你的话我会记住的，你送我的礼物，我会永远珍藏的，谢谢你……谢谢你！"

我们两个的爱情就这样被一个"穷"字无情地拆散了。我当时很难过，但又想，既然自己爱她，就不能只为自己考虑，不能伤害对方的父母，更不能伤害我的恋人，因为她是一位善良、懂事、善解人意、孝敬父母的好姑娘。后来她的父母为了不使她伤心，就把她嫁到南方去了。

1978年，在那本写着"勤奋学习，力争成功"的日记本的鼓励下，我用她送我的那支金星钢笔书写了人生转折的第一笔，考上了县民办教师；1986年，我又用这支金星钢笔书写了我人生转折的第二笔，以全县第一名的成绩考取了洛南师范，转为正式公办教师；1993年，又用这支金星钢笔书写了我人生转折的第三笔，考取了陕西教育学院大专班，取得了大学文凭。后来，那支金星钢笔虽然磨损不能用了，但它和那个日记本及鞋垫我却一直珍藏着。

现在我已年过花甲，她嫁于南方后我们再未相见。但每当看到那三样礼物，便会勾起我对她的眷恋和思念，因为那是我心灵深处永远抹不去的初恋。

亲情篇

祭 父

贾平凹

父亲贾彦春，一生于乡间教书，退休在丹凤县棣花。年初胃癌复发，七个月后便卧床不起，饥饿疼痛，疼痛饥饿，受罪至第二十六天的傍晚，突然一个微笑而去世了。其时中秋将近，天降大雨，我还远在四百里之外，正预备着翌日赶回。

我并没有想到父亲的最后离去竟这么快。以往家里出什么事，我都有感应，就在他来西安检查病的那天，清早起来我的双目无缘无故地红肿，下午他一来，我立即感到有悲苦之灾了。经检查，癌已转移，半月后送走了父亲，天天心揪成一团，却不断地为他卜卦，卜辞颇吉祥，还疑心他会创造出奇迹，所以接到病危电报，以为这是父亲的意思，要与我交代许多事情。一下班车，看见戴着孝帽接我的堂兄，才知道我回来得太晚了，太晚了。父亲安睡在灵床上，双目紧闭，口里衔着一枚铜钱，他再也没有以往听见我的脚步便从内屋走出来喜欢地对母亲喊："你平回来了！"也没有我递给他一支烟时，他总是摆摆手而拿起水烟锅的样子，父亲永远不与儿子亲热了。

守坐在灵堂的草铺里，陪父亲度过最后一个长夜。小妹告诉我，父亲饲养的那只猫也死了。父亲在水米不进的那天，猫也开始不吃，十一日中午猫悄然毙命，七个小时后父亲也倒了头。我感动着猫的忠诚，我和我的弟妹都在外工作，晚年的父亲清淡寂寞，猫给过他慰藉，猫也随他去到另一个世界。人生的短促和悲苦，大义上我全明白，面对着父亲我却无法超脱。满院的泥泞里人来人往，响器班在吹吹打打，透过灯光我呆呆地望着那一棵梨树，还是父亲亲手栽的，往年果实累累，今年竟独独一个梨子在树顶。

父亲的病是两年前做的手术，我一直对他瞒着病情，每次从云南买药寄他，总是撕去药包上癌的字样。术后恢复得极好，他每顿已能吃两碗饭，凌晨要喝一壶茶水，坐不住，喜欢快步走路。常常到一些亲戚朋友家去，撩了衣服说：瞧刀口多平整，不要操心，我现在什么病也没有了。看着父亲的豁达样，我暗自为没告诉他病情而宽慰，但偶尔发现他独坐的时候，神色甚是悲苦，竟有一次我弄来一本算卦的书，兄妹们都嚷着要查各自的前途机遇，父亲走过来却说："给我查一下，看我还能活多久？"我的心咯噔一下沉起来，父亲多半是知道了他得的什么病，他只是也不说出来罢了。卦辞的结果，意思是该操劳的都操劳了，待到一切都好。父亲叹息了一声："我没好福。"我们都黯然无语，他就又笑了："这类书怎能当真？人生谁不是这样呢！"可后来发生的事情，不幸都依这卦辞来了。

先是数年前母亲住院，父亲一个多月在医院伺候，做手术的那天，我和父亲守在手术室外，我紧张得肚子疼，父亲也紧张得肚子疼。母亲病好了，大妹出嫁，小妹高考却不中，原本依父亲的教龄可以将母亲和小妹的户口转为城镇户口，但因前几年一心想为小弟有个工作干，自己硬退休回来，现在小妹就只好窝在乡下了。为了小妹的前途，我写信申请，父亲四处寻人说情，他是干了几十年教师工作，不愿涎着脸给人家说那类话，但事情逼着他得跑动，每次都十分为难。他给我说过。他曾鼓很大勇气去找人，但当得知所找的人不在时，竟如释重载，暗自庆幸，虽然明日还得再找，而今天却免去一次受罪了。整整两年有余，小妹的工作有了着落，父亲喜欢得来人就请喝酒，他感激所有帮过忙的人，不论年龄大小皆视为贾家的恩人。但就在这时候，他患了癌病。担惊受怕的半年过去了，手术后身体一天天好起来，这一年春节父亲一定要我和妻子女儿回老家过年，多买了烟酒，好好欢度一番，没想年前两天，我的大妹夫突然出事故亡去。病后的父亲老泪纵横，以前手颤的旧病又复发，三番五次划火柴点不着烟。大妹带着不满一岁的外甥重又回住到我家，沉重的包袱又一次压在父亲的肩上。为了大妹的生活和出路，父亲又开始了比小妹当年就业更艰难的奔波，一次次的碰壁，一夜夜的辗转不眠。我不忍心看着他的劳累，甚至对他发火，他就再一次赶来给我说情况时，故意做出很轻松的样子，又总要说明他还有别的事才进城的。大妹终于可以吃商品粮了，甚至还去外乡做临时工作，父亲实想领大妹一块去乡政府报到，但癌病复发了，终未去成。父亲之所以在

165

动了手术后延续了两年多的生命，他全是为了儿女要办完最后一件事，当他办完事了竟不肯多活一月就悠然长逝。

俗话讲，人生的光景几节过，前辈子好了后辈子坏，后辈子好了前辈子坏，可父亲的一生中却没有舒心的日月。在他的幼年，家贫如洗，又常常遭土匪的绑票，三个兄弟先后被绑票过三次，每次都是变卖家产赎回，而年仅七岁的他，也竟在一个傍晚被人背走到几百里外。贾家受尽了屈辱，发誓要供养出一个出头的人，便一心要他读书。父亲提起那段生活，总是感激着三个大伯，说他夜里读书，三个大伯从几十里外扛木头回来，为了第二天再扛到二十里外的集市上卖个好价，成半夜在院中用石槌砸木头的大小截面，那种"咣咣"的响声使他不敢懒散，硬是读完了中学，成为贾家第一个有文化的人。此后的四五十年间，他们兄弟四人亲密无间，二十二口的大家庭一直生活到60年代，后来虽然分家另住，谁家做一顿好吃的，必是叫齐别的兄弟。我记得父亲在邻县的中学任教时期，一直把三个堂兄带在身边上学，他转到哪儿，就带在哪儿，堂兄在学生宿舍里搭合铺，一个堂兄尿床，父亲就把尿床的堂兄叫去和他一块睡，一夜几次叫醒小便，但常常堂兄还是尿湿了床，害得父亲这头湿了睡那头，那头暖干了睡这头。我那时和娘住在老家，每年里去父亲那儿一次，我的伯父就用箩筐一头挑着我，一头挑着粮食翻山越岭走两天，我至今记得我在摇摇晃晃的箩筐里看夜空的星星，星星总是在移动，让我无法数清。当我参加了工作第一次领到了工资，三十九元钱先给父亲寄去了十元，父亲买了酒便请了三个伯父痛饮，听母亲说那一次父亲是醉了。那年我回去，特意跑了半个城买了一根特大的铝盒装的雪茄，父亲拆开了闻了闻，却还要叫了三个伯父，点燃了一口一口轮流着吸。大伯年龄大，已经下世十多年了，按常理，父亲应该照看着二伯和三伯走，可谁也没想到，料理父亲丧事的竟是二伯和三伯。在盛殓的那个中午，贾家大小一片哭声，二伯和三伯老泪纵横，瘫坐在椅子上不得起来。

"文化大革命"中，家乡连遭三年大旱，生活极度拮据，父亲却被诬陷为历史反革命关进了牛棚。正月十五的下午，母亲炒了家中仅有的一疙瘩肉盛在缸子里，伯父买了四包香烟，让我给父亲送去。我太阳落山时赶到他任教的学校，父亲已经遭人殴打过，"造反派"硬不让见，我哭着求情，终于在院子里拐角处见到了父亲，他黑瘦得厉害，才问了家里的一些情况，监管人就在一边催时间了。父亲送我走过拐角，却将缸子交给我，说："肉你拿回去，我把烟留下就是了。"

我出了院子的栅栏门，门很高，我只能隔着栅栏缝儿看父亲，我永远忘不了父亲呆呆站在那儿看我的神色。后来，父亲带着一身伤残被开除公职押送回家了。那是个中午，我正在山坡上拔草，听到消息扑回来，父亲已躺在床上，一见我抱了我就说："我害了我娃了！"放声大哭。

父亲是教了半辈子书的人，他胆小，又自尊，他受不了这种打击，回家后半年内不愿出门。但家庭从政治上、经济上一下子沉沦下来。我们常常吃了上顿没有下顿，自留地的包谷还是嫩的便掰了回来。包谷棵儿和穗儿一起在碾子上砸了做糊糊吃。麦子不等成熟，就收回用锅炒了上磨。全家唯一的指望是那头猪，但猪总是长一身红绒，眼里出血似的盼它长大了，父亲领着我们兄弟将猪拉到十五里的镇上去交售，但猪瘦不够标准，收购站拒绝收。听说二十里外的邻县一个镇上标准低，我们决定重新去交，天不明起来，特意给猪喂了最好的食料，使猪肚撑得滚圆，我们却饿着，父亲说："今日把猪交了，咱父子仨一定去饭馆美美吃一顿！"这话极大地刺激了我和弟弟，赤脚冒雨将猪拉到了镇上。交售猪的队排得很长，眼看着轮到我们了，收购员却喊了一声："下班了！"关门去吃饭。我们叠声叫苦，没有钱去吃饭，又不能离开，而猪却开始排泄，先是一泡没完没了的尿，再是翘了尾巴要拉，弟弟急了，拿脚直踢猪屁股，但最后还是拉下来，望着那老大的一堆猪粪，我们明白那是多少钱的分量啊。骂猪，又骂收购员，最后就不骂了，因为我和弟弟已经毫无力气了。直等到下午上班，收购员过来在猪的脖子上捏捏，又在猪肚子上踹踹，头不抬地说："不够等级！下一个——"父亲首先急了，忙求着说："按最低等级收了吧。"收购员翻着眼训道："白给我也不收哩！"已经去验下一头猪了。父亲在那里站了好大一会儿，又过来蹲在猪旁边，他再没有说话，手抖着在口袋里掏烟，但没有掏出来，扭头对我们说："回吧。"父子仨默默地拉猪回来，一路上再没有说肚子饥的话。

在那苦难的两年里，父亲耿耿于怀的是他蒙受的冤屈，几乎过三天五天就要我来写一份翻案材料寄出去。他那时手抖得厉害，小油灯下他讲他的历史，我逐字书写，寄出去的材料百分之九十泥牛入海，而父亲总是自信十足。家贫买不起纸，到任何地方一发现纸就眼开，拿回来仔细裁剪，又常常纸色不同，以致后来父子俩谈起翻案材料只说"五色纸"就心照不宣。父亲幼年因家贫害过胃疼，后来愈过，但也在那数年间被野菜和稻糠重新伤了胃，这也便是他恶变胃癌的根因。当父亲终于冤案昭雪后，星期六的下午他总要在口袋装上学校的午餐，或许是一片烙饼，或是四个小素包子，我和弟弟便会分别拿了躲到某一处吃得最后连手也舔了，末了还要趴在泉里喝水漱口咽下去。我们不知道那是父亲饿着肚子带回来的，最最盼望每个星期六傍晚太阳落山的时候。有一次父亲看着我们吃完，问："香不香？"弟弟说："香，我将来也要当个教师！"父亲笑了笑，别过脸去。我那时稍大，说现在吃了父亲的馍馍，将来长大了一定买最好吃的东西孝敬父亲。父亲退休以后，孩子们都大了，我和弟弟都开始挣钱，父亲也不愁没有馍馍吃，在他六十四岁的生日我买了一盒寿糕，他却直怨我太浪费了。五月初他病加重，我回去看望，带了许多吃食，他却对什么也没了食欲，临走买了数盒蜂王浆，叮咛他服完后继续买，钱我会寄给他的，但在他去世后第五天，村上一个人和我谈起来，说是父亲服完了那些蜂王浆后曾去商店打问过蜂王浆的价钱，一听说一盒八元多，他手里捏着钱却又回来了。

父亲当然是普通的百姓，清清贫贫的乡间教师，不可能享那些大人物的富贵，但当我在城里每次住医院，看见老干楼上的那些人长期为小病疗养而坐在铺有红地毯的活动室中玩麻将，我就不由得想到我的父亲。

在贾家族里，父亲是文化人，德望很高，以至大家分为小家，小家再分为小家，甚至村里别姓人家，大到红白喜丧之事，小到婆媳兄妹纠纷，都要找父亲去解决。父亲乐意去主持公道，却脾气急躁，往往自己也要生许多闷气。时间长了，他有了一定的权威，多少也有了以"势"来压的味道，他可以说别人不敢说的话，竟还动手打过一个不孝其父的逆子的耳光，这少不得就得罪了一些人。为这事我曾埋怨他，为别人的事何必那么认真，父亲却火了，说道："我半个眼窝也见不得那些龌龊事！"父亲忠厚而严厉，胆小却疾恶如仇，他以此建立了他的人品和德行，也以此使他吃了许多苦头，受了许多难处。当他活着的时候，这个家庭和这个村子的百多户人家已经习惯了父亲的好处，似乎并不觉得什么，而听到他去世的消息，猛然间都感到了他存在的重要。我守坐在灵堂里，看着多少人来放声大哭，听着他们哭诉："你走了，有什么事我给谁说呀？！"的话，我欣慰着我的父亲低微却崇高，平凡而伟大。

在我小小的时候，我是害怕父亲的，他对我的严厉使我产生惧怕，和他单独在一起，我说不出一句话，极力想赶快逃脱。我恋爱的那阵，我的意见与父亲不一致，那年月政治的味道特浓，他害怕女方的家庭成分影响了我，他骂我，打我，吼过我"滚"。在他的一生中，我什么都听从他，唯那件事使他伤透了心。

但随着时代的变化，家庭出身已不再影响到个人的前途，但我的妻子并未记恨他，像女儿一样孝敬他，他又反过来说我眼光比他准，逢人夸说儿媳的好处，在最后的几年里每年都喜欢来城中我的小家中住一个时期。但我在他面前，似乎一直长不大，直到我的孩子已经上小学了，一次他来城里，见面递给我一支烟来吸，我才知道我成熟了，有什么事可以直接同他商量。父亲是一个普通的乡村教师，又受家庭生计所累，他没有高官显禄的三朋，也没有身缠万贯的四友，对于我成为作家，社会上开始有些虚名后，他曾是得意和自豪过。他交识的同行和相好免不了向他恭贺，当然少不了向他讨酒喝，父亲在这时候是极其慷慨的，身上有多少钱就掏多少钱，喝就喝个酩酊大醉。以致后来，有人在哪里看见我发表了文章，就拿着去见父亲索酒。他的酒量很大，原因一是"文革"中心情不好借酒消愁，二是后来为我的创作以酒得意，喝酒喝上了瘾，在很长的日子里天天都要喝的，但从不一人独喝，总是吆喝许多人聚家痛饮，又一定要母亲尽一切力量弄些好的饭菜招待。母亲曾经抱怨：家里的好吃好喝全让外人享用了！我也为此生过他的气，以我拒绝喝酒而抗议，父亲真有一段时间也不喝酒了。1982年的春天，我因一批小说受到报刊的批评，压力很大，但并未透露一丝消息给他。他听人说了，专程赶三十里到县城去翻报纸，熬煎得几个晚上睡不着。我母亲没文化，不懂得写文章的事，父亲给她说的时候，她困得不时打盹，父亲竟生气地骂母亲。第二天搭车到城里见我，我的一些朋友恰在我那儿谈论外界的批评文章，我怕父亲听见，让他在另一间房内休息，等来客一走，他竟过来说："你不要瞒我，事情我全知道了。没事不要寻事，有了事就不要怕事。你还年轻，要吸取经验教训，路长着哩！"说着又返身去取了他带来的一瓶酒，说："来，咱父子都喝喝酒。"他先倒了一杯喝了，对我笑笑，就把杯子交给我。他笑得很苦，我忍不住眼睛红了，这一次我们父子都重新开戒，差不多喝了一瓶。

自那以后，父亲又喝开酒了，但他从没有喝过什么名酒。两年半前我用稿费为他买了一瓶茅台，正要托人捎回去，他却来检查病了，竟发现患的是胃癌。手术后，我说："这酒你不能喝了，我留下来，等你将来病好了再喝。"我心里知道，父亲怕是再也喝不成了，如果到了最后不行的时候，一定让他喝一口。在父亲生命将息的第十天，我妻子陪送老人回老家，我让把酒带上。但当我回去后，父亲已经去世了，酒还原封未动。妻说：父亲回来后，汤水已经不能进，就是让喝酒，一定腹内烧得难受，为了减少没必要的痛苦，才没有给父亲喝。盛殓时，我流着泪把那瓶茅台放在棺内，让我的父亲在另一个世界上再喝吧。如今，我的文章还在不断地发表出版，我再也享受不到那一份特殊的祝贺了。

父亲只活了六十六岁，他把年老体弱的母亲留给我们，他把两个尚未成家的小妹留给我们，他把家庭的重担留给了从未担过重的长子的我。对于父亲的离去，我们悲痛欲绝，对于离去我们，父亲更是不忍。当检查得知癌细胞已广泛转移毫无医治可能的结论时，我为了稳住父亲的情绪，还总是接二连三地请一些医生来给他治疗，事先给医生说好一定要表现出检查认真，多说宽心话。我知道他们所开的药全都是无济于事的，但父亲要服只得让他服，当然是症状不减，且一日不济一日，他说："平呀，现在咋办呀？"我能有什么办法呀，父亲。眼泪从我肚子里流走了，脸上还得安静，说："你年纪大了，只要心放宽静养，病会好的。"说罢就不敢看他，赶忙借故别的事走到另一个房间去抹眼泪。后来他预感到了自己不行了，却还是让扶起来将那苦涩的药面一大勺一大勺地吞在口里，强行咽下，但他躺下时已泪流满面，一边用手擦着一边说："你妈一辈子太苦，为了养活你们，舍不得吃，舍不得穿，到现在还是这样。我只说她要比我先走了，我会把她照看得好好的……往后就靠你们了。还有你两个妹妹……"母亲第一个哭起来，接着全家大哭，这是我们唯有的一次当着父亲的面痛哭。我真担心这一哭会使父亲明白一切而加重他的负担，但父亲反倒劝慰我们，他照常要服药，说他还要等着早已订好的国庆节给小妹结婚的那一天，还叮咛他来城前已给菜地的红萝卜浇了水，菜苗一定长得茂密，需要间一间。就在他去世的前五天，他还要求母亲去抓了两服中草药熬着喝。父亲是极不甘心地离开了我们，他一直是在悲苦和疼痛中挣扎，我那时真希望他是个哲学家或是个基督教徒，能透悟人生，能将死自认为一种解脱，但父亲是位实实在在的为生活所累了一生的平民，他的清醒的痛苦的逝去使我心灵不得安宁。当得知他在最后一刻终于绽出一个微笑，我的心多多少少安妥了一些。可以告慰父亲的是，母亲在悲苦中总算挺了过来，我们兄妹都一下子更加成熟，什么事都处理得很好。小妹的婚事原准备推迟，但为了父亲灵魂的安息，如期举办，且办得十分圆满。这个家庭没有了父亲并没有散落，为了父亲，我们都在努力地活着。

按照乡间风俗，在父亲下葬之后，我们兄妹接连数天的黄昏去坟上烧纸和燃火，名曰"打怕怕"，为的是不让父亲一人在山坡上孤单害怕。冥纸和麦草燃起，灰屑如黑色的蝴蝶满天飞舞，我们给父亲说着话，让他安息，说在这面黄土坡上有我的爷爷奶奶，有我的大伯，有我村更多的长辈，父亲是不会孤单的，也不必感到孤单，这面黄土坡离他修建的那一院房子不远，他还是极容易来家中看看；而我们更是永远忘不了他，会时常来探望他的。

写给母亲

贾平凹

人活着的时候，只是事情多，不计较白天和黑夜。人一旦死了日子就堆起来：算一算，再有二十天，我妈就三周年了。

三年里，我一直有个奇怪的想法，就是觉得我妈没有死，而且还觉得我妈自己也不以为她就死了。常说人死如睡，可睡的人是知道要睡去，睡在了床上，却并不知道在什么时候睡着的呀。

我妈跟我在西安生活了十四年，大病后医生认定她的各个器官已在衰竭，我才送她回棣花老家维持治疗。每日在老家挂上液体了，她也清楚每一瓶液体完了，儿女们会换上另一瓶液体的，所以便放心地闭了眼躺着。

到了第三天的晚上，她闭着的眼是再没有睁开，但她肯定还是认为她在挂液体了，没有意识到从此再不醒来，因为她躺下时还让我妹把给她擦脸的毛巾洗一洗，梳子放在了枕边，系在裤带上的钥匙没有解，也没有交代任何后事啊。

三年以前我每打喷嚏，总要说一句："这是谁想我呀？"我妈爱说笑，就接茬说："谁想哩，妈想哩！"这三年里，我的喷嚏尤其多，往往错过吃饭时间，熬夜太久，就要打喷嚏，喷嚏一打，便想到我妈了，认定是我妈还在牵挂我哩。

我妈在牵挂着我，她并不以为她已经死了，我更是觉得我妈还在，尤其我一个人静静地待在家里，这种感觉就十分强烈。我常在写作时，突然能听到我妈在叫我，叫得很真切，一听到叫声我便习惯地朝右边扭过头去。

从前我妈坐在右边那个房间的床头上，我一伏案写作，她就不再走动，也不出声，却要一眼一眼看着我，看得时间久了，她要叫我一声，然后说："世上的字你能写完吗，出去转转么。"现在，每听到我妈叫我，我就放下笔走进那个房间，心想我妈从棣花来西安了？

当然是房间里什么也没有，却要立上半天，自言自语我妈是来了又出门去街上给我买我爱吃的青辣子和萝卜了。或许，她在逗我，故意藏到挂在墙上的她那张照片里，我便给照片前的香炉里上香，要说上一句："我不累。"

整整三年了，我给别人写过十多篇文章，却始终没给我妈写过一个字，因为所有的母亲，儿女们都认为是伟大又善良，我不愿意重复这些词语。我妈是一位普通的妇女，缠过脚，没有文化，户籍还在乡下，但我妈对于我是那样的重要。

已经很长时间了，虽然再不为她的病而提心吊胆了，可我出远门，再没有人啰啰唆唆地叮咛着这样叮咛着那样，我有了好吃的好喝的，也不知道该送给谁去。

在西安的家里，我妈住过的那个房间，我没有动一件家具，一切摆设还原模原样，而我再没有看见过我妈的身影。我一次又一次难受着又给自己说，我妈没有死，她是住回乡下老家了。今年的夏天太湿太热，每晚被湿热醒来，恍惚里还想着该给我妈的房间换个新空调了。待清醒过来，又宽慰着我妈在乡下的新住处里，应该是清凉的吧。

三周年的日子一天天临近，乡下的风俗是要办一场仪式的，我准备着香烛花果，回一趟棣花了。但一回棣花，就要去坟上，现实告诉着我，妈是死了，我在地上，她在地下，阴阳两隔，母子再也难以相见，顿时热泪肆流，长声哭泣啊。

想起了奶奶

李育善

清明节陪父亲回老家祭坟,在爷爷、奶奶的坟上磕了头、烧了纸、敬了香,怎么也找不到曾祖父的坟头。这时,父亲才说:"你奶在的时候不叫祭,时间一长真给忘了是哪一座了。"父亲只记得大概方位,具体哪个坟头一点也说不清。多少年了父亲也没说过,这次我问原因,他才一五一十地给我说了那段苦愁的过去。

奶奶是从棣花贾塬村嫁到山里苗沟的,她不是看上家里的光景好,而是看到爷爷是个忠厚老实的人。奶奶很能干,到家不久,里里外外就成了一把手,房子盖了,也有了几亩地。可曾祖父染上了抽大烟的毛病,家里大大小小的人劝阻,他不以为然地说:"没事的,不就是抽两口吗?"后来他越抽越厉害,整天斜靠在炕上,嘴里不离烟枪。直到抽得倾家荡产,奶奶、爷爷被撵出家,他还在抽。那年奶奶刚刚怀上父亲,就被逼出家门,她腆着大肚子,还要背上大伯,爷爷挑着被褥,跑到几十里以外的高达岭亲戚家借居。翻了好几座山,蹚了好几条河,整整走了一天,一口水没喝,一口饭没吃,到半夜才赶到半山岭上亲戚家。好心的亲戚马上给做了饭,收拾好一间房子让住下来。奶奶一到就张罗着干活,扫地挑水下地,样样事情都抢在人前。那地方吃水特别远,挑一担子水要走好几里地哩,等亲戚家人早上刚下炕,她把人家的水缸都给挑满了。那家的老奶奶心疼地说:"娃呀,你这有身子的人可不敢这样,要是有个三长两短咋办呀!"奶奶捋捋刘海,用袖子擦了擦额头的汗,淡淡一笑,说:"大妈,没事的,我一家子来给您老添了不少麻烦。"奶奶凭着她的勤劳,凭着她的热心,凭着她的坚强,不久,就在这里立住脚,村上的人也没把她当外人。奶奶也是个有心人，谁家有个啥事，她就早早跑去给帮忙，常常是第一个到，最后一个离开，等到把啥都拾掇完，她还要抓起扫帚把院子给扫干净。天黑了，主人留她吃晚饭，她笑着说："家里还有一摊子人哩。"说着就迈着小脚踏着碎步回家了。

父亲出生不到三天，奶奶就下地干活去了，她跟爷爷说："咱这叫花子日子要不快快熬到头，叫娃些个咋活呀。"在那里几年下来，她七借八凑终于把家里的房子赎回来了，终于回到自己的家了，她高兴得几夜都没合眼，黄瘦的脸上泛起了久违的笑意，她时常给家里人叮咛："一辈子都要记住高达岭人的恩情哩。"打那以后，每遇四时八节，她都要亲自带上娃娃去；她要是忙了，就打发父亲弟兄们去。再后来，我长到十来岁时，逢年过节，奶奶就叫我们替她去给亲人们拜年。她深情地说："去给你高达岭婆说我走不动了，叫孙子娃给拜个年。"

奶奶回到家乡后，曾祖父的大烟还是戒不掉。奶奶要求单另开过，曾祖父给他们分了一间瓦房。奶奶是个善良人，老人咱管不了了，咱不管了，咱自食其力，她和爷爷起早贪黑地干，老人那里的吃喝还得他们操心，端吃端喝，接屎接尿，奶奶从来没有埋怨过。奶奶靠勤劳节俭和爷爷又盖了一庄子新房，谁知又被糊涂的曾祖父偷偷抵押着抽大烟了，奶奶知道后气得晕了过去，直到曾祖父去世后第四年，奶奶和爷爷才还完债，过上安稳日子。从那时起，奶奶把孩子们叫到一起，严厉地说："你爷把人就害扎了，咱这个家差点被他抽完了，现在他三年也过了，从今以后谁也不许上他的坟，要上坟等我死了，没人管你们了。"

我父亲弟兄三个，大伯成家后，大婶闹着要分家，奶奶就把四间瓦房给分了两间，还给盖了一间灶房。父亲和叔父一起过，父亲在外工作，一大家子人就靠奶奶给张罗着过活。有了我们姊妹几个，这个家成了十几口人的大家庭。父亲和叔父也说过分家的事，奶奶知道后骂道："这个家谁也甭想分，我死了你们愿意咋分就咋分。"奶奶想得远，娃娃还小，二儿子又不在家，人少挣不到工分咋活呀。奶奶就像村里的生产队长一样，每天一大早，她第一个先起来，把每个人的事情安排好，她才下地。家里娃娃们的吃穿都是她直接操心，她老是对母亲和婶娘不放心，常说："叫你们先后两个衲的衣裳娃穿着都不暖和。这活我还能干。"她老人家是黑来白儿地忙，看到孙子们个个活蹦乱跳，她高兴得不停地在屋里走来走去。

在孙子们中间，我是奶奶最心爱的。每次父亲从城里给买的饼干蛋糕啥的，奶奶一个也舍不得吃，第一个先给我吃，等给孙子们分过后，哪怕剩半个也要给我。我小时候嘴也馋，最爱吃的是白馍蘸红糖。父亲给奶奶买的红糖是给老人治胃凉的，奶奶一口也没吃过，都是我明里暗里给蘸馍吃了。有一次，我从学校回来，母亲正在上磨子磨麦子，奶奶忙着给箩面。我一看只给做了一大锅稀糊汤，没有馍，就又哭又闹，睡在磨道里乱滚，让拉磨的牛也走不成，气得母亲狠狠揍了我一顿，奶奶把母亲骂了一顿，从筐篮里把刚筛的面舀了一葫芦瓢，跑到灶房给我烙馍去了。

后来，我工作了，奶奶却老糊涂了，我用自己的工资给她老人家买香蕉买蛋糕，她放在柜里舍不得吃，也不让别人吃，说是给我爷留的，她要给送去。那时我爷已去世好几年了。再后来，她老人家糊涂得连我也不认识了。我回到家了给她喂蛋糕，她拉住我的手问："你是谁嘛，我咋没见过你呢？"我说我是她最疼爱的孙子，她摇摇头说不是，我看着奶奶的糊涂样儿，心里很不是滋味。直到她老人家离开人世，她还是认不得我，家里所有人她都不认识了，成了陌生人，记忆成了一片空白了。

奶奶离开我们已经二十多年了，她那小脚跑来跑去的影子还时不时在我脑海里闪现。父亲常常唠叨："你奶一辈子都没享过福，到享福的时候人却糊涂得啥也不知道了。"

这个清明节我在奶奶坟头坐了大半天，陪她老人家把压在心底的话说了一遍又一遍。

记忆中的爷爷

刘建国

周日，我回到棣花古镇老家，走进坐落在村中间的老院子，三间土墙灰瓦的上房和五间厦房，在村院楼房林立中显得陈旧低矮、十分沧桑，院子里落满柿树椿树榆树等叶子，走在上面沙沙作响，顿时让我想起与老院子和爷爷有关的往事。

我记忆中的爷爷正当壮年，个子高，腰板直，脾气大。他腿脚麻利，走路带风，做起事来风风火火，说起话来声如洪钟，直来直去，从不给人留情面，谁见了都有些怯火他。

进了老院子，树旁盘着石磨子，一年四季，只要天不下雨下雪，几乎每天晚上都要推磨子。每次推磨子，爷爷肩扛磨棍带头狠劲儿推，但他推到一定时候就去抽烟，还要大家不停点地推磨子。爷爷圪蹴在磨道外边的大桃树跟前，一锅接一锅地抽水烟，眼睛却不停地盯着推磨子的每个人，谁要稍微松点劲，不用力，爷爷马上就会发现，当即指名道姓毫不留情地大声喊着说："谁谁谁，看你，懒腰拉得多长，人都像你这样推，磨子能转？用点劲推！"没有一个人敢反驳他。

爷爷每次推磨子中间都要抽烟一两次，等他过足了烟瘾，才又肩扛磨棍再推。只要爷爷一扛起磨棍，大石磨也好像怯火他一样咕咕噜噜快速地转动起来，磨子上的粮食不一会儿就从磨眼里悄悄出溜完了。这时，只有轮流着箩面和用撮瓢给箩面人撮倒磨下来粮食的人忙活，其他的人就在磨子周边的石头上一扑踏坐下歇火了。后来大队在西街修了水电站，旁边还修建了水磨房。一天到黑电磨子、水磨子一起转，才把人解放了。

那时，爷爷在家在外，都有绝对权威。每次到吃饭时，家里人都眼睁睁地盯着楼门口，只要爷爷脚踏进门槛，就急急忙忙地赶快舀饭往桌子上端。二十几口人一大家子过日子，爷爷吃饭不坐桌子，其他人不能坐；爷爷不动筷子，其他人也不敢去端饭碗。吃饭时，谁也不许乱说话，也不准端着饭碗出楼门。不然，就要遭到爷爷的训斥，这一顿饭你也就别想着再去吃了。再后来，爷爷和二爷又各自与他们的两个儿子分了家，便一家分两家，两家分六家，"刘家院"变成了"六家院"，在棣花，"六（刘）家院"也出了名。

记得我三岁多时，青黄不接的季节，家家缺粮少吃的，大人吃不饱饭，饿着肚子干活；小娃吃不上奶，饿得整天哭，饿急了也有搬土块吃的。一天，妈去天桥沟修水库，我在家饿得哭个不停点，照看我的婆和二婆实在没办法，就商量着从米面瓮里舀出一小葫芦瓢白面，给我在锅里烙了碗口大小个薄饼子，才准备烧开水泡了饼子喂我吃时，让回家来取铁锨的爷爷见到了。爷爷就大声地吼起来："干活的人都饿着哩，你们倒好，在家偷着烙白馍吃！"吓得坐在上房门墩上的我立马住了哭声。婆和二婆也面面相觑，不知所措。

爷爷在生产队当保管多年，虽然脾气焦，也没有少吼叫别人，有时还与人当面锣对面鼓地嚷吵得红脖子涨脸。事情过去了，该咋样他还咋样，从不在背后说人的不是。他只要在场里经管干活时，无论男人女人，老的少的，从没人敢偷奸取巧；分粮分菜排队，也从没人敢胡乱去插队。他一直公私分明，从不沾队上一点好处，也不让亲友和其他人占集体一点便宜。他在村里说人论事，公道正派，他也是从来只记别人的好，不记恨别人说他的不是和对他做的不妥当的事。爷爷去世后，队上老年人一说起他，都还念记他的好处，说他是个公道正派的人。

爷爷会蒸馍烙馍擀面，还会做好多种花样的菜，吃起来比婆做的还香。过年时，我们刘家的老传统是大年三十中午吃团圆饭，一家一家挨着去吃，看谁家的饭菜做得早、做得好、吃着香，一顿饭往往能吃几个时辰。几乎每年都是爷爷先做好了饭菜，第一个叫大家去他家里吃。初一早上吃饺子，都是前一天就包好饺子。爷爷包饺子，饺子皮不擀只用手捏，饺子馅肉多菜少，调料搭配到位，包饺子时馅装得满，双手一用劲，包的饺子鼓得圆嘟嘟的，放在哪里都整齐好看，吃起来也格外香。

爷爷也去上集卖锅锅。棣花街农历三、六、九日逢集，爷爷就在集市上支起他自制的铁皮炉灶，买了肉和豆腐，自家地里种的红白萝卜，再拔些青葱蒜苗香菜，洗净切好，一边文火炖煮，一边烙馍，要吃锅锅的人来了，他就拿出一个碗口大小的烙馍，舀一碗萝卜菜，上面放两三片肉和四五片豆腐，收人三五毛钱，要肉多的就加一毛，少的就少一二毛钱。吃了可以再加汤，不多收钱。有人说爷爷卖锅锅，不图赚钱，就图他高兴！我当时说不清，后来也没有问过爷爷图个啥。

爷爷也是村里第一个吃黄鳝的人。二十世纪六七十年代，棣花稻田多，每年秋冬季犁稻田，就会翻出好多黄鳝。有人一看见黄鳝，吓得就跑。爷爷每次逮住黄鳝，就拿回家来杀了吃。他找一块薄木板，用一苗铁钉子从这面钉透出那一面，钉子尖在木板上露出有一厘米长短。逮回来的黄鳝，他一手夹住黄鳝脖子部位，一手拽住尾巴，在钉子尖上轻轻一拉，就把黄鳝开了膛，掏出肚子里的肮脏，在水里洗干净，切成三五厘米的小段，在锅里爆炒了吃。我们虽然也闻着香，但都因害怕长虫（蛇），没人敢吃像长虫一样的黄鳝。多年后，村里来了地质队的人，他们买鱼买黄鳝吃，村里人逮了鱼、黄鳝去卖，也没人敢吃。改革开放后，村里人才知道鱼和黄鳝营养好，开始吃鱼吃黄鳝。可是稻田起旱地，丹江河水越来越小，鱼和黄鳝也越来越少了。

爷爷后来年龄大了，走路越来越慢，也不急不慌，说话也不再高喉咙大嗓子吼叫了。我们一伙小娃们也越来越多地去他家里玩，他就经常拿出好吃好喝的分给大家。恢复高考第二年，我和弟弟同时考上学，爷爷十分高兴。吃饭时，他就语重心长地给一伙孙子娃们说："你们看看老大老二，今年考上学了，多好啊！你们都要好好学习，将来考上学了，学成出来就能工作，给国家干大事。"每次，爷爷做的好饭菜都让大家吃得十分开心，也增加了学习的信心。

我参加工作第二年春上，在镇安木王林场下乡。一天，突然接到家里电报，说是爷爷病危。我心里十分难过，当即请假往回赶，还是迟了一步，没有见上爷爷最后一面，只跟上把爷爷送到贾塬老祖坟的墓地，含泪看着爷爷入土。在爷爷离开我们的最后时刻，我这个爷爷的长孙却没跟爷爷见上最后一面，这使我十分遗憾。爷爷走后，逢年过节，我在十字路口用粉笔划个圆圈，为爷爷等老祖宗们烧些纸钱，以寄托对他们的哀悼和思念。

"喳喳——"的一阵喜鹊叫声，把我从对往事的回忆中惊醒。擦去涌满双眼的泪水，理了理纷乱的思绪，抬头望着院子里落光了叶子的柿树，鲜红的柿子像一盏盏小灯笼般挂在枝头，蓝莹莹的天空飘浮着几朵棉絮般的白云，我在心里轻轻地说了声：爷爷、婆、二爷二婆、爸爸妈妈、二爸二娘四娘，还有那些已离我而去的天堂里的老祖宗们、亲人们，如今国家改革开放、脱贫攻坚奔小康，人们的日子一年好过一年，我们的生活越过越幸福，也愿你们在天堂的日子越过越好！

母亲的记忆

陈玉柱

母亲故去已有二十多年了,这二十多年里,我几次想写一篇追悼母亲的文章,然每次提笔,辄往事迭涌,思虑大乱,竟至涕零如雨,哀恸不能成文。母亲就像在我心里耸立着的一座山,然每于夜阑晨寤之际,我脑海中所涌现的有关母亲的往事,却又是那么的平凡、细碎,这些平凡、细碎的回忆,无数次地温暖和感动着我。

母亲出生于棣华镇西三塬村一个名门望族之家,她的祖父以读书获取了功名,这在旧时乡里,显为盛事。母亲姐弟四人,她为长,其下三个弟弟,大弟小她十一岁,小弟要小十七岁。外婆自幼视力较弱,母亲很小时就学会了做针线活,料理一家的穿戴。几个舅舅参加工作多年后,还穿她做的布底鞋和土布衣服。艰苦环境的磨炼,增长了母亲持家的本领和才干。

母亲是有名的巧人,女红、茶饭称冠一村。她做的衣服鞋帽,式样巧妙,领先时尚,曾为我兄妹幼时赢得不少骄傲。她染的印花布、绣的枕头片成为集市上的抢手货。为此,常有村里人求她裁衣服、剪鞋样或是请教针线活路,她都欣然应允,热情指导,为此耽误了不少家务活。最能显示母亲女红成就的,是她曾多次为我们村的戏班子绣制古戏装,她绣的蟒袍、扎靠及冠带,搭配和谐、栩栩如生,深得画工赞赏。母亲的剪纸技艺精娴。过去秋季雨多,有天没日地下,母亲就在炕上剪"童子扫天""嫦娥奔月""猴王闯宫"等,哄娃们玩。母亲的茶饭也好。村上来了工作组,除常驻的吃派饭外,临时的接待都会安排给她。村上只是给些粮食,油盐、调和、菜蔬等往往都得贴赔,但她从不计较。村里谁家有红事白事,母亲总是在锅台、案板间"打主力"。母亲炸的馓子、面供,蒸的花馍、面鱼，烙的锅盔，捏的面艺品等，都常为人所称道。

母亲的勤劳罕有能比。从我记事时起，母亲就没睡过囫囵觉。集体所有制时，靠工分吃饭。母亲不但从早到晚下地，还要料理一家人一日三餐。那时不光缺粮吃，也缺柴烧。记得每于秋冬之交，苇叶干枯之时，她常于夜半时分，摸黑到河对面的苇园，掏拾苇叶，以充炊薪；再摸黑为全家备早饭——煮一大锅稀玉米粥、蒸一大锅红薯，这些活计忙完，刚到出早工的时间。至于秋麦两忙，更是公家自家，地里家里，抢收抢种，夜以继日，冲寒犯暑，干在前面。至于家务活，如推磨子、推碾子、缝补浆洗；秋冬季晚上或雨天搓捻子、纺线、织布……好像是永远也忙不清。其间，一家老小，冬棉夏单，从头到脚，都是要挤空闲时间做的。母亲是全家起得最早的人，她常说"三早当一工"。母亲干活舍得出力，生产队领导满意，一有活就派她，多挣了不少工分；有些活路需几个人合作，她永远是合作者争抢的伙伴。母亲常说：出力有力在，又没少啥！三伏天，大中午一收工，一家子都躺在凉席上歇息，唯独母亲不得歇，她还得做饭。烧穰柴，时不时要加火，灶房里热得像蒸笼，母亲就用新打的井水打湿毛巾披在背上，但从没半句怨言。她常说"只要锅里有下的，我爱做饭"。即使在那样缺吃少喝的年代，夏天，母亲总会为全家做几次凉面，改善生活，而她总是给自己另擀一碗切不成条的粗杂面片片将就。

母亲的情怀像大海一样宽广。我十七岁离开家，远赴西陲，往投舅父，在外地工作十二年，母亲无时不在牵挂。其间曾多次寄来她亲手缝制的单鞋、棉鞋，意融丝缕，情牵游子。其后我多次探家，到走时往往恋恋不舍，但她深明大义，知道单位有纪律，从不强留，只是一个人默默地忙活半夜，拾掇行李；夜里几次起来，察看天色，为我备饭，生怕有误。每次都少不了让我捎带一些家里的土特产给同事们尝。那时她既要上工，又要管娃，其忙累可想而知。侄子、侄女在她跟前，享受到的是比父爱、母爱加倍的疼爱，很使我们嫉妒。夏夜在场里乘凉，我和几个表弟妹都躺在苇席上，母亲扇不停挥，为我们送风、驱蚊、说故经。母亲最受不了别人虐待老人。村里有位老婆婆瘫痪在床，常遭逆子咒骂，时断吃喝，母亲激愤谴责，常给端饭。我的堂祖母，年轻时与母亲不睦，常谩骂母亲，老时孤苦伶仃，躺在床上不能动，母亲常主动为其揩背洗身，料理饮食，令堂祖母深感羞愧。

俭朴是母亲治家的法宝。自1960年到家庭联产承包责任制前，母亲熬过了二十多年的艰难岁月。那时，母亲一面从日常生活中节俭，一面靠双手向土地要粮食。记得我家门前有条小河，夏天常发大水，大水甫过，母亲就率领全家在河里捞石头、滤沙子，在紧傍我家自留地塄坎下，修出了一块宽五六尺，长十多丈的河滩地。过年后，种上洋芋，收过洋芋，又栽上水稻。由于地质多沙，临河下湿，旁边有灌稻的水渠，干旱时母亲常用小木盆取水浇灌，一片不起眼的河滩地，在她的辛勤侍弄下，竟长出了长达半尺、重六七两的大个洋芋，年产十几背篓，成为全家困难时的重要补充食物。我参加工作后，家里的光景渐渐好起来。这时，母亲为我买下了和我家一墙之隔的堂叔的一处院落，两千多元的开支在那时可不是个小数目，加之为给我续房，添木料、购砖瓦，父母亲竟有半年时间苦到没有盐吃。然而，再困难，她都不愿意跟我提，怕给我增加负担。父亲过世后，我接母亲来和我同住了十年。平常表弟、表姐间或给她些零花钱，她舍不得花，全攒着，存在老家的信用社。信用社的人认得我，说："你娃有钱，你那么细法干啥？"母亲总是说花不出去。后来我在城里盖房，她把这些钱都给了我，计一千二百多元。

母亲故去后，亲友间聚会，她是被提到次数最多的人；乡党邻里熟人见面，提起来也常翘指夸贤。母亲，一个朴实的农民，虽没有多少钱财留给我，但这用之不竭的精神遗产弥足珍贵。母亲的许多优秀品质都深深地影响着我，她是我永远的楷模。

怀念老村医

巩鸿文

最近看了一系列关于村医生存状况的报道，感想良多，心里久久不能平静。

我想起了去世二十一年的父亲。先父干了一辈子村医，我出生时，他已是一位赤脚医生兼接生员，后来改称乡村医生。直到他去世前三年，因为年迈，才卸任村医。又给村里兼做兽医两年。至今午夜梦回，想到先父，他的形象依然定格在深夜背着保健箱出诊归来的记忆中。

1977年我读小学一年级时，记得有篇课文是歌颂赤脚医生的："赤脚医生好阿姨，一顶草帽两脚泥，风里来，雨里去，看病认真又仔细。"插图是一位年轻的妇女背着医药箱，戴着一顶草帽，赤脚走在田埂上。这几乎是写实，赤脚医生和民办教师虽名曰"医生""教师"，但身份是农民，和其他社员一样记工分、分口粮，农忙时要干农活。在医学和师范教育普遍不发达的当时，赤脚医生和民办教师一般是从本村一些有文化的青年中选拔，经过简单的培训后就上岗了。他们对当时中国乡村的教育与医疗保健事业做出了不应被否认的历史贡献。

父亲巩志政，1944年四月初七生于丹凤县棣花镇巩家湾村前院，读完高小后，他升入丹凤县商镇的农业中学读了两年初中。1966年考入原商洛地区卫生学校，上学仅两月后因"文化大革命"爆发停学回家务农，还在扫盲班教学认字，但他对我们姊妹常说："家有良田，可能要被水淹；家有宫殿，可能要被火烧；肚子里的文化，水淹不掉，火烧不掉，谁都拿不走。"父亲非常重视教育，对晚辈的读书尤为重视。我上小学的时代，政治挂帅，在校学工、学农，基本没学到什么文化知识。正是父亲的这一席话，使我又回到学校，重新抱上书本。现在我才真正领悟到父亲是多么的有远见。父亲多年担任生产队长，他总是吃亏在前，享受在后，总替别人着想，以集体利益为重。父亲说，有一次，需要在河的那边干活，可河里水流很急，石板桥被淹没，大家都不敢蹚。他裤脚一挽，就蹚下水把社员们一个个扶了过去。

父亲很敬业，虽然他只有初中文化水平，但自己刻苦努力，工作干得很出色，从一名普通的农民开始，当过赤脚医生，还担任生产队长，每天起早摸黑，一边生产劳动，一边治病救人，直到五十五岁。因为家里有我母亲默默无闻的奉献，父亲从没有因为家里的事耽误过工作，也从没有要求利用职务之便给自己及其家人谋私利。父亲走得很突然，没有留下一句话。我的脑海里经常闪现着父亲弥留之际挂在眼角的泪水，每每想起，就心如刀绞！

父亲一生风雨六十载，虽不高寿，但他还是教了我们很多：父亲教我们如何做人、如何面对困难和挑战；父亲教我们要善良、正直、朴实、勇敢、勤奋；父亲教我们要爱国、敬业、诚信、友善，父亲还教我们"清心为治本，直道是身谋"的处世原则。父亲的教诲使我们能够坚实地立足于社会，成为一个脚踏实地、堂堂正正的对家庭、对社会具有责任感的人。

我的姑母

郭世斌

在我至亲至爱的亲人中,最令我难以忘怀的,是我的姑母。姑母和我居住在一个生产队,是看着我长大的亲人。2011年3月,春暖花开的时候,她突然生病,先后去商州、西安等地就医,从国外买药,可惜均医治无效,不幸离开了我们。噩耗传来,我的大脑顿时一片空白,喉咙好像卡着什么一样难受,泪流满面,却发不出哭声。

姑母郭秋绒,身材略高,人清瘦,年轻时脸庞麦色而健康,走路健步如风,做事干练,干活麻利。1932年,她出生在丹江南岸棣花南山郭家岭山坡。解放前兵荒马乱,民不聊生,家里靠祖上一亩多薄地生存,土地少,弟妹小,上学离家远,她没有进过学校。穷人家的孩子早当家。姑母七八岁就随爷爷、奶奶下地干活,织衣做饭、上山砍柴、喂牛割草,受尽了苦难。后来,她被大人许到棣花街刘家当了童养媳。

姑妈十三岁那年开春,山坡刚披上绿装,冰封的丹江开始解冻,南山崖畔上的迎春花含苞待放,田野上农民开始种瓜种豆,已出落成一位亭亭玉立的大姑娘的姑母,个子比同龄人稍高,一头乌发长辫垂在后背,走路刚劲有力,这一年,姑母成了家。

结婚后,姑夫在外地工作。一大家子上有公公、下有婆婆,两个小姑子一个小叔子,还有姑母自己的三儿一女,照料的重担都压在了姑母肩上。她是家里的主要劳动力,白天上工,中午做饭、洗衣,晚上照顾孩子。有时候晚上加班磨面,供一家人吃;有时候晚上在油灯下给孩子们缝衣补鞋。但她从不叫苦喊累,还经常帮助别人,去夜校扫盲班学文化,积极参加乡上、大队分配的工作,很早就加入了中国共产党。她孝敬老人、关爱晚辈，中国妇女的优良传统美德，在她身上都可以找到。她因此赢得了刘家大院及村里人的尊重和爱戴。

从我记事起，奶奶就经常对我讲，三年困难时期，人们吃不饱肚子，有的地方甚至出现了饿死人的情况。奶奶每天用洋芋糊糊来喂养我，每到半夜三更，我因饥饿哭闹不停，没有办法就让人去请大姑来给我喂奶，一喂就是一年多。我和二表弟同年出生，他只比我小两三个月。现在条件好了，遗憾的是再也没有孝敬姑母的机会了。

我上小学时经常去姑母家，和表兄表弟一块上学，一块玩耍，十分快乐。那时，我家境困难，每当开学前，姑母就给我送来写字本、铅笔、书包等学习用具。遇到三夏大忙，她先来到我家帮收帮种。一次，父亲早上到地里割麦子，看到三分地里的麦子早割完了，打听后才知道是姑母割完这块地，又去别的地里割去了。

姑母虽然学历不高，但她知道知识能改变一个人的命运，转瞬间，我就上中学了，当时正逢"文革"，上学是半工半农，胳膊肘下夹两本书去上学，放学回家不是给家里砍柴、拔猪草，就是给生产队耕牛割草，担土捂肥。一回家就情绪低落，加上父母数落，嫌我不在家里劳动挣工分减轻家庭负担，我感到前途渺茫，就自暴自弃，不好好学习。姑母看出了我的心思，就对我说："孩子你还小，不懂事，不好好上学咋办？你家人口多，只有父母两个劳力，缺吃少穿，都是暂时困难，不学习有啥出息，咋能走出山村呢？你是老大，你家妹妹弟弟还靠你带个好头哩。"

过了几天，她来我家，用自己上山采药挣来的年底工分钱等，给我买来了衣服、钢笔、本子、书包等。姑母对我如同对待自己的孩子，她再苦再累也要努力给孩子们创造良好的条件，在她的言传身教下，她的三儿一女如今都成了国家的栋梁之材。

我读书时，时常吃住在姑母家，在油灯下和表弟一块学习，一块讨论问题，第二天起来鼻子窟窿熏成两个黑洞洞，惹得同学们哄堂大笑。上高中时，恢复了高考招生制度，知识成就了我和表弟，我们都端上了"铁饭碗"，表弟翻过秦岭求学，我在当地上师范。

姑母不仅是贤妻良母，还是一个孝敬老人的好女儿、好儿媳，也在生产队当过妇女队长，乡上当过妇联主任，是受过领导表彰的劳动模范。

姑母二十多岁时，正遇上新中国成立，她利用自己的号召力，第一个组织成立了六家院互助组，大家一块儿生产。田间地头，经常看见她背着大孩子劳动，犁地、播种、收割、扬场等，处处都有她的身影。由于她的辛勤付出，当年粮食产量每亩达到了四百余斤，比单干户超出一百多斤，受到了县、乡干部的好评，她的成功经验被推广到各乡各村。

1958年，全国掀起大炼钢铁活动，姑母踊跃参加，成为妇女突击队中的一员。她带着三十几名妇女上棣花南沟采铁矿石，一天运四趟，保证了土炼钢炉正常生产。由于表现突出，当年被评为乡、县级劳动模范，还奖励了一个瓷缸子，上面写着"人民公社大跃进万岁"几个字，至今保存完好。

解放后，从互助组、初级社、高级社、人民公社以来，姑母一直担任棣花老九队妇女队长，急群众所急，想群众所想，谁家有困难，她放下自己的事情就去帮忙。刘家长辈刘耿吉和一个姓韩的邻里因地基、自留地界闹矛盾，打得不可开交，动用了棍棒镢头等，韩家吓得三天都不敢出门，谁也调解不下。姑母知道后，挺身而出做两家工作，最后化干戈为玉帛，解决了纠葛，让两家人握手言和，在村、组传为佳话。

我十二三岁时，记得村里有一口大钟，每天她早早地去敲钟，催大家上工。到了三夏忙天，她烧好大桶竹叶茶送到大场上给大家解暑。到了上午，她又头顶烈日，赶牛在大场上碾麦子，别人替换她，她也不让，总是说"我还行"。生产队有个五保户叫岳娇娃，儿子因为棣花大队修建千条沟水库塌方不幸殉职，她成了孤寡老人，姑母见她行动不便，就经常义务照料伺候，每次做了好吃的饭菜，总是先给五保户老人送去。五保户老人生病了，她亲自领去看。像倒水、烧炕、洗衣服这样的活，经常帮着干，五保户老人逢人就夸奖姑母："郭秋绒这娃，不是亲女子，比亲女子还好！"

1978年10月，改革开放的春风吹拂在祖国大地上，土地分配到了各户，农民在自己的土地上耕耘播种收获，日子芝麻开花节节高。根据国家对知识分子的政策，姑父工作三十多年了，姑母全家可农转非，享受城镇户口，吃商品粮。姑母在亲戚儿女们相劝下无奈进城。原分配全家的土地交回了队上。按政策她门前的自留地和菜地可以不退，留作坟地或种菜，但是姑母果断地全部上交了。她说："棣花老九队人多地少，咱是党员，就要听党话。"以致姑母姑夫去世后，表兄弟不得不买坟地葬埋。

2011年5月22日这一天，我永远忘不了！全村人聚集在姑母生前的院落为她送行，棣花镇党委副书记、棣花村党支部书记雷福朝率领全体党员为德高望重的姑母举行了一次高规格追悼会，中国共产党的优秀党员，人民的好女儿，我至亲至爱的姑母，永远地离开了她终生眷恋的这块热土，永远地离开了我。长长的队伍穿白戴孝，在一片哭声中，送姑母遥遥远行。

商山低头，丹水含泪，一位教子有方，孝敬父母，淑德贤惠，邻里称颂的人——我的姑母，永远地走了。她永远活在我们的心中！活在生她养她的棣花故里。丹水蜿蜒频回首，杨柳依依动哀情。别了，我的姑母，别了，我最亲的人！愿您在天国安息，愿神灵庇护您的儿女幸福安康！

父亲与秦腔

贾建霞

朋友送我一张秦腔碟片,我第一个就想:送给父亲。这是他喜欢的礼物!

父亲什么时候喜欢上秦腔的?我不知道。从我记事起,父亲就会吼秦腔。

小时候随父亲去田间,收麦时节,太阳火辣辣的,烤得人身上流油。迎着火热的太阳,父亲拢麦、捆麦,用窄长的扁担将小山一样的麦子朝回担。这样一次又一次后,父亲脸上的愁容慢慢地舒展开来了。在地里拾麦穗的我,只听得从转弯处传来唱秦腔的声音,这声音由远及近,待我抬起头来的时候,父亲已一个箭步跨进了我家的地里,秦腔声便由高而低,持续地唱着。走近身旁,父亲关切地说:"算了,不拾了!"我便将拾到的麦穗放进父亲即将聚拢的麦堆里,捡拾起之前遗落在地里的笼子、袋子和绳子。这时的父亲是愉悦的,是即将完成工事时发自内心的开心。秦腔从他的喉管里发出,表达了他内心的感触。秋收时也是一样,在即将背完地里的稻子的时候,在最后一次来时的路上,父亲准会自然而然地哼唱起秦腔,声音铿锵有力,唱腔感人肺腑。是轻快欢喜的,也是饱满舒畅的。抑或在岭上的小路上,走着走着就听见父亲唱起来了。听见父亲的秦腔声,地里劳作的乡邻们立即停下镢头,双手握在镢把上支着下巴,笑嘻嘻地对父亲喊:"贾师挖完了,再来一段《血泪仇》。"父亲便笑着回他一两句,依然唱着秦腔。那时候,红薯只剩一两次就背完了,想到家里堆着一大堆鲜而大的红薯,看着地里潮湿而肥沃的厚土,父亲心中是快慰、朗然的。

那时候,我的母亲刚刚去世,父亲失去了他的妻子,我们兄妹尚小,不仅不能帮父亲干地里的重活,而且年少不懂事,所有的事务都需要父亲操劳。父亲心中的惆怅和郁结,是我们无法感受和理解的。父亲之所以在农事即将完工的时候会唱起秦腔，是因为那一地的重负将要被他消灭一空，这让父亲如大功告成般怡然自得。那时候，日子艰难，物质贫乏，父亲每天靠手艺才能赚得两块半，而我们一家，包括祖父母共六口人，都要靠父亲的劳作来养活。父亲肩头的担子是可想而知的，父亲手中的"舵"是沉重犹豫的，他不知道该驶往何方，才能让一家人见到阳光和灯火，才能让这个家看到希望，走向光明。

我的家乡自古就崇尚文化，老戏楼拆迁后立即新建了一座气势宏大的新戏楼就是证明。我小的时候，县剧团隔些日子就来家乡的戏楼演出，一演就是十天半个月。空阔的场子，栽秆垒石，用白布围满一周，留一窄小的进口，为的是让看客买票。就有一些机灵小子们，偷偷摸摸溜到偏处，趁天黑人不注意从贴地的布帐下钻进去，更有甚者，将紧绷的布帐割个口子，猫腰而入，让人防不胜防。也许是因为文化生活贫乏的缘故，我也喜欢看戏，每次都是父亲带着去。一进去，人群黑压压地，像筑起了一道坚实而厚重的黑色屏障，适应一会后，仔细一瞅，最后面竟是一圈站在高凳子上高高在上的人墙，矮小的我除了瞅见台顶亮堂的灯光外，什么生旦净末丑、唱念做打功全看不见。这时候，站在人群后的父亲就蹲下来，弯下腰，让我骑到他脖子上，然后左右前后地移动，企图找一个能让我看得见的缝隙。坐在父亲肩头的我，好的时候能看见台上人的头冠，更多的是偶尔看见他们手执的马鞭在明亮的空中一甩，其余的，整个晚上都在猜想之中。父亲中等个头，要是单就他一人，找个角落或人家的墙狮头就能凑合着看戏，但为了我，他竟整晚整晚地站在人堆外听戏，且肩头还负着一个七八岁的孩子。

父亲是手艺人，做遍了方圆数十里的乡活，但即使去了二三十里外的夜村和丹凤县城附近的地方，晚上依然回家，为的是解决啰里啰唆的家事，完成繁重且没有尽头的家务。他不能骑自行车，因为在刚刚学会的时候，膝盖患关节囊炎施行了手术，从此他不再动自行车了。来去路上，都是靠徒弟们带着，那时候路又窄又陡，且都是坑洼不平的土路，晴天不好走，雨天更难行。也有在天气不好又赶活的晚上不回家的时候，这样的时候，看秦腔戏就成了我的心病。一下午，我都郁郁寡欢，盘算着怎么入场。有一次，我给自己鼓劲站在了售票处，望着一溜带串的入场人群，我目不转睛地一一瞅其脸庞，看到一近邻，赶紧上前拉住她的手，说："婶，带我进去吧？"她低下头，看是我，便笑笑地说："娃，你叫错了，喊我婆。"说着就拉紧我的手带我入了场。那一晚，我被城墙般的人群远远地阻挡在戏台之外，我巡逻一般，左走走，右看看，到底没有找到我能够观看的一线希望。那一晚，我在心中千万遍地呼唤父亲，你明晚回来吧！没有父亲在场的夜晚，我是孤单冷落的，也是荒寂无助的。

那些年，随父亲看、听到的秦腔戏有《铡美案》《周仁回府》《辕门斩子》《游西湖》《杨门女将》等，那些或婉转或铿锵的唱腔，那些或袅娜或激越的笙调，那些悦耳动听、令人沉醉、百听不厌的秦腔曲牌，至今记忆犹新。尽管我不会唱，但其中的曲调和令人柔肠寸断的音节，一直回响在我心中，不时地拨动着我的心弦，让我对传统的秦人之声之智油然而生敬意。"八百里秦川尘土飞扬，三千万秦人齐吼秦腔！"这是一种壮阔，一种豪迈，一种无法更改、经久不息的秦人情怀！记得我曾经问父亲，秦腔戏怎么就那些剧目，没有新的？父亲说，秦腔戏不比其他，还是老剧目好，越唱越有味，越唱人越爱！

秦腔戏的曲调悠悠，不如父亲的年华匆匆。父亲在秦腔戏的陪伴下不觉度过了惶惑的中年，走进了沉静又不安的老年。

有一年暑假，孩子和爱人去了宝鸡，我一时无法适应，恍恍惚惚熬到周末，一大早，我就赶回家。跨进楼门，就听见秦腔戏音，心想家里肯定坐着一群父亲的老年朋友，一边坦然地吸烟，一边悠闲自得地听戏。不料一进门，只见父亲一人坐在小房子里吃饭，且一边听戏一边扇风扇，父亲悠然、沉静的神情和安然自足的情景一下子触动了我——父亲一个人度日月，一年又一年，除了邻居们串门解闷，其余时间，他是用秦腔戏来消解一个人的苦闷和孤寂的！人生谁都逃不过孤寂，但每个人都应该找到属于自己的消解方式。父亲孤寂难捱的晚年生活，应该归功于秦腔戏的慰安！

直至今日，父亲因颈椎病而坐在了轮椅上，不能行动的他不离随身听，或放在床头，或推行前带在兜里。我对网络不精，托人给父亲下载了几十段秦腔戏，两年来一直听着。此时的秦腔戏，是比亲儿女还要熨帖的宝贝——亲儿女只管父亲的养老，而秦腔戏则成为耄耋老人须臾不离的陪伴。每次我去看望，走进院子，只要听到秦腔戏声，我的心就会豁然。父亲的生活经常出现这样那样的不安，能听秦腔戏，说明他有好心情。他若安好，我便心宽！每次见他听着那些不变的腔调，我的心里也不是滋味。如今这张意外之碟，刚好调剂了父亲的秦腔戏口味，也安慰了我对父亲的亏欠。

父亲盖房记

刘朝宏

父亲不是出生在棣花街道的祖屋,而是出生在雷家坡村舅家门下涧塄边何姓地主的两间场院房里。父亲刚记事,村后河南到西安的长坪马路修通了,何地主看好商机要拆了场院房,移到马路边上开骡马店,同时撵走租住的刘家和贾家,祖父只好把家搬到棣花野猫洼村刘家祠堂。

几个月后,祖父又搬回雷家坡,在中巷子北边李家赁了一间房,一家五口人挤挤卡卡着过活。看着父亲兄弟仨渐次长大,祖父筹办了两个互济会攒钱,从何地主手里买了雷家坡西涧塄上紧邻樊家的半亩庄基地,准备以后盖房。

1945年麦收前有点闲空,祖父出门五六天到南山做小本生意。祖母为完成队伍摊派柴薪,一大早托付邻居雷家表弟送一担硬柴给两岭的队伍,谁知队伍开拔补员,硬抓雷家表弟当兵,等到第二天一打听,队伍头晚已经开拔到西安去了。亲戚家上门闹着要人,祖母在家乱而无智,只盼着掌柜的赶紧回家想办法。

那次祖父出门带的货出手还算顺利,回程刚走到大峪沟口遇着一个村里人就咋呼喊,老哥不在家,嫂子给你捅下烂子啦,就把事情说了一遍。祖父又气又急,十几里路小跑回家,赶紧托亲找友想办法赎人。最后定下让租住棣花街道祖屋开药铺的河南人李先生带着祖父撵上队伍去和说,留下祖父当兵把雷家表弟换回来,因为队伍是抗日战争从河南退到陕西的。

去当兵换人,既是一场生离死别,又得赶紧给收拾衣裳干粮,吵吵嚷嚷唉声叹气中,隔壁雷家表弟却踏进了家门。原来队伍走到沙河子过夜,他瞅了个空当偷跑啦。愁苦事情一下子天开云散,祖父却病倒了,他得了噎食病,吃饭喝水不利索。多方求医，病情却越发严重，没啥好法子，祖父母就想换个住处。一家五口在离西涧塆房庄基地最近的樊家赁住他们一间牛圈房住，为的是出门就能看得见买来的庄基地。

祖父的病延磨到冬十月初十，在那间窄窄卡卡的牛圈房去世了，三天后遗腹女又在这间牛圈里诞生。樊家虽沾亲带故的，但看着这一家死了主心骨，剩下一堆孤儿寡母，就一再逼迫，要求年一过完立即搬走。雷家坡村当时房很少，找一间住房很不容易，折腾几个月才说好雷丁丑家的一间牛草房，正月初五刚过就搬去了这间房。最小的孩子那时才三个月，家境贫穷，无法养活，祖母把唯一的女儿送给孝义湾一户人家养了。

回想起祖父去世后，一家人被撵得无处落脚，小妹妹只好送人领养的情形，父亲总是不胜唏嘘。也许经历过无房可住，深受颠沛流离之苦，父亲一辈子最在意的是房子。父亲成年后参与盖了七座大大小小的房，只要谁提起盖房的事情，他总会把自家盖房经历的根根蔓蔓倾倒出来给人听。

父亲唯一的妹妹出生后不满三个月，家里没力程养活，祖母只得忍痛把女儿送给了孝义湾一户人家，家里还有三个男孩，一家四口借住在雷家坡村一间牛草房里恓惶度日。当时父亲刚过十二，不能去上学只能在家做农活，二叔九岁，常去亲戚家帮割牛草混嘴，三叔只有三岁。

一家四口人租住在那间牛草房里，因为日子艰难，父亲和二叔经常到亲戚家帮忙混嘴度日。家里常住的只有祖母和三叔，在这一间房里挤挤卡卡还算过得去，但几个孩子逐渐长大，不盖房子实在不行了。

1950年夏，家里日子刚刚宽展些，父亲与祖母商量，一直租房住的日子不行，得想办法把自己的房盖起来。祖母请人和说，把棣花街道那两间祖屋连同场院莲菜地等以一百五十个银圆卖给开药铺的李先生，与商镇的德厚爷平分卖房钱后，父亲拿着七十五个银圆张罗着买材料盖房子。当时刚解放，农会禁止卖房卖地，惮怕家家都卖了房装赤贫无房户来均房均地。父亲就给农会写下保证书，说卖房的目的是要搬到雷家坡村盖新房。

父亲盖的第一座房也算是在雷家坡村的立户房。听父亲说，分的七十五个银圆很值钱，买木料、买瓦、付工钱、管匠人饭，等半年时间把房盖起来后，还余几个现洋哩。秋里连阴雨，借别人的房让匠人赶做木架，等四十天连阴雨刚一放晴，就赶紧请村里亲朋好友帮忙立木建房。按说应该半干土才能打墙，姨夫爷为了赶工，和着稀软泥就开始支板打土墙，打的墙软不拉塌的涨成大肚子，姨夫爷只好把鼓出来的泥用铁锹斩齐整。到现在，老房子挺立了快七十年，墙依旧坚硬如铁，可能是因为当初出于无奈用软泥打墙的缘故吧。

终于赶在上冻前把房顶抹上泥上好瓦，一家人立即从后村的租住房搬进湿漉漉的新房。那年秋季多雨冬天就特冷，在州河西涧塄畔这座孤落落的房子每天被西北风呼呼地灌着，有时候风大得连门都顶不住。虽然只是三间又矮又小的四面透风的土房子，又支床铺又安锅灶，但与原来租的那间房比，四口人住觉得宽展多了。有了自己的新房子，一家人不再漂泊，在冰窖一样的泥房子里，一家人可以高高兴兴地过新年啦。

到了1955年，父母结婚后也是只有这三间房，又做住房又做灶房的，现在很难想象，当时怎么住得开。紧接着该给二叔结婚了，原有的三间上房住不了两个新媳妇，父亲就打定主意在南边房前再苫两间小厦房，一间祖母住一间做灶房。这座小厦房是1985年才翻盖到了上房正对面做灶房的，记得它是半边房，前高后低，只用一挂椽，还借用了上房屋檐一大截子。父亲提起这座厦房的话很少，应该是面积很小，当时修房用了不到一个月，材料都是随便凑合的。我记得就两扇门，后面高处挖了一个大洞，既做窗子又透烟。

二叔结婚后，上房南北分别住两兄弟，祖母搬进一间厦房，相比以前住房灶房混在一起，干净整洁多了。后来随着二叔离家赴新疆，三叔考学离家，虽然哥哥姐姐相继出生，住房在当时的农村总体还算可以。我记事时候看到的北边的三间厦房是1968年盖的，那是三叔大学毕业后该成家时候新盖的，关于这座房的故事也很曲折动人，父母一说起盖房子就说要防贼偷。那是因为盖这座房子的时候，已经立木，椽也买好在梨树下围了一圈准备做樨上房呢。谁知一天夜里，竟然让贼偷去了几十根，四处寻找查失窃线索，根本没啥结果，只好再重新四处买椽，使得建房工程延迟了好长时间。

怀念我的外婆

冀 萍

我很小的时候,爸爸在外地工作,妈妈又很忙,于是,打记事起,外婆就是我最亲近的人。

记得那时外婆在生产队上工,每天起得很早。她不忍心叫醒我,又怕我醒来后哭闹,就在我的枕边放一些包谷豆、红薯干、柿皮子,或者在炕头上低低地挂上一串火冠柿子。我每次醒来,不见外婆就躺在热被窝里吃这些好吃的。过不多久,外婆就回来了,常笑着骂我是"馋丫头",其实我知道,那是她特意让我吃的。

乡下年龄相仿的孩子很多,我们经常在一起玩许多有趣的游戏。生产队的麦秆堆又大又高,是孩子们最爱去的地方。我们经常爬上翻下,在上面打滚、翻跟头、蹦跳捉迷藏、玩打仗游戏……待我玩得筋疲力尽,觉得肚子饿了的时候,才想起回家。每当我馋猫似的出现在外婆身边,她总是一边埋怨我贪玩,一边给我盛饭。看到她慈爱的目光,听着她唠叨的话语,我知道,她那不是在骂我,而是心疼我。

外婆很勤快,从早到晚,手脚总不闲。房前屋后,里里外外,都被外婆收拾得干净清爽。晚上,我不是在咿咿呀呀的纺车声中进入梦乡,就是躺在外婆的怀里,听着窸窸窣窣的剥包谷声甜甜入睡。那时,外婆家的日子很不富裕,舅父家也有三四个孩子。外婆常把好吃的多留一些给我,遇到我和表哥表姐闹矛盾,外婆也总是偏向我。因为这些事,舅妈对外婆有意见也就在所难免了。所以,我时常听见外婆轻轻的叹息声。

后来我去外地读书,便很少见到外婆。但每逢我放假回家,外婆总要早早地赶来看我。看到她颤巍巍地拄着拐杖,踮着小脚,亲昵地喊我"萍萍"时,我心里就荡起无限的温情。我很珍惜和外婆相聚的日子,常依偎在外婆身边,给她捶背、梳头、剪指甲、念《圣经》里的故事。再后来,我参加了工作,回家的机会就更少了,但我心里仍时常挂念着她。三年前的春天,妈妈打电话告诉我外婆病了,想见见我,因为忙,我没能及时回去。没过几天,妈妈又打来电话,哽咽着对我说:"你外婆去了,临走前还一直念叨你……"我一下子呆住了,无限的悔恨和内疚一起涌上心头。

当我最后一次站在外婆面前,可怜的外婆却再也看不见我,听不到我的喊声了。她静静地躺着,还是那样的慈祥,让我难以相信她已经到了另一个世界。妈对我说:"你外婆一辈子争气好强,能活到九十多岁,也算是有福气的人……"我拉着外婆冰冷的双手,抚摸着她那熟悉的面颊,心里有说不出的难受。春日的阳光透过窗棂,照在我和外婆的身上。不知外婆是否感觉到阳光的温暖,而我却感到从未有过的寒栗。我不停地责问自己,外婆最疼爱我,我却为什么不能陪伴她度过人生的最后时刻呢?

转眼已到了外婆的三周年忌辰,在梦中见到外婆,她还是那样慈爱可亲。虽然外婆的身影已化作缥缈的云烟,但外婆对我的爱以及我对外婆的思念,却像一条无形的飘带,一头牢牢地系在我的心灵深处,一头高高地飘扬在广袤的天空。这种爱是天地间至真至纯的情感,这种情是人世间独一无二的体验,心灵不竭,真情到永远!

我的爸爸

彭　波

我的爸爸生于1959年腊月，他出生在三十里苗沟的尽头的一个名叫岩窝沟的小山村里。

爸爸兄妹七人，他排行老三，他出生的那年时逢三年困难时期的初年，家里有大姑、二伯，还有双目失明的祖奶奶，爷爷奶奶就靠着挣工分养活这一家子人，生活的艰辛可想而知。那时，奶奶最大的心愿就是几个孩子能活命。

爸爸的求学之路甚是艰辛。小学是村里的戏楼改造的，桌子是两三米长的桌子，凳子是长条凳子，由于爸爸学习用功，成绩出众，在村小当民办教师的外爷曾对外婆说，岩窝沟里的娃们学习踏实成绩好，他们的家庭状况把这些娃娃糟蹋了，那么好的苗苗，可惜家里太穷。

爸爸复员回乡后，一边跟着大爷爷在药铺学抓药，一边做起了乡村赤脚医生的工作，闲暇时间也背些汤头歌诀、脉条子等药理知识，经过三年多的学习，他懂得了不少药理、病理知识；后来乡村医疗卫生事业改革后，药铺就直接转给了爸爸。

爸爸虽不是医术高明的大夫，但乡亲们头疼脑热、风寒感冒、身体虚弱、白伤红伤都来找他，爸爸成了村里人最信赖、最离不开的人，因为爸爸耐得烦、脾气温和。从最早的安乃近、四环素、高浓度葡萄糖，到后来的肌肉针、吊瓶、中成药、中药等，这些其他医院有的爸爸的药铺也都有。

爸爸脾气好，别人嫌烦的事情他不嫌，所以他具备非常好的医德。我上小学那会儿，爸爸经常去学校给村里的孩子们打防疫针，每每看到爸爸背着医药箱走进学校，我的心里总会升起一股自豪感。

农忙时节在地里干活时，经常听见有人喊爸爸的名字，爸爸耳朵有点背，通常都是我们听到后告诉他，他立马放下手头的劳动工具，回药房去给人拿药，没钱的就赊欠着，方便了再来给；有时候两家人打架，打得头破血流跑来包扎，爸爸一边用棉签、镊子、绷带、纱布、酒精给人清洗包扎伤口，一边规劝让他们以和为贵。谁家的老人快不行了，谁家的病人夜里病情加重了，乡里乡亲都打着手电筒，甚至蹚过河水来找爸爸，爸爸从来不推诿拒绝，他用医者仁心慈爱着乡亲们。

移动电话走进寻常百姓家后，乡亲有人病了，家属一个电话，爸爸就骑着摩托车去给人看病、打针；爸爸也因此跑遍了上到岭跟前、下到核桃塬、中间柳条沟、苗沟、石起沟等村上的各个沟沟岔岔的乡亲们的家！

我们村先与苗沟村合并为苗沟村，再与陈家沟村合并为陈家沟村。在此期间，爸爸一直默默地干着他的医疗工作。值得庆幸的是爸爸这些年的辛勤付出，得到了上级主管部门的认可与奖励。

农村的基层工作不像正式的干部职工，一辈子只能干一件事。爸爸从部队回来后，先担任了村团支部书记，后来又做了很多年的组长；那会儿的村干部工作繁杂，任务多，既要兼管村办小学、丈量土地、交公粮、收摊派款，又要管理计划生育、调解村民纠纷，办公也就在自己家里。

按照分级办学原则，爸爸也偶尔去村小学开会，跟老师商量发展小学的事情；学校的篮球架、小花坛、围墙的修缮，也都是村上跟学校自筹自建，爸爸会泥水匠手艺，也参与了这些建设。

1999年，因为村里人的爱戴，爸爸当选村主任。在任期间，尽职尽责，主持村务、组织土地测量、分派任务、按需分配救济物资等，公平公正，受到了乡亲们的拥戴，也得到了上级部门的高度认可。

我大学毕业后，爸爸卸下了经济包袱，将自己的主要精力放在了医疗与村务上。

村上的小孩出生、建档、测量体重、体温、全镇老人的体检，爸爸常被抽调去帮忙。健康扶贫，爸爸也当仁不让，积极参与其中。

为满足工作需要，爸爸通过自学考取了中专学历，学会了用电脑填报表、用手写板、手机答题等。如今他已从原先的"赤脚医生"变成了"农村医疗定点机构负责人"。

在乡下，村里人都是乡里乡亲，每家几乎也都沾亲带故。从小的苦难生活让爸爸对亲戚格外看重，对邻居也特别照顾。有几件往事让我记忆犹新：

有一年爸爸去山西河津打工，去建筑工地当工人。爸爸是个沉默寡语的人，面相善良，跟工友们也处得相当好。有一次志民叔跟外地工人起了冲突，别人提着铁锹带着人来找麻烦，其他人看到对方来势汹汹后吓得都不敢吭气，为了保护志民叔，爸爸心平气和地走上前去和人家理论，通过激烈的交锋，终于化解了一场危机。

有一次，村里一户人家办喜事，有个人仗着自己身高马大，拍桌子满口狂言，厉害得不得了，爸爸过去劝了一下，想着大家和气点过得去就行啦。哪曾想，这个人不听劝，还推搡爸爸，说让他别管闲事，爸爸的牛脾气上来了，只见他正气凛然地和那人论理，最后在正气面前那人自知理亏，也就蔫了下来。

听村里的老人们说，我爷爷在世的时候，有一次担了一担子柴去镇上卖，跟他同行的姓李的人的柴被镇上的无赖给抢了。爷爷为人仗义，硬是把那两个抢柴火的人扭到了人民公社，最后对方赔了一块二毛钱。爷爷蹚着河水、摸着黑大半夜把钱送到姓李的人家里，结果人家都睡着了，那人看着爷爷说：“我说算了，你咋这么热心呢。”

这是家族的基因，"管闲事"让我们正义感十足，做人堂堂正正。

岁月沉香。爸爸在农村把一个工作干了四十年，他像一个工匠一样把每一项工作都做到了最好。我曾经认为，爸爸没有下海做生意赚钱是一种缺憾。如今有了儿子后，想想爸爸这一生，不仅充满了感激，充满了无限的敬意，爸爸成了我内心最坚定的榜样。我要用余生去做一个跟他一样正直、踏实的人。

我的父亲"烂汽车"

刘春荣

小时候，我们贾塬乃至整个棣花村子里的人看到我大老远就喊："你是小吉布还是大吉布、中吉布？"我不解其意，两只眼睛睁得大大地看着人家，一只手在后脑勺上摸来摸去嘿嘿地傻笑，长大了才知道人家那样问的意思。原来，我的父亲解放前经常从我们这里担脚往省城西安送东西，因为跑得快，三天三夜可以从棣花到西安打个来回，所以乡亲们就送给父亲一个绰号——烂汽车。

我的父亲乳名叫"心善"，学名叫"文公"。他出生于1924年农历正月二十三，在家中姊妹排行中是老小，有三个姐姐。他出生后，祖父把他当作夜明珠看待。那个时候家里有几亩薄田，日子尽管巴巴捉捉倒还能过得去，每次家里来客了，祖父都要把父亲叫到身旁，让他一起陪客人吃饭，就是家里不来客人，偶尔改善一下生活，和些辣子醋水蘸馍吃时，上桌子吃饭的也就是他们父子两个，几个姑姑只能端着饭碗站在一旁看着。因受重男轻女封建思想的影响，几个姑姑都没有上学，祖父考虑到男娃将来要走出去，要担脚挣钱养家糊口，不识字不会算账，将来这日子就没法过。于是，尽管家境贫寒，交不起学费，但祖父还是对儿子放宽一码，想办法让我父亲利用农闲或下雨天的空闲时间涉过丹江河水，到法性寺趴在窗外听老师讲课。父亲记性好，认字快，加之我的故乡棣花也是远近出名的"戏剧之乡"，祖父又经常领着父亲到棣花街二郎庙前的戏楼场看戏，借以增强我父亲识字断文的能力，所以，父亲的文化水平在当时还是不错的。

穷人的孩子早当家。由于祖父体弱多病，父亲十多岁的时候就跟着大人挑着担子翻秦岭进省城到西安大商行送货。经过几年的磨炼，父亲对进省城到大商行送货担脚已是轻车熟路了。大概在父亲十六七岁的时候，祖父患了病，家里所有的生活重担都压在父亲稚嫩的肩头。听一个堂兄说，有一年冬季，祖父病重，父亲出门担脚在外一时半会儿也赶不回来，加之那时又没有啥通信设施，信息也无法传递给父亲。后来父亲回来了，祖父的病情却好转了，见祖父病情好转，父亲又告别祖父和祖母，冒着刺骨的寒冷挑着担子离开家，踏上了去西安担脚的征程。哪知父亲前脚刚出门，后脚祖父又犯病，而且比前一次更严重，俗话说病来如山倒，没过几日祖父就撒手人寰，撇下年幼的父亲和祖母。祖父谢世后，父亲又不在身边，为了安埋祖父，祖母央求我的一个堂伯出面把祖父草草安葬。祖父安埋三天后，父亲才从西安担脚回来。

在给祖父治病的过程中，家里欠了很多债，为了偿还债务，父亲一个冬季都没有歇脚，他把我们这里的核桃、火纸，甚至荆紫关的桐油挑到西安，然后把省城的洋碱、洋火、洋油等其他商品挑回来。家庭条件好的人只担一出脚，跑单趟，而父亲却来回担脚，负重走十八盘，翻秦岭，过商州，回到家里。那一年冬季，父亲说他往返西安二三十趟，不仅还清了给祖父治病的欠债，还略有结余。

就在这年冬里，父亲为了赶时间起早贪黑，晓行夜宿。别人太阳还没落山就要住店歇脚，他不行！咬着牙挑着担子继续前行，走上四五十里地后，再找一家价钱便宜的旅店住下来，向店家要些热面汤把祖母给他烙的红薯面馍或者包谷面馍泡一大碗吃了，然后躺在店家的热炕上放乏，一觉睡醒也就是寅时多一些，挑上担子摸黑继续走。每天早上扁担往肩膀上一放，疼得龇牙咧嘴难受得很，那两条腿也不听使唤，向前拉不动，一双布满了水泡的脚，疼得钻心，真想一屁股坐在那里算了。但为了赶路，只能咬牙坚持！有一次，他出西安市东城门向回走时，看到一辆汽车也出东城门，那汽车也不知是咋回事走走停停，遇到翻秦岭时他就抄小路，走捷径，还跑到了那辆汽车的前面。就这样一路走来，当他走到我家房后的贾塬坪时，那辆汽车也刚到贾塬坪，因此上乡亲们就给他取了个绰号——"烂汽车"。

关于父亲"烂汽车"的绰号还有另一种说法，那就是传说父亲三天三夜从家里到西安打了一个来回。

贾塬东头的伯林兄告诉我说："那年我们贾塬在牛头岭下面修农渠，引陈家沟河里的水浇灌贾塬坪里的土地，需要十字钢。那个时候我们这方圆数十里是买不到的，只有到商州城才能买到。大伙说你父亲脚底利落，走得快，就推举你父亲去商州城里买十字钢。按一般人的时间需要两天，你父亲早上起身，傍晚就挑着十字钢回来了。"

正是有了年轻时从家乡往西安担脚的历练，父亲的身体一直都相当好。小时候我跟父亲去吴山割柴，他脚下生风走路麻利，老是比别人走得快，往往人家还在距离下一个歇脚点的半路上，他就到了歇脚点，再返回来接我半程路。父亲一生很少得病，我记得他只住过一次医院，还是在镇上医院看的病。他一生节俭克己，从来没有在棣花街道给自己和我母亲买过一个水果糖。我后来举家搬迁到县城后，他每一次来看望我时都是起早贪黑徒步行，有一次因起身早看不清路，在石板沟梁上居然掉进了路边的水沟里，把脸都刺出了血，回家时我给他把车票买好，他走到半路上硬让人家司机给他把钱退了，下车走回家；他一生劳作不息，在他八十八岁高龄出事的那天早上，还到高速路桥下他开挖的拾荒地里整地，准备点早玉米，听邻居说出事的那天下午也是为了上我家的土楼取劳动工具而不慎从梯子上栽了下来，因伤势严重没有来得及去医院救治而去世。

两张老照片里的故事

雷卫东

父亲匆匆离我而去后，我们父子只有在梦里才能相见。我生怕父亲的容貌在记忆中模糊，会经常端详父亲的老照片，其中有两张照片让我思绪万千。

父亲对北京有着难以言说的感情。1958年秋天，父亲招工后第一站去了北京，在燕京造纸厂当学徒工。北京是伟大祖国的首都，人人向往。正好大伯也在北京当铁路工人。

初冬的一天，大伯专门去看望父亲，给置办了一些生活用品。大伯领着父亲来到天安门广场，游览结束后，大伯说，来一趟北京不容易，没个纪念咋能行？就这样，兄弟俩在天安门前有了一张合影照。当时他们都才二十出头，大伯穿着工作服，表情严肃，父亲穿着大棉袄，嘴角露出一丝灿烂的笑容。

因为大伯是铁路工人，当时国家政策允许铁路工人的父母免费乘坐火车，所以我的爷爷和奶奶从西安坐火车逛了北京城。这在当时，也是一件很体面的事情，不亚于农村人有了一辆自行车。当时新中国才成立几年，没人去过大城市，更别说是国家的首都了。我打小就听奶奶说，爷爷去过首都后，村民时常问东问西，见过康熙爷的龙椅了吗？见到慈禧鸡蛋大的夜明珠了吗？天安门城楼上的毛主席像有多大？爷爷爱热闹，经常给大家讲他的见闻，有时也故意说大话，村里人听得目瞪口呆，也知道了山外有个更大更神奇的地方！

新中国十年大庆时，父亲作为燕京代表队的一员亲眼看到了阅兵式，观赏了晚上的焰火表演。他给我讲了许多次，只要一提到天安门，他总是神采飞扬，滔滔不绝。他亲眼看见了城楼上的毛主席、周总理、朱总司令，亲耳听到了毛主席的声音。记得每次听我都会问他，听到毛主席说什么了吗？看清楚毛主席了吗？他会说，毛主席挥着手说人民万岁！自己离得远只能看个大概，就那也是很不错了。父亲对毛主席等老一辈无产阶级革命家有着特殊的感情。他还说观看焰火表演时，解放军负责燃放烟花，路边隔一段距离还有医生和工作人员，专门负责各种救急，考虑得太周到了。活动结束后，燕京代表队十六人在天安门合影留念，合影中父亲穿着奶奶做的布鞋，胸前佩戴着耀眼团徽。父亲每次讲我都听得聚精会神，无数次对父亲充满羡慕和崇拜。能见证新中国十年大庆是多么光荣的事啊！我为父亲感到自豪！

两张老照片，两段尘封的记忆，两个难忘的故事。

我最敬重的父母亲

郭宏斌

腊月初二，八十八岁的父亲静静地躺在床上。中午大姐唤醒父亲吃了午饭，下午五时，大哥打电话告诉我父亲已经安然离世了。我顿时如五雷轰顶，瘫坐在办公室椅子上，泪如泉涌。母亲上半年刚过世，父亲又匆匆离别，让我简直难以接受。我连夜赶回家中，看到消瘦的父亲孤零零地静静躺着，禁不住高喊一声："爸，儿回来晚啦！"爬到父亲遗体前，拿着我母亲一直珍藏的，父亲刚解放时当人民警察戴的草绿色棉帽，给父亲戴端戴正，算是替父亲圆了梦，了却了他的一桩心愿。

我家保存了一张父亲年轻时的黑白照片。他身着白色公安警服，腰带处别有手枪，在某机关大门口站岗。母亲生前说，父亲年轻时个高身瘦，国字形脸，高嗓门，声音响。父亲最早当铁路警察离家很远，因是独生子，通过向组织申请，被批准调回到原商洛公安处工作。小姑回忆说，父亲工作时特认真，特爱学习，多次去探望都没能说上几句话。正是受父亲军人气质的影响，在父亲的严格要求下，我从小就勤奋好学，自立自强、做事不成功不罢休。上初二时我写了篇《我的父亲》，通过叙述我拿父亲买给我的皮球强迫交换别的小朋友的玩具手枪，因赖床不去上学父亲用柿子哄我背我到学校，吃饭米粒掉地上不愿捡拾受父亲责罚三个故事，真情描绘了父对子的严和爱，这篇我一气呵成的习作后来被老师作为范文让全班同学欣赏。父亲知道后当着亲友们的面自豪地说："成才的树木不用护，儿子要比父亲强。"

1982年我以优异成绩考进县重点高中，街坊邻居夸奖说郭家出了一个秀才，父亲脸上露出了舒心笑容。1990年我从商洛师专英语系毕业，当时叛逆的我渴望去南方开放城市"挣大钱"。而父亲打算让我在家中守经销店，我背着父母和同学相约一起南下，沿长江来到了九江市，当晚看了一部记录一群个体户去南方寻找万元户设法探究发财过程的电影后，知道了外面世界的精彩和无奈，联系自己外出一周以来的经历，如梦初醒，于是乖乖回家。回家后，父母不但没有责骂我，反而手把手教我如何经营经销店，让我明白行行出状元，勤劳致富才是正道。后来，在父亲的帮助下，二姐也开办了一家经销店。父亲还时常教诲我们说：兄弟齐心，黄土变金。

1991年我被国家正式分配去镇安县做支边工作，一想到要离开父母去四百多里外的地方上班，很犹豫恐慌，我征求父亲的意见，父亲说我命中注定吃不了农村苦，总是要离开父母的。又说，好男儿志在四方，一定要好好工作！我牢记父亲的教诲，暗自下决心要干好工作。在父亲的教导下，我慢慢成熟，在平凡的工作岗位上干出了优异的成绩。

父亲生前是个硬汉子。特别勤劳，能吃苦，一生倔强不屈、坚韧不拔，众人送他"铁牛"称号。意思是说他力气大，就像当时的拖拉机一样，一次能拉上千斤货物。听妈妈说父亲拉坏报废的架子车有五辆。上山拉过柴，交过公粮，下河南贩过粮，常年给供销社拉货物送废品，用挣来的微薄收入供养一家九口人的生活。对父母的艰辛往事，我记忆犹新。父亲和爷爷、奶奶、两个姑姑原住在棣花丹江南岸山坡上，爷爷用一辈子从河南紫荆关到西安担盐积攒的五十块大洋，在"蝎尾接塬"风水宝地购地盖起五间土木结构瓦房，成了棣花街道搬迁户。父母亲接续又建起四间偏房。为了能让我们五个子女有饭吃，父母亲没少吵架。我年幼不懂事，分不清是非对错，每次只站在受伤害的妈妈身边哭，妈妈对着我哭诉自己的无奈和委屈。记得我考上初中那年，有天家中来了两名干部，问父亲是否愿意恢复原警察工作，妈妈坚持让父亲去上班，父亲当场答复不去上班。当时父母在家里没办法挣钱，日子过得很节省，但他们人穷志不穷，不信邪、不低头、不气馁、不后退。为了养家糊口，父亲学会了打算盘、记工分账，被介绍给乡供销社，在收购门市部打杂，帮老刘管中药材等农副产品购销。看到父亲忠实可靠还很能吃苦，供销社就让父亲农历三、六、九日在门市部帮忙过称、装袋、封包、入库，直到晚上十点以后，第二天早晨再将收来的货物用架子车拉到县供销社交货，回来后按运货重量每百斤付五角运费。父亲给供销社拉货十余年，挣钱供养我们全家。他情愿放弃轻松上班，甘心在条件极差的农村，磨烂自己的双手、双脚。多年的劳累导致父亲年老后双膝无法站立、双腿布满鱼鳞纹、指甲炸裂长出血痕……

  小时候父亲常对我们说"见活不干是瞎子，见饭不吃是傻子"，教我们从小要学会勤快、早起晚睡，干活做事要有眼力、多动脑筋。我上初三时，小姑给父亲讲了我在校做作业只图快、写字潦草和考试答卷时马虎等毛病，让父亲帮我改正。一个周末清晨，父亲特意让我和他一起去拉车送货。父亲手把手教我如何按照轻重、分前后装车，如何用绳子打结、系扣、拴牢货物，教我在前边怎么拉车辕省力、在后边如何推车力量大，下坡怎么控制架子车的车速、怎么控制车方向，以拉车作比给我总结说世上无难事，只怕细心人。父亲给我上了一堂生动的实践教育课，让我明白了学习和拉车一样需要细心观察、认真思考。

  含泪回忆父母生前这些往事，让我感到心里隐隐作痛，只觉愧对用一生疼我爱我的父母双亲！作为儿女，我只能把对父母的永久思念埋藏在心底，堂堂正正做人，珍惜兄弟情义，过好自己的日子，培养好下一代，算是对父母的告慰和悼念。

怀念祖母

许振超

我的祖母出生在辛亥革命那年，一生经历了太多的艰难困苦，尝尽了人间的酸甜苦辣。她虽然目不识丁，却是北伐战争、抗日战争、土地革命、解放战争、"文化大革命"、改革开放等政治运动和历史变革的亲历者、见证者，这些经历造就了她坚忍不屈的性格。

祖母的娘家虽不是富甲一方，但绝对称得上大户人家。她在兄弟姐妹中排行老幺，小时候衣食无忧，受尽了父母的宠爱。出嫁到许家沟村后却历尽人间疾苦，她饱经风霜的脸庞上爬满的皱纹记录了生活的艰辛。

祖母一生乐善好施，受到了左邻右舍的称赞；祖母一生勤俭持家，艰难地维持着一家十几口人的生计。祖母更是用她的言传身教激励后辈奋发图强。祖母用她的小脚板努力耕耘，用她纤细的双手纺线织布，用她柔弱的双肩挑起一家人的生活重担。

父亲兄弟四人，祖母先是省吃俭用，供养大伯和父亲读完了高小，两人考上专科学校后成为人民教师，成了十里八乡少有的文化之家，令人羡慕。祖父过世后，祖母千方筹措、多方借贷使三爸、四爸另立门户、成家立业。大伯母去世后，祖母又主动承担起照顾正在成长的堂哥、堂姐、堂妹的任务。一年四季嘘寒问暖，将爱传递给孙辈们。"文化大革命"运动中父亲被打成右派，下放回家，成了全公社的批斗对象，祖母每天担惊受怕，听见队上的喇叭声就吓得要上厕所，以为父亲又要被批斗游街示众受辱了，乐观的祖母从此脸上再也没有了笑容，爱凑热闹的她也就此喜欢上了独处，经常以泪洗面，但在人前还要强装笑颜，害怕子女为她担心。三爸结婚后，堂弟、堂妹相继出生，那时队上集体上工劳动，祖母自告奋勇要求与三爸一家生活在一起，承担起照料堂弟、堂妹的生活重担。四爸成家立业后生活在关中东府一带，这成了祖母的一块心病，她常常自责，觉得自己没有尽到责任，暗将思念化作泪水，整天唠叨默念着四爸的名字，盼望着关于四爸一家只言片语的消息，每天在思念不安中度过。

父亲摘掉右派帽子平反后，又被重新安置工作，加之伯父与三爸、四爸家的小日子也都逐渐走向了富裕，孙辈们陆续参加工作并相继成家立业后，祖母的笑容又洋溢在她满是皱纹的脸上。晚辈们参加工作后，祖母最高兴的事情就是星期天一大家人从四面八方回来看望她。星期天一大早，祖母就迈着她的"三寸金莲"，从村西头到村东头逐家喊叫，让晚辈们回家吃喝，她则变着法子做各种各样的好吃的。祖母见到我们的第一句话永远是"我娃吃了没"。祖母的孙子孙女多，每个人名字中都有一个字是一样的，祖母叫其中一个名字时时常连声叫出几个人的名字，引得大家哄堂大笑，这是祖母最美好最快乐的时光。

祖母始终把最美的一面展示给她的子孙们，她一生历尽艰辛，用勤劳谱写了一个个奇迹。祖母一生去过的最远地方是三十里开外的县城，但她的名字却传遍十里八乡；祖母目不识丁，却知道教育重要，全家在外工作的人数是全村最多的。祖母离世虽已三十多年，但孙辈们相聚时，谈论最多的还是她在世时的点点滴滴。

勤劳的祖母，我们永远怀念您！愿您老人家在天国生活美满幸福！敬爱的祖母，安息吧！

奶奶的捶布石

雷卫东

午后，我和爱人领着儿子在乡间漫步，享受着和煦的阳光，儿子在前面蹦跳，走到一棵老槐树跟前，来到了我家的老宅子。

老宅子是叔父的，院子里尽是杂草、枯枝，上房三间由"铁将军"把门，灶房部分已坍塌，一片萧瑟。院子南边那方捶布石被春雨洗刷得干干净净，依旧那样平滑光润，在夕阳的照耀下格外显眼。我故意喊儿子来看看，想让他猜猜这是干什么用的？儿子说就是一块石头。爱人告诉儿子这石头叫捶布石。恍惚间，我仿佛看见奶奶坐在捶布石上，向村口张望。

爱人抱着儿子坐在捶布石上歇息，我站在他们面前给他们讲述一件件往事。

从我记事起，奶奶就是满头银发，缠着小脚，常戴着一副石头镜，穿一件深蓝色的大襟子夹袄。奶奶是民国元年出生的，记得有人问她多大岁数时，她会笑着说："民国多大我多大！"奶奶嘴里的牙齿在她四十几岁时就掉光了，所以吃饭时鼻子一直动，我还经常学她吃饭的样子，逗得大家直笑。奶奶是一位坚强的女人，她的慈祥、善良、节俭给我留下了很深的印象。

奶奶的捶布石是她的父亲从淘金的洞子背回来的，因为是方形，石质细腻如玉，所以当时就像宝贝一样。奶奶会把浆洗的粗布单子、衣服放在捶布石上反复捶打，最后捶得平平展展。经常有人拿布来捶，奶奶会帮忙给捶。奶奶是捶布的高手，但她不让孩子们在捶布石上乱捶，生怕把面子砸坏了。

奶奶活了八十多岁。一生养育了四个儿女，三个儿子都在外地工作。她经常坐在捶布石上和邻居拉家常，目光不时会注视村口，等待自己的儿女归来。

奶奶以前是村里的"土医生"，她会看病、会接生，从来不收一分钱，也就吃一顿饭罢了。东西二街甚至更远处的人只要来请，不管黑天白天、不管热冷，她从不推脱。门上来看病的，她会认真检查，开的方子很特殊，什么山楂、白萝卜籽、小曲、车前子等等。她擅长看儿科肺炎，只做一个小手术——用刀片将孩子的肛门划破，救了许多生命。这些是她的经验积累，现在已经失传了。奶奶凭借医术赢得了尊重，逢年过节总有人来拜望。

我上高一那年初冬的一天上午，放学后看见奶奶站在学校大门口，令我大吃一惊。我问奶奶来干什么，她说来看看我。奶奶这么大年纪了还操心我，坐拖拉机一路颠簸来看我，让我十分感动。我的眼眶里噙满了泪水，不知道该说什么，脑子里不由闪现出朱自清《背影》里的画面。我暗下决心，一定要好好学习，把书念出个名堂来。

奶奶是旧社会生长的人，吃了很多苦，但她还是一步步迈过那些坎坷。在旧社会，爷爷经常到山外担脚，主要是担棉花、担盐，奶奶在家纺线织布，操持家务。她在棣花老街道开铺子卖饭，会裁衣服，但还是生活不下去。奶奶老说起"跑贼"的事情，"跑贼"其实就是土匪、军阀队伍祸害群众。解放后，日子一天天好起来，所以她感谢毛主席，将主席像摆在柜盖上插屏镜前面，还天天清理灰尘，常念叨主席的功绩。那年，爷爷因患癌症去世，不久伯父又去世了。大家不知道怎样给奶奶说，怕她接受不了这么残酷的事实。没办法只好请来亲戚商量对策，看到底是隐瞒还是告诉实情。最后还是姨婆（奶奶的亲妹妹）拍板，让母子再见最后一面，免得以后后悔。爸爸和叔父将实情告诉奶奶，奶奶得知噩耗后，匆匆来到伯父的灵堂，用手抚摸着儿子冰凉的手，强忍的泪水还是流了出来，静静地坐在那里，一句话也没说。年迈的奶奶心中的痛苦难以抹平，接二连三的打击让她猝不及防，两年后离开了我们。

奶奶去世到现在已经整整二十一年了，她的音容笑貌却还时时出现在我的脑海里。

爱鸟的母亲

张玉逢

我的母亲是个普通的农村妇女，没上过几天学，识字不多，但她勤劳善良，天性聪慧，喜欢大自然，喜欢各种各样的鸟儿。平时，她给我们说的一些关于鸟儿的言语里，都闪烁着哲理与智慧的光芒，让我至今记忆犹新，永生难忘。

母亲对鸟儿非常欣赏。小时候，我跟着母亲去柳树洼地里掰包谷，一队队大雁排成"人"字形，从蔚蓝天空中飞过，不时发出欢快的叫声。望着它们整齐有序的队形，母亲对我说："看见了吧？大雁最有学问了，它们会写字，这个'人'字写得多端正，多漂亮！大雁也想做人呢，比有的人还强！有的人做的事没个人样，让别人看不起，还不如这空中飞的大雁呢！"

我家院子里的大银杏树上，去年春天飞来了一对花喜鹊，夫妻俩天天飞出飞进，叼树枝，衔茅草，不到一个月垒起了一个漂亮的喜鹊窝，窝很结实，上下分两层，俨然成了一个幸福的"爱巢"。母亲指着喜鹊窝对我说："一勤天下无难事，好日子要靠自己的双手去劳动才能得到，就像这对喜鹊一样，搭的窝多漂亮，多结实啊！人要向它们学习，用双手创造幸福生活，对不对？"我连连点头，把母亲的话牢牢记在心里。

对伤害鸟儿的事情，母亲不仅不允许我们做，也不允许别人去做。麦收夏忙之后，我家里总要在门口的大场上晒麦子，为了防止邻居家的鸡或空里飞来的麻雀吃麦子，母亲常让我戴个草帽拿个小凳坐在场边去看"场子"，我走时在兜里偷偷装只弹弓，又装一把石子，准备打飞来的麻雀。母亲见了，坚决让我掏出来放下，怕打死麻雀，只让我拿个竹竿，鸡或麻雀来了吆喝几声赶走就算了。一次她带我去天桥沟给牛割草时，遇见村里的小伙黑蛋在一棵树上掏鸟蛋，当黑蛋从树上下来喜滋滋地掏出五颗淡青色的画眉蛋让我们看时，母亲只看了一眼就立马说："黑蛋，我娃听婶婶说，这五颗蛋，就是五个画眉鸟，也是五条生命，你拿回去吃了，伤天害理，造孽呢，听婶婶的话，赶紧放回窝里去，婶婶明儿给你五颗鸡蛋，你拿着吃去，好不好？"黑蛋听了，红着脸又爬上树去，把画眉蛋放回窝里。

对各种鸟儿，母亲像对孩子似的关心爱护。堂屋顶上有一个燕子窝，一对火燕子经常飞出飞进，叼来小虫喂窝里的雏燕，又喜欢叽叽喳喳，人高兴时听着还挺好听，烦恼时就让人更烦恼；另外，火燕子不太讲究卫生，有时在堂屋拉下粪便，让我们得经常打扫。一次，过门不久的弟媳对弟弟说："这燕子太讨厌，拿竹竿把它们的窝戳了算了！"母亲听见了，很不高兴，给他俩说："燕子是喜鸟，专捡善良和干净的人家垒窝，一般人请都请不来，你们千万不要戳它的窝，让它们和咱们和睦相处，至于卫生，多打扫几回有啥呢？"弟弟和弟媳听了，觉得有道理，红着脸不说话了。翌日，母亲叫我和弟弟在燕子窝下吊了一块硬纸板，解决了燕子拉屎家里不卫生的问题。这窝燕子至今还住在我们家里，与我们和睦相处，成了好邻居。

每次吃饭的时候，母亲端着碗，看见院子里落了鸟，就把馍掰成碎片，又夹些洋芋片什么的放在石头上让鸟儿吃；晒粮食时，席缝里漏了些秕稻谷，母亲用簸箕簸干净，倒在水泥地上，然后就学着鸟儿"咕咕咕"地一叫，树上那些饥肠辘辘的鸟儿，就欢叫着飞下来饱餐一顿；秋天柿子红了的时候，整个树冠上像一个燃烧的火团，母亲让我留下树顶和梢子顶端的柿子，那些柿子因阳光充足，长得又大又圆，我有些舍不得，觉得留在树上怪可惜的，便问母亲为啥不让摘？母亲说："鸟儿为树捉虫子忙了一年了，留点给它们做过冬的干粮吧！人长嘴，鸟儿也长嘴，都要活着，看着它们吃饱了，我也高兴。再说，树上有了鸟，常吃虫子，虫子少了，树也高兴，明年会结更多的柿子，不信，你看看吧！"我听了，觉得母亲说的对，逐渐也喜欢鸟儿了。

母亲爱鸟护鸟，没有什么高谈阔论，说的话实实在在，但饱含着朴素的生活哲理，我常常静心思忖，自愧不如。

摞摞石边上的陈家人

陈仓本

据考证，居住在苗沟摞摞石上面的陈家人是"义门陈"之后，溯源江西，转徙山西。明朝嘉靖年间由晋迁陕，在依山傍水的棣花苗沟定居下来。陈家先祖以农业生产为主，还有当官和经商的人才。由于先祖来自江西和山西，习惯了长途迁徙的生活，我的父辈陈凤有、陈凤斗和陈凤生一直寻找走出大山的机会。20世纪60年代末期，丹凤县棣花公社积极响应毛主席"水利是农业的命脉"的号召，决定在苗沟修建苗沟水库。苗沟水库竣工后，居住在苗沟水库大坝下边的陈家三户人，按照棣花人民公社的要求，搬迁到棣花贾塬村和中街村居住。

我的兄弟辈里陈清斌、陈清华、陈安福、陈安仓最初在肩扛手拿搬迁修建的泥瓦房里居住。后来因工作调动，陈清华迁居到商州市名人街，陈安福迁居到常州市新北区，我迁居到丹凤县城。陈清斌和陈安仓分别在贾塬村重新盖了楼房。

我的子侄辈里陈盈在贾塬村重新盖了楼房，陈沛在商州购买了单元房，陈敏在成都购买了单元房，陈昭羽在西安购买了单元房。

居住在棣花苗沟摞摞石上面的陈家人搬迁后，他们原来的房基地长满了荒草，作为地标的摞摞石在苗沟小河里岿然不动。曾经居住在那里的陈家人分别在新的居住地健康而快乐地工作和生活着。但是，在棣花苗沟摞摞石上面的土塬里还埋葬着他们的祖先的遗骨，那里永远是他们回家祭祖的必到之地。

记忆篇

陕南游击队领袖巩德芳

郭世斌

巩德芳（1909—1947），乳名三勋，陕西省商洛市丹凤县棣花镇巩家湾村人。早年参加农民自发武装斗争，后来加入商县地方武装，担任过商县茶房联保处常备队副队长等职。

1938年4月，在茶房朝阳小学（今棣花镇两岭小学），由商洛工委书记王柏栋同志介绍，巩德芳同志加入中国共产党。不久，王柏栋被国民党顽固派收买的土匪王老五在家中枪杀。当时的商县六、七区（即商镇、棣花一带，合称商棣镇）保安中队长是冯麟生，茶房联保处的常备队长叫谢孝廉，他们继谋划杀害王柏栋后，反共行动愈演愈烈，中共商洛工委为打开抗日局面，决定铲除这个顽固分子。1939年7月4日，在巩德芳、薛兴军指挥下，公开处决了谢孝廉，此行动也称为"茶房暴动"，陕南游击队的武装斗争，就是从这里发源，逐步发展壮大起来的。

1940年6月19日，住在龙驹寨水泉村的我地下党员王士哲，向县委汇报了冯麟生第二天去商县参加"清剿"会议的重要情报，县委随即决定，在冯麟生开会结束返回龙驹寨的途中埋伏截击。20日，县委成员分头准备，王连成与巩德芳、薛兴军等共同商议后，进行了战斗部署，并率二百多人的武装在茶房到四方岭五里长的地域内，设下六个埋伏点。23日，冯麟生参加"清剿"会议后返回龙驹寨，行至茶房后街时，遭到埋伏在此的革命武装痛击，冯麟生及其警卫队四处逃窜，溃不成军。冯麟生从水沟口往对峪塬头逃跑，窜到半坡，被巩全林击毙。这次行动，毙俘分队长以下人员三十余名，缴枪六十支，打击了国民党地方顽固反共派的嚣张气焰，鼓舞了军民的抗日热情。

打死冯麟生之后，国民党大兵压境，到处搜捕共产党和武装骨干，企图把抗日武装一网打尽，县委根据党的"隐蔽精干，长期埋伏，积蓄力量，以待时机"的方针，化整为零，分散隐蔽。与国民党周旋一个时期后，按组织安排，八十余名党员、游击队骨干和抗日救亡青年先后进入陕北马栏，参加整训和大生产运动。为后来重新返回商洛，掀起新的革命高潮，培养积蓄了一批中坚力量。巩德芳又率领其中的共产党员和进步青年二百多人，成立了陕南游击指挥部，接着，又粉碎了七个县民团的"清剿"。

1940年秋，巩德芳被组织派往河南地方军阀别廷芳部做兵运工作。1942年秋，商县地下党组织由于叛徒出卖遭到破坏，他根据中共陕西省委指示回到商洛，把分散在各地的游击队干部战士召集到陕甘宁边区关中分区的马栏整训，他担任德记骡马店经理，王杰任副经理，名为经商做生意，实为训练干部战士军事技能，学习毛主席《论持久战》，提高政治思想觉悟，同时开荒种田，自力更生，丰衣足食，参加了边区大生产运动。

1945年冬，蒋介石准备发动全面内战，巩德芳受中共陕西省委派遣，返回商洛。与早期从马栏返商的蔡兴运、田申荣等一起，发动群众，发展武装，他从群众的迫切要求出发，组织群众大力开展抗粮、抗丁斗争，并广泛开展统一战线工作，分化争取国民党保甲人员和地方武装，壮大了革命武装力量。

1946年5月，中共商洛工委和陕南游击队指挥部在商县夜村镇甘河东沟青岗坪成立，巩德芳担任工委委员、指挥部指挥，王力为政治委员，副指挥薛兴军，率领一千多人的游击队，在商县、丹凤、洛南、山阳、镇安、柞水打了许多胜仗。1946年7月，中原解放军北路突围部队进入陕南，他与省委派来接应的汪锋同志，发动群众在本地和外地购买粮食布匹棉花，解决中原野战军战士的冬装和生活，做了一系列接应工作，为中原部队尽可能提供了便利，并亲自负责李先念、郑位三、陈少敏等领导同志的安全工作，亲自安排李司令员住留仙坪王沟张孝仓家养病。当年9月24日，豫鄂陕边区政府和豫鄂陕军区在今丹凤县商镇大峪丰地沟李家老屋场成立，会议结束干部任命时，在场的李先念、巩德芳、夏世厚、肖建章四人有一段精彩的对话。巩德芳同志说："李司令员，我没有指挥过大部队正规作战，还是叫夏世厚同志任司令员。"李先念深情地说："陕南人民认你巩司令，不认他夏司令。现在队伍壮大，有人有枪，你是名副其实的巩司令。"豫鄂陕军区划分五个分区，任命巩德芳同志任二分区司令员，他和地委书记兼分区政委刘庚一起，指挥三千多人的游击队先后与主力部队配合作战五十余次，开辟了广大的游击根据地。1946年年底，胡宗南调集九个正规旅、十个保安团围攻豫鄂陕根据地，主力部队转入外线作战。巩德芳和分区政委王力奉命率少数游击队就地坚持斗争。在极为严峻的环境下，有的革命意志薄弱者脱离部队回家种地，有的开小差去外地，有的怕死投降变节，原游击队干部梁升元带枪公开投降敌人，巩司令知道后，气得大口吐血。在革命困难时期，巩德芳率领游击队昼伏夜出，在长坪公路和边沿山区神出鬼没地打击敌人。后来，环境更加险恶，游击队和外界联系中断，他只好带着身边几个同志进入深山隐蔽起来。饿了吃一把炒熟的玉米粒，渴了喝几口山泉水，由于长期辗转战斗，加上生气和饥饿，他经常胃疾发作，在没有粮食和医药的情况下，巩德芳于1947年3月22日半夜1时，在今商县夜村镇老山沟村村民姜老四的木楼病逝。姜家的邻居姜娃子为邀功领赏，带国民党常备队长孙益俊，将巩司令尸体挖出来，割去头颅去商县领赏。巩德芳的父亲巩怀让、伯父巩怀富、妻子张菊娃、弟弟巩德胜、堂兄巩德彦、姑父李福禄，女儿巩党荣躲藏在竹筐下才幸免于难，全家八口人中先后有六人为革命献出了生命，满门忠烈，正气浩然。

  笔架山低首哀悼，丹江河垂泪哭泣。商洛人民的好儿子、中国共产党优秀党员、陕南群众领袖巩德芳，您永远活在人民的心中。

我的父亲蔡兴运

蔡兰英

我的父亲蔡兴运（曾用名：蔡善杰）是陕南游击队的一员战将，横刀跃马的一位英勇战士。1943年7月于马栏参加中国共产党，先后担任游击队队长、营长、敌后武装工作队队长、洛南支队支队长。新中国成立后任职陕南军区独立六团团长和县兵役局局长等职。

记得很小很小的时候，我们姊妹伙常常围坐在妈妈的身旁，听妈妈讲述父亲在商洛这块红色沃土上闹革命的故事，其中有首童谣是这样说的："扛梭镖，背大刀，双手拿着盒子炮；蔡兴运，游击队，打击敌人逞英豪。"当时我听得津津有味，心中的父亲是那么地高大伟岸。

上小学了，当我手中拿着一本名为《九进八出》的红色小册子，在丹凤县委党史研究室编撰的《商山魂》中看到商洛老革命英雄陈效真写的《商山丹水一虎将——蔡兴运烈士传略》，从那些闪光的字里行间看到父亲挥戈丹江、跃马商山的战斗故事时，更加增添了对父亲的崇敬之情。当小伙伴们问起："这是你父亲的故事吗？"我很骄傲地告诉同学们："是的。那就是我父亲的故事。"

我上中学时，正值"文化大革命"，那铿锵有力的《沙家浜》唱段，"要学那泰山顶上一青松"，又勾起了我对父亲的怀念，我的父亲不正是那泰山顶上的青松吗？

我参加工作了，先后在丹凤县农科所、丹凤县委党史办、丹凤县国税局工作。在丹凤县委党史办工作期间，我参加了商洛革命斗争史、丹凤县革命斗争史的收集、整理、编纂工作，更加深了对红色商洛、红色丹凤革命斗争历史的了解。商山洛水作为全国解放革命的一个战场，无数革命先烈抛头颅洒热血的英勇行为得到了党中央和毛泽东主席等国家领导人的认可。多少中国革命的重要将领、多少仁人志士的前赴后继，成就了商洛红色小延安的美名，让我骄傲的是，我的父亲就是其中一个。

1956年2月16日，由于长期从事革命斗争活动，我的父亲积劳成疾，经各方治疗无效，与世长辞。为纪念我的父亲，在那个悲痛的日子里，商洛全市统一降半旗致哀，这是对我父亲最大的认可和追忆。我们全家感到无比欣慰和自豪。

人过中年，思绪万千。如何传承中华传统美德，如何传承家风家德，成了我思想的主题。面对一个个家庭的家谱编纂，面对一个个急于找到商洛红色革命斗争历史记忆的老同志，通过学习习近平总书记"不忘初心、牢记使命""让红色基因代代相传"的教诲，我更加坚定了自己的信念，决定自己出资，搜集、整理、再版《九进八出》一书，让那些栩栩如生的战斗在商洛山中的英雄们的形象与故事千古流芳，把商洛红色革命斗争的历史传承下去，为商洛机关单位、学校和广大青少年们留下一部记录商洛红色历史的壮美诗篇。这也是一个女儿对父亲的缅怀和追忆！

横刀立马陈效真

陈元生

我的父亲陈效真，1919年8月出生于丹凤县棣花镇陈家沟。1938年4月参加中国共产党领导下的地方武装。1939年7月，参加了地下党巩德芳领导的"茶房暴动"，处决了反共顽固分子、常备队长谢孝廉，建立了中共地下党支部领导的商洛第一支抗日武装。因遭国民党通缉，被迫离开家乡，于1939年7月被组织介绍至泾阳县云阳镇，参加了八路军一一五师后方留守处（陕西省委警卫营），同年10月加入了中国共产党。在此期间，曾任班长、排长、连司务长、营副官。在泾阳县马兰镇干训班毕业后，任连指导员、营教导员、供给处长等职。参加了保卫陕甘宁边区反磨擦战斗，以及整风运动、大生产运动等。

1946年7月，奉中共关中地委命令，返回商洛迎接李先念率领的中原突围北路部队，负责中原军区政委郑位三、中原局组织部部长陈少敏的接送、保卫、隐蔽和养病工作。他和战友们四出黑龙口，五下竹林关，克服重重困难，冲破国民党的围追堵截，圆满完成了任务。

1946年10月，任陕南游击指挥部第一独立大队政委、商洛军分区第一独立大队政委。1947年2—3月，随中原突围部队和陕南游击队改编的豫鄂陕军区部队北渡黄河，转移到山西晋城驻扎整训。

1947年7月下旬，解放战争由战略防御转入战略进攻阶段，在山西晋城休整待命的豫鄂陕军区部队七千余人，奉命改编为晋冀鲁豫野战军第十二纵队。由五百多名商洛籍干部战士组成的原豫鄂陕军区教导团与第三十八军教导大队合编组建的三十八军教导团，先后开赴豫西和陕南。在此期间，父亲任豫鄂陕军区教导团供给处主任、三十八军教导团政治处副主任。8月，随陈赓、谢富治兵团南渡黄河，参加豫西战役。10月，任豫鄂陕军区二分区第一武工队政委。1948年2月，任商洛武工队政委、工委书记。在豫陕边的卢氏、洛南、商州接合部的莽岭山区坚持武装斗争，粉碎了敌人三次围剿。至1948年底，创建了七个区、四十四个乡民主政府，组建了农会、区干队和民兵组织，辖区人口达七万余人。

1949年3月，由我父亲和蔡兴运、田申荣、何史挺领导的武工队，根据陕南二分区地委关于"做好解放商县、洛南、蓝田的准备"的决议，参加了解放商洛全境的战斗。在我军的强大攻势下，5月30日洛南县城解放，蔡兴运和我父亲率部进城，受到各界人士和广大市民的热烈欢迎。大家手持彩旗，敲锣打鼓，高呼口号，庆祝洛南解放。父亲被任命为首任洛南县委书记。洛南县解放后，解放军以摧枯拉朽之势，迅速扫清了盘踞在各县的国民党残余势力，1949年12月，商洛全境获得解放。

1950年4月，父亲任陕西省公安总队副政委。1952年9月至1954年9月在南京解放军高级步兵学校学习。毕业后他主动请缨，要到艰苦的地方去工作。在甘肃省公安总队任副政委期间，父亲主动请求到青海省玉树工作。1955年12月，父亲担任玉树军分区政委，1958年至1961年任兰州军区玉树平叛指挥部副政委兼政治部主任。平叛期间，父亲与战友曾被叛匪包围长达半年之久。时至今日，父亲参加指挥的两大平叛战役还被列为国防大学高级指挥系典型战例教材。

在雪域高原工作九年多后，1964年4月，组织安排父亲调回陕西，先后任商洛、延安军分区政委，1971年3月起任陕西省军区副政委，1983年6月离休。1983年4月至1989年3月，任陕西省政协第五届常委。离休后，父亲多次奔波于北京、商洛之间，为将商洛地区定性为革命老区，享受老区待遇做出了重大贡献。父亲是我党我军的优秀政治工作者，商洛游击区创始人之一，"茶房暴动"的主要参与者。他信念坚定，任劳任怨，为中国人民的解放事业和社会主义建设奉献了毕生精力。1955年，父亲荣获三级独立自由勋章、三级解放勋章，还被授予上校军衔。1988年荣获中央军委颁发的独立功勋章。父亲戎马一生，赤心为民。2010年12月21日，父亲因病在西安去世，享年91岁。

（陈效真长子提供资料，陈安民整理。）

棣花名流巩宗姬

叶永华 郭世斌

棣花是商於古道上的一颗璀璨明珠。千百年来，在这块富饶美丽的土地上，发生了一幕幕惊心动魄、波澜壮阔的历史事件，留下了许许多多令人难忘的传奇人物。巩宗姬就是其中的一位代表人物。

巩宗姬是棣花古镇清风街十一小队人，年轻时当过联保主任，为人正直，正义感强，乡亲们亲切地称呼他为"巩主任"。他祖籍河南省南阳市曹家沟村。明朝末年大旱，中原战乱，尸横遍野，哀声四起，巩宗姬的先祖背井离乡，迁徙至陕西省商县（今丹凤县）巩家湾村后，又从巩家湾迁到棣花村巩涧子村，至今已是十六代。1930年，河南土匪李长有流窜至商洛，烧杀掳掠，所到之处十室九空，巩宗姬有两院房屋被烧毁。"贼偷火烧当日穷"，无奈之下，他携带全家老小逃难至关中大荔县白马营镇谋生，一年后李贼败退，才返回棣花巩涧子村。当时本村巩菊林的父亲当了几年乡约，因交不上苛捐杂税，被上峰李彦德赶出村，巩菊林卖房还债，巩宗姬就以一百四十块大洋，买下这院房屋栖身。

巩宗姬弟兄四个，他排行老四，自幼聪明伶俐，家境殷实，年少在孝义就读私塾，有过目不忘本领，后入商县高等学堂学习，毕业后考入警官专科学校。

19世纪初，清政府软弱无能，帝国主义列强掠夺入侵，中国开始沦为半殖民地半封建社会，农村凋敝破落，劳动人民挣扎在死亡的边缘。巩宗姬毕业后回到家乡，那时基层联保初建，人才匮乏，更缺乏栋梁之材。巩宗姬当时正值青春年华，风流倜傥，壮志满怀，学识渊博，担任商棣镇联保主任。上任伊始，清正廉明，给闭塞落后的乡村带来先进文明之火花，在南寺、两岭、留仙坪、棣花兴建新式学堂，用知识改变了不少青年的前途命运。新中国成立前后的商镇区(棣花、茶房、商镇)被称为文化区，是干部人才扎堆堆和聚窝窝的地方，商洛市和丹凤县的机关企事业单位随便拉个人，一打听都是这个区的，真可谓群星灿烂，人才辈出。

女子缠足是流传上千年的陋习，既伤害了女子们的健康，又阻碍了生产力发展。贾塬一刘姓女子，父母逼着缠足，孩子疼得整夜哭叫，声嘶力竭，惨不忍睹，后上吊自尽。巩宗姬对此陋习深恶痛绝，上任之后在地方首倡放足，顺应社会潮流，致力革除陈规陋俗。

丹江是商洛人民的母亲河，它养育了两岸的父老乡亲，江水清澈明亮，有鱼有虾。旧社会，这条河流到了洪水期，往往冲破堤坝，毁坏良田，农民辛苦种下的庄稼颗粒无收。巩宗姬看在眼里，痛在心上，决心治理丹江。他联络好友雷焕林、雷普天、韩述绩等，由他总负责，雷焕林、韩述绩管账，筹措资金若干，将资金划分为四十八股，按劳分配，修建棣花河堤。巩宗姬凭其威望，以身作则，吃住在工地上，没黑没白，眼睛熬红了，脚跑肿了，睡一觉醒来解了乏，第二天又出现在工地，为修这几百亩地，真是操碎了心。经两冬大战，五百米的堤防大坝如一条长龙横卧丹江，修得旱涝保收水田三百多亩，从此棣花人吃上了大米，惹得外村人羡慕。听说是给棣花小伙子介绍对象，外乡外村女子争着见面，本村女儿不愿外嫁。后来巩宗姬又主持修建一百零八股堤防，从雷家坡至南坡一千多米的堤坝就是那时修建的，新中国成立后的多次修缮，均是在此基础上向南延伸。"四十八股"成为我儿时的深刻记忆。一道和二道堤坝，环绕丹江两岸，千亩耕地旱涝保收，堤上杨柳葱绿生机盎然，秋天稻谷飘香，一片金黄，芦花飞扬，野鸭成群成行。这片肥沃的土地，养育了棣花镇祖辈几代人，巩主任可谓功德无量。

正月里来是新年，金匾送给巩主任。中华民族自古以来，就有报恩报德的传统，巩主任造福乡里，理应受到人们尊敬，省府赠送他"有功地方"的牌匾并给予褒奖。西街村韩先生出头召集众乡邻，提议为巩主任送块牌匾，大家纷纷支持响应，于是请巩木匠完成。老木匠选金丝楠木制匾，用陈年土漆涂染，上刻韩先生楷书"公正勤劳"四个大字。那年正月十五元宵节时，乡亲们用五尺红绸包裹，敲锣打鼓鸣放鞭炮，将金匾抬着送给巩主任。后来，省府那块"有功地方"的牌匾丢失得无影无踪，倒是乡邻送的那块"公正勤劳"牌匾，2000年前后得以重见天日。

事情经过还有些意思。

古镇东边有个贾塬村,村里有个青年叫李三,偷鸡摸狗声名狼藉,想当村干部捞取好处,于是在村支书贾忠民做饭的锅里投放老鼠药,结果忠民两口经抢救脱险,倒把忠民的叔父给毒死了,一时轰动全镇。人们争先恐后探望,西街村有位青年叫王军安,在贾支书家无意发现这块写有巩主任大名的牌匾,那天回家的路上,他碰巧遇到巩宗姬的大孙子巩有恒,就告诉了他,于是物归原主。原来"文革"时期,造反派把这块牌匾当作四旧收没,放在公社会议室里。"文革"后忠民在公社开会,无意间将其扛回了家。现在这块牌匾挂在巩宗姬大孙子巩有恒的厅堂里,下面有巩宗姬的半身照。细瞧老主任,庭堂光亮,方耳阔面,银须飘飘,想来年轻时定是一表人才。

棣花镇丹江西边有个村庄叫刘塬,属商州地界,出了个土匪刘松林,为害乡邻,国军司令谢辅山带一团部队清剿,刘匪藏在丹江南崖的山洞里,谢用炮攻两月不破,于是探问地方有无胆大之人,巩主任挺身而出,谢说你给刘松林说,他如归顺国军给个团长当,如不下山,洞破之日就是他的死亡日期。巩问谢说话算数吗?谢说君子一言,驷马难追。于是巩主任穿过丹江,来到崖洞下,高喊把吊桥放下来,说他要面见刘松林。

话说两头,经过几个月的折腾,众匪徒疲惫不堪,人心惶惶,刘与众贼寇早已成惊弓之鸟,加之洞中弹尽粮绝,正当穷途末路之际,巩主任在洞内说明利害,刘松林思考后,就带领众匪全部归降谢部。巩主任没动一枪一炮,就为地方百姓除一祸害。

1940年秋冬季,国民党败军撤往后方,长坪公路上的队伍白天晚上络绎不绝。雷家坡村村民雷连启,晚上在公路上捡到一军用毛毯,被过往的队伍发现,硬说是抢队伍的,将雷连启五花大绑拉去商县夜村,准备马上枪毙。家人请巩主任去说情,巩主任到夜村见到该队伍的团长,亮明身份后说:"这是我邻居的娃娃,老实本分,来回话都说不好,哪里敢抢咱队伍上的东西,你要说抢的,那要有人证物证。"团长看巩主任气宇不凡,言之有理,最后答应天黑前让把连启领回家。就这样,巩主任在枪口下救了一条人命。

万湾村有户姓李的村民,想修房不敢动工,原来是商洛镇公所几个背枪的,每天来村上祸害百姓,李家求巩主任帮忙。巩主任说你把日子择好告诉我。那天他早早来到李家,一会儿,那几个背枪的到村,巩主任拦住他们说:"今天我侄子拾掇房，你们几个先回去。"看在巩主任的面子上，那几个人那几天没敢来骚扰。

巩主任在任期间大刀阔斧实行改革，给老百姓办了一些看得见、摸得着的实事善事，深得地方百姓的敬重和爱戴。那时社会动乱，国民政府官员贪污腐败，官官相护，山头林立，道德伦理严重丧失，要做一个清正廉明，出淤泥而不染的官员实为不易。巩宗姬久居官场，不愿同流合污，后期厌倦政界污浊，愤而辞职躬耕。

虽说不在其职，凭在职时的人脉关系，巩主任继续为乡亲们济困解忧。凡关乎群众的事，他都认为是大事，尽心尽力去办。"路遥知马力，日久见人心。"漫长的岁月，让他渐渐在不同层次的人群中树立了崇高威望。不管穷人家还是富人家，吵架闹仗邻里纠纷，找到巩主任，一番推心置腹后，再深的矛盾也会随之化解。

西街村董家，丈夫染上了赌博恶习，把媳妇陪嫁的首饰变卖了，两口子打闹数次，媳妇找到巩主任哭诉。巩主任出面去董家，说："娃呀！你父母为给你娶媳妇，没白没黑省吃俭用，还不到五十，头发就全白了，你的心叫狗吃了。"董家丈夫听后心灵触动，从此不再赌博，后来勤俭持家，日子过得红红火火；后涧村余家盖房，为檐水出路和何家吵闹，双方打得头破血流。巩主任就把余家何家叫到一起，说："常言道，远亲不如近邻，做事要朝前看，不要鸡肠小肚。"经劝解，两家消了气，摒弃前嫌，互敬互让亲密无间；东街村民李聚春要立木房，因邻居张家有钱有势，想买他家庄基，李家没同意，张家请阴阳先生，明里暗里使手段，威逼李家出售，最后还是未得逞，现在李家盖房，惮怕其来报复立木不成，从街后请来巩主任坐镇，十二点前房子顺利落成，李家感念至今。

旧中国社会动荡不安，土匪聚啸山林，打家劫舍，有枪便是王，老百姓生活在水深火热中。棣花、茶房地界的老百姓，晚上不敢在家睡，做生意担的货物不敢在家放，均前来巩主任家住宿寄货。刘二村姜书林父亲担了两担香油，担心土匪晚上来抢，涉水担到巩主任家存放。巩主任的厦子房楼上每晚都有人住宿，他成了一方百姓的保护神。

田天林，又名田麻子，棣花镇西三塬村人，是商洛游击武装创始人之一，先后担任游击队长，商洛独立团营长职务，"文革"前后任丹凤县武装部长。1947年3月，巩德芳司令病逝后，家住巩家河村的姜娃子父子俩为了领赏，向国民党商棣镇大队长孙益俊密报墓地。田天林从山西回到商洛后，带领游击队枪杀了姜娃子父子，遭国民党政府通缉被捕，关押在商洛镇公所，准备即日绑赴州城监狱。巩宗姬受党组织委托，找到大队长孙益俊，经多方奔走呼号，把天林救回。原来几年前，游击队曾把孙益俊父亲扣押在南山流岭，孙曾托巩宗姬前往说情，德芳司令慨然答应释放。这次成功解救天林，也算孙益俊还他一个人情。

巩宗姬思想进步，追求光明，是共产党的挚友，他家也成了共产党游击队的联络点、接待站。巩德芳司令是巩主任的家族兄弟，相互信任，情同手足。巩主任年岁大后，不顾年迈，依然经常为游击队传送情报，接待外地客人。

1940年春的一天，天刚擦黑，巩德芳司令来到巩主任家，说他关中有位朋友患病，要在巩宗姬这里休息一段时间。巩宗姬一口答应，几天后人来了，个子在一米八左右，面色苍白营养不良，明显是失血过多所致。巩主任一家省吃俭用，为客人炖母鸡补养，顿顿准备丰盛饭菜款待，并从许家沟请来二先生许佐善，给来人诊脉用药。调理三个月后这位"朋友"痊愈，面色红润神采奕奕。"朋友"走后给巩司令当警卫员的本村青年雷风彪才说，这位"朋友"是关中某地一位司令员，叫王子平。解放后，"朋友"与巩宗姬还有书信往来，千恩万谢。

1947年，中野主力与我商洛地方武装混合后，如一把钢刀插入西北王胡宗南的心脏，令其坐立不安。胡集团派出十个保安团，两个整编师杀气腾腾清剿，根据地陷入腥风血雨中。胡匪实行烧光、杀光、抢光政策，在商县北宽坪一次烧毁民房四百余间，隆冬强迫离川道二十里的群众移民并村，其时巩司令病危，主力东渡黄河，南北二山的群众纷纷求巩主任想办法，地下党组织也出面。有一次孙益俊和胡部长官来巩主任家，等酒足饭饱后，巩主任说："现在数九寒天，你们让老百姓搬去哪里住？等春节过后再搬如何？"巩主任是想用拖延的办法渡过难关。孙说："这是上峰的命令，我们也没办法。"巩说："你是本地人了解情况。"孙与其长官无语。由于形势变化，此事后来不了了之。巩主任拯救民众于水火，南北二山根据地的老百姓，世代感恩。

1952年10月，从西伯利亚刮来一股寒风，温度骤然下降，北风吹在脸上刺痛，天空灰蒙蒙的，池塘水面结了层薄冰，荷叶垂头丧气枕在冰面上，芦苇在风中东倒西歪，空中飘着雨夹雪。平常身体硬朗的巩宗姬突然病倒在床，恶寒发热，咳嗽气喘，儿女们邀医诊治，然病入膏肓，于是晚十二时离开了儿女和乡亲们，离开了他终生眷恋的这片土地。

斗转星移，物是人非，巩主任的事迹湮没在老一辈人的记忆中。60年代初，他的墓茔在一场学大寨、修梯田的运动中被平整成耕地，这块耕地分配给生产队耕种，生产队又划分给社员作自留地。党的十一届三中全会召开后，改革开放的春风沐浴神州大地，撤社成乡，土地分配到户，农民在自己的土地上耕耘播种、抛洒汗水、收获希望。

世界上有些事情的发生，用常理很难解释，冥冥之中苍天早有定数。20世纪90年代初，一次偶然的机会，巩宗姬坟地重见天日。丹凤县人大、丹凤县政协、棣花镇人民政府隆重召开了纪念中国共产党挚友、开明绅士巩宗姬的大会，棣花镇党委副书记雷福朝，棣花村村主任雷生彦，政协委员韩述绩，老游击队员雷风彪等均在追悼大会讲话，高度赞扬巩宗姬功德。棣花村村主任雷生彦深情地说："棣花人吃的是巩主任的大米，过的是巩主任的日子。"

巩宗姬逝世五十多年后召开追悼大会，并重新隆重安葬，这件事堪称奇异。历史是一面镜子，也是一座丰碑，一个人的能力有大有小，只要你为群众做过善事好事，党和人民就永远不会忘记你！苍天有眼，公道自在。

巩老先生安息吧，您永远活在古镇人民的心中！

民主人士韩述绩

叶永华

踏上清风老街，顺着商於官道往西五里地，有一个绿树环抱、鲜花盛开、富饶美丽的村庄，叫西街村。有一千多村民，祖祖辈辈生活在这个地方。韩家大院就隐藏在塬下的几十户人家里，一共有六间上房，四间厦房，这里就是韩述绩先生过去生活和从事地下工作的地方。韩述绩乳名韩明，是商洛市丹凤县棣花镇西街村人，生于1911年农历六月，卒于2000年7月，终年八十九岁。

1939年5月，正是华北告急之时，秦岭腹地的商洛地区，山大沟深林密，土匪如麻，杀戮抢劫无所不为，国民政府各种派款税收繁杂，老百姓苦不堪言。商洛工委书记王柏栋同志，以母校两岭朝阳学校为基地，秘密发展青年学生入党。巩德芳、薛兴军、刘丹东、王连成、陈效真、巩德胜等青年俊杰纷纷加入共产党，这些人后来成为商洛武装游击队骨干。韩述绩那时二十多岁，在陈家沟、苗沟等学校教书，为人热情大方，做事深沉稳健，知识渊博，又写得一手好字，深得巩德芳司令器重。在绅士老者巩宗姬及当地有影响的人士的大力推荐下，担任国民党商县商棣镇文书工作，肩负革命事业神圣重任。

棣花镇自古以来就是六百里商於古道上的交通枢纽，是国民党政府称为"匪区"的地方。韩述绩到商棣镇镇公所后，团结一切有爱国正义感的人，积极投身抗击日寇外来侵略者的斗争，亲自动员爱国青年报名参军，为抗日部队筹措粮草。他主持正义，做事公平，鞭挞地方邪恶势力。在复杂险恶的环境中，他多次冒着生命危险与敌人周旋并展开殊死搏斗。

1942年9月，抗日战争进入敌我相持阶段。地处秦岭一隅的商洛地区，也处在暴风骤雨的前夜。行政公署专员温良儒暗地勾结民团和土匪头子王老五，残酷杀害了即将回延安的我商洛工委书记王柏栋。为了打击亲日分子和国民党顽固派，商洛游击大队在茶房四方岭击毙龙驹寨民团团长冯林生。接着又枪杀了迫害共产党人的国民党茶房常备队队长谢孝廉，极大地震慑了反动派和地方恶势力。国民党胡宗南集团派重兵六个正规旅，十二个保安团清剿共产党人领导的这支部队，黑云压城城欲摧。我游击大队常年活动在深山老林，给养十分困难，生存受到严重威胁。中共中央军委电示商籍党员干部和战士，分期分批前往陕北整训。韩述绩以去西安看病，去关中走亲戚为借口，跋山涉水翻越秦岭，晓行夜宿，拿着西安八路军办事处开的路条，先到泾阳安吴堡青年训练班学习，后又被选送到延安抗日军政大学学习。

　　1943年11月的一天，下了一场大雪，韩述绩一大早推开门，发现大门前的雪地上有个黑影，他急忙上前细瞧，原来是一个衣着破烂、奄奄一息的十多岁的孩子。他急忙将孩子抱回房间，先掐人中、内关、合谷等穴位，接着生火烧水给清洗。约莫半小时后，这个小孩子苏醒过来，原来这孩子是本地商山脚下王村人，姓彭名耀先，无兄无弟，无姐无妹。父母一个月前得伤寒瘟疫急症，医治无效，双双撒手人寰，丢下年幼的他。先生知道后，恻隐之心油然而生，决定帮助孩子，资助他上学，供应一切学习生活用品，将他当作自己的孩子抚养。在韩述绩的教育帮助下，彭耀先小学毕业后，经组织同意，去了陕北延安，上了抗日军政大学，毕业后参加了人民解放军，分配在第一野战军。兰州解放后，他先后被提拔为营长、团长，70年代转业分配至甘肃省庆阳市，先后任市委领导、市政协主席。

　　韩述绩回到商棣镇公所后，做的第一件事就是驱除王玉斋。王玉斋是商县沙河子镇人，他依仗兄长是陕西省法院副院长的权势，在地方称王称霸，劣迹昭昭。后托关系花费金钱谋取到商县(今丹凤县)商棣镇镇长职务。王玉斋任职后，适逢春节，其贿赂商县兵役科长，以每张五十万元价款，买了五十张壮丁收据，共值二千五百万元，先用公款交了一千万元，其余回镇转卖后，再如数交清，王将此收据交警备队长孙益俊，向各保兜售，每张价款一百万元，后在各保办理时又涨到一百三十万元至一百五十万元，层层盘剥，坑害群众，逼得出丁之家，借钱垒债，倾家荡产。

　　后来，王玉斋又以全镇九个保均拖欠上交粮款为由，强行催缴，找木匠制成数面木枷，以震慑众人，捞取利益。二保保长周乐善，五十多岁，为人正直，但性格软弱，王玉斋将一面木枷套在他的脖子上，蛮横霸道地大骂周乐善，耍"杀鸡叫猴看"的把戏。韩先生知道后，及时向领导巩德芳汇报，在党组织的领导下，一场有计划有目的，驱除王玉斋的行动有条不紊地展开了。

在王玉斋带领的四个护兵中，有一个是兵痞出身，烟瘾很大，每当夜深人静的时候，他和王玉斋便躺在床上，点上烟灯，护兵烧，镇长吸，吞云吐雾，不亦乐乎。一天早上，电话兵来给镇长叠被子整理床铺时，忽然从被子底下拾了一块烟土熬成的烟饼，就交给了事务员周谦让，周与王玉斋有矛盾，也是韩述绩的朋友，两人暗地里将此消息传出，一时轰动全镇，到最后人人皆知。

基于上述情况，各保推选出在当地群众中有声望的巩宗姬、张文魁、李长贵等二十人为代表，列举王玉斋倒卖壮丁收据，吸食鸦片，私造刑具，擅增员工，打骂群众，任意摊派等十大罪状，并签名盖章，分别呈给商县政府和专员公署，要求依法惩办。并打出横幅标语，在商州城到处张贴王玉斋十大罪状，最后专员公署、商县政府只好下文撤销王玉斋商棣镇镇长职务，永不录用。韩述绩顺从民意，在这场斗争中运筹帷幄，赢得了各保和广大民众的称赞。

商洛镇东桃园村，有个敌人的小型军火库，有一个班的敌人守护。游击队在洛南灵官庙、庾岭、峦庄拨据点、打民团的几次战斗中，弹药几乎耗尽，急需补充。当时正值中秋节来临，韩述绩报告常备孙队长，一行人带着月饼、白酒慰问驻军，韩述绩利用这次机会，侦察清军火库的驻防人员、地理位置和武器装备后，立即派人给游击队送去情报。几天后一个月黑风高的晚上，蔡兴运、彭青山、田天林带领游击队二十余人劫走军火库两挺重机枪，三十杆步枪，子弹五千余发，我游击队员无一人伤亡。

韩平治乳名韩天圈，是丹凤县棣花西街村人，1943年担任国民党棣花常备队队长，是韩述绩先生的本家堂弟，生性豪爽，仗义疏财，思想进步。1946年，商洛地区革命斗争发展到一个全新阶段，敌我双方对常备队这支武装都非常重视，由于韩平治表现激进，引起国民党大队长孙益俊的警惕。为了把这支武装掌握在共产党的手里，在商棣镇担任文书的韩述绩，心急如焚，夜不能寐，时刻关心族弟的政治前途和命运。在他苦口婆心的劝说下，韩平治坚定了信念，准备起义。事也凑巧，韩平治的嫂子的亲哥哥叫田中再，时任游击队连长，曾给巩德芳当过警卫员，受其委托，借走亲戚，也来动员说服韩平治。在两人的轮番动员下，1945年10月，韩平治带着三十多人的队伍光荣起义。国民党商县商棣镇常备队长孙益俊气急败坏，带着一连士兵来到西街发泄，将韩平治父子辛苦修建的四间一砖到顶的房屋，连同家里积攒的粮食家具一并烧毁。20世纪50年代，韩平治曾先后在洛南县、商县兵役局工作，90年代中期因病在西安去世，终年七十五岁。

1949年3月26日，中共商洛地委、豫鄂陕军区第二分区，决定组织西进战役，集中全分区部队和兄弟部队，分南、中、北三路，围歼赵川以西，商县以东之竹林关、龙驹寨、夜村据点之敌。军分区副司令员薛兴军率独立第五团和商洛武工队为北路，军分区副政委李书全率独立第四团和商县支队为南路，29日途经竹林关全歼守敌，活捉敌团长冯允恭及敌官兵一百零七人，军分区司令员孙光，政委王力，三十四团第一营为中路，30日抵达武关，击溃武寺乡自卫队，傍晚三路部队包围龙驹寨，31日围歼商山溃敌，4月1日攻打高桥，以摧枯拉朽之势先后解放了商县、洛南、山阳、镇安、柞水、商南、丹凤七县。韩述绩先生联系各保人员组织担架队，筹措粮款、草料，安排住宿，没日没夜奔波劳累，眼睛熬红了，双腿跑肿了，睡一会醒来身上来了劲，又照常工作，受到部队领导的表彰和奖励。

韩述绩的功绩将名存史册！

"泥腿子"村支书刘长记

郭世斌 叶永华

日月如梭，一晃，棣花村老支书刘长记同志离开我们已经四十多年了。

刘长记是土生土长的农民干部，1958年，他被选为全国群英会的代表，并获得"全国劳动模范"的光荣称号。刘长记原住棣花乡棣花村野猫洼组，生于1918年农历三月初九，卒于1978年正月十一日，终年六十岁。幼时家境贫寒，上过几天私塾，能识字看报，但不会写字。他有超乎常人的记忆力，开会不拿演讲稿，但思路清晰、条理清楚，讲话言简意赅，重点突出，不谈与主题无关的空话大话。一切从实际出发，坚持实事求是的工作作风，急群众所急，想群众所想。工作中时刻关注群众的冷暖，敢于顶逆流，坚持正义，从互助组、初级社、高级社、人民公社一路走来，赢得了不少荣誉，被群众称为"泥腿子"村支书。

刘长记出生在一个穷苦的劳动人民家庭中，从小受尽了人世间的苦难，憎恨旧社会的黑暗腐败。旧社会，他们全家老小一年四季累死累活，还填不饱肚子，他只好利用冬月农闲出门给人担脚，好挣些零花钱补贴家用。由于常年出门在外，他见多识广，思想开放，容易接受新生事物。加之为人豪爽侠气，光明磊落，又爱打抱不平，慢慢地，周围就聚集了一群肝胆相照的朋友，在同龄人中也逐渐树立了威望。

新中国成立后，中国共产党领导全国人民在一片废墟上重建家园，首先进行了伟大的土地革命，迅速激发了广大农民的积极性。他们用勤劳的双手，在自己的土地上耕耘收获，心情无比喜悦。那时候刘长记正当壮年，风华正茂，他积极投身到农村的伟大社会变革之中，斗地主、分田地，保卫新生的人民政权。

1952年3月，他在野猫洼村成立了全乡第一个互助组，当年互助组里二十多户农民获得粮食大丰收，比单干户每亩增收粮食一百多斤。惊叹于野猫洼村组的成绩，县工作组李振中前来指导，使他们的经验得到及时推广并起到示范带头作用。当时奖励了"双轮双铧犁"四台，四匹骡子。随后贾塬村贾振兴、东街村刘继汉、街道巩有忍、街后雷风彪、巩家涧塬上余玉印、西街韩忠海、雷家坡村雷贞祥，也响应号召成立互助组。

1953年各互助组合并成立初级社，1956年再由初级社转为高级社，他带领群众兴修水利，在毛腊渠修盖三间抽水房，保证了棣花塬上的千亩旱地年年丰收。1958年成立棣花人民公社后，他带领群众正坡造林，使南山披上绿装，兴修河堤，使棣花成为陕南"鱼米之乡"。在社会主义生产建设中，刘长记由于工作表现突出，成绩显著，很早就成了党员，深受广大人民群众的拥护和爱戴。

在平时的工作中，他积极肯干、方法灵活，结合实际开展棣花村工作，从不计较个人得失，始终把人民群众的利益放在首位，多次得到上级好评和嘉奖。1958年10月，他和月日公社马炉村的大队党总支书记刘西有同志一起，被评为陕西省丹凤县出席全国群英会的代表，并获得"全国劳动模范"的光荣称号，受到周总理等中央首长的接见。会后组织安排全体劳模参观了天安门广场、天安门城楼、人民英雄纪念碑、八达岭长城、故宫历史博物馆、天坛公园，以及在京的大型厂矿和陕西省西安搪瓷厂、国棉四厂，显示了党对社会主义建设者的尊重、爱护与关心。

回到丹凤后，刘长记在各地轮回演讲十余次，鼓励广大人民群众大干社会主义建设，他逢人就说："我没有为党做出啥工作成绩，党和人民却给了我这么高的荣誉，今后我要把棣花村工作搞得更加扎实，不辜负党和人民对我的期望。"

坚持实事求是，一切从实际出发，是我们党从弱到强走向胜利的优良传统。但在50年代末60年代初期，我们党内经受了一场"浮夸风"的严重挑战，当时一部分人说假话，搞"浮夸风"，胡说"人有多大胆，地有多大产"。总路线、大跃进、人民公社，三面红旗高高飘扬，一系列口号此起彼伏。部分地区领导干部不注重实际情况，盲目在农村搞一大二公，想一夜之间过渡到共产主义社会，过上按需分配的日子。各生产队把群众家里的粮食集中在一起，放在集体仓库吃食堂，有少数腐败分子假公济私吃得能撑死，多数人民群众却挨饥受饿。那岁月有多少人，从食堂打回半勺饭吃不饱，小孩饿得哇哇哭闹。刘长记在那样的恶劣环境下，始终坚持实事求是原则，粮食产量是多少就报多少，不跟风不作秀。当时在棣花公社黑板报上的评比图中，有的村乘坐火箭向天飞，大吹亩产过千斤，却拿不出粮食给国家上缴。有人给棣花村刘长记画了个小蜗牛，嘲笑棣花村粮食产量上不去，但棣花村交国家公购粮在全县却是第一名。

刘长记结合实际，创新地开展棣花村工作，在他自己力所能及的范围里，统筹安排，把十六个生产队的储备粮调剂出一部分，放在西街村西庙仓库里，以防遇到干旱水灾，并提出让西街村德高望重的共产党员赵成舟担任保管，刘支书每天巡回于各村检查工作，发现有揭不开锅的社员，及时给予救济。现健在的东街村村民，八十岁的李松柏回忆说："我三次到干河沟割柴路上遇到刘支书，第一次歇脚时，刘支书让我吃他干粮，我说吃了。第二次割柴回来在半路上又遇到歇脚吃干粮，他问我咋不吃呢，我说乌鸦吃了。第三次砍柴火回来的路上歇脚，我又一次遇到刘支书，问我一路咋不见吃干粮呢，我说没啥吃，没拿干粮，他立即把他的蒸红薯让给我吃。"

刘支书回到村里赶快召开十六个组队长会议，会上他问各村队长有没有困难群众，都说没有。他说："我们作为干部，群众工作一定要细致，我到李松柏家里看了，全家六口人，缸里只有一碗榆树皮面，半笼子红薯。今年怎样度过春荒，值得大家思考，会后大家回到村再摸底，决不能饿死一个人。"在我国三年困难时期，棣花大队三千五百多口人，没有出现一例饿死人现象，后来受到了丹凤县人民政府的表彰。

1964年，伟大领袖毛主席发出"工业学大庆、农业学大寨"的号召，丹凤县委组织大队干部去山西省昔阳县大寨大队参观学习。不久，棣花人民公社组织各村生产队队长去参观，回来后公社书记张景文，社长赵国林组织大家讨论，决定学大寨，修建高标准水平梯田。棣花大队作为试点，党总支书记刘长记最后把地点定在牛头岭上。这座山号称棣花八景"蝎尾接源"。牛头岭在棣花贾塬村北，东西绵延四五里，终止于向西的陈家沟小河，尾巴撒在向东的箭沟垭荒山上。这地方土层薄，高低不平，水土流失严重，修成水平梯田增加土地几百亩，能解决全村群众吃饭问题。

工地战斗打响后，刘长记率领村民，倾全大队之力会战牛头岭，每天山上红旗飘飘，歌声悠扬，几百人吃住在工地上，用镢头挖，用锨铲，用人工担子担土，用木斧子锤土链，拉夯的号子响彻云霄。当时有段顺口溜，写出了战天斗地的场面:"等高线,绕山转,水平梯田上云端。红旗飘,竹板响,愉快的歌声满天飞。"

经过两个冬季的大会战,牛头山终于建成了高标准水平梯田一千亩,成为全地区一道亮丽的风景线。当年《陕西日报》《商洛日报》进行了全方位报道,省内外各地人民公社、大队代表前来参观、学习、取经的络绎不绝,棣花成了西北五省"农业学大寨"的榜样。

据当时大队干部李百善同志回忆说:"刘长记同志经常住在用木料临时搭建的民兵指挥部里,晚上在油灯下安排第二天的工作,每天早晨总是看到他第一个出现在工地上,不是拉夯,就是挖土,工地上他从未叫苦叫累,与群众同吃同劳动。数九寒冬战斗在第一线,双腿由于受风寒严重,经常半夜疼痛加剧,呻吟不断。脚上腿上冻破的裂纹渗出的鲜血和袜子粘在一起,晚上脱不下来连在一起就睡觉。由于工地忙碌,不能按时吃饭,久而久之患上了胃痛病,半夜起来睡不下发出痛苦的呻吟,这些疾病一直伴随着他,直到他去世前也没有治好。每当我回想起老支书当时的痛苦表情,不由得潸然泪下……"

1966年5月,"文化大革命"开始,工人不能做工,农民不能下田干活,学生学工学农。刚开始是给走资派写大字报,后来人和人之间有矛盾,就用大字报相互攻击谩骂;再后来红卫兵串联,文攻武卫,抓革命、促生产、揪斗隐藏党内的走资派。县委、人民公社、村大队领导受到不同程度的冲击批斗,有的大队支书被造反派批斗,戴高帽游街。当时在棣花村,当权派虽然已被夺权,但群众的眼睛是雪亮的,刘支书从未受过一次冲击和批斗。

当时丹凤县委书记刘长凯同志是陕北米脂县人,为建立陕甘宁革命根据地流血流汗,但在"文化大革命"中,造反派毫无人性,把几十斤重的木门板挂在刘长凯书记的脖子上,再戴上一米多高的帽子游行。一次在清风街批斗游行时,老支书看在眼里,疼在心里,暗示棣花的造反派将刘长凯书记想办法留在棣花大队。对外名义上说是批斗改造,实际是保护老干部。他亲自将县委刘书记安排在棣花村十一小队,队长张六娃是刘支书的好友。张六娃将刘书记安排为队上饲养员,喂养了三个月耕牛,叮咛队里派饭的社员尽最大努力,让刘书记吃好喝好。"文化大革命"结束后,刘长凯书记恢复职务,曾试图调动刘支书到县上工作,却被刘支书婉言谢绝了。

丹江是商洛的母亲河,养育了两岸几十万群众,但也有翻脸的时候。到了夏秋季，经常发大洪水，两岸良田被淹没，广大群众辛苦种下的庄稼被冲走，往往连种子都收不回来。从20世纪50年代开始，每年冬季刘支书都组织村民在棣花南山炸石头加固河堤，保护良田。当时河堤上绿树成荫，参天的箭杆杨犹如一个个站岗的哨兵护卫着棣花村大堤，成为夏季人们游泳避暑的好去处。70年代初，在他的带领下，又新修河堤五百米，增加耕地三百多亩，有效解决了棣花村人口多、土地少的矛盾，改善了棣花广大人民群众的生存问题。当年的这一举措永久地造福着棣花村民。

刘长记同志从新中国成立以来，担任棣花村支书长达二十八年，他始终把人民群众的利益放在第一位，把广大人民群众的温饱冷暖挂在心头。当时西街村有个人叫雷凤世，丈夫常年有病，家里的主要劳力就是她，她有六个孩子，最大的才十六岁。雷凤世既要照顾丈夫和孩子，又要参加生产队劳动挣工分，家里生活非常艰难。刘支书看在眼里、急在心里，他想方设法，尽最大努力关心照顾他们一家，每年救济款下来后，第一个考虑的就是雷家。

改革开放后，雷凤世的孩子们都很争气，个个事业有成。大女儿雷雪蕊高中毕业后被推荐到学校当民办教师，后来考上丹凤师范，成为正式教师。老二也考上了中师，加入人民教师队伍。老三开车搞运输，舍得吃苦，在新街修建有楼房。老四在外做生意，靠诚信取得骄人业绩。老五在西安经营干果批发。老六在西安创办"陕西北方谷雨特产有限公司"，当上了经理，产品销往全国各地。他们一家从没有忘记刘支书的恩情，经常给人们讲起当年刘支书关心他们一家人生活的往事。

刘长记同志关心村上群众疾苦，每年村上评救济款、救济粮、救济布票，他都让各小队先报困难户，报完后他不放心，会用烟袋敲一下，问，真的没困难吗？然后还不放心，又亲自深入各家各户去了解，最后，将困难户情况给群众公布，全村人都认为他做事公平，每年都没人说闲话。

另外，夏秋两季，丹江经常发大洪水，他穿着草鞋，提着马灯，披着蓑衣，扛着铁锨，昼夜在河堤查看，害怕决堤冲毁粮田，一旦发现有险情，他身先士卒，自己先跳进水里带领民兵小分队用草袋装砂加固，在他当支书期间，村里每年的汛期都安全度过，保证了棣花千亩粮田年年丰收，人民群众安居乐业。

刘长记同志担任棣花村支书二十八年，清正廉洁，一心为公，从不收取群众的金钱和礼品，反倒贴赔了不少粮食和钱。当时棣花村在全县是数一数二的大队，比丹凤县南、北山区公社的人口还要多，各级部门领导隔三岔五来棣花村下乡检查，有时饭店不开门，派饭过了时间，刘支书就邀请县、区、乡领导到他家吃饭，几乎成了家常事。刘支书家里的孩子也多，那时又没啥收入，他白天黑夜都在忙村里的工作，家里的事务，孩子上学都由老婆来安排。据他的二女儿刘雪莲回忆："她在商镇中学上学时，父亲从未给送过柴火米面，也从未问过她的学习。由于家里经济十分困难，为了减轻家里的负担，她只有辍学在生产队挣三分工。"

那时他家里没有其他任何收入，为了招待干部以及应付家里日常费用开支，刘支书今天从大队借三五元，明天借七八元；时间久了，累计起来就是个大数目。到1963年上面社教时，清理账目，刘支书已欠下大队二百多元，无奈，他只好把自己家里祖传的三间房拆除顶账赔偿，后来棣花大队南沟林场就是用他家拆下的旧料盖的房子。更让人心酸的是，老支书临终前把儿女们叫到病床前，说："大队给咱家拉了一架子车柴火和一棵枯死的柳树，咱不能占集体的便宜。"村上让交十五元，大儿子刘安民去大队财务室交了三十元，账目结清后，他才安详地闭上了双眼。

电灯是那时人们最渴望的照明设施，很多人都没有见过。三年困难时期过后，国民经济开始好转。1964年县上有建设农村水电站的计划，他得知此消息后，找到县委书记刘长凯，县长宋建勋，多方奔走呼号，为棣花争取项目，在他的不懈努力下，全县第一个水电站项目最终落户棣花大队。

为了庆祝水电站早日开工，从农历正月初一到十五，棣花清风街街道上锣鼓喧天，人们高兴地演社火、扭秧歌。山阳县人民剧团演出了秦腔《杨门女将》《祝福》助兴，棣花二郎庙文化广场上人山人海，热闹非凡。

正月十五元宵节过后，当人们还沉浸在喜庆之中时，丹凤县农林水电局技术员王启明同志英姿勃勃，打着背包从县上步行来到棣花村大队部报到。王启明主要负责水电站地质勘探设计及施工事务，刘支书对此大力支持，要人给人，要物给物。水电站从巩家河大桥下的丹江里取水，从雷家坡涵洞经过，水流经西街村塬下，1965年春节建成商洛地区第一个农村水电站，每天晚上开闸给十六个小队送电，白天给十六个小队群众加工粮食，从此结束了棣花村推石磨子的历史。棣花村成了全县开发丹江水资源最早的村子，从此告别了祖辈点松明、火把、煤油灯的历史，解放了生产力，实现了当时人们向往的"电灯电话，楼上楼下"的梦想。

西街村民叶记娃和刘支书是同龄人，他经常在白皮松下给人们讲起刘支书和他担盐的故事，他说："旧社会由于交通闭塞，货物运输全靠人担肩扛，有一次他们一行七人去湖北郧阳府担火纸、盐、桐油，在回家的途中遇上连阴雨，山高坡陡路滑。步行到商南赵川镇一个骡马店时，山洪暴发，河水猛涨不能前行，于是在一家饭店内休息。大家都知道刘支书肚子有文化，缠着刘支书给大伙儿说书。老支书就给大家讲了薛仁贵征西，整整讲了三天三夜，生动有趣、绘声绘色，听得人如痴如醉。刘支书超强的记忆力，给他留下了非常深刻的印象。"

1977年1月，老支书食欲不畅，呕吐、消瘦无力，这些症状当时没有引起家人注意。加上正值改革开放前夜，为了落实中共中央一号文件，土地分包到户，三千五百多人口的大村子，工作千头万绪。刘支书经常开会布置任务，还要逐队检查落实，整天忙得脚手打锣，耽搁了去医院检查。

刚进入冬月，天气出奇地冷，呼呼的北风刮个不停，就连不怕冷的黄狗也蜷缩在窝棚里。冬至前的半夜时辰，北风住了，却飘起鹅毛大雪，门前的笔架山上，丹江堤坝的河滩上，落了一层厚厚的大雪。远处银装素裹，祖国的大好河山分外妖娆，而一心为公的刘支书，生命已进入倒计时。当时在商州十号信箱工作的儿子刘安民及嫁在同村的女儿刘雪莲，女婿郭宝印好话说尽，才劝动老人去商洛医院检查，诊断结果为食管癌晚期，到兰州、西安先后检查，无法医治。在生命的最后几天里，老人饥饿疲惫、眼神痛苦，亲人、村干部等在场的人眼泪长流，不忍心这样的好支书离开。临死之前，他拉着女儿刘雪莲的手说："孩子，生老病死是常事，我走之后，你不要过分悲伤。"

1978年正月十一日辰时，敬爱的刘长记同志走完了自己无悔的一生，离开了父老乡亲们，离开了妻子儿女们，离开了他终生眷恋的这块热土。

他逝世后，前来吊唁的人络绎不绝，灵堂前有邻村、邻县、机关单位的代表；有自发前来送行的工人、农民、机关干部。有的人眼含泪水，有的人放声大哭，有的人长跪不起，院内院外堆满了花圈。人们一直把他送到坟园才离开。

商山垂首，丹江低吟。刘长记同志您安息吧！您永远活在棣花人民的心中！

（参考资料：《丹凤县志》，刘西有纪念馆相关资料，李松柏、李百善、何军富、刘雪莲等人口述）

平民村干部贾振兴

刘春荣

"天地之间有杆秤,那秤砣就是老百姓!"如果一个人在他谢世数十年后,依然有人记得他,有人津津乐道地讲述着他的故事,有人愿意为他唱首歌,那么,这个人就一定在这个世上为绝大多数人做了值得他人称颂的善事或者有恩于绝大多数人,本文将要讲述的棣花古镇原棣花大队大队长贾振兴,就是这样一个人。

贾振兴,乳名育善,出生于20世纪30年代,因患慢性气管炎,于1973年底去世。关于他的故事,贾塬乃至整个棣花村上了年纪的人,都能说出个子丑寅卯来。"老贾这个人很随和,在村里没有一点村干部的架子,走在路上无论碰见大人小孩,有钱没钱的,他都总是笑呵呵地和大家打招呼,把谁都能看在眼里。"一位年近八旬的刘姓老人听说我要给老大队长贾振兴写一篇文章,就拉住我的手不放,满怀热情地对我说了这段话。

1949年10月,中华人民共和国成立后,老贾带头在我们棣花古镇贾塬组织成立互助组,后来又担任初级社、高级社的领导,转为生产大队后,他又担任大队长。尽管他担任了大队领导干部,走在村里,看到大人小娃,他总是笑呵呵地主动走上前去嘘寒问暖、拉话叙家常。村里有一户人家日子过得比较艰难,每到四月麦梢黄的时候,他就亲自到这户群众家里走走看看生活上都缺啥,看能从生活上帮啥忙。面对他的关爱,这户群众心里过意不去,对他说一些感激的话,他却说:"我是大队的干部,你们生活有困难,到你们家看望你们,帮你们解除生活上的困难是我份内的工作,你们不要感激我!"在他担任大队长期间,他和刘长记、刘文公、刘三海等大队其他干部心往一处想,劲往一处使,带领大家修河滩地、修电厂、修抽水站、修农渠，大战牛头岭、王氏岭、齐家岭修梯田，硬生生把一个个挂面子坡地，整治成了平展展的层层梯田，为改变棣花大队贫穷落后的面貌，改善群众生产生活条件，提高群众生活幸福指数做出了让大家缅怀他一辈子的好事实事。"老贾是一个做事很公平的人，这个人从来不因为他是村干部就纵容袒护他的亲属伤害别人。"一位年近七旬的乡邻这样对我说。他还告诉我说：有一年夏天，酷热难耐，邻队一户群众家里的男主人有事外出了，夜已很深了，这家的男主人仍然没有回来，那妇人等不着丈夫回来，就迷迷糊糊地在炕上睡着了，不料这事却被老贾的一个堂弟发现了，这个堂弟就非礼了那个农妇。事情发生后，老贾不徇私情，不包庇纵容他的堂弟，最终他的堂弟受到了国家法律的惩罚。我们棣花大队当时有十六个生产队，管理的面积很大，人口也多。人上一百，形形色色。在数千口人中，总有个别社员不是那么的顺实，干活说风凉话，谁先进了，他就谩骂谁，谁干活出力肯干，他就讥讽挖苦，说风凉话，甚至于还扬言要动手打谁，还说要把人家自留地里的庄稼祸害了……面对这股歪风邪气，老贾毫不畏惧，在群众大会上直接点名批评这些人，散会后还要把这些人留下来面对面批评教育，引导他们走正道。"你别看老贾是大队长，可他从来都没有以为自己是村干部，借口工作事务多走不开，而不去工地和大家一块干活劳动。"一个李姓乡党这样对我说。按说我们棣花大队村子大，事情多，但他总是利用夜晚和饭后茶余时间、加班加点处理完手头的工作，挤出时间和大家一块儿下地劳动。

当年修105股河滩地时，贾振兴气管炎复发，但他坚持白天和大家一块劳动，组织大家抬六十四抬、三十二抬这些重达数吨的大石头，修堤垒练；晚上组织大家学习上级下发的文件及党在农村的方针政策，和大家一起谈感想，谈体会，交流工作中遇到的困难，探寻解决问题的良策。有一年天干少雨，大队决定启动雷家坡抽水站抽水浇灌棣花塬上的庄稼地，为了让别的群众晚上能睡安稳觉，大队决定由大队干部轮流值班看守抽水机工作。贾振兴值班的那个晚上却发生了一件机械故障：水轮泵的传动带断裂，飞转的传动带脱离水轮泵打到贾振兴小腿上，把他腿打伤了。人不能走动，他就给大队的其他干部说："我这个样子一时半会也下不了工地干活，这儿抽水浇地值班的事就交给我。"就这样，他在抽水站一住就是半个多月，家里人就给他一天三顿饭送了半个多月。

有一首歌叫《多年以后》，歌词里有这样几句话："多年以后，我还能不能活着，会不会有人，为我唱首歌；多年以后，会不会有人还记得我，记得这个世界我来过……"像老贾这样的平民村干部，尽管他死了，却还活着，他生如夏花，绚丽多姿，将永远为乡亲们所称颂、所缅怀！

我的老师

朱仓民

随着岁月的流逝、年龄的增长，儿时的一些记忆已慢慢淡忘，甚至消失，但有一个人的音容笑貌一直清晰地保留在我的心中，他就是我最尊敬的启蒙恩师——张新友老师。

在我读小学二年级的时候，开学的第一节课上，教室走进来一位新老师，高个，身穿粗布蓝褂，脚蹬布鞋，清瘦的脸上，一对炯炯有神的眼睛流露出慈祥的光芒。

"夏天过去了，可是我还十分想念。那些个可爱的早晨和黄昏，像一幅幅图画，出现在我眼前。"什么是黄昏？什么是一幅幅？张老师用形象的语言，朴素的比喻，使我们对课文有了比较深刻的理解。张老师当时讲课的情形，以及那篇课文至今仍令我记忆犹新，从此我也爱上了语文，爱上了这位老师。

当时学校只有张老师一位教师，所以张老师也教我们珠算课。上珠算课，每个学生必须要有一个算盘，我带的算盘缺珠少杆，根本无法使用，上课时急得坐立不安，张老师看在眼里，记在心里。放学后他叫我把算盘留下，第二天上课张老师把用筷子做杆子，用核桃树枝做珠子，修好的算盘给我。我接过老师修好的算盘，心中非常感激，同时也激起了我学好这门课的热情。我好学，老师好教。在课余时间老师还教会了我"三变九""九变九""狮子滚绣球"等珠算规则。当我走向社会后，这些珠算知识让我受益良多。

张老师爱生如子。一个冬天的早晨，上课时学生姜喜唐不是跺脚就是搓手，听课很不专心。张老师走近一看，姜喜唐穿着一双湿鞋，裤腿也湿了一半，冻得全身发抖。原来姜喜唐来学校要经过一条小河，一不小心没踩稳列石，一脚踩进冰凉的河水中。于是张老师马上到灶房点火，让姜喜唐慢慢地烘烤，他又回教室继续为我们上课。第二节上课，姜喜唐穿着刚刚烘干的裤子和鞋，专心致志地听老师讲课。

第二天放学后，张老师拿着镢头到姜喜唐上学经过的小河旁，往返多次用镢头把挖动的石头搬到一起，重新把列石加固加宽。接连好长时间，张老师都利用下午放学时间，将学生所经之路和所过之河修修补补，从此再没有学生摔过跤。

我们那时候上下学都没有家长接送，张老师就像每个孩子的家长一样，早晨沿路去接，放学后与学生一起唱着"三大纪律八项注意"送学生回家。一天早晨，张老师去接学生，忽然听到一阵哭闹声，循声望去，原来是学生姜抗生又哭又闹，不想上学。姜抗生的妈妈是老年得子，对孩子溺爱有加，每天早晨姜抗生上学都需要妈妈哄哄说说，送出好远。姜抗生时有迟到和旷课现象。张老师把抗生从他妈妈的怀里接过来，背到身上一直到校，用水给洗过泪水和鼻涕，送到教室。经过多次的接送和耐心的教育，姜抗生很快能自觉准时到校，学习成绩较前也有很大进步。姜抗生的妈妈逢人就讲，张老师真是一位好老师！

60年代农村经济大不如现在，有很多学生的家长拿不出学费，有一位学生因交不上学费，领不到新书。张老师就用自己的工资为学生补上学费，学生很高兴地领到了新书。要知道张老师当时的工资也只有三十元左右，也有一大家子人要养活。

那时候大部分人都比较缺钱，张老师不可能以自己微薄的工资为所有学生交上学费，怎么办？怎么办？那几天张老师除课堂以外，低头沉思很少讲话。大部分学生见老师心事重重，少言寡语，下课时那些玩闹嬉戏之声也随之消失了。

突然一天上早操，一排好队，张老师就高兴地告诉大家："同学们，大队支持我们搞勤工俭学，今后凡在巩家河小学读书的学生，就不用再交学费了，我们巩家河再也不会有失学儿童了！"同学们听到后，喜悦之情无法言叙。然而为了实现这一美好的愿望，张老师吃了不少苦。

说干就干！首先在大队领导的支持下，巩家河勤工俭学项目砖瓦窑厂很快就办了起来，为了尽快地生产出成品，张老师利用下午放学时间，和大家一起挖土、和泥。虽然张老师平时多有体力劳动，但他毕竟还是以教育为主，几天活干下来两手就磨出了血泡。但张老师不叫苦不叫累，继续顽强地干着。砖瓦师傅实在看不下去了，就劝他不要再来了。张老师说："为了学生能够免费上学，虽然我苦点、累点，但我们的愿望就能早点实现。"功夫不负下苦人，一窑泥坯砖瓦很快做成，马上就要装窑点火了，却正好遇上秋收时节。砖瓦师傅多有请假，劳力非常紧张。张老师就放弃星期日的休息时间，替补砖瓦师傅参与到烧窑这一紧张的劳动中。勤工俭学项目除烧砖之外，张老师还号召每个学生在来校的路上，采一把野草当作饲料，亲自饲养了两头猪。学生的学费终于免了！再也没有失学儿童，张老师笑了！

为了教育事业，为了学生，张老师燃烧了自己，照亮了大家。在动乱年代，有很长一段时间我们没有见到张老师，同学们都非常想念他。一天，到校后有人告诉我们，今天张老师要继续为我们上课了！同学们都非常高兴，一窝蜂跑到路上去迎接张老师。等了好久，张老师的身影才缓缓出现在大家眼前。只见他一手拄着拐杖，一手用腰带捆在腰间，脚步有点踉跄，看起来苍老了许多，唯有他的眼神还是那样的慈祥，嘴角上还挂着和蔼的微笑。我们将张老师搀扶进他的办公室。后来我们才知道，是有人为了自己能够转正，陷害了张老师。由于张老师身体受到残害，一堂课坚持下来非常不容易。他就在讲台上支了一张简易床，支撑不住时就躺在床上为我们上课。张老师为了他所爱的事业，为了他所爱的学生，一直在坚强地工作，直到把我们送出学校。

张老师的一生，是教书育人的一生，他不仅教授我们知识，他还教会了我们如何去做一个好人。像张老师这样不为名利，一心扑在教育上的人，永远值得我们铭记，他的故事也值得我们一直叙说下去。

红色摇篮两岭小学

刘春荣

丹江告别秦岭母腹之后，几经蜿蜒，走出商州步入丹凤地界棣花雷家坡，之后顺着南坡绕过万湾东边的烽火台下的马鞍岭，在这儿转成了一个偌大的"几"字湾，河西边是巩家湾，河东边是原两岭小学旧址，也就是被人们誉为商洛革命摇篮的朝阳乐育小学。

据《丹凤县志》记载：学校始建于1927年春，是年周伯干（又名周芝桢，肄业于北京朝阳大学）与本村同族人商议，用周姓七间祠堂临时做校舍办起了商县龙驹寨乐育高等小学。翌年，学生义务劳动修建了六间教室。此后因时局动乱停办，于1934年恢复，改为商县第六区乐育小学。1941年3月改为商棣镇第一中心国民学校。

1949年解放后，改为丹凤县第一完全小学。1950年改为丹凤县两岭小学。1970年招收初中生后改校名为丹凤县两岭七年制学校。1976年被确定为商洛地区农村重点小学。1980年改为丹凤县茶房乡中心小学，1983年根据商洛地区"重点小学与中心小学分开办"的精神改为丹凤县茶房乡两岭小学。1997年乡镇机构改革后改为棣花镇两岭小学，学校名称沿用至今。2006年秋季由原来的丹江河畔搬迁到现在的校址312国道北边。

1934年秋，王柏栋受党组织委派回陕南汉中、商洛一带调查地方情况。在家乡，他利用一切机会做群众工作，给其学友米信公、刘焕尧等送《社会发展史》等革命书籍，宣传马列主义真理；给其二弟柏桢赠《政治常识读本》；给商洛镇民团头目、他的故旧张虎森讲团结抗日的道理；劝说在地方民团当班长的三弟柏梁多学军事技能，待将来时机成熟时拉其部队参加革命。在此期间，他一心一意地完成党交付的革命工作，白天走亲串邻，东村进，西村出；夜间总是鸡叫后才和衣而睡。妻子埋怨，他劝释；父母不解，他道歉。10月29日，他用墨笔在其家房檐和墙上写了"为了人类未来的光荣，终要度此血的惨辜生涯"等誓言，表示了革命者为了全人类的解放，不怕困难，视死如归的决心。七七事变后，王柏栋再次受命于11月返回商洛，他以两岭小学为据点，向师生教唱抗日救亡歌曲，开展抗日救亡宣传，从中发现与培养知识分子。接着，又把活动范围扩大到龙驹寨、商县的一些学校及商洛镇一带的农村和联保组织内。经过一段时间的发动工作，先后建立起中华民族解放先锋队、抗敌促进会、国难研究会和妇女救国会等抗日群众组织，在此基础上，积极慎重地发展了王连成、刘丹东、彭一民、米信公、周文斌、王士哲、巩德芳、薛兴军等一批共产党员，建立了商洛镇、两岭村、商县中学三个党支部和龙驹寨党小组。到1938年6月底，中共商洛工委发展党员三十余名，并有计划地把王连成、刘丹东等共产党员和部分民先队员派往中共中央党校、抗日军政大学、延安吴堡青训班及省委党员训练班学习，为商洛山区以后的艰苦斗争培养了大批骨干力量。同时他还在两岭村乐育小学、龙驹寨小学、商县中学及商洛镇农村和民团中建立中华民族解放先锋队和抗敌促进会、国难研究会、妇女救国会等。1938年3月，中共商洛工委书记王柏栋在学校建立了中共朝阳村支部，教师米信公、周文斌及学生田兆英等七人入了党，支部隶属中共商洛工委领导，一直坚持斗争，直到1940年2月工委撤销后，支部才停止活动。周文斌、米信公先后担任了支部书记。1938年7月25日黎明，王柏栋被匪徒暗杀于家中，时年仅二十八岁。

新中国成立后，学校在当地党委政府的领导下，继续发扬勤俭办校、勤工俭学的优良传统，先后开办砖瓦厂、小农场，修了小鱼塘，创办了炸药厂和科研室，开展了小麦杂交育种、提纯复壮，引进了二十二种玉米、四十五种小麦、十二种大豆、十五种蔬菜的对比试验，其良种推广到本县九个公社十一个大队和四十五所学校。在长期的教学实践发展过程中，学校也形成了"文明、勤奋、有爱、创新"的校风，"团结勤奋、尊师守纪"的学风，"尽职尽责、教书育人、刻苦学习、勇于探索"的教风，"精诚、严谨、民主、奉献"的领导作风。先后在低年级推广了"识字说话"和"认数、计算、应用题同步走"试验，学习和推广了"发现法"和黎世法"六因素"教学法实验。学校在教育、教学工作中多次受到省、市、县的表彰奖励，有教师出席了全国文教群英会，受到了国务院的嘉奖。

在九十余年的漫长教书育人教学实践中，那些思想进步的辛勤园丁"焚膏油以继晷，恒兀兀以穷年"，诲人不倦，先后培养出像陕南游击队司令员巩德芳、陕南游击队指挥部副指挥薛兴军、著名作家贾平凹、百度公司首席技术副总裁刘建国、职业运动员周丹红、工程师杨战民等一批优秀学子，他们为夺取全国新民主主义革命胜利和建设社会主义新中国做出了积极贡献，从而使两岭小学这所被誉为商洛革命摇篮的红色学校名标史册，永不褪色！

如今，在习近平新时代中国特色社会主义思想指导下，"奋发、进取、开拓、创新"的两岭小学师生承前启后，薪火相传，必将谱写出教书育人的绚丽华章！

贾克成下河南请戏班

郭世斌

贾克成是棣花的著名拳师,作家贾平凹是其第十代后人。他是棣花村东街人,出生于乾隆年间,从小爱好武术,以气功、操手著名,曾拜少林派棣花武馆郑跛子为师。十八般武艺样样通晓,爱打抱不平。清同治年间,白莲教进犯商州,他曾率领乡兵张万灵、魏春成、李成佳等守护武关,冲进敌营,杀敌七十余人。事后,朝廷赐予他"商域武英"匾额一块。

有一天,他起早去棣花的丹江河堤拾人屎、牛粪,快到饭点时,才提着粪笼回家。走到东街戏楼前,看到一群人围在二郎庙场前看热闹。原来中间站着一个河南来的耍猴拳师,身边立着一根木杆子,上面挂着一面旗子。只听见那人一边敲铜锣,一边喊"脚踩西北五省,拳打盖世英雄",贾克成在外围转了好几圈,心里非常气愤,蹲到大柳树下生闷气。耍猴的拳师表演完毕,从他面前经过时,贾克成提起一粪笼屎扣在耍猴的拳师头上,"让你给我盖,给我盖"。这下,拳师浑身上下被屎糊满了。接着,他把粪铲奋力一扔,那粪铲如有神助,轻轻飘过去,插倒了旗杆。周围观众都拍手叫好。

耍猴拳师一看情况不妙,立即跪拜在贾克成面前,一边叩头一边说道:"武师爷,小人远道而来,未来得及拜访您老人家,对不起,我有眼无珠,请您多多包涵。"贾克成朝拳师狠狠踢了一脚,说道:"快起来给我滚,滚得远远的。"耍猴的拳师连滚带爬起来收拾好道具,担起担子下河南去了,以后再没有河南人敢到棣花玩花拳绣腿了。贾克成一时名声大噪,来拜师学艺的人多了起来。

转眼到了旧历年底,每年从初一到十五棣花都要演大戏,在棣花戏楼南面有个"牛粪疙瘩"山很像"吉他",人称"乐器山",棣花村的文艺人才比比皆是,戏班的戏也远近有名,似乎与这座山也有很大的关系。

戏班经常受邀去方圆百十里地演出,档期很满,一时半会也没空回当地演出。大家为这个有点犯愁。贾克成自告奋勇,对村里乡绅说:"戏班在河南西平演出,捎书带信说回不来,我明天去河南给咱看去。"大家一齐点头说:"快去快回,家乡春节没戏,咋能成?"

第二天,天刚露鱼白色,贾克成就背着褡裢袋子,里面装着干粮和盘缠上路了。一路风餐露宿,赶到西平后一打听,棣花戏班又去西峡了。第三天下午,他又赶到西峡,找到唱戏的地方,才知道戏班被当地黑势力要挟,无法脱身回去。天黑演出时,他来到戏场。只见戏台两边坐着两个彪形大汉,手拿棍棒,面目狰狞。他没有怯场,来到戏台前,拿下他的干粮袋子说道:"这么大的戏台子,连一个干粮袋子都没地方放。"旁边的保镖说:"撂到桌子下面去。"他顺手将袋子扔到戏台子中间的柱子下面,柱子一搂粗,贾克成屁股一撅,腰一弯把柱子抬起,将褡裢袋子压在下面,旁边看戏的观众大惊失色,说道:"好武功。"接着他转过身说道:"棣花的戏班子明天要回去,给家乡过年演戏。"两个大汉站起来说:"看谁牛逼大的,尻门子粗的敢让走。"说着,几个大汉向他冲来,他手抱柱子抬起双脚来了一个180°平扫,几个大汉叫爹喊娘,一个大汉抡起双拳向贾克成屁股砸下去,他把屁股一收,打手的双手被贾克成用屁股夹住了。然后他来了个三周平扫,刚爬起来的几个大汉被摔得鼻青眼肿,连连告饶。被屁股夹住的那个打手,几个人用尽全力拽出他的双手,一瞧,发现手指头和手背上的皮全没有了,那人失声痛哭,其他几个跪在地上求饶。贾克成转身对戏班全部人员说:"撤。"当天晚上棣花戏班子就撤了回来。

贾克成之死也具有悲剧色彩。

他最擅长硬气功,练"马步撞捶"时,运上气,全身油光瓦亮,牢牢倒立扎在地上,任何人拳打脚踢稳稳不动,连削尖的竹片都插不进去。从河南上来多少武林高手与其比武都倒在他的脚下。后来,为了争夺武林盟主,外地武林高手联合起来想置他于死地。

一天,一帮人冲进贾克成家里绑架了他的母亲。贾克成为了救出母亲,拳打脚踢冲进去。他一边将母亲夹在胳膊下往出冲,一边与冲上来的打手搏斗,在打斗中他的母亲连连喊叫"娃,你夹死我了……夹死我了……"为了母亲安危,他一松气，功夫解了，被飞来的长矛短箭击穿而亡。

从此，一颗璀璨耀眼的武术之星在棣花坠落了，但直到现在，商於古道上还流传着他的故事。

记忆中的乡村生活

周中新

我的家乡在棣花镇两岭村。小时候，村子南边丹江岸旁有四个石鳖，大家约定俗成，一号石鳖是女人玩儿的，二、三、四号石鳖是男人玩儿、打江水、洗澡的地方。夏夜里，天很热，水很清，满河滩都是人。女人们都是晚上去洗，月光洒在水面，波光粼粼，夜晚的月色令人沉醉。一号石鳖河水中间有一片河滩，那个河滩自然而然就成了人们大小便的地方，满河滩上都是粪便。人们走在上面，都小心翼翼，生怕踩到脚上。有一次，不知道什么原因，村里刘塬上的刘军福和周塬上的周金山在河滩上打起架来了。他们互不相让，在河滩上翻来覆去，两个人硬是把地上的屎，你给我用手往头上扣，我给你往头上扣，一片沙滩上几十堆屎，不大工夫，让他俩给扣完了。没有人上去劝架，一来嫌太恶心了，二来也是害怕不小心把屎扣到自己身上，只远远地站着观望。当然，也有劝架的，可是他们俩哪能听得进去呀。

1958年，正是吃食堂的时候，在我家前头有一个大院子，里面住着五六户人家，在那个院子里建起了高烟囱大锅台。人们排着长长的队伍去打饭，做饭的厨师有李如林、刘玉江、刘新发等。我父亲周定民当时是保管，因他比较有文化，以前在洛南县政府统计科工作。只因一次下乡回来后如实汇报，比如：农村人生活苦焦、日子过得巴捉等。领导说我父亲是右派言论，要隔离审查。我父亲一气之下便自动离职，回家务农了。后来，党和国家并没有忘记他，每个月他都能领取生活补助金。我父亲是一个爱学习、爱听广播，也爱看报纸的人。大队小队丈量土地都离不开他。他还打得一手好算盘，用手绘制出了全大队的土地图。

吃食堂是把每家的粮食收起来交到集体，比如：红薯片子等。家家砸锅，家里只要是铁的东西都要交给集体大炼钢铁，大队院子里盘着高大的泥炉子。那时，人民生活非常艰苦，用麦秆打成粉也能充饥。我才不到四岁，经常去食堂那里玩，几个做饭的厨师常逗我耍，偶尔也会给我吃些东西。"大跃进"时期，母亲也是天天上工。母亲名叫巩水芹，两岭村河对面巩家湾人，跟了父亲以后，生育了我们兄妹五个，她一辈子善良、勤劳，从没见发过脾气。她劳动的时候，要把我带上，很是辛苦。生产队要盖厂房，母亲担着笼担，去刘塬上老四队的庙嘴子窑上，和男劳力一样一担一担地担瓦。我手插在连带裤子的胸前，跟着跑来跑去。记忆中，母亲还很年轻，头上扎着长长的两条辫子，高高的个子，只见她担着两笼子瓦，一次又一次地跑个不停。我当时戴一顶红灯芯绒帽子，上面有一圈银碗碗儿，中间有个银老汉人儿，脖子上戴着一个银项圈，上面带着一个大银锁，还有很多小铃铃呢。母亲很疼爱我们，每次上商镇集都要给我们买好吃的，不是沙果就是梅子、桃子、杏子、甜瓜，所以，我常常到上场里等母亲，那里有一棵大四方柿子树，我就坐在树下等母亲回来。每次母亲回来都要从井里打一桶新水，把甜瓜放在桶里冰一个小时后取出来，用刀切成小牙牙，吃起来又凉又甜又爽口。

冬天上学，每人提一个小火炉，早上起来，都要偷偷地把柜子慢慢掀开，生怕响动，不能让大人听见，装上两兜兜玉米，有时候，偷些红薯片子。放学后，同学们聚在一起，然后把玉米埋在热灰里，熟了以后用小木棍棍儿搅一搅，你争我抢，品尝着自己做出来的美味。那时候，没有冰箱等家电，大人把好吃的馍馍等熟的食品，挂在空中的笼子里，每次偷取过后，把挂在空中的笼子再用手慢慢儿地稳住，不让它再动，害怕大人看见了骂我们。那个年代，黑馍馍、白馍馍、做过豆腐的豆渣馍都偷得吃。红薯片相当于现在的饼干；红薯、白萝卜相当于现在的水果；糖精水相当于现在的饮料；稀饭上面的油油相当于现在的奶粉。家家户户不过年都吃的是黑面，早饭是蒸红薯，再捞一盆酸菜。条件好的，烧一点儿白菜玉米面汤，中午就是黑面、玉米面。红薯藤蔓稻皮子糠推成面，用柿子一拌再推成面就能吃。有的还吃树皮，上山摘冬青叶子、石兰子等。只有逢年过节才能吃米饭，平常吃米饭是用酸菜炒，只放一点米，主要吃酸菜。

我在乡村生活时救过三次人。第一次，是在窑上干活时，听人说村里周述贤邻居的女儿从崖上掉下去了，我马上跑到出事的地方，当时把娃掉到一个大石头旁，满身是血，我背着她很快跑上了车路，送去医院，后来娃好了，他家人还拿礼物道谢。

  第二次是一个小男孩儿，当时全公社都在修马鞍岭改河道工程。刚开始通水，因下雨水很大，河里搭一座独木桥。大家过去都要小心，当时我正推着一车土，突然听到有小孩儿喊救命。一看，一个小男孩儿两只手扒着板桥，吊在空中，下面的水流得非常急。我立即放下车子，冲到水中，一手抱小孩儿，一手扶木桥。当我出水面时，觉得腿非常疼，低头一看，鲜血直流。当时水下到处都是修河堤的放炮石，扎伤了腿。上岸后，大人也来了，我被人用架子车拉到医院包扎，一个多星期都没能干活儿，也属于工伤，那遇险的娃是我外婆家附近的人，孩子家长名叫巩书平。事后，他们一家也拿着礼物来我家道谢。

  还有一次，夏季河里涨了水，我和李宽本、李建朝等几个人在河边玩水、游泳。忽然，看到一个人从上游一浮一沉地漂了下来。我们几个立马游了过去，把她救上了岸，人当时已经昏迷了。我们提着腿摔了几下，过了一会儿，慢慢地，她醒了过来，我认出她是队里玉斗哥的未婚妻，就赶紧跑回家去叫了他，让把她背回去了。

  时光匆匆，一晃我都快七十岁了，那些逝去的岁月啊，再也找不回了！

西三塬的记忆

秦建荣

西三塬老庄子，是我们先辈住过的地方，在丹江北面，和虎山遥遥相对。村里主要有张、田、王三大姓，分别叫作张洞、田塬和王塬，故称西三塬（人数较少的姓氏有秦、吕、陈、梁、贾、詹等）。记忆里它是灰褐色的。灰褐色的墙壁，灰褐色的瓦顶，灰褐色的炊烟，却也是温馨的、亲切的，就像一幅旧照片，把我的童年及少年框定在它的底色上，又像一块烙铁，在我的心里烙下了不可磨灭的印记。

据说明朝初年（洪武三年至永乐十五年，即公元1370—1417年），我们的先人就从山西大槐树下陆续来到这里定居。又传，凡从山西大槐树领"凭照川资"来到这里的人，双脚的小拇趾甲都有分叉。到了我们这一辈，村里的人口已经比较稠密了，家家户户都是房连房墙连墙，而且各家的院子都不大，至多各户之间隔一个阳沟。好在我们的先人也懂得道路的重要，在村中间规划出了一条三米宽的官路，官路贯穿南北，硬生生把村子分成了路东和路西。

20世纪50年代末，村上的人口发展到八百多人，张洞生产队上升到四百多人，这就给吃大锅饭带来了困难，别的生产队一排锅就够了，一二百人排成四个队盛饭就可以，张洞生产队愣是人挤人，吃饭太耽误时间耽误生产，只好分成两个生产队，即三队和四队。到了60年代末，人口又剧烈增加，加上"文化大革命"派性分裂的原因，田家塬分成了三个生产队，从此老庄子就成了六个生产队。

随着人口的大幅度增加，村庄越来越拥挤，很多人都在自家的院子盖了房子，房子由原来的蛛网状变成了蜂窝状，通往各户的道路越来越窄，且曲曲弯弯，一些巷子窄得只能容一个人通过。有的巷子既要走人又要流水。当然那时候县区社队也报批房基，但大队研究决定，好地是绝不许占用的，解决吃饭才是大事情。要以粮为纲，占了地还怎么以粮为纲？何况我们大队的地本来就少，每口人只有六至七分。但谁也挡不住人口的蓬勃发展，以张大光一家为例，张大光有四个儿子，分别是张增粮、张增库、张增宝、张增贵，四个儿子又各生四或五个儿子，这样张大光就有了十八个孙子，这还只是男丁。当然这只是个别情况。但也可以略见一斑。

到了1976年，也就是毛主席老人家去世的那一年，全大队人口增加到一千二百多口，比我上学的那一年增加了三分之一。这一年村上的支部书记是张世明，他是个有远见的人，为村里办了许多令人称道的事情，这是他去世几十年还被人们念念不忘的原因。

当时人们不断向周边蔓延，特别是向西边和东边蔓延，张支书就想，多年以后，西边的土塬肯定会盖满房子，于是他就在村子的西边规划了一条大道，这条路端南正北，宽达九米，从六队的坡根直接延伸到棣花塬的正中间。偌大的棣花塬，有我们西三塬的一半，下边的一半是棣花大队的。就是说，要想把这条路打通直达312国道，就得和棣花大队交涉，用我们的地兑换出一条路来。这可不是一件简单的事。但张支书有魄力，办法多，他私下和棣花大队的村支书刘长记交涉，和公社书记沟通，又在公社扩大会议上据理力争，求爷爷求奶奶，讲要想富先修路的道理，讲西三塬的具体困难，硬是凭着三寸不烂之舌把地给兑换成了，把路打通了。这可是一条三公里长九米宽，占地近四十多亩的路啊。这条路在汽车普遍的今天看起来也许不算什么，可在当时却是一件了不起的事情，没有远见的人是绝对办不成这件事的。现在我每次坐车回老家，走在这条宽阔的大路上，还经常想起张支书给村里人办的这件好事。

前面已经说过了，老村除了向西边扩展，还向东边扩展，东边已经扩展到了西三塬水库的边沿，连水库上游的田嘴子也住满了人。作为支书，张世明一碗水是要端平的，不能厚此薄彼。所以给西边把路打通以后，张世明又和他的班子成员商量，给东边也修了一条路，这条路呈"7"字形，南边向西直接官道和九米大道，向北直达田咀子北端的野猴磨子，长一千五百米，宽五米，被称为库边路。至此全村有了相互平行的三条大路，即九米大道、官路和库边路。这三条大路后来都成了水泥路和柏油路，它不但方便了群众，还为后来农业机械化和现在景区的发展打下了良好的基础。

老村东边是西三塬水库，水库修筑于1950年，竣工于1952年，坝长三百米，高二十九米，可蓄水一百一十万立方米。这个并不算大的水库为什么修了三年之久呢？主要有以下几个方面的原因：其一是当时老村的劳力少，尽管有棣花大队三个受益的生产队来参战，人数还是不多；其二全部是土法上马，没有机械化设备；其三是修修停停，因为农忙时节社员们还要收庄稼。这里需要补充说一下，我们这一带是十年八旱。特别是春夏两季，动辄两三个月不见雨星，玉米长到一尺高之后，正是需水量大的时候，长时间不下雨哪受得了，看着长得正欢的玉米忽然绿叶拧成绳绳，甚至戴了"孝帽"（村民把玉米顶子干白形象地称为戴孝帽），谁不叹气谁不心疼？可是水库修好之后情形就不一样了，偌大的肥沃的棣花塬满是翠绿，一眼望不到头，庄稼一年比一年好，一年比一年产量高。除了交公粮、购粮，留足储备粮、战备粮外，人人有饭吃，家家有余粮。还有一点，过去老村稻地少，大米相对欠缺，有水灌溉后，各生产队都把一部分旱地变成了稻田，有一部分还种了莲藕和各种蔬菜，粮食种类多了，蔬菜种类也多了，生活就丰富了。我上小学和中学的那些年，上学放学都要从稻地和莲池边经过，那稻花香和莲花美，真让人流连忘返。

然而十多年后，由于众所周知的乱砍滥伐，盲目无度地开荒造田，植被惨遭破坏，致使水土流失，水库上游的几条沟泥沙俱下，二十多年时间，水库被流沙淤泥填满。植被的破坏使几条沟的水越来越小，可惜修了三年的旱涝保丰收的水库，碧波荡漾鱼虾成群的水库，无可奈何地失去了它造福人们的功能，使西三塬和棣花几个生产队又返回到十年八旱的过去。大旱之年，青黄不接的季节，人们又得勒紧腰带过日子，饿着肚子修梯田，有的人甚至不得不偷偷地出去讨饭。

要让人们过上好日子还得修水库。搞社会主义建设，学这学那的目的，都是为了改善人们的生活。张世明支书和村干部张军曹张霸树等人充分认识到这个道理，于是他们顶风办事，把劳力从学大寨的工地上抽回来，又开始修缮水库。棣花的几个生产队也分别按土地多少投入了劳力。

新中国成立之初，修水库时，由于河沟很深，下游的灌溉面积只限于棣花塬的平地，所以水库的拦河坝修得并不是很高，按地形还有上升的空间。此外，过去修水库主要用土方，石头只砌在表层，而且那时没有水泥，石头属于干砌。

这次修缮时，张世明从水利局请来了专家，认真测算水库的容量和拦河坝所能承受的压力，专家说这次修缮水库，光清淤和升高还不行，必须先加固底层。于是张世明调动全大队的拖拉机，拉来了石头和水泥，调动全大队的能工巧匠开挖和砌垒，同时调动男女劳力把拥塞的泥沙往坝上推。因为上的人多，增加了机械化运输，工程进度比较快。一年半之后水库修成了。这次修筑的拦河坝很雄伟，使水库升高了两米八，容积增加了一倍，下游的灌溉面积增加了三分之一，更重要的是增加了排淤管道，确保了长期受益。

水库加高之后，人们又恢复了家家有余粮的日子。但那时人们的生产生活方式还很落后，比如原粮加工，用的是石磨子，石磨很重，要用三个人才能推转，即耗时又费力，磨一斗麦子需一个半工才能完成。为了把广大的劳动力从这种沉重的苦厄下解放出来，张世明带着村里的高手木匠秦均明等到外面去参观，学习人家的水磨技术，伐倒了张炳文家那个最大的需三个人手拉手才能合围的大药树作木料，在几条河上修了两座水磨，解决了人们磨面难的问题。

从水库的旧渠向西一里和村子向南一里的交叉处，就是我们的学校了。说是学校，实际上是一座庙和一座戏楼，庙和戏楼之间是一个长方形的场地，周围长着几棵柏树，和人的腰一样粗，但个个高而且直，最高的那棵柏树上挂着一个铜铃，声音脆生生的。我们特别喜欢听下课和放学的铃声。村里的女人听到放学的铃声，就会把手里的炊烟升起来，村庄的上空霎时就云遮雾罩，无风时炊烟一根根直立，有风时像马一样奔驰，我们瞅着炊烟往回走，边走边玩，走到家里的时候，饭也就做好了。

从规模上讲，我们的学校是很小的，四个年级，两级复式，两个班级两个老师。我们西三塬村子不小，为啥学校这样小呢，因为那时还没有普及六年义务教育，一大半的适龄儿童都没有入学，尤其是女孩，我们那个复式班有三十多名学生，只有九个女生。这说明那时人们重男轻女的思想还是相当严重的。学校的两个老师都是本村人，一个公办一个民办。公办教师叫田寅卯，大学肄业，知识虽高却管不住学生，上课的时候他在讲台上大声讲，学生在下边小声讲，甚或学着他讲课的腔调。他有个口头禅，开口爱说"这个这个"，学生就跟着说"这个这个"。有一回，田老师给我们讲猴子捞月亮的故事，一个叫田狗蛋的学生在下面讲他父亲在坡上逮猴子的故事，气得老师直翻白眼。

另一个老师叫张霸曹，是民办教师，村上每月给他六块钱，三十个工分。张老师学历不高，初中毕业，但对学生很严厉，同学们都怕他，所以教学效果不错。同学们之所以害怕他，是看他打他二弟看怕的。当时他二弟张军曹上四年级，有一回上算术课把题做错了，张老师就把他的手指掰住，掌心向上，用坏掉的桌子腿在掌心上打，打得张军曹狂声哭号，从此，我们都很害怕张老师，他上课的时候我们都静悄悄地，即使他把哪个题讲错了，我们也不敢言传。但张老师对学习好的学生还是很和蔼的，学习好的学生犯了错，他批评起来也是和颜悦色柔风细雨的。

把学校挪回村庄是在张世明当支书之后。新学校建在王家塬大场西面。因为人口的增加和义务教育的宣传，上学人数越来越多，所以这次就一次性盖了十个教室。原来的庙和戏楼在"文革"期间遭到破坏，庙不能再盖了，是四旧，戏楼却不能少，村上不能没有娱乐的地方，所以就在新校址的西边仿照原来戏楼的样子，盖了一座更高更大的戏楼。这戏楼平时当教室用，过年的时候就做戏楼用了。新学校盖好后，学校增长到六个班，成了完小。后来又增加了两个初中班，许家沟巩家河的孩子都就近到这里上初中，教师一下子增长到十六人，校长是县教育局派来的李中吉。李校长治校有方，能调动教师的工作积极性，教学质量迅速提高，在全县都名列前茅。那几年是西三塬九年制学校最辉煌的时期，每年都有几名学生考入中等专业学校，百分之七十的学生都能升入高中。后来到1993年，学校盖成了楼房，学生人数却锐减，学生少的原因不单是因为计划生育，更重要的原因是人们陆续向312国道附近搬迁，国道南面就是棣花中心小学，村上的绝大部分学生都就近到棣花中心小学上学去了。

学校的东边是西三塬的大队党支部及村委会办公室所在地，一溜儿六间房，蓝砖青瓦，甚是显眼，办公室同排向西，依次是团支部办公室、大队医疗站、科研室、扫盲学校，长长的一排房子前面是大场，大场东面是篮球场，西边有两个乒乓球台，这里是召开社员大会的地方，也是放电影的地方。电影是露天的，银幕就挂在西边的两个榆树上。最早放的是"土电影"，没有声音，只有影子在上面跑来跑去。那时我们还小，看不懂，老是一边看一边仰头侧耳听大人讲解，很是能启发人的想象。后来就是黑白电影和彩色电影了。上小学和初中的时候，我们都非常爱看电影，本大队放映时，外大队放映时也撵去看，到棣花街看，到巩家河看，到徐家沟陈家沟看，每天晚上跟着放电影的疯跑，特别爱看战斗片，看一部战斗片能兴奋好几天，常常为电影里的细节争论，精彩的台词也成了我们的口头禅。

　　村子的板戏表演到了县一级水平，在全县文艺调演中都获过奖。当然了，这些戏都是在学校西边的戏楼上演的，也是在村庄未搬迁之前演的。后来绝大多数人都搬到新村去了，又有电视看了，谁还演戏？戏楼也只能和我们的老庄子一样，凄凉地站在风里回忆着往事。

　　老庄子还有很多很多的故事，还有很多活在我心目中的人，我以后还要写，这里就不多说了。需要说的是随着社会的发展，老庄子虽然消失了，但在老庄子生活过的人还在，人在，老庄子就会存在于他们的心中，有一些人，还将被人们永久地牢记着，并且一代一代地传下去。

棣花水电站

叶永华

往事如烟，几十年如同流水一样悄悄逝去。当年在棣花水电站工作过的同志们，有的已故去，健在的已步入老年，但发生在那里的故事，却历历在目，让我永生难忘……

20世纪60年代初，为了充分利用丹江充沛的水力资源，解放劳动生产力，造福于人民。丹凤县委、丹凤县人民政府决定在棣花修建一座水电站，解决农民晚上照明和粮食加工问题。消息传来，全大队张灯结彩，人们欢欣鼓舞，憧憬着未来的美好生活。

县水利局派来的技术员王启明同志是商州人，刚刚从水校毕业，个子高挑，英俊帅气，言语不多，遇事却很有主见。经过走访和实地察看，决定将站址设在西街村塬下。从商州与丹凤交界处巩家河大桥下，引丹江水发电，水渠过处有几个地方需开挖隧洞，当年靠人工打眼放炮，经一年奋战，水渠厂房电器设备全部到位，1965年春节前通电，结束了祖辈点煤油灯的历史。通电那天大家像过节般高兴，老人们守在电灯前看稀奇，年轻人敲锣打鼓载歌载舞，儿童成群结队东家进西家出，晚上一般黄昏前供电，十一时左右停电。当年大队从各生产队抽调聪明伶俐的青年到电站工作，他们是贾塬村的贾忠记、刘振庄，东街村的贾君庆、贾善娃，街道队的李家生，野猫洼队的巩益善，巩家涧的余逛志，西街村的赵官幸、雷军富。这些青年当年个个都风华正茂，他们把自己的汗水洒在这块土地上，把青春年华奉献给了棣花人民。

那时"文革"刚刚开始，大字报大辩论盛行。在那个狂热年代里，我们村的红卫兵在学校给校长、老师写大字报，回家后还给电站职工李家生写大字报，至今我还记得大字报的内容是：电工娃子李家生，你听听民众呼声，群众到了电站门，让你磨面把脸板，电站本是大家办，你不好好干快滚蛋。家生性格内向，言短木讷，是个老实人。那时刚结婚，媳妇个高，胖瘦适中，年轻漂亮，可怜天不惜人，有天晚上在电站值班中，不慎触电，经全力抢救无效身亡，那年才二十三岁，一个生龙活虎的小伙就这样走了，让人十分惋惜。振庄、逛志、益善同志为人低调，忠厚老实，吃苦耐劳，像老黄牛样起早摸黑，默默奉献，他们把电站当作自己家，群众需要随叫随到。一年四季没穿过干净衣服，风里来雨里去，从不叫苦叫累，在棣花十六个生产队的人们心中，树立了良好的形象，堪称孺子牛。官幸、军富、君庆、君善，在业务上都是好手，每日手不释卷，刻苦钻研电工理论和业务技术，不管是架设线路，还是接线装灯，均有条不紊。从贾塬到雷家坡五里地，加上机关单位，经常断线或断电，他们随叫随到，从不拖延，深受干部群众好评。军庆表现突出，后来从电站参了军，复员后分配在商洛运输公司，现已退休。那时全县只有两个地方通电，龙潭沟水库发电供应县城，棣花水电供应棣花镇。

我们的技术员王启明，在工作中不断成长磨炼，成了一名合格的电力工程师。在这块美丽富饶的土地上，他还获得了属于自己的爱情。他和清风街上一个年轻漂亮的李姓姑娘相识相爱，后来结了婚，在离开棣花时有了爱情结晶，王启明后来在电力系统工作，退休后在商洛市定居。

1978年，党的十一届三中全会在北京召开，土地开始分配到户，关中火电并网商洛各县，从此拉开电力开发的序幕，棣花水电站结束了它的使命，退出了历史舞台。

斗转星移，物是人非，如今，距清风老街西二里地，有一片颓败破旧的厂房，它就是电站旧址，后来曾在这里办过造纸厂，因污染环境停办。每当我回到故乡，徜徉在这块土地上，仿佛看见那些鲜活的面容，似乎听见他们叙述当年的辉煌，然而这些都已成为历史，芳林新叶催陈叶，流水前波让后波，棣花电站，成为一代人心目中永远的记忆！

巩家大碾盘

巩生启

清明节前我回丹凤棣花老家祭祖，当午时分我随同兄长及侄孙们一起去祭拜，途中族中长者又给晚辈们讲起了祖先在明朝初年由山西洪洞大槐树迁徙而来，经六百多年繁衍，家谱记载巩姓三门已至十五代传人的事。随着社会的发展，巩家后辈也都陆续外出发展，但感恩祖德、耕读勤俭的家训仍世代相传，每年的清明节，大家还是会怀着敬仰之情赶回来祭祖。

祭扫结束，听说市、县围绕棣花古镇人文资源和贾平凹的名人效应，正在棣花老街大搞旅游开发，我的老宅——巩家老院子恰好就在老街的荷塘边，于是我提议大家一块回老街看个究竟。已逾百年的巩家老院子虽年久失修，但每次回来总是想去看看。老宅东临荷塘，西、北临稻田，现在三面都在开挖。昔日老街南边的大片稻田上也有多台挖掘机在工作，听说这里要建成大莲湖。就在我们来到老街时，街上有位老者告诉我们，传说了几辈子的大碾盘挖出来啦！我还没反应过来是个什么大碾盘，又听一位七十多岁的老者议论说："早就听老人们说，商州城一个大买主从湖北老河口买了一副大碾盘，经水路运到龙驹寨，再用骡子、马往商州拉运，因大碾盘太沉，到棣花驿（棣花老街）时运货的骡子、马都累死了，大买主的掌柜看着这个庞然大物没法整。正好老街巩姓是大户人家，人口多，掌柜就将这副大碾盘卖给了巩家。有一年六月六丹江河发大水，老街被淹，水退后整个街道淤泥涌了几尺厚，大碾盘也被埋在了地下。从此，巩家大碾盘就成了传说……"

我接过话茬说："这传说又没有啥记载，谁能知道到底是怎么回事呢？"就在这时，老院门前一位邻居大叔过来说："一定有这回事，碾盘的侧面还有繁体的'鞏'字哩!"大叔这话让我马上来了兴趣,遂与几个弟兄一块前去看。看碾盘时才发现,在老街周边的开发现场,竟有六七副大小不等的碾盘、碾磙子。待我们来到街南的村边,只见一个特大的碾盘出现在面前,虽不是很圆,但最大直径竟有二点二米,盘高八十公分,中间约六十公分磨得比较平滑,外边的较为粗糙,显然是经久使用了的。特别让我眼前一亮的是碾盘的西边一侧确实刻着一个"鞏"字,好像是印模一样,"鞏"字外周用长方形石线框着。然后我们又绕着大碾盘仔细察看,发现"鞏"字对面的东南方向也有一个长方形的框线,框里面有字,只可惜在挖掘时中间被挖掘机斜划了一个深道子,字迹难以辨认。这时,邻家婶子提来一桶水用刷子将这两处的泥土洗刷掉,待水风干后我又仔细查看,西边的字是"鞏"字确信无疑,东南侧的字大部分还是看不清楚,只是其右下角的两个字像是"九年"字样。这样,我便认为极有可能是纪年的内容。因为就一般记事而言,有了主家的姓,肯定就有纪年。到底刻了些啥字,还需进一步辨认和考证。说话中间又过来一位长者,说:"祖辈传说的碾盘周围还刻有八仙图哩。"因村子的井水水位下降,已打不出水啦,自来水管也因施工被挖断尚未修通,村里用水不方便,我们也就没有继续冲洗碾盘,临走时我还给几个叔留话,等水方便了把碾盘侧面全部冲洗干净,看到底还雕刻有什么图案和字迹。

  忙乎了大半天,关于大碾盘的更多信息,还有待探究和挖掘。但有几点可以肯定:这个碾盘应该就是老街上传说了几百年的那个大碾盘;这个碾盘迄今是老街最大的一个碾盘;这个碾盘是棣花老街巩家先人置办并使用过的一个大碾盘。

  巩家大碾盘的面世,证实了一个许多代人的传说,这是巩家族人之大幸,是棣花老街之大幸,更是政府开发旅游之大幸。

远去的棣花武术

陈安民

小时候，夏天晚饭后，村里人习惯聚集在大场乘凉，小娃都爱听老年人说故经。雷老舅经常给我们说故经，最常讲的"好师傅打不出棣花街"的故事令我记忆深刻。2017年春节期间，翻阅民国《续修商县志稿》，在卷二十一 / 人物志《方技·棣花拳术》中，小时候听到的故事得到了印证。

棣花镇乃商於古道上的重要驿站，是旧时龙驹寨通往西安的必经之路，来往古道的商家为防土匪打劫，保镖护送必不可少，沿路武馆镖行应运而生。清乾隆年间，河南僧人郑某云游至棣花街，因其一足微跛，绰号"郑跛子"，他精通武艺，在街上开设武馆，传授少林派之中三路功夫，从之学者众多，出名的有贾克成、张万灵、陈万根、巩天和、魏春成五人。

"郑跛子"擅拳术，工技击，通气功，单刀、双刀、单剑、双剑、鞭杆、毛链、杆子、春秋刀、八仙棍、黑虎鞭、连架棍、木锏等。十八般武艺样样精通。传授的拳术名目有撞捶、反背、小红拳、大红拳、四大功、七锤子、捶猴拳等。发力运气歌诀，一招一式都切中要害，易记易学。其歌诀内容主要有：一曰"身扎小势刀入地，鼻蹙面发不输胆，耳落眼瞪有主意"；二曰"力从脚下起，气从内里发"；三曰"天是一大天，人是一小天，天地之间人，一身之法"；四曰"眼与心合，头与肩合，肋与胯合，肘与膝合，手与足合，搭手为一楼合"；五曰"讲阴阳五行之理，用起八卦，心肾肝肺入肾凝。肾属水、脾属土、肺属金、心属火、肝属木。外五行之用气，内五行之守法"。口诀看似简单，而其中暗语秘笈，局外人概莫能知。

"郑跛子"五大高徒，贾克成以气功、操手著，张万灵以撞捶著，陈万根以织子著，巩天和以毛镰著，魏春成以杆子著，他们五个，武艺高强，各有特长，名噪一时。但张、陈、巩、魏四人虽身怀绝技，却秘不传人，唯贾克成，行事异于同门师兄弟，收万家湾村张玺荣为徒，日后玺荣又传其子正学，正学再传其子建启。举凡杆子、气功、撞捶、黑虎鞭等，三世皆精。建启于光绪年间曾在商洛一带及韩城等地开馆授徒，从学者甚众，其高足出名者有米忠盈、刘东汉等。

丹江南岸有座笔架山，现在的外地人只知道棣花镇是著名作家贾平凹的故乡，是个有文化出文人的地方，殊不知棣花在清代还是一个拳师辈出、习武盛行的"武术之乡"。下面不妨列举几人：

巩天和，棣花人。性情刚勇，娴熟拳技，英雄一世，不料竟命丧于流寇之手，殊为可惜。清同治元年（1862年）白莲教犯境商州，巩天和送家眷进山避难，不料被围困于乱石窖。天和手执毛镰与之力战，自辰至午，杀敌数十，自己也身遭重创，但仍力战不屈。酣战之中，镰柄忽然脱落，贼劝降天和，他坚韧不屈，怒骂匪贼而被乱刀刺杀，乡邻闻知莫不扼腕痛惜。

许焕甲，棣花许家沟人。清同治元年，白莲教犯境商州，许率领许守应、许守信、许含头、田庆春、许佐谋等手执土枪、大刀等，战敌于干河沟口，俘杀匪徒数百名，缴获战马数十匹以及众多武器。龙驹寨厘金局陈职爵呈准陕甘总督左宗棠，朝廷褒赏许焕甲五品顶戴花翎。

贾克成，棣花贾塬村人。清同治年间，白莲教侵犯商州，商南、山阳城池相继失陷，克成跟随州同盖方泌，率乡兵张万灵、魏春成、李成甲等扼守武关。众匪欲夜袭关隘，克成察觉后，手执钺宫镰一对，冲入敌阵，奋勇杀敌，匪死伤达七十余人，克成乘乱趋入中营，保护州同突围。事后，经州同（州同：清代官名，即州同知，为知州的副职）请功，朝廷褒赏贾克成五品花翎顶戴，以千总武职衔录用，赐其"商域武英"匾额，以表其功。

张正学，清道光年间万湾村人。一身功夫得其父张玺荣真传，玺荣又是贾克成门下高徒，衣钵相传。正学天资聪慧，习武弄棒独有心得。张建鹏是万湾村的地痞无赖，常恃拳技恃强欺弱，称王称霸，无恶不作，正学窃恨之，想伺机对其加以教训。一日，张建鹏竟上门挑衅，正学执棍相迎。无赖一出手就气势汹汹，以长矛猛刺正学，皆被正学侧身轻轻避过。交战中，正学趁其不备，倏忽折身而过，顺势将对方所持长矛夺入手中，随即折断，又猛地转身一棍将这个无赖摞倒在地。自此,张建鹏不再嚣张,村中恢复了往日的安宁。

雷鸣瀛,棣花雷家坡人。身材伟岸,勇健绝伦,擅长气功,力能摧石,其技不知承教于何人。清同治八年(1869年),其率乡团于商州东乡一带剿匪,屡战屡胜,多有斩获。一次众匪围乡团于棣花塬,鸣瀛奋勇直前,吼声如雷,唬得贼不敢妄动。他杀贼数十,方解险情,邻家百姓皆感其恩德。知州黄照临念其功劳,报请陕甘总督左宗棠,朝廷褒奖其六品武职衔,并赠其"功襄捍御"四字匾额。

陈万根,棣花陈家沟人。乃我陈家沟陈氏八世祖,系"郑跛子"五大高徒之一,以织子著,性情豪爽,武艺高强。在乡间乐于助人,好打不平,口碑极佳,"好师傅打不过棣花街"因他扬名,因其功夫秘不传人,未见志书详载。

打造崇文尚武的棣花古镇鲜明特色,抢救挖掘历史文化亮点,重振棣花武术雄风,对于进一步丰富古镇旅游内涵,提升文化旅游景区品牌影响力意义非凡。昔日之武强,今日之文盛,文武双全正是棣花古镇的神奇之处。

问花"昙花寺"

郭世斌

小时候，听老人们讲"昙花寺"景观之壮丽，非常向往。老人们说昙花寺脚下的昙花村，整日人马熙攘，商埠酒楼林立，热闹非凡，不亚于《清明上河图》里的描述。我就去丹江河南岸的月亮垭转悠了，结果只看到一面废墟，石坡上植被尚好。断壁绝崖处的东旸洞、罗汉洞仍历历在目，滔滔丹江沿着山根唱着动听的山歌向东流去。

长大后，逐渐喜欢上本土民俗文化类的东西。凡是有不解之处，就想翻阅一下《商州志》，或者实地打探一番。史载：昙花古刹（即昙花庵），坐落于棣花镇丹江岸西南角，该庵殿宇宽敞，绚烂多彩，庵前有十三级玲珑古塔，庵东崖上有一排排悬空古洞，庵坡顶"松云藏月"，名花绕庵而生，竞相争艳，有"昙花胜地"之称，名列"商州十观"之一，在丹江两岸久负盛名。

清代散文家田钟玺有记载："昙花庵坐州东七十里棣花铺之南山。渡丹江循鸟道里许，抵东旸洞侧，盘折而上约数百丈，趁峰逐壑，位置佛宇。楼阁、亭台、浮屠、方丈无一不具，有清幽致。早夜间，旃檀之气上薄云烟，梵呗之音远鸣山谷。且兰蕙满山，异香覆院，松杉翳日，风韵怡人，居然一兰若名丛也。"可以想象当年昙花寺金碧辉煌，殿宇浩大，僧侣芸芸，香火袅袅，朝拜者纷至沓来。

昙花寺是商於古道上的一个重要文化节点。李白、杜甫、白居易等诗人曾经下榻这里，留下不少诗句。由于洪水肆虐，加之年久失修，早已庙塌僧走。只留下南塔（商洛市最高塔）钻天，至20世纪60年代末倒塌，遗址保存完好。

昙花寺西边是东旸洞。因满山架岭长满了昙花，风吹摇曳，芳香怡人，丹江脚下流过，鸟语花香，是个修身研经的好地方。马阳僧侣，洞内坐穿，面壁研经几十年，终于修经成功，为当地老百姓治好了很多杂难病症并培养了不少名医，至今民间还传诵他救死扶伤的故事。

站在东阳洞向东望去，罗好汉遥遥相对，一百多石洞悬挂在悬崖峭壁之上，因尚未开发，更增加了其神秘性。

"昙花胜迹"脚下是古时候的昙花村，因晚上满山昙花婆娑，摇曳生辉，得名昙花村。村中有荷塘、鱼池、稻田，亭台楼阁，小桥流水，村前有丹江清水，山脉上下，树木遮天，槲叶树粗得几个人才能抱住。村中间是梨花街，街上牛家人居多，因为丹江发洪水冲毁村庄，后搬迁到商州牛家涧居住。

公元前371年夏，昙花村经历了连续一个月的大旱，突然一天，雨水倾盆不止，河水暴涨，条子沟的洪水交汇到丹江后，更加凶猛地冲向南山脚下，迫使昙花村百姓迁至丹江北岸。当时北岸蝎子塬一带，满坡梨花盛开，遂起名梨花村。

因为这场洪水灾难发生在周朝末年，民间还流传着这样一个传说：周烈王在昙花寺内避难（前371年），倾盆大雨下了几天几夜，一时房屋倒塌，庄稼被毁，大水冲向昙华寺庙前的玲珑宝塔。烈王见此情景，认为是水中的蛟龙作怪。就抽出大刀，冲上水头，把蛟龙赶到了马鞍岭烽火台后的黑山崖处。蛟龙回头张望时，被烈王砍掉头颅。至今，大峪沟口还有蛟头残留的痕迹，在万湾黑崖山上还可以看到插刀处。

棣花百姓由于受昙花寺建筑的影响，群众盖房多在屋脊以昙花压顶，以两龙翘角，房屋皆为两山青砖峙墙，棋盘土墙装心，或作青砖石头棋盘墙，顶复青瓦、脊端耸兽、檐下花格门窗，或作"满天星"，或作"四季福""八仙过海""花鸟鱼虫"等图案。古式楼门多以五颜六色夺魁。青砖峙墙，朱门中开，门额多有"耕读传家""书礼继世""紫气东来""荷香满院"等墨字书题。两端列兽，院内地面砖铺，花草芳馥，入院赏景小憩，使人心旷神怡。清人牛维晃有专志："绀宫高据楚山阿，江水新钩带一拖。明月还来留觉界，浮去曾不挂松萝。空山兰馥袭征梦，午夜钟音渡晚舸。谁使黄尘胜野马，昙花日日自婆娑。"

从"昙花寺—昙花村—梨花街—棣花街"到"棣花景区"的演变，沧海桑田，一路花开。真正有历史价值的物品或者文字，能留给世人一点念想的东西，只是极少一部分。昙花寺恰如它的名字一样，给人昙花一现的感觉，这种探寻让人揪心。欣逢盛世，希望更多的文人志士以笔作耕，继续在民间文化整理与挖掘的路上奔走、呼号。

相信明天的昙花寺一定会粉黛重施，光彩照人，给世人留下传奇的一笔。

创业篇

不忘回报家乡父老——齐丹勋

齐丹勋，男，"70后"，商洛市丹凤县棣花镇巩家河村人。高中毕业后，一心想改变家乡贫穷落后的面貌，种过地、养过猪，上过金矿，干过建筑活，包过不少工程，常年外出打工谋生，尝尽了人间的酸甜苦辣，学会了绘图，掌握了建筑技术，积累了丰富的管理经验，之后有了自主创业的念头，靠着自己善于学习、吃苦耐劳、做事认真、诚实守信的优良品质，一路拼搏，得到了周边省、市建筑行业的认可。

最令人称道的事情是，他经营的企业取得良好业绩后，不忘造福桑梓，他每年春节回家都会给本村老年人送千元左右红包。同时支持乡村扶贫脱困工作，带领村民走共同致富道路。企业里安排村里三十多人就业，为发展地方产业修路修桥、因地制宜帮助村里发展樱桃产业五百余亩，被评为丹凤县扶贫帮困"爱心企业"。

2012年8月，他成立了陕西华宇辰建设有限公司，注册资金五千万元，他任董事长，是公司的法人代表。他刻苦学习现代企业管理，努力提升团队业务能力，关心一线工人，每年开展一次"建筑行业我能行"大比拼活动。由于管理到位，上下团结，承建的每项建筑工程都得到了管理部门的好评和合作方的赞许。

十几年来，他带领企业守法守信经营，依质依诚取胜，企业稳步发展，规模不断壮大，效益日渐提升，成为享誉全市乃至全省的民营企业。公司被评为陕西省工程质量AAA级单位，他被选为西安市丹凤商会副会长。

以信立企，以质取胜——赵世民

赵世民，男，生于1973年12月。党员。大学文化。丹凤县棣花镇陈家沟村人。

2007年1月，赵世民和妻子达成共识，以妻子张惠霞之名创建了西安昌润物业服务有限公司。公司管理人员二十多人，员工四百多人，他坚持"以信立企，以质取胜"的经营理念，赢得了服务对象的充分信任。业务范围由西安市延伸到周边区县，企业不断发展壮大。服务对象有西安武警小区、清华附中西安学校、坚果公寓、腾飞科惠城、丹凤县医院、丹江龙岸居、丹凤老君、商南县医院等住宅小区和单位机关。

曾获全国物业服务用户满意示范单位，陕西省行业名牌企业，西安市物业管理先进单位等荣誉。

只要敢干，就有出路——贾发田

贾发田，男，生于1963年12月。初中文化。商洛市丹凤县棣花镇棣花村人。

贾发田兄弟六人，小时候生活十分困难。初中毕业后，为了给父母减轻生活负担，走向社会闯荡。收过垃圾，背过矿，下过煤窑，当过包工头。经历无数风风雨雨，尝尽人生百般滋味，但他始终没有退缩，没有停下拼搏的脚步。

2004年10月，以妻子李萍涛之名注册创办了西安嘉祥广告装饰有限公司，也承揽各种城建工程，在企业发展的过程中，经历了各种坎坷和曲折，但他坚持不懈。他说："失败不可怕，跌倒了再爬起来，继续干！只要敢干，就有出路，只要坚持，就有可能成功！"他承揽的每一项工程，都能做到讲诚信，守信誉，重视质量，严格把关，屡屡受到监管部门和商家好评。因此业务由少到多，企业由小到大，公司员工由最初的几个人发展到现在的百十号人。

2012年西安举办世园会，他们公司承担了二环、三环道路亮化工程，任务重，要求严，时间紧，为了给世园会增光添彩，贾发田实行倒计时管理，精准分工，责任到人，昼夜连轴转，最后保质保量完成了任务，不仅赢得了良好信誉，还取得了很不错的经济效益。

梅花香自苦寒来，立志创业富一方——刘宏伟

刘宏伟，男，生于1966年7月。党员。大专学历。丹凤县棣花镇棣花村东街人。现任丹凤乾源混凝土制品有限公司董事长、党支部书记。2023年被评为"商洛市劳动模范"。

刘宏伟参与了沪陕高速公路项目建设，创办了乾源商砼、新瑞图再生资源利用等公司，解决了建筑垃圾污染环境的难题，填补了县域再生资源利用的空白，带动了百余人就业。

他把现代企业管理制度应用于本企业的经营管理中，注重"安全生产，提升质量"，实施精细化管理，诚信经营优质服务、重合同讲信誉，优化成本、规避风险、提高经济效益，提升了企业的核心竞争力。

他在本企业大力弘扬工匠精神，使每个员工养成专注质量、铸造精品的风格，实现精细严谨、环保智能生产，年产销十五万方混凝土。建设两条建筑垃圾处理生产线，日产一千五百吨再生骨料，满足市场需求。

他真情回报社会，关爱孤寡老人，开展金秋助学、访贫问苦等活动，帮助贫困户脱贫致富；疫情期间捐款捐物，慰问防疫人员。被丹凤县县域工业集中区管理委员会评为"扶贫先进个人"，被丹凤县商镇人民政府评为"爱心人士"。

在他的带领下，旗下的数家企业稳步发展，成为商山脚下熠熠生辉的明珠。他用对事业的热爱，以实际行动践行初心，带动大家勤劳致富，为丹凤县域经济发展贡献了力量！

干一项工程，树立一次信誉——贾飞

贾飞，生于 1978 年 10 月，商洛市丹凤县棣花镇棣花村东街五组人。年富力强，阳光率真，爱好广泛。

小时候家境贫寒，为了给父母减轻负担，高中毕业后外出打工。这期间一直在西安从事广告和环境美化工作。他每接到一项工程，总是勤奋钻研，精益求精，每项工程都能得到用户的好评和认可，在业界崭露头角。同时自己也掌握了一定的业务技能，积累了丰富的管理经验。

2008 年 7 月，出资一千万元注册成立陕西汉东建设工程有限公司。公司以建筑工程、市政工程、机电工程、水利水电工程、装饰装修工程、公路工程、电力工程、园林绿化工程等为主营，业务范围分布在西安市、渭南市、商洛市等区域。

公司坚持诚信，重视质量与安全。每一个施工工程都追求高标准、高质量，赢得了客户的充分信任。公司业务不断拓展，实现了经济效益和社会效益双丰收，发展前景一路看好。

后记：记载棣花的史册

商洛棣花古镇乡土文化研究院编写的《棣花记忆》一书出版，是值得庆贺和高兴的一件事，在此向关心帮助此书编辑和出版的所有同志表示衷心的感谢！

商洛棣花古镇乡土文化研究院成立于2018年8月19日，是一个民间组织，其宗旨是挖掘传承地域优秀文化，倡导淳朴民风民俗，歌颂真善美，激励后人奋发图强。

编辑《棣花记忆》一书是研究院的一项重要工作。在市、县、镇各级领导的大力支持下，我们成立了编委会，明确了人员和工作职责，发布征稿通告，组织聘请有关专家、学者来到乡土文化研究院给撰稿人进行写作培训，开展学术交流及采风活动，激发创作热情，提高写作水平。初稿形成后，多次组织专业人员对每篇文章的主题、结构及写作手法研究讨论，集思广益，博采众长，在把握棣花人写棣花事的基础上，最终确定了风光、人物、叙事、亲情、记忆和创业六个篇章，收集文章九十余篇。棣花的历史变迁、社会发展、风土人情和杰出人物事迹尽显其中。我们也希望此书能起到助推家乡经济及文化事业繁荣发展、促进实施乡村振兴战略和富裕文明美丽乡村建设、锻炼创作队伍的作用。

《棣花记忆》的编辑出版，得到了著名作家贾平凹的重视和关心，他浏览了原稿，提出了中肯的意见，并题写书名。商洛棣花古镇乡土文化研究院顾问孙见喜、韩鲁华、穆涛等也非常关注和支持该书，并送选文章。商洛市委宣传部、市文联、市民政局、商洛学院、陕西师范大学出版总社、丹凤县委宣传部、丹凤县文联、棣花镇党委政府、商於古道棣花景区和在外创业的棣花乡党给了我们真诚的支持和鼎力帮助，我再次深表感谢！

  由于水平有限，时间仓促，该书仍存在诸多疏漏和不尽人意之处，敬请各位老师、文学爱好者及读者朋友们批评指正！

贾栽凹

2024 年 7 月 3 日